# NÓS
# FAZEMOS
# O
# MUNDO

# N. K. JEMISIN

# NÓS FAZEMOS O MUNDO

TRADUÇÃO
Helen Pandolfi

Copyright © 2022 by N. K. Jemisin

*Grafia atualizada segundo o Acordo Ortográfico da Língua Portuguesa de 1990, que entrou em vigor no Brasil em 2009.*

*Título original*
The World We Make

*Capa e mapa*
Lauren Panepinto

*Foto de capa*
Shutterstock

*Preparação*
Jana Bianchi

*Revisão*
Valquíria Della Pozza
Thiago Passos

Dados Internacionais de Catalogação na Publicação (CIP)
(Câmara Brasileira do Livro, SP, Brasil)

Jemisin, N. K.
      Nós fazemos o mundo / N. K. Jemisin ; tradução
Helen Pandolfi. — 1ª ed. — Rio de Janeiro : Suma, 2023.

      Título original : The World We Make.
      ISBN 978-85-5651-175-1

      1. Ficção de fantasia 2. Ficção norte-americana
I. Pandolfi, Helen. II. Título.

23-159344                                          CDD-813.5

Índice para catálogo sistemático:
1. Ficção de fantasia : Literatura norte-americana    813.5

Tábata Alves da Silva – Bibliotecária – CRB-8/9253

Todos os direitos desta edição reservados à
EDITORA SCHWARCZ S.A.
Praça Floriano, 19, sala 3001 — Cinelândia
20031-050 — Rio de Janeiro — RJ
Telefone: (21) 3993-7510
www.companhiadasletras.com.br
www.blogdacompanhia.com.br
facebook.com/editorasuma
instagram.com/editorasuma
twitter.com/editorasuma

# NÓS FAZEMOS O MUNDO

INTERIOR DO ESTADO

WESTCHESTER

YONKERS próximo?

BRONX

ZOOLÓGICO DO BRONX

THROGS NECK

COLLEGE POINT

JAMAICA

QUEENS

FLUSHING

AEROPORTO LAGUARDIA

JACKSON HEIGHTS

PENITENCIÁRIA RIKERS

WELCOME TO NEW YORK

ASTORIA

LONG ISLAND CITY

CENTRO DE ARTES DO BRONX (morra, artista)

FORDHAM HEIGHTS

HIGHBRIDGE

PONTE DE WILLIAMSBURG

Shotakkopoch

PARQUE INWOOD HILL

MANNY + BELL

THE MYCave HARLEM

MANHATTAN

FDR DRIVE

AUTORIDADE PORTUÁRIA

PENN STATION

TIMES SQUARE

LITTLE BRITAIN

STONEWALL

PONTE DE MANHATTAN

PONTE DO BROOKLYN

CÂMARA MUNICIPAL

HOBOKEN

Quase

JERSEY CITY

NEW JERSEY

NOVA YORK VINTAGE TÁXI CHECKER

☎ (212) 816-7469

TÁXI CHECKER CASAMENTO DOS SONHOS

Prosperidade & Progresso

B

FUNDAÇÃO NOVA YORK MELHOR

UMA SUBSIDIÁRIA DA GMT LTDA.

U M A   S U B S I D I Á R I A   D A   G M T   L T D A .

RIO DE JANEIRO • SIDNEY • NAIRÓBI • BEIJING • ISTAMBUL

CHICAGO • MIAMI • HAVANA • RIO DE JANEIRO

AEROPORTO JFK

*Rockaways*

# LONG ISLAND

AQUI HÁ DRAGÕES

# BROOKLYN

*Bed-Stuy ou nada, tudo Heights, Crown Levante, Le Flatbush Representa*

**BED STUY**

BROOKLYN "MC FREE"

FLATBUSH

BENSONHURST

CONEY ISLAND

RED HOOK

BAY RIDGE

ILHA DA LIBERDADE

BALSA DE STATEN ISLAND

PONTE VERRAZANO

TERMINAL ST. GEORGE

# STATEN ISLAND

ECAI

FACULDADE DE S.I.

AISLYN

**HEARTLAND VILLAGE**

SHOPPING DE S.I.

FRESH KILLS

SHARROT'S SHORELINE

SÃO PAULO

LAGOS

PARIS

CAIRO

HONG KONG

LONDRES

~~NEW ORLEANS~~

~~PORTO PRÍNCIPE~~

# PRÓLOGO

Me chame de Neek.

Não, não tô caçando a porra de uma baleia. Uma lula-gigante, talvez. Também tem uns lances homoeróticos rolando por aqui. Talvez eu deva escrever um livro no fim das contas, mas, em vez de ser sobre uma baleia gigante, vai ser sobre *o meu pauzão gigante*! Vai ser um thriller, ou talvez seja de terror com um pouco de comédia e romance e drama. Tem pra todos os gostos. E vai *hitar* porque o mundo editorial e a Madison Avenue estão na minha mão. Sem falar nos mil e um trambiqueiros, caloteiros e trombadinhas que a especialidade é vender gelo pra esquimó como se fosse água no deserto. Ou melhor, *cuja* especialidade. Acho que eu devia começar a falar direito já que quero mexer com essas coisas de literatura.

Pff. Foda-se. Voltando ao assunto.

Neek, tipo de "New York City". Sabe, NYC? Mas aí você pronuncia o Y tipo "iiii", uma vogal longa. Este nem é o nome que minha mãe escolheu pra mim, mas ela diz que não sou mais filho dela, então que se foda. Estava na hora de mudar.

Nova York sempre muda. Nós, que nos tornamos cidades, somos entidades dinâmicas em constante evolução, sempre nos ajustando às necessidades de nossos habitantes, sempre sendo virados do avesso por políticas estatais e pela economia internacional. Ultimamente a gente começou a lidar com política do multiverso, também, mas que seja. A gente dá conta. A gente é Nova York.

Já tem três meses desde que a cidade ganhou vida. Três meses desde que a ponte Williamsburg foi destruída por um tentáculo gigante do além; três meses desde que uma consciência alienígena capaz de controlar mentes contaminou milhões de habitantes que ficaram andando por aí tipo uns zumbis até a gente conseguir resolver o problema; três meses desde que uma porra de uma cidade extradimensional começou a tentar colonizar Staten Island. A maioria dos nova-iorquinos não é capaz de ouvir ou de ver toda essa palhaçada. Sorte a deles. Mas desde que Nova York virou o membro mais recente e mais extravagante de uma resistência internacional contra o avanço da hostil possibilidade de um colapso quântico, a gente tem lidado com mais maluquices do que o normal.

Por exemplo:

Vira e mexe R'lyeh faz soar uma canção oca e atonal, de fazer ranger os dentes, que ecoa por toda a cidade. A canção é um problema; se você presta atenção por mais de alguns minutos, começa a achar que mexicanos e controle de natalidade são os grandes problemas da humanidade, e que talvez um belo tiroteio em massa resolveria as duas questões. Mas aí, tipo, uma caralhada de nova-iorquinos sente uma súbita vontade de botar a caixinha de som no volume máximo com uma música da Lady Gaga pra vizinhança inteira ouvir, ou decide dar uma festa de arromba que vai até de manhã, apesar das mil e uma ligações para a polícia, ou começa a andar de salto alto no apartamento sabendo que vai deixar o vizinho de baixo puto, ou começa a reclamar em alto e bom som sobre todos os outros imbecis que estão fazendo barulho. Tudo isso abafa a canção. Então muitíssimo obrigado, Nova York, por ser *tão* Nova York. Estamos de boa.

Também tem três meses desde que nós seis nos tornamos algo mais do que seres humanos, algo mais próximo a uma abominação sobrenatural — deuses, lendas vivas, pelinhos no cangote de um cachorro que de vez em quando arreganha os dentes. Eu levo comigo as esperanças e tristezas de quase nove milhões de pessoas. Mas, ao mesmo tempo, também sou só eu mesmo, um ser humano de todos os jeitos que mais importam: eu sangro, eu espirro, eu coço a bunda quando tomo uma picada de pernilongo — e eles picam pra caralho, as zebrinhas do inferno são mais resistentes ao controle de pragas do que ratos e pombos. Eu ainda durmo, mas hoje em dia só quando escolho dormir. Fiquei uma semana inteira sem dormir uma vez e nada aconteceu. Mas passei muitos anos sem conseguir dormir direito quando morava na rua, então hoje gosto de fazer isso sempre que posso.

A mudança mais esquisita é que não preciso mais comer. Quando fico sem comer por uma semana, não começo a tremer e ter calafrios como acontecia antes, mas algumas vezes sinto uns gostos fantasmas na boca, tipo de um cheesecake bem caprichado, de pretzel tostadinho com bastante sal, de pizza com coca-cola. Algumas vezes sinto gosto de amendoim daqueles que vendem na rua, mesmo quando não tem nenhum carrinho por perto. Também sinto o sabor de coisas que eu nunca comi, mas conheço de nome porque sou Nova York, tipo lagosta à Newberg e ensopado de mariscos vermelhos e outras maluquices inventadas aqui.

Mas, na maior parte do tempo, eu como mesmo sem precisar porque ainda sinto fome. Nova York está sempre faminta.

Ah, e a gente se mudou. Manny encontrou um apê de cinco quartos no Harlem em um prédio antigo que foi reformado pra ficar chique. Lá é bem legal: três banheiros, uma cozinha que *não é* toda apertada, um cômodo aberto que chamaram de "escritório" e um outro cômodo amplo perfeito pra caber um sofá e uma mesa de jantar. Além disso, tem uma sacada que dá a volta no apartamento, painéis de teto muito bonitos feitos de estanho. Deque no terraço. É uma cobertura, inclusive. Eu curto bastante. É superchique, meio Nova York antiga com um toque moderno ao mesmo tempo. Manny não gosta porque ele é a parte de Nova York que queria começar a vida do zero. Ele queria algo normalzão. Bom, não devia ter virado Manhattan, então.

E já que Manny está cagando dinheiro — ele pagou um ano de aluguel adiantado —, o proprietário o deixou trazer quem bem entendesse pra morar aqui. Bel, o antigo colega de apartamento de Manny, ficou na mão quando ele decidiu quebrar o contrato do lugar onde moravam juntos, então Manny fez uma proposta: aceitar que ele pagasse metade da multa e continuar no apartamento em Inwood ou se mudar pra um quarto livre no novo apartamento pelo mesmo valor do aluguel anterior. Bel escolheu a segunda opção porque, em circunstâncias normais, um apê desse custaria o triplo pra qualquer um. Eu e Veneza — Jersey City — temos um quarto cada um. Ela paga o mesmo valor de aluguel que pagava antes; pra mim, é de graça. O quinto quarto ainda está vago porque Manny tem esperanças de que um dos outros Nova Yorks acabe se mudando, mas não faz muita diferença a gente morar junto. É mais fácil pra Veneza, já que o transporte público de Jersey é uma merda, mas fora isso nós não temos problemas quando precisamos fazer coisas da cidade juntos. A magia de Nova York é mais veloz do que o metrô, e estamos pegando o jeito. A gente não precisava do apartamento.

Mas entendo por que Manny fez isso. Por mim. A cidade escolheu como representante um molequinho sem teto e meio desmiolado que nem terminou o ensino médio. No geral, Manny não se importa com essas coisas, mas não gostava da parte do "sem teto", então agora tenho um endereço fixo e um teto sobre a minha cabeça sempre que eu quiser. Eu nem sempre quero. De vez em quando fico meio... "tanto faz". Enquanto artista, tenho outras prioridades. Eu *consigo* andar por aí sem me cansar, então algumas vezes faço isso por dias e dias. Preciso sentir as calçadas se erguendo pra se encontrar com meus pés da mesma forma que gatos de rua erguem a bunda quando você passa, pedindo carinho no rabo. Preciso me esgueirar pelos trilhos do metrô, pelas poças de urina fermentada, sentindo o cheiro de veneno de rato e de ozônio. Preciso me agachar ao lado do rio East pra cutucar o musgo nas pedras ignorando os agentes químicos que provavelmente estão penetrando minha pele. Pessoas que viajam por aí falam sobre como as outras cidades são limpas. Não tem um chicletinho sequer grudado nas calçadas de Toronto, uauuuu. Em Berna, as lixeiras da cidade são esvaziadas por uma equipe de limpeza dez vezes por dia. Hum, meus parabéns? Mas pra ser Nova York preciso estar sujo. Embora eu tome banho todos os dias e lave roupa toda semana — em uma lava e seca no apartamento! Vivendo no puro luxo! —, ainda preciso botar meu nariz no lixo. Preciso que eu e o lixo *sejamos um*. Aaaahaaaam.

Uma vez, Veneza me perguntou se me incomoda ser bancado por alguém. Talvez um pouco? Mas que porra eu deveria fazer? Este não é o tipo de cidade onde você pode vir do zero e ter chance de crescer na vida, e eu comecei com menos de zero, comecei no negativo. O Sonho Americano é *total* uma utopia. Mas ajudo nas tarefas do apartamento. Não sei nem fritar um ovo, mas limpo as coisas sempre que deixam. Ah, e tem mais, eu impeço a porra da cidade inteira de desaparecer da face da Terra. Então tem isso.

Enfim. Não é a primeira vez que tenho um *sugar daddy,* só é a primeira vez que não estou dando pra ele como pagamento.

(*E olha que eu ofereci*. Não sou mal-educado. Ele não aceitou.)

Então agora está meio tarde, mais ou menos perto da meia-noite. Estou na sacada olhando pro Harlem e pro Heights e pro Upper West Side sem pensar em nada. Já estamos no outono e anda esfriando à noite, então depois de um tempinho começo a ficar com frio e entro. Se Veneza estiver acordada, está quietinha dentro do quarto. Talvez Bel não tenha dormido; a tv dele está ligada, dá pra ver a luz pela fresta da porta. Meu quarto fica do outro lado do apartamento, perto do quarto de Manny. Foi o que eu escolhi. (Só por via das dúvidas.) Quando passo pelo banheiro, a porta está entreaberta, e vejo Manny apoiado na pia, se olhando no espelho. Não é minha intenção ficar espionando, mas ele é bonito pra caramba e está sem camisa, só com uma calça de pijama de seda. Então, sim, eu tiro uma casquinha com os olhos. Ele é grandão. (Em termos de músculos. Manny não me deixa ver outras partes que talvez sejam grandes.) Os músculos não aparecem muito nas roupas de almofadinha que ele usa. Ele gosta de parecer inofensivo. Mas agora dá pra ver tudo: ele tem uma cicatriz comprida na lombar onde claramente levou pontos em algum momento e outra na escápula, uma alta que parece antiga, mais grossa em uma das extremidades. Já vi cicatrizes como aquela em caras dez vezes mais mal-encarados: marcas de esfaqueamento. O negócio é que armas de fogo chamam a atenção demais em certas situações, entende? Chuto que a cicatriz comprida é de uma cirurgia, porque cruza uma outra cicatriz menor e um pouco menos visível. Se ele foi esfaqueado ou levou um tiro ali, provavelmente deve ter perdido um rim. Este é meu Manhattan: certinho e asseado do lado de fora, cheio de experiências de quase morte por dentro.

Ele parece estar imerso nos próprios pensamentos ou muito concentrado examinando um pelinho encravado no rosto. A princípio acho que ele não percebeu que estou ali, mas de repente ele olha pra mim pelo espelho. Isso meio que arruína a parte erótica da coisa, porque é uma das poucas vezes em que ele não está tentando fingir que não é... o que quer que tenha sido antes de a cidade tê-lo reivindicado. (Meu palpite é assassino de aluguel. Veneza apostou dez contos em espião corporativo. Bronca teima que ele é da CIA, mas ela cresceu na década de sessenta e acha que todo mundo é da CIA.) Entendo por que Manny acha que precisa fingir ser bonzinho, mas quando um homem preto decide usar uma máscara amigável dessa com você significa que ele te menospreza. Significa que você é bunda-mole demais pra lidar com a versão real dele. Já eu gosto disso; ele está sempre demonstrando toda sua beleza e sua bestialidade ao mesmo tempo.

— Parece que tem alguém ficando confortável demais — diz ele.

Gosto que ele também não desperdiça meu tempo com conversinha-fiada. Empurro um pouco mais a porta e me encosto no batente.

— Ou talvez a gente só esteja descansando depois de toda a porradaria do verão passado.

— O Inimigo ainda tá pairando sobre Staten Island. Acha que ela tá descansando?

— Acho que não. Mas a branquela nojenta não é humana, então... — Ops. Deixo a frase no meio e dou uma piscadela.

Ele dá um sorriso cansado e diz o óbvio:

— Seres humanos precisam de descanso, sim. Mas *nós* somos a cidade que nunca dorme.

— Tá bom, tá bom, já entendi, Scarface. — Suspiro e cruzo os braços. — Bom, você provavelmente tem grana pra arranjar uma bazuca. E se a gente chegar em Staten Island com os dois pés no peito, atirando pra todo lado?

Ele sorri. O sorriso tem um pouquinho de cansaço porque sei que estou sendo um pé no saco. Depois ele se vira pra mim e se apoia na pia. Adeus pra bundinha, olá pro pacote da frente, hummmmm. Ele percebe que estou olhando e *fica vermelho,* o que é engraçadíssimo. Bonito desse jeito, tenho certeza absoluta de que está chovendo meninas, meninos e menines na horta de Manny desde que ele se entende por gente — mas comigo, algumas vezes, é como se eu estivesse falando com um cara virgem. Mesmo hoje em dia, a reação dele é desviar o olhar e morder o lábio. Ele passa um segundo ponderando se deve flertar de volta e o que vai fazer se eu continuar dando corda... E aí respira fundo e decide agir como se as coisas fossem completamente normais entre a gente. Não é tão ofensivo quanto se ele forçasse uma gentileza, o que seria um sinal de falta de confiança e desrespeito. Isso é diferente, é outra coisa. Medo, talvez. Queria descobrir o que em mim assusta um cara como ele.

— Nada de bazucas — diz ele em um tom manso. — E não consigo pensar em nada que tenha poder suficiente pra sequer tocar R... aquela cidade. Muito menos feri-la.

Temos um acordo tácito de não dizer o nome da nossa inimiga. Acaba sendo um pouco nocivo, e ninguém gosta de poluir o ar da conversa. Também não gosto de falar "Departamento de Polícia de Nova York".

Manny continua:

— Mas tem coisas que estão ao nosso alcance, estratégias que a gente tem que considerar. Como perguntar às outras cidades se elas têm alguma dica útil. Talvez descobrir de qual dimensão alternativa ela veio, e lidar com ela direto na fonte.

Quando uma cidade nasce, tem tipo um pacotão de conhecimento que surge na cabeça dela. É um léxico compilado pelas outras cidades pra cidade-bebê ter pelo menos um pouco de chance de sobreviver. Não sei como as outras cidades compilaram tudo ou como fazem pra que as novas cidades recebam as informações ao nascer. E falta um monte de coisa importante, que é o motivo pelo qual mandam a penúltima cidade a nascer pra ajudar e explicar as coisas. E o processo é bugado, ainda por cima, porque, depois que eu capotei, só Bronca dentre todos os bairros recebeu o léxico. Resumindo: eu tenho o léxico e Manny não, então eu explico:

— A gente já sabe mais que as outras cidades. Ninguém teve que lidar com ela depois de nascer, e o máximo que viram foram tentáculos e tal. Ela nem mesmo era *ela* ainda.

— Mas agora tem mais coisas rolando. As cidades sabem que ela tem um nome e sabem que age manipulando instituições e sistemas tanto quanto indivíduos. Se eu fosse uma cidade viva que de repente percebe que o Inimigo tá infiltrado *no mercado imobiliário,* eu revisaria o planejamento urbano dos últimos cinquenta anos com uma visão diferente. Orçamento pra educação, policiamento, urbanização, regulamentação de bebidas alcoólicas, transporte público, até mesmo cultura popular. Os sinais estariam todos lá. O jogo dela é velho. Ela vem estagnando o progresso e deixando as cidades mais fracas pra que seja mais fácil destruir tudo. Quando você percebe onde tem que procurar, o câncer já tá espalhado por toda parte.

É. Enfim. Eu suspiro.

— Meu pai morreu de câncer.

Manny não esboça reação alguma. Fica sério e não diz uma palavra. Eu nunca tinha falado sobre essas coisas com ele antes, e também não sei por que estou falando agora.

— Ele sabia que tinha algo errado, mas também sabia que tinha outras coisas pra se preocupar, tipo que a família dele tivesse onde morar. Aí ignorou as dores e o sangue quando ele mijava. O plano de saúde era uma bosta, então não foi ao médico, porque só iam falar algo que ele não queria ouvir e meter uns tratamentos que ele não conseguiria pagar goela abaixo. Ele decidiu que podia escolher entre deixar pra nós um monte de dívidas de hospital ou um seguro de vida. E o pior é que nem foi tanta grana assim. Nossa família se despedaçou do mesmo jeito depois que ele morreu. Mas ele fez uma escolha.

Manny arrisca:

— Você acha que as outras cidades vão negar o óbvio em vez de reconhecer que o problema é grave.

— Aham. Algumas. Negar é mais fácil, consertar as coisas é que é difícil. E qual é a alternativa? Botar a cidade pra fazer químio? — Dou de ombros. — Nem todo mundo...

Não consigo concluir o raciocínio porque algo me atinge em cheio. Essa é a sensação — a de que fui acertado não por um soco, mas por um caminhão que veio do nada e bateu em mim com tanta força que por um momento minha visão escurece. Não é nada físico, apesar de eu cair de joelhos como se fosse. É sensorial; mais do que isso, extrassensorial. Está aqui e está em todos os lugares. Está *gritando*.

*antros de perdição*

*cheio de terroristas ANTIFA*

*todo mundo está indo embora, Nova York acabou, tem que ser transformada em uma prisão privada, todo mundo que ficar tem que ser contido*

*ESQUERDADOS ESQUERDEIROS ESQUERDISTAS ESPALHANDO AS NOTÍCIAS PAU NO CU DE NOVA YORK*

E mais. Muito mais. Já tenho oito milhões de vozes na cabeça, mas agora é muito mais que isso — são tantas que quase calam as vozes que *deviam* estar lá. Mas aí esses oito milhões começam a gritar de volta.

*O 11 de Setembro não chegou nem perto de onde vc está, VSF*

*NY e Cali trazem grana pro país e vcs caipiras do caralho drenam tudo*

*CALA ESSA BOCA PODRE*

É muito. É demais. Sinto dor de cabeça e minha mente dói também; não é pra ser assim. Uma cidade viva combina as vontades dos habitantes com as impressões de pessoas de fora, já filtradas por mitos e pela mídia. Somos deuses amalgamados que surgiram a partir da fusão da crença com a realidade, mas, geralmente, a realidade é bastante sólida. As pessoas ainda consideram Nova York um lugar ótimo pra morar apesar do 11 de Setembro, dos preços absurdos de moradia e da mídia fazendo a gente parecer uma mistura de Mad Max e Taco Bell. Mas, ao mesmo tempo, sempre existiu um monte de gente que odeia Nova York sem nunca ter colocado um pé aqui. Uns porque ouviram muita coisa sobre a cidade e ficaram de saco cheio do *hype*, outros porque "perderam" um primo que se mudou pra cá do interior de Caralhinhos do Sul e virou "comunista", outros porque sentem vontade de morar aqui também mas são medrosos demais pra meter a cara e vir. Enfim. Foda-se. Mas até agora isso se manteve estável. Tipo radiação de fundo.

O que está me atingindo agora é uma enxurrada de *hate* estrangeiro que eu nunca vi antes. Todas essas vozes de Iowa e do Alabama e da Inglaterra estão ecoando não nossas lendas, mas o oposto: toda a baboseira que as pessoas pensam sobre Nova York que não apenas são falsas, mas também contradizem tudo o que é real. Essas ideias invadem minha mente como fumaça: cracudos vomitando em cada esquina, crianças presas em porões omelasianos por pedófilos canibais, intelectuais insuportáveis de quipá e bilionários doidos usando turbante fazendo tramoias para dominar o mundo, banheiros públicos imundos que vão fazer você virar trans (sendo que a gente nem tem banheiros públicos pra começo de conversa).

A realidade do que é Nova York está sendo atacada por mil e uma Nova Yorks que não existem, mas algumas pessoas *querem* que existam. E, meu Deus, eu consigo sentir essas convicções me arrastando, tentando me afastar de quem eu sou de verdade.

Alguém segura meu ombro. Manny. Veneza também. E essas meias "Se está lendo isso, quero uma massagem nos pés" são de Bel. Porra, tô no chão. Como isso aconteceu? Alguém me levanta.

— Cacete — resmungo.

— Ouvi um pouco também — diz Manny. Ele parece assustado de um jeito muito calmo e muito sério. — Mas não sei o que foi.

— Nem eu, meu chapa.

— E se você tiver epilepsia? — pergunta Bel.

Ele já sabe de todo o nosso lance porque uma vez quase foi engolido por um monte de tentáculos etc. Mas, sendo um ser humano, ainda pensa como um ser humano e busca explicações humanas pras coisas.

— Peraí, avatares podem ter epilepsia?

— Aham — respondo, apesar de não saber como eu sei disso. Tento me endireitar, mas estou tão cambaleante que Manny precisa me ajudar apoiando a mão nas minhas costas. Odeio admitir que estava mesmo precisando. — Mas isso não foi epilepsia. Pareceu... Não sei.

Uma distorção da realidade. Um desfazer.

Veneza olha pela janela — mais especificamente pela janela que dá para o sul e tem uma vista incrível de Manhattan. É também a janela de onde se pode ver, em meio às nuvens noturnas, as torres irregulares de uma metrópole alienígena pairando como uma guilhotina sobre o que já foi meu distrito.

— Pior que não — digo para Veneza. — Não foi aquilo. Pelo menos não desta vez.

Ela parece desconfiada.

— Tem certeza? Não duvido de nada vindo daquela vagabunda nojenta. Mesmo que não seja óbvio que foi culpa dela, provavelmente foi algo que ela fez.

Os celulares de Manny e de Veneza começam a vibrar com um monte de mensagens chegando ao mesmo tempo — provavelmente Brooklyn e Padmini *floodando* a conversa em grupo pra perguntar o que aconteceu. E depois o celular de Veneza toca: é Bronca, que é velha e não gosta de mandar mensagem. Veneza se afasta com um suspiro pra atender a ligação. Meus pensamentos começam a se organizar.

— Alguma coisa mudou — digo. — Alguém em algum lugar está falando merda da gente. *Declarando guerra* contra nós, na verdade. E, seja quem for, tem influência suficiente pra que um monte de gente pare pra ouvir e concordar a ponto de eu ter sentido essa merda.

Bel murmura alguma coisa tipo, "Tô fora, que maluquice virar uma cidade, uma enxaquequinha de nada já me derruba". Manny está com uma expressão sombria e extenuada no rosto e assente ao me ouvir. Aí percebo que todos sentiram aquilo, mas os bairros representam só um quinto de Nova York. Eu sou o único que sentiu toda essa palhaçada. Veneza está tentando sair da chamada com Bronca. "*Não sei,* B1, e ele não sabe também. Escuta, achei que gente velha não dormia tanto assim, e... Nossa, foi essa a educação que sua mãe te deu? Beleza, boa noite."

E naquela noite fica por isso mesmo. Manny me ajuda a ir até meu quarto, Bel enxota Veneza e Manny pra me dar um pouco de privacidade e acho que Manny esclarece as coisas na conversa em grupo. Eu nem vejo por que tenho um plano pré-pago que é uma bosta, então deixo o celular desligado quando não estou usando. Acho que não quero gastar dinheiro pra saber o que fez Nova York virar o assunto do momento na internet.


Nós ficamos sabendo de manhã.

Bel assiste ao jornal todos os dias de manhã porque tem uma quedinha pelo Pat Kiernan da NY1. Eu fico ouvindo a TV sem prestar muita atenção enquanto escovo os dentes e finjo me barbear apesar de não ter mais do que dois pelinhos no queixo. Em meio aos barulhos de Veneza limpando a cafeteira ainda meio dormido, Pat diz que houve um rebuliço on-line na noite anterior quando Republicanos começaram a tuitar que a cidade de Nova York deveria ser punida por uns negócios tipo querer abolir a polícia e achar importante alimentar crianças pobres. Acho que viralizaram ou compraram bots, então #NovaYorkTomaraQueVcMorra ficou em primeiro lugar nos assuntos mais comentados do Twitter. Pat mostra prints de alguns tuítes, e, surpresa: quase todos os "fatos" sendo comentados são inventados, e a maioria dos gráficos não tem pé nem cabeça. Os tuítes mais populares são de vídeos de indivíduos isolados fazendo merda que dizem ser prova de que *todo mundo* só faz merda ou conteúdos que mostram lugares que nem sequer são em Nova York. Reviro os olhos e me sento na ilha da cozinha pra comer meu cereal, mas Veneza faz uma cara esquisita e pega o notebook. É muito massa ver as mãos dela voando pelo teclado enquanto digita. Aí ela xinga.

— *Sabia.*

— O quê? — pergunto com a boca cheia de Froot Loops.

— A hashtag estava com cheiro de campanha marqueteira, especialmente porque subiu bem antes de o jornal começar. E dito e feito!

Ela vira a tela do notebook e dá play em um videozinho da PIX11, a emissora do jornal da noite anterior. Bel está vasculhando a geladeira, mas interrompe a busca ao ouvir o vídeo e se aproxima, mastigando um pedaço de cenoura. Manny, que ainda está abotoando a camisa, também sai do quarto pra ver. De repente estamos todos olhando pra um cara italiano meio alaranjado de cinquenta e tantos anos usando uma peruquinha fajuta.

— Nova York não precisa apenas de uma nova liderança, mas de uma nova essência — diz o cara. Ele está em um lugar cheio de gente, sorrindo de pé em um palanque, e há flashes piscando por todos os lados. — Nova York, ou, melhor dizendo, a América, não deveria estar assim. Meus ancestrais vieram pra cá legalmente e nunca aceitaram esmola! Não choramingaram dizendo que estavam sendo discriminados quando eram abordados pela polícia; eles *se alistaram* na polícia e cumpriram a lei. Homens eram homens e mulheres eram mulheres, não existia essa... Como posso dizer? Essa confusão. — Ele ri, e Bel murmura alguma coisa. — Precisamos consertar tudo isso. Esta cidade *é nossa,* não deles.

Todos aplaudem. O cara sorri de novo, todo empertigado com a empolgação do público, ele mesmo em êxtase. Depois se vira pra um cavalete coberto por uma cortina e, com um gesto teatral, puxa o pano e revela uma cartaz de campanha eleitoral: PANFILO PARA PREFEITO em tons chamativos de vermelho e preto, contrastando com a imagem de fundo — uma silhueta dos prédios de Nova York em azul. Simbolismo de cores: uma paixão. Então o cara — que se chama Panfilo, pelo visto — vira o pescoço e olha direto pra câmera antes de dizer:

— Vamos colocar Nova York no topo de novo!

Mais aplausos.

Fim do vídeo. Veneza fecha o notebook. Manny olha pra mim e me lembro da nossa conversa da noite anterior. Chegaram os resultados dos exames: é câncer, e estamos a mais ou menos dois segundos da metástase. Então *como é* que uma cidade de oito milhões de pessoas passa por quimioterapia? Acho que estamos prestes a descobrir.

# VIVENDO NA CIDADE (MAS NÃO MUITO)

É um dia importante na Corporação Tirana.

Padmini sabe que provavelmente não deveria pensar na empresa como "Corporação Tirana". Sim, *de fato* é uma empresa tirana — uma multinacional de serviços financeiros que fatura bilhões anualmente sacrificando coisas como bem-estar no ambiente de trabalho, estabilidade econômica e tudo que chegue perto de proporcionar decência humana —, mas também é onde ela trabalha. Ela sabia onde estava se metendo quando aceitou aquela oferta de estágio, e, no geral, havia tirado vantagem daquele pacto com o diabo. Adquiriu muita experiência e foi remunerada por esse privilégio, ao passo que muitos de seus colegas da universidade estão se virando com bolsas e auxílios governamentais e sendo obrigados a fazer o trabalho que professores deveriam estar fazendo para conseguir se formar. A remuneração era boa o suficiente para que ela conseguisse ajudar Aishwarya com o enxoval do bebê, além de mandar um pouco para a família em Chennai pela primeira vez na vida. Ela se lembra da mãe — uma mulher calada, mas determinada — trabalhando o dia todo em uma repartição pública durante o dia e depois pegando turnos em um *call center* à noite para trabalhar de casa, passando anos a fio dormindo apenas quatro ou cinco horas por dia para garantir que a poupança para a educação de Padmini continuasse crescendo. Agora, Padmini contribui com a poupança para os estudos de seu irmão mais novo. Este é o capitalismo em seu estágio final; perversidade por todo lado. Mas se está conseguindo ajudar a família, ao menos está tirando algo bom de tudo aquilo.

("Pacto com o diabo" é um termo muito esquisito. O hinduísmo é cheio de "diabos", mas boa parte deles é simplesmente de deuses em dias ruins. Até onde Padmini sabe, isso também se aplica aos demônios do cristianismo, que supostamente são anjos que caíram em pecado. Mas demônios hindus não andam por aí tentando firmar pactos suspeitos com as pessoas; eles basicamente provocam brigas e matam pessoas em frenesis de obsessão por assuntos particulares. O diabo do cristianismo precisa arranjar algo para fazer.)

Padmini tem uma reunião com o chefe em uma sala de reuniões muito sofisticada no quinquagésimo sexto andar, onde há uma enorme mesa de mogno, plantas elegantes e exóticas que alguém recebe um bom dinheiro para regar e paredes cobertas por painéis de madeira maciça em vez de placas de vidro que supostamente inspiram transparência. Tal pequena medida de privacidade é a razão pela qual essa foi a sala escolhida para a reunião, visto que os assuntos do RH devem ser mantidos confidenciais. Padmini escolhe uma cadeira de frente para a janela que ocupa uma parede inteira, proporcionando uma vista da manhã ensolarada que engloba parte de Manhattan, o rio East e, é claro, o Queens. É ótimo ter seu bairro ali para apoio emocional.

*Lembra de chamar ele de Joe,* pensa Padmini pela milionésima vez. Ela responde para Joe Whitehead, a quem todos os outros estagiários chamam de Joe. Padmini tentou fazer isso várias vezes, mas chamar o chefe pelo nome ainda parece desrespeitoso e íntimo demais, então ela sempre usa "sr. Whitehead". O problema é que ela *não ocupa* o mesmo lugar que os outros estagiários, e nem toda a forçação de barra do mundo a faria se esquecer disso. A maioria dos estagiários vem de faculdades da Ivy League, e ela é da NYU — que, embora não faça parte da Ivy League, é cara como se fizesse. Muitos deles estão fazendo MBA ou doutorado ou seguindo carreira jurídica; ela, que está fazendo um mestrado em exatas, foi contratada apenas porque ninguém mais sabe lidar com processamento de dados. Ela se dá bem com todos os colegas, é claro, porque compreende a importância de relações interpessoais no ambiente de trabalho. Padmini ri das piadas sem graça e responde às perguntas sobre como fazer chai, embora ela mesma odeie a bebida. Enquanto isso, trabalha muito mais do que todo mundo na equipe, inclusive Joe.

Mas enfim, que seja. Lá está ela, finalmente na linha de chegada.

— Como vai, Padmini? — pergunta Joe, sentando-se e colocando uma pilha de documentos sobre a mesa.

Padmini nota que no topo está um documento do RH, o que a deixa feliz a ponto de ignorar por um segundo a forma como o chefe fala seu nome. *Padmini* não é tão difícil de se pronunciar, mas ainda assim ele quase sempre diz *pa-di-mi,* ignorando a última sílaba. Ela cerra os dentes e abre um sorriso largo.

— Tô ótima, Joe! — Excelente, deu tudo certo com o primeiro nome. E funciona como mágica: Joe relaxa visivelmente, o que é bom, porque parece estar sempre um pouco tenso na presença dela. — Apreciando essa vista incrível.

— Ah, você acha? — Joe dá uma olhada pela janela e depois volta a atenção para a papelada. — Sempre preferi a vista que dá pro porto, do outro lado do prédio. Por causa da Estátua da Liberdade e tal. Pensei que você gostasse dela também.

Houve uma época em que comentários como esse passariam despercebidos. Hoje em dia, no entanto, ela consegue percebê-los no mesmo instante — mas uma reunião com seu chefe que está prestes a efetivar você não é exatamente o melhor lugar para dizer que nem todos os imigrantes gostam da Estátua da Liberdade. Especialmente aqueles para os quais o lema "Mandem-me os cansados, os pobres" acabou se provando ser "Mandem-me os mais espertos e os que mais dão duro para que possamos sugar a energia vital deles e depois deportar o que sobrar". Então Padmini abstrai e continua a conversa.

— Bom, mas daquele lado você tem que olhar pra Staten Island, Joe.

Não é uma piada muito legal, primeiro porque a vista do lado sul também dá para Jersey City, e também porque Staten Island está passando por uma fase difícil e por isso as pessoas na cidade acabam sendo menos empáticas com o distrito.

Como esperado, Joe ri.

— Deus me livre! Você é engraçada, Padmini. — Depois suspira e sua boca se retorce em uma expressão de incômodo. — Isso torna nossa conversa mais difícil.

A mudança na atmosfera da reunião é tão brusca que Padmini demora um instante para entender o que está acontecendo.

— Como assim?

Ele hesita e, de repente, seu semblante fica neutro, o que imediatamente deixa Padmini nervosa. Ela tenta pensar em todas as possibilidades para as quais se preparou. Ele vai dizer "O salário está abaixo do mercado, infelizmente" e ela vai precisar encontrar uma maneira prudente de comunicar que aceitaria qualquer coisa, até mesmo o salário mínimo, contanto que a empresa continuasse bancando seu visto. Ou talvez ele diga que ela não conseguiu o cargo que esperava — algo sem a palavra "assistente" e, com sorte, com a palavra "pesquisadora" no título — e ela responderia: "Bom, talvez a gente possa revisitar essa decisão mais tarde, na primeira avaliação de desempenho". Ensaiou tudo isso com uma consultora de carreira e depois praticou a entrevista com o tio. Padmini está preparada.

Ele diz:

— Sinto dizer que nosso departamento não conseguiu a verba pra uma vaga de pós-graduação pra você, Padmini.

Há um instante de silêncio entre eles.

De repente, Padmini vomita as palavras:

— Você só pode tá brincando com a porra da minha cara.

Joe estava prestes a dizer algo mais quando a palavra de baixo calão o faz parar no meio do raciocínio. Atônito, ele dá uma risadinha sem graça.

— Entendo que a notícia seja inesperada, então vou deixar essa passar. Só queria dizer que sinto muito...

Padmini o interrompe. Ela sabe que não deveria, mas está de cabeça quente.

— Por quê?

— Bom, os líderes se reuniram e houve certa preocupação quanto ao seu perfil e à questão de ele se adaptar ou não à empresa...

Foi como levar um soco na barriga.

— Meu *perfil?*

— Sim.

Joe parece estar na defensiva, provavelmente porque o tom de Padmini denuncia que ela considera a desculpa a mais desprezível que já existiu; sua expressão facial provavelmente ajuda a comunicar o sentimento de indignação. Ela sempre foi muito transparente.

— Como você sabe, ter o perfil da empresa é extremamente importante pra trabalhar em equipe — continua Joe. — Como é de conhecimento geral, a gente solicita feedbacks de outros estagiários sobre pessoas que estamos considerando pras vagas efetivas, e, no seu caso, houve... certa preocupação, como eu disse. Alguns parecem achar que você é prepotente algumas vezes.

Quando Padmini continua encarando-o em silêncio, ele continua, visivelmente incomodado:

— Outros acham que você não tá disposta a ouvir feedback.

Ela estreita os olhos.

— Isso tem a ver com Wash insistindo que minha projeção estava errada?

— Não é por causa de uma situação específica. Mas, sim, esse foi um dos incidentes discutidos. E sua reação foi profissional, com certeza, mas...

Ele espalma as mãos no ar, como se esperasse que Padmini soubesse o que isso quer dizer.

A pior parte é que ela não sabe o que quer dizer. Um dos estagiários pós-doutorandos, Wash — cujo sobrenome completo é Washbourne — tem vários anos de experiência como CFO de uma empresa de tecnologia e uma tendência insuportável de deduzir que tem habilidades quantitativas muito melhores do que realmente são. Durante uma reunião de análise alguns meses antes, Padmini falou com ele cheia de dedos e com cuidado (ainda que ambos fossem estagiários e, portanto, estivessem no mesmo patamar na hierarquia da empresa), mas não recuou depois que Wash entrou na defensiva quando Padmini encontrou um erro. Ele insistiu que estava certo, e ela pediu a palavra em outra reunião de equipe, que usou para explicar detalhes de seu ponto de vista — apresentando, inclusive, soluções para o erro comum que Wash estava cometendo. Joe concordou, a equipe concordou, e Wash até pediu desculpas e riu. Mas agora... Padmini estreita os olhos.

— Peraí, Wash fez uma reclamação formal? Porque *meu perfil* não foi mencionado nenhuma vez durante minha avaliação de desempenho e... e ainda que...

— Ela balança a cabeça sem saber o que dizer. Aquela é a justificativa mais idiota que já ouviu para não se contratar uma pessoa, especialmente considerando o fato de que *precisam* dela. — O que eu deveria fazer, deixar Wash incluir o erro no relatório final?

— É claro que não. E não, ele não reclamou. Se tivesse feito isso, eu teria dito, Padmini. — Joe suspira e se inclina sobre a mesa. — Você tá tendo uma resposta extremamente dramática em relação a isso. Pra ser sincero, não achei que fosse tão sentimental.

— Tá me dizendo que vou ter que deixar o país onde passei quase metade da minha vida porque não fui dócil o suficiente pra ignorar um erro incompetente e acha que eu não deveria estar *sentimental*?

Joe cerra a mandíbula.

— Esse é outro problema. Você só está aqui pelo visto. — Quando ela visivelmente reage com indignação, Joe continua: — Você não se importa com a missão da empresa, não tem curiosidade alguma sobre outros departamentos ou equipes; ninguém fora do time de Análise de Dados conhece você...

Ah, nem fodendo. Padmini se apoia na mesa de mogno com as duas mãos para se levantar da cadeira. Se aquela coisa não pesasse uma tonelada, teria virado.

— Eu não conheço ninguém de outros departamentos porque passo sessenta horas por semana trabalhando — rebate ela, em tom exaltado. — Não devia trabalhar mais de vinte e quatro horas por semana, tá lembrado? Porque também sou estudante em tempo integral. Eu não relatei as horas a mais pro meu supervisor de estágio porque poderia perder o visto de estudante por causa disso. Continuei trabalhando porque pensei que essa era a maneira de provar que eu merecia o investimento a longo prazo por parte da empresa. Passo metade do meu tempo corrigindo o trabalho de outras pessoas, além de fazer meu próprio trabalho pra garantir *a boa imagem da equipe*. Volto pra casa exausta todos os dias e ainda estudo à noite, mal vejo minha família apesar de morarmos *na mesma casa*.

Padmini está tremendo de raiva, mas encontra forças para se controlar quando ouve sua voz ecoar pela sala.

— Mas eu não reclamo — continua ela. — Não reclamo quando Ed faz brincadeirinhas sobre o cheiro do meu almoço nem quando Judy fica mexendo na droga do meu cabelo como se eu fosse *uma boneca*. Nem quando Rajesh nem sequer me olha nos olhos porque sabe que sou Dalit! E você acha que não me importo *com a missão*?

Joe abre a boca para responder, mas ela o interrompe, furiosa demais para sequer pensar em ter cuidado com as próprias palavras:

— A missão dessa organização é ganhar dinheiro, missão com a qual eu contribuo ganhando quarenta e três por cento a menos que Wash, embora ele não saiba fazer matemática básica!

— Padmini...

Mas ela está de saco cheio e seu coração está saindo pela boca e sua visão está turva com as lágrimas de raiva e ela balança a cabeça e começa a pegar suas coisas. Joe desiste e apenas olha em um silêncio constrangedor enquanto ela *sentimentalmente* sai da sala de reunião. E, ao passar pela baia de Wash, é óbvio que ela o vê olhando para ela com expectativa, *sorrindo* ao perceber que ela está chorando. Padmini se odeia por não conseguir mais conter as lágrimas, mas ao menos consegue manter o pranto silencioso ao passar por ele a caminho da própria mesa.

Já está saindo quando os seguranças chegam para escoltá-la. Essa é a norma nas empresas de tecnologia e finanças, e Padmini já esperava a escolta visto que é seu último dia, mas mesmo assim ela se sente constrangida ao ser acompanhada até a saída por dois homens gigantes enquanto carrega uma caixa contendo todos os seus pertences profissionais: um vasinho de babosa, alguns livros de consulta que ela guardava no escritório e o globo de neve que ganhou na última festa de Natal da empresa com os dizeres BEM-VINDA A NOVA YORK! Padmini está encerrando uma experiência de estágio que seria vista como extremamente bem-sucedida sob diversos aspectos, mas mesmo assim ela se sente envergonhada como se estivesse saindo mal da empresa. Provavelmente porque talvez esteja.

Padmini chega ao lado de fora e as portas se fecham atrás dela e ela se vê parada na calçada, tentando se acalmar. Sente-se entorpecida em todos os sentidos possíveis. Uma parte dela pensa fria e cinicamente que vai precisar se desculpar com Joe bem depressa para ao menos conseguir uma recomendação e uma boa avaliação geral de estágio. Mas *Como você teve coragem?* é o que ela tem vontade de dizer a Joe, e ela tem bastante certeza de que tem razão em se sentir assim. Foi *de fato* uma traição. Ela era a melhor funcionária da porcaria da equipe. Uma efetivação significaria poder relaxar um pouco pela primeira vez desde que chegou aos Estados Unidos. Errar de vez em quando. Talvez até descansar um fim de semana inteiro.

Mas agora, assim que se formar, terá de encontrar um emprego antes que seu visto de estudante expire. Não será muito difícil, dada sua experiência, mas o que ela precisa é de um empregador que esteja disposto a bancá-la no próximo passo do processo: o visto H-1B para profissionais especializados. Pode facilmente custar dez mil dólares para uma empresa contratar advogados e pagar todas as taxas necessárias para tal, e a aprovação é um tiro no escuro porque apenas certo número de vistos é aprovado por ano. Dado o custo e o risco, poucas empresas estão dispostas a apostar em um funcionário de nível básico que não tenha estagiado com eles. Padmini pode continuar trabalhando no país por alguns anos e pelo menos ganhar uma grana, mas depois disso terá de voltar a Chennai, uma cidade à qual ela não volta há mais de dez anos. E suas chances de retornar legalmente aos Estados Unidos para trabalhar ou para conseguir cidadania depois disso cairão de poucas para praticamente zero.

Ela ao menos consegue chegar ao metrô antes de cair em prantos.

Não há nada particularmente diferente em Nova York em relação a como as pessoas reagem a uma mulher chorando no transporte público, embora tais reações variem a depender do bairro em que se está. Ninguém diz nada enquanto ela está em Manhattan. Ainda é início de tarde, e não há muitas pessoas no trem a essa hora, a não ser turistas que se limitam a encarar Padmini. No entanto, quando o trem se aproxima da ponte, os passageiros de Manhattan descem e dão lugar a outros com destino ao Queens. Em algum ponto do Queens Plaza, uma mulher idosa, branca, talvez judia, aproxima-se e diz:

— Você tá bem, querida?

No mesmo momento, outra mulher mais velha, esta Desi, com um sotaque discreto de Mumbai, pergunta:

— Tá chorando por quê, irmãzinha?

Enquanto um rapaz latino mais ou menos da idade de Padmini se aproxima tateando os bolsos e oferece:

— Ei, precisa de uns lencinhos? Eu tenho aqui.

É como receber um abraço. Seu bairro a acolhe sutilmente, envolvendo-a em cuidados e afastando toda a frieza de Wall Street. Então, por um momento, Padmini não consegue conter o choro e desaba.

— Tá tudo bem — balbucia ela, pegando um lenço de papel que o rapaz lhe estendeu. — Desculpa. É que... é difícil às vezes. Essa droga de cidade.

As pessoas a seu redor concordam com a cabeça.

— Pau no cu dessa cidade — diz o garoto. — A gente precisa pensar assim pra conseguir viver aqui. Pau no cu da cidade.

Mais pessoas assentem diante da afirmação absurda e há alguns "É isso aí" empolgados vindos das outras pessoas no trem. É suficiente para arrancar uma risada de Padmini — o que ajuda bastante, embora não resolva nenhum de seus problemas. Bom, talvez resolva um deles: em um momento em que o mundo a fez se sentir desvalorizada e sozinha, mesmo esse breve instante de conexão humana é exatamente do que ela precisa.

E, de repente, do mais absoluto nada, ela é arremessada para outra realidade.

Ao menos é uma realidade familiar. As luzes do metrô passam do conhecido branco-esverdeado para tons vermelho-amarelados, quase crepusculares. As pessoas que a cercavam — o jovem latino prestativo, a senhora judia —, todas elas desapareceram, embora o pacote de lenços de papel do rapaz ainda esteja no banco em frente a Padmini. A própria Padmini também não está mais lá, não fisicamente, ao menos, mas já está acostumada com a recentralização peculiar de consciência que acontece sempre que se desloca para este lugar. É uma mudança metafísica de paradigma, um processo de transição da perspectiva de um pequeno ser humano de carne e osso para algo mais vasto, desconhecido, com múltiplas mentes. Uma das razões pelas quais ela e os outros se tornaram cidades é precisamente o fato de serem capazes de suportar saltos de identidade como aquele; não são levados à loucura pela súbita capacidade de ver e pensar como deuses.

Mas nada disso importa. Por que a cidade de repente a levou para lá?

Padmini visualiza a si mesma indo até as janelas do trem para dar uma olhada lá fora e, felizmente, sua versão extracorporal coopera. Ela não vê os edifícios do Queens do outro lado, e sim algo familiar e inquietante ao mesmo tempo: a árvore do metaverso. É imensa e abrange todos os mundos e está tanto em lugar algum como em todos os lugares ao mesmo tempo, de onde se pode testemunhar o dinamismo de todo o multiverso em uma propagação exponencial de possibilidades a partir de um agrupamento fractal em formato de couve-flor. *Se propagando a partir de onde?*, ela se perguntou pela primeira vez, esticando seu pescoço figurativo na tentativa de ver além do aglomerado contorcido mais próximo. Bem longe (mais longe do que o olho humano seria capaz de enxergar; não ser mais um ser humano veio a calhar), ela consegue distinguir um tronco absurdamente longo abaixo da árvore. Ele é formado de universos que surgiram inúmeras eras antes do universo de Padmini, e cujo crescimento foi nitidamente menos diverso e caótico do que o crescimento daqueles que estão na copa da árvore. Faz sentido. Provavelmente não havia muitos pensamentos impactando o multiverso quando a vida em si não passava de amebas.

Mas Padmini não consegue enxergar as raízes do tronco — se é que uma massa de universos que se multiplicam infinitamente pode ter raízes. Isso acontece porque a parte que ela vê do tronco termina em um fulgor tão brilhante e intenso que é impossível ver além. *A gente não deve ir até lá*, pensa ela com uma repentina certeza instintiva. Mas faz sentido, não faz? Uma folha morre quando cai da copa da árvore sobre o mesmo solo que nutre suas raízes. Não é culpa da folha ou do solo; a folha simplesmente desempenha um papel específico no ciclo de vida da árvore, e as coisas das quais ela precisa para sobreviver não estão presentes no chão. Além disso, a luz é intensa *até demais,* vai muito além da luz solar e é muito mais impactante, como mil e uma supernovas em pleno esplendor. Mesmo não tendo olhos, Padmini precisa parar de olhar naquela direção porque o brilho começa a causar dor.

*O que você tá tentando me mostrar?*, pergunta Padmini a seu bairro.

O bairro responde na língua que ela melhor domina entre as três que compreende — não com palavras, mas com números, símbolos e equações que surgem em um ritmo frenético no ar ao seu redor. Ela percebe que são conceitos de estado quântico, mais especificamente

$$\frac{-\hbar^2}{2m}\frac{d^2\Psi(x)}{dx^2}+\frac{1}{2}m\omega^2x^2\Psi(x)=E\Psi(x)$$

que é uma das equações de Schroedinger. Seria a equação de colapso da função de onda? Enquanto ela assiste, as variáveis continuam a se preencher na equação cada vez mais rápido. Parecem estar *decrescendo* à medida que as rodas do trem guincham e o vagão sacode cada vez mais rápido. Padmini só teve disciplinas eletivas de física na universidade e não se lembra de muita coisa, mas tem a impressão de que aquilo pode estar relacionado a autoestados, à quantidade de energia quântica presente em um sistema, basicamente. Mas o que isso quer dizer naquela situação? Droga, ela deveria ter pegado mais disciplinas de física, mas estava preocupada com a média...

... E, por alguma razão, flutuando em sua forma incorpórea em meio aos dez bilhões de universos em expansão, Padmini sente que está sendo vigiada. Mas quando "olha em volta", não há ninguém. Mas que...?

*atenuadores de percepção insuficientes, retomada de consciência iminente, abortar abortar abortar*

No instante seguinte, ela volta à realidade, e mais uma vez se vê no trem R em sua forma humana, segurando um pacotinho de lenços em uma das mãos. Está apoiada na mulher de Mumbai, que mudou de lugar e agora está sentada ao lado de Padmini com um braço em volta de seus ombros. Que viagem.

Beleza.

— Obrigada — balbucia Padmini, tentando sorrir e não parecer tão desorientada. — Obrigada pela gentileza. Desculpa, gente. Vai ficar tudo bem.

Mas isso não é verdade. Ela não faz ideia do que acabou de presenciar/sentir/ouvir/se tornar naquele outro lugar, mas sabe que tem algo errado.

O trem chega a Jackson Heights e ela desce na estação, onde permanece por um tempo, imóvel, enquanto a sensação de perigo iminente cresce.

Alguma coisa na estação? Assim como no caso da maioria dos trens do Queens, a plataforma ali não é subterrânea. O ar tem um cheiro que não é exatamente ruim; nada está fedendo (pela primeira vez na vida), mas mesmo assim algo diferente chama a atenção de Padmini. As coisas soam esquisitas também — mais ocas, mais distantes, um pouco metálicas. A caixa de papelão que Padmini carrega pegou umidade e começa a amolecer em suas mãos. Seus dedos estão dormentes. Isso está acontecendo porque está segurando a caixa há muito tempo, ou...

... ou é porque o Queens não está mais vivo?

Caramba. Faz só três meses desde que Padmini se tornou Nova York, mas nesse meio-tempo ela se acostumou a perceber a cidade através de sentidos que seres humanos normais e unidimensionais não possuem. De repente, todos esses sentidos desaparecem. Mas como é possível o Queens não estar mais vivo? *Ela* ainda está viva. Não houve nenhuma grande catástrofe que abriu uma cratera entre o Brooklyn e Long Island — mas, de repente, pela primeira vez desde que a cidade despertou, o Queens é só um lugar. Não está morto, mas não tem nada de especial. E Padmini também... não tem nada de especial.

Atordoada, ela permite que seus pés façam automaticamente o trajeto até em casa. Mesmo caminho todos os dias. É estranho percorrê-lo à luz do dia, já que raramente chegava em casa antes de escurecer quando ainda tinha um emprego. É muito estranho sentir os pés simplesmente pousando sobre o concreto sem as pequenas reverberações a cada passo, sem receber emoção e energia em troca. Ela respira, mas a cidade não respira com ela. Antes de se tornar o Queens, ela ficava cansada só de subir uma escada na estação do metrô; com o estágio e seus esforços para manter uma média alta na universidade, não sobrava muito tempo para fazer exercícios físicos. Antes, em estações como a da Times Square, onde o percurso para chegar ao trem 7 parece tanto com uma maratona que até estamparam um poema nas paredes sobre cansaço ao longo do percurso, ela sempre ficava suada e ofegante. Mas ela passou três meses percorrendo esses mesmos trajetos na maior tranquilidade, sem que sua frequência cardíaca sequer se alterasse, e *não tinha percebido isso* até este momento. Como é que...

— Xing ling do caralho — murmura uma voz atrás dela.

Padmini se encolhe e se arrepende imediatamente. Tem de lidar com importunação pública tanto em Chennai quanto em Nova York praticamente desde a puberdade, então sabe que não deve demonstrar nenhum sinal de desconforto ou medo. Pode ser que o cara não esteja se referindo a ela; ela não é chinesa ou japonesa, ou o que quer que "xing ling" queira dizer. Talvez seja um apelido entre amigos e ele esteja confundindo Padmini com outra pessoa? Não importa. A reação de Padmini não passa despercebida.

— Você aí — diz o cara, agora mais alto.

Ela escuta ele se levantar de onde está, escuta passos em sua direção. Pessoas caminhando no sentido oposto olham de cara feia para algo atrás dela. Padmini acelera um pouco o ritmo, embora isso também seja uma demonstração de medo, mas o homem também começa a andar mais depressa.

— Estou falando *com você*, japa. Lixo humano. *Imigrante ilegal desgraçada.* Vindo pra cá pra roubar emprego e espalhar vírus.

Isso, justo no dia em que Padmini perdeu o emprego porque um homem branco incompetente decidiu implicar com ela, é como uma bofetada. Ela já está se virando, já está furiosa, já está abrindo a boca para gritar "Vai se foder" antes mesmo de que seu cérebro tenha tempo para processar que essa não é a coisa mais sensata a fazer.

Ela já viu aquele homem antes, ali mesmo na estação. É um homem preto na casa dos quarenta usando uma calça de pijama, chinelos e um moletom do Mets. Padmini não acha que ele esteja em situação de rua; sempre está limpo e com os dreadlocks arrumados, e ela já o viu entrando em um prédio enorme próximo ao Kebab King. Ele sempre está por ali, embora na maioria do tempo fique apenas sentado falando sozinho ou pedindo uns trocos para quem passa pela área; ela inclusive tem a impressão de já ter dado algum dinheiro a ele. Hoje, no entanto, ele está de pé e mais alerta do que em todas as vezes que ela o viu. Quando Padmini o confronta, ele para onde está, parecendo confuso.

— *Vai se foder* — repete ela. — Ninguém tá roubando seu emprego! E se estiverem, talvez seja porque você fica por aí enchendo o saco das pessoas. Vai dar um jeito na sua vida, seu filho da puta. Me deixa em paz!

Alguém por perto ri, outra pessoa bate palmas, mas o homem parece genuinamente constrangido, o que desarma Padmini. O coitado provavelmente é esquizofrênico ou algo assim. Não significa que seus insultos sejam aceitáveis ou que não saiba se controlar — ele claramente escolhe alimentar os próprios delírios com boas doses de estereótipos e televisão sensacionalista; neste momento, porém, ela está descontando nele as próprias frustrações mais do que qualquer outra coisa. Quando o homem se cala, Padmini dá meia-volta com um suspiro de frustração e continua seu caminho. Foda-se essa cidade, foda-se o que quer que esteja acontecendo com ela. Ela só quer chegar em casa.

Mas, assim que Padmini sai das sombras do trilho do trem, um trovão rasga o céu com um estalo.

Ela se vira, assustada, e vê uma coisa comprida e sinuosa descendo pelas nuvens carregadas. Em um primeiro momento parece se tratar de um cabo de energia muito longo que se soltou de um poste ou de um prédio... mas não há postes ou prédios daquela altura por perto. E então ela percebe que a coisa está se mexendo sozinha, avançando em sua direção, contra o vento. E, que merda, o cabo é *branco*.

Então ela se lembra, estremecendo: o Queens não tem mais vida. O que significa que Padmini é apenas uma mulher comum sem nenhum poder extradimensional...

... então não há absolutamente nada que ela possa fazer quando o longo fio branco (que *de fato* é tipo um cabo, embora com certeza não tenha sido instalado pela empresa do setor de energia) se desloca pelos trilhos parecendo praticamente inofensivo e se enrosca em volta de um poste... para logo em seguida se enrolar nas pernas do homem que a insultou. Ele ainda está olhando para Padmini, não para o cabo; será que não está percebendo? Então, quando o cabo alcança a altura de sua nuca, a extremidade se transforma não na ponta curta que se esperaria ver ao fim de um cabo, mas em algo parecido com uma flor, abrindo-se em pétalas de aspecto argiloso. E o interior do cabo não é feito de fios entremeados, mas de algo mais fino, algo familiar. Uma gavinha branca. A princípio, a coisa se agita desesperadamente no ar, mas logo depois fica imóvel, como se estivesse se orientando, e em seguida mira com foco impressionante bem na base da nuca do homem.

Padmini estende a mão e abre a boca...

... mas continua parada ali, impotente e atônita, enquanto o cabo-flor insólito ataca com a agilidade de uma cobra. O homem tem um leve espasmo e arregala os olhos quando o cabo penetra sua nuca... e depois fica imóvel. Não está morto ou inconsciente. Pisca uma vez, duas, franzindo as sobrancelhas e olhando em volta como se estivesse ouvindo vozes. Então Padmini vê as "pétalas" da coisa, abraçando a nuca do homem e avançando por seu maxilar; elas parecem tentar encontrar a posição perfeita antes de se acomodar, como uma mão procurando o jeito certo de segurar algo com firmeza.

Então, devagar, o rosto do homem começa a se distorcer.

Ninguém parece perceber. Ali é Jackson Heights; há pelo menos cem pessoas no campo de visão da cena, andando pela rua ou dando uma olhada nas barraquinhas de fruta ou encarando o próprio celular.

Nenhuma delas tem reação alguma quando, lentamente, o olho esquerdo do homem se move para baixo e o direito aumenta. Em seguida, a cor começa a desaparecer de sua pele — não em manchas graduais como seria com vitiligo, por exemplo, mas de todo o corpo de uma só vez. A ausência de cor também não é parecida com o tom de pele do albinismo negro; é de um branco intenso e não humano. As maçãs do rosto dele se esticam e se tornam sobrenaturalmente afiladas nas extremidades sob a pele. A estatura do homem também parece aumentar: ele já está dois metros mais alto do que Padmini e continua crescendo depressa. Em um piscar de olhos, passa a ter quatro braços. Padmini recua um passo e desvia o olhar por um instante, e quando olha de novo ele tem seis pernas. Ela pisca os olhos uma, duas, três vezes porque não consegue acreditar no que está vendo, e de repente são oito pernas, *doze pernas*. O homem começa a perder o equilíbrio, agora com mais membros do lado esquerdo do corpo do que do direito. Quando ele abre a boca em um sorriso largo de anfíbio que se parece com um rasgo sinistro no rosto, Padmini vê que suas gengivas estão forradas por pequenos dentes quadrados. *Ninguém faz nada.* Algumas pessoas enfim recuam um passo quando ele grita com uma voz retumbante: "SUA FORASTEIRA. FORASTEIRA DO CARALHO". Agora parecem ouvi-lo, ou ao menos um eco de seus gritos, ou talvez ouçam apenas a maldade que emana daquelas palavras. Mas ninguém *enxerga* quando ele abre várias mãos cheias de garras e avança em uma passada confusa e cheia de pernas.

— SUA FORASTEIRA XING LING DO CARALHO.

— Nem *fodendo*! — balbucia Padmini antes de se virar para sair correndo.

Não é algo típico de Padmini; o Queens nunca desiste — mas o Queens foi arrancado dela, então ela entra em modo de autopreservação. Padmini consegue dar cerca de três passos antes de sentir o chão estremecer sob o peso de algo imenso logo atrás dela, como se o homem a estivesse perseguindo aos saltos. Alguma coisa atinge sua nuca. Não dói, mas a intensidade do golpe a arremessa cerca de um metro à frente. Quando ela cai, a caixa de papelão cede de imediato; ela aterrissa dolorosamente com as costelas sobre um livro e o seio sobre o vaso de cerâmica com a babosa. Morrendo de dor, ela consegue se equilibrar sobre um dos joelhos, mas a agonia não é nada comparada ao pânico que sente ao perceber os passos errantes se aproximando dela.

— Ei! — grita alguém.

Surpresa, Padmini olha para cima. O Homem-Centopeia está parado com três de seus pés erguidos no ar, encarando uma mulher de pele escura usando hijab que se colocou entre os dois. Ela é mais velha, deve ter por volta de sessenta anos e está segurando… uma cópia do *Daily News*? Padmini não vê alguém ler jornal de papel há anos. A manchete diz "PEGUE AS LINHAS V S F DO TREM, PANFILO" com o V, o S e o F na mesma tipografia usada para as linhas do metrô. Ah, é mesmo; um cara novo acabou de oficializar a candidatura para as eleições de prefeito de Nova York, não foi? Padmini se lembra de ouvir pessoas no trabalho comentando que o sujeito era um babaca de mão-cheia e… Ela está se distraindo. A senhorinha ainda está falando.

— Tá ficando maluco? — grita ela.

Ela enrola o jornal e, para a surpresa de Padmini, usa o rolo para dar uma pancada no monstro. Não é uma pancada tão boa. Já faz muito tempo desde que Padmini segurou um jornal, mas se lembra de que é preciso enrolá-lo bem apertado para desferir um golpe efetivo. Os cadernos voam para todos os lados, porém, porque a senhorinha usa toda sua força no movimento.

— Como você tem coragem? *Tá ficando doido?*

— FORASTEIRA IMPRESTÁVEL… — O monstro começa a dizer.

— Imprestável é *você!* — grita um homem usando um uniforme de uma empresa de entregas. Também tem dreadlocks e é mais ou menos da mesma idade que a senhora, só que mais alto. — Vai bater em uma menina com metade do seu tamanho? Seu vagabundo! Deixa as pessoas em paz! Vai tomar a porra de um banho!

De repente, outras pessoas começam a gritar ao redor deles, ecoando o *"Tá ficando doido?"* da senhorinha. Mais vozes, mais estímulos, mais energia colérica, tudo reverberando e tingindo o ar...

Calma aí. Tingindo o ar?

Padmini se levanta no momento em que as reverberações de energia ao seu redor parecem ganhar força e emanar ainda mais ondas. Quando fica de pé, ainda que cambaleante, consegue vê-las se refletindo em toda superfície à volta, ficando mais fortes à medida que uma alimenta a outra. As ondas ricocheteiam contra a calçada. Contra a fachada de uma padaria próxima. Contra o próprio Homem-Centopeia, que estremece ao senti-las e encara Padmini de olhos arregalados e verticalmente alinhados que parecem de novo tomados por um olhar constrangido e confuso. A energia circulava de ponto a ponto cada vez mais rápido, contínua e crescente, cada onda fortalecendo a próxima, até que...

*É como dar um tranco em um motor,* conclui Padmini, embora nunca tenha feito isso na vida e não tenha a mínima ideia de como fazer. Mas a metáfora faz sentido porque, segundos depois, Padmini sente as calçadas começando a vibrar e o céu ficando mais claro e respira fundo quando o poder da cidade entra em seus pulmões e se espalha por seu corpo e por sua mente e por sua alma. *Ela é Nova York outra vez.* É o bairro da classe trabalhadora da cidade, das massas que estão de saco cheio das palhaçadas alheias. Eles estão do lado dela. O *Queens* está do lado dela.

Padmini sorri. Dessa vez, mal sente os cortes e os machucados ao se virar para encarar o inimigo. O Homem-Centopeia recua quando ela avança — aparentemente não é tão fácil andar depressa com vinte pernas, porém, e ele tropeça. Mas não importa. Ela o tem na palma da mão agora. Tudo sob controle.

O globo de neve que Padmini levava na caixa rola e para a seus pés; assim funciona a magia da cidade. Ela estende o braço e a esfera salta para sua mão. A "neve" rodopia sem parar dentro do globo, mas ainda é possível ler os dizeres BEM-VINDO A NOVA YORK! na plaquinha segurada por um pequeno King Kong que cumprimenta a Estátua da Liberdade com um *high five.* Quando Padmini sorri pensando no absurdo daquilo, a neve gira ainda mais rápido, e ela sente o globo de plástico ficar gelado contra a pele. Bem-vinda a Nova York, hein?

— É bom estar de volta — diz Padmini.

Então vira o globo de neve na mão e o bate com toda a força no rosto distorcido do homem.

A esfera se estilhaça no mesmo instante, espirrando água gelada que chia contra a pele dele com um barulho terrível de carne sendo queimada. Alguém ao redor grita; a boca do homem não se mexe, mas Padmini consegue ouvir o berro alto e agonizante de algo não humano. Ela ouve um estalido quase elétrico logo em seguida, quando o cabo de energia vindo da Dimensão X se desprende da cabeça do homem. Em seguida, ele volta a ser ele mesmo, de pé sob duas pernas e com apenas dois braços, piscando desenfreadamente na tentativa de tirar água e neve falsa de olhos humanos em um rosto humano.

— Não encosta em mim, vadia — murmura ele para Padmini, com nojo, enquanto esfrega os olhos.

Parece confuso outra vez, como se não soubesse por que seu rosto está molhado.

De repente, do mais absoluto nada, ele é arremessado para longe. Um cara grandalhão, meio careca e talvez italiano, sai de uma padaria e acerta o homem com um golpe do ombro.

— Você é que não vai encostar nela! — grita ele.

A pequena multidão que se formou no local aplaude a cena. O homem antes conhecido como Centopeia geme e se contorce debilmente no chão, enquanto o Careca da Padaria ergue a mão e se vira para o grupo presente com um sorriso, aceitando a bajulação.

O Cara do Uniforme se aproxima de Padmini.

— Você tá bem?

— Aham — responde ela. — E você?

— *Mi deh yah*. Não foi na *minha* cara que bateram com um globo de neve — diz ele com um sorriso.

Padmini retribui com uma risada um pouco histérica, mas extremamente necessária.

— Não deixa ninguém machucar aquele cara — pede ela, embora não haja razão para esperar que o Cara do Uniforme faça alguma coisa. — Ele é um imbecil, mas você sabe como a polícia é.

Ninguém merece morrer só por ser um imbecil.

— Minha rainha — diz o Cara do Uniforme, admirado. — Gentil até demais. Mas tudo bem, xá comigo.

Ninguém toca no ex-Centopeia. Um outro rapaz ajuda Padmini a juntar os itens da caixa que se espalharam pelo chão. Ela olha em volta procurando a senhora muçulmana e a avista do outro lado do amontoado de pessoas, guardando o jornal dentro de uma sacolinha de compras e indo embora. Padmini grita para agradecer-lhe novamente, mas ela não parece ouvir.

Sirenes de polícia soam à distância. Provavelmente não tem nada a ver com o breve tumulto; só se passaram cinco minutos desde o início da confusão, e a polícia de NY nunca chega rápido neste bairro. Mesmo assim, é hora de cair fora. Ela precisa contar aos outros o que aconteceu. A gavinha descendo do céu, a instabilidade do poder da cidade, toda a bizarrice quântica; nada disso deveria estar acontecendo. Hora de convocar uma reunião.

Antes de mais nada, porém, Padmini vai para casa. Ela precisa da família. Seus arranhões e hematomas já sararam, mas ela decide que precisa de um longo banho de banheira com sais perfumados, um travesseiro para chorar e talvez alguns daqueles tais brigadeiros que começou a adorar depois que conheceram São Paulo. Tem uma padaria brasileira no caminho para casa.

Assim, a Rainha do Queens recupera seu trono. E logo depois percebe que alguém roubou seu vasinho de babosa. Porra de cidade. É a melhor do mundo.

# UMA PUTA DE UMA CIDADE!

Manny está sentado em seu escritório tentando decidir se deve ou não trancar a pós-graduação.

Está indo bem apesar da recente transcendência para além da existência corpórea e unidimensional. Fechou dois cursos de verão com nota máxima. Agora, no período do outono, ministrou uma disciplina introdutória de meio semestre para alunos da graduação e as avaliações que recebeu como docente foram esplêndidas. No portal usado para avaliar os professores, a nota de Manny é cinco de cinco, com comentários que incluem "atencioso", "disciplina difícil", mas também "aulas muito interessantes que deixam claro que o professor investe muito tempo considerando ética e ontologia". Pelo menos três comentários foram marcados como inapropriados porque especulam sobre suas tendências sexuais e o tamanho de seu pênis, mas poderia ser muito pior.

Ele veio a Nova York para isso. Devia ser algo importante para a pessoa que era antes. Mas agora que ele *é* Nova York, ou pelo menos uma parte significativa dela, terminar o doutorado em teoria política de repente parece uma perda colossal de tempo.

Ele também não precisa trabalhar como professor assistente, já que há uma conta bancária em seu nome com cerca de trezentos mil dólares (ou, melhor dizendo, no nome que Manny tinha antes), e aparentemente tem muito mais dinheiro de onde esse veio. Ele recebe depósitos regulares de várias fontes, incluindo uma empresa de consultoria, uma empresa de capital de risco, um fundo de cobertura, um fundo fiduciário apenas em seu antigo nome e outro ligado a uma corporação cujos principais acionistas são várias outras pessoas que têm o mesmo sobrenome que ele. Manny também recebe uma grana de uma equipe esportiva nacional da qual é coproprietário — não é nenhuma das de Nova York. Ele precisou cavar fundo para descobrir tudo isso, já que a confidencialidade de cada uma das fontes está protegida por uma camada complexa de incorporações, contas no exterior e outras complexidades contábeis que parecem não servir para nada além de dificultar a vida de qualquer um que queira descobrir onde Manny arranja dinheiro. Durante sua investigação, ele ficou surpreso ao perceber que sabia exatamente em quais lugares procurar e que tipo de confidencialidade — ou de maracutaia — buscar. Se não foi o próprio Manny que fez tudo isso, ao menos sabe exatamente como foi feito.

Ele chegou a algumas conclusões ao descobrir que, ao que parece, clandestinamente tem alguns milhões de dólares. A primeira é que precisa parar de tentar descobrir coisas. Ele não quer saber no que se meteu antes de ser Nova York, e há grandes chances de que as outras pessoas envolvidas percebam sua atividade e a considerem um pretexto para entrar em contato. A segunda conclusão é que ele definitivamente não precisa de um diploma de doutorado... mas precisa de Nova York.

Precisa passar as noites parado em telhados, contemplando a paisagem urbana e respirando o ar da cidade. Precisa ficar na cama de manhã depois de acordar prestando atenção no som dos ônibus freando e das sirenes das ambulâncias. Não se trata apenas de um anseio bobo ou de um capricho espiritual. Em algum nível não muito natural, Manny começou a entender que quando o bairro de Manhattan está em sintonia com ele, e vice-versa, tudo flui melhor. Há menos acidentes de carro, e os que acontecem mesmo assim são menos graves e se resolvem mais depressa. Há menos vandalismo, menos ratos. Nova York como um todo está passando por maus bocados neste momento. A queda da ponte Williamsburg foi um baque para a economia da cidade. Os engarrafamentos — já que agora a cidade tem apenas quatro pontes principais em vez de cinco — têm sido estratosféricos, embora Manny esteja se esforçando para evitá-los. Para piorar tudo, a Williamsburg, uma ponte velha e enferrujada sem nenhum dos atributos arquitetônicos das pontes do Brooklyn e de Manhattan, era a mais utilizada pela maioria dos residentes do Brooklyn e do Queens — os bairros mais populosos da cidade — no deslocamento diário. A consequência foi que muitas pequenas empresas de ambos os lados da ponte fecharam, resultando em um aumento catastrófico do desemprego e na migração da população para outros bairros. Muitos dos cidadãos da cidade mudaram de endereço; Manny consegue sentir um fluxo sólido de gente indo para o Brooklyn e uma porcentagem menor para o Queens e o Bronx. Também não há muita entrada de dinheiro para compensar o déficit porque Manhattan perdeu muitos bairros para a gentrificação na última década; há trechos inteiros da ilha com mais imóveis de investimento desocupados e Airbnbs ilegais do que apartamentos para locação. Assim, os recém-chegados à cidade acabam indo, em sua maioria, para os outros bairros. Alguns nova-iorquinos foram embora de vez em busca de lugares mais seguros, assustados com a vulnerabilidade da cidade escancarada pela queda da ponte. Esse medo foi alimentado por teorias de conspiração da direita sobre o que causou o acidente, indo desde a ISIS até alienígenas trazidos até a cidade por George Soros para dominar o planeta. Apesar de tudo isso, a população geral da cidade aumentou.

Há conflitos em qualquer grande metrópole, faz parte da vida urbana. Ainda assim, o resumo da ópera é que Nova York está apreensiva, e sua inquietude reverbera pelo multiverso de maneiras estranhas. A sensação é difícil de explicar — algo entre a terrível suspeita de estar sendo observado e a impressão de estar caindo.

Manny quer fazer algo a respeito dessa sensação de desastre iminente, mas desconfia que isso não é papel dos avatares da cidade. Há algo eticamente questionável na possibilidade de um avatar agir de forma a alterar a cidade — um conflito metafísico de interesses, trazendo teoria quântica para um embate político. Mas por que uma cidade não deveria tentar cuidar de si mesma? Manny come de maneira saudável, está em dia com sua vacinação, faz check-ups regularmente — ou pelo menos fazia antes de se tornar um ser semi-imortal. Estar ativamente envolvido na "saúde" de sua cidade não é a mesma coisa?

Manny suspira e arrasta a cadeira para se levantar. Precisa andar logo se não quiser se atrasar para a reunião na casa de Brooklyn.

Apenas três meses se passaram desde os dias turbulentos no mês de junho quando Manny e os outros percorreram toda a cidade tentando frustrar os planos da Mulher de Branco, mas ele não pretende ser pego desprevenido outra vez. É difícil explicar as habilidades peculiares que fazem parte do pacote de ser uma cidade. Na verdade, a coisa toda tem mais a ver com instinto, sensibilidade, conforto e autoaceitação do que com habilidades em si. É algo que vem naturalmente, embora parta de uma complexidade ecológica que desafia a compreensão humana. É a aculturação de uma identidade pós-humana vivenciada por poucos indivíduos ao redor do mundo.

— É apenas... Manhattan sendo Manhattan — murmura Manny para si mesmo, sorrindo quando a cidade vibra em concordância.

Ele está na Columbia, no portão mais próximo à estação de metrô da 116, mas só para se orientar. Os outros dizem que é mais difícil fazer isso na hora do rush do que em qualquer outro momento do dia, e é verdade, mas Manny tem alguns truques para facilitar as coisas. Ele se posiciona sobre uma das grades do metrô, atento aos sons de um trem parado na plataforma abaixo. Depois estende as mãos para sentir na pele a lufada suave de ar quente e fedorento vindo da estação. (Ninguém olha para Manny enquanto ele faz isso. Esse tipo de comportamento esquisito não chama a atenção de ninguém em Nova York, e ele não se importaria se chamasse, porque poucos nova-iorquinos se importam com o que as outras pessoas pensam deles.) Ele fecha os olhos e relaxa, deixando a mente se desprender das restrições da carne humana. Agora sim. Tudo pronto.

Quando ouve o ding-dong que alerta os passageiros de que as portas do vagão estão prestes a se fechar, Manny abre os olhos. Em um segundo ele está na esquina dos portões da Columbia, exibindo um sorriso dúbio, resultado da soma de milhares de passageiros irritados e exaustos após o trabalho que querem chegar em casa logo. No outro, Manny desaparece, invisível aos olhos humanos enquanto é carregado pela energia do trem. Mas ele usa mais do que o trem; esse é o truque. O 1 é uma linha de bairro, afinal, e por ter várias paradas a viagem acaba sendo meio lenta.

O ideal é se apegar não ao trem em si, mas ao conceito da *pressa para chegar em casa*. Isso permite que Manny compense a velocidade intermitente do metrô com a velocidade implacável de um entregador que está usando uma bicicleta elétrica ali por perto, ou com a de um adolescente pilotando uma motoca Lime sem capacete — embora as duas coisas signifiquem que de vez em quando ele sente a dor de trombar com uma porta aberta sem aviso. Não há recompensas sem riscos. Mas agora ele está passando pelo Lincoln Center, estendendo os braços e respirando fundo com uma euforia que o faz sentir vontade de cantar. Ele costura pelo meio da Times Square, resistindo ao impulso de olhar em volta embasbacado como se fosse um turista e ao mesmo tempo resmungando, irritado como um nativo de Nova York quando turistas atrapalham sua passagem. Mas em um piscar de olhos ele está percorrendo a calçada da rua 14. *Será que paro para pegar algo para o jantar na feirinha? Será que o médico já prescreveu meus remédios? Será que vai chover?* E é difícil sair dali porque a 14 é extremamente agitada, mas Manny consegue se agarrar a um estudante da NYU particularmente acelerado que está pilotando um monociclo elétrico. De repente ele se vê no Battery Park, sendo levado por um jovem caminhando em um ritmo frenético que finalmente está chegando à conclusão de que um salário alto não vale muito se as cem horas semanais o mataram antes que ele possa aproveitá-lo.

Manny desacelera ao seguir uma equipe de roller derby que está em meio a um treino e depois deixa sua mente viajar com a balsa em direção ao Red Hook no Brooklyn. De lá é fácil pular para uma van em busca de passageiros e, por fim, Manny recupera sua existência corpórea aos tropeços na esquina da Bedford com a Fulton, rindo ao tentar se equilibrar em um poste de luz. Alguém acaba vendo a cena porque, quando estão em seus bairros, as pessoas tendem a ser mais observadoras do que quando estão indo e vindo do trabalho, mas Manny não parece perigoso, então, mais uma vez, ninguém se importa. Uma mulher mais velha xinga Manny por esbarrar nela enquanto ele tenta recobrar o equilíbrio e, por um momento, sua consciência se estende e ele tem acesso a pensamentos em um inglês carregado de sotaque — *Atrapalhado de uma pinoia, provavelmente tá drogado, se Deus quiser a juventude vai aprender a ter respeito um dia, meus pés estão doendo tanto...* E Manny enfim volta a ser ele mesmo, apenas um atrapalhado de uma pinoia usando calças cáqui e se desculpando em árabe. A mulher suspira e vai embora. Certo. Melhor ir andando daqui.

Jojo, a filha adolescente de Brooklyn, abre a porta quase no exato instante em que ele toca a campainha.

— Oi, Manny — cumprimenta ela, um pouco ofegante. — Mamãe disse que você ia vir. Como estão as coisas? Tá gostando de Nova York? Ah, sabe o que eu ia te perguntar? Você dá aulas particulares?

— Eu... hã... — responde Manny, atordoado com a enxurrada de perguntas.

— Sossega esse facho, garota — diz Brooklyn, aparecendo logo atrás dela. Jojo suspira e revira os olhos (virada de costas para a mãe de modo que ela não possa ver) e sai pela porta, passando por Manny e depois se virando para acenar para os dois. — Volta assim que as luzes dos postes se acenderem — ordena Brooklyn.

Jojo acena outra vez, impaciente, e vai embora.

Brooklyn a acompanha com o olhar, cheio de uma apreensão afetuosa.

— Acho que alguém tem uma quedinha por você.

— Nossa — responde Manny, ruborizando quando finalmente entende. — Hã... Foi mal?

Ele nunca soube ao certo o que Brooklyn pensa dele.

Brooklyn acha graça ao vê-lo desconfortável.

— Quando eu tinha a idade dela, ficava caidinha por caras que faziam permanente, então pelo menos ela tem bom gosto. Entra.

Quando entra, Manny fica aliviado ao perceber que não é o último a chegar; não há nem sinal de Padmini. Brooklyn vai buscar bebidas na cozinha, onde Veneza e Bronca estão tendo uma discussão sobre... couve-manteiga? Neek está diante das janelas da sala, cujos vitrais filtram a luz do pôr do sol iluminando o interior do apartamento com tons de cor-de-rosa e laranja. Ele olha para Manny e o cumprimenta com um gesto de queixo. Manny responde com um aceno de cabeça meio sem jeito, porque tudo entre eles funciona assim. A vontade de ir até Neek é forte.

*Vai com calma*, sussurra o bairro de Manny das profundezas de sua alma. Manhattan é uma cidade de ímpeto e de atos ousados — e também de estratégia fria e calculista. *Pega leve. É tipo um jogo entre caça e caçador; se você fizer movimentos muito bruscos, vai assustar o garoto. Faz ele se sentir seguro e ele vai baixar a guarda.*

Manny (a versão que não é a cidade) suspira. Tá bom. Beleza. Ele consegue pegar leve.

Veneza aparece com um maço de folhas verde-escuras e o enfia em uma mochila jogada sobre um pufe.

— E aí, Mannahatta.

Manny olha para as hortaliças.

— Você parou na feira em meio a uma crise extradimensional?

— Cara, a gente sempre tá em crise. Além do mais, isso aqui estava em promoção, apesar de a B1 achar que ainda estava caro — diz ela, franzindo a testa e se jogando no pufe. — Tô tentando comer melhor, mesmo não precisando mais comer. Na real, queria mesmo é que a cidade desse um jeito de eu não precisar mais pagar aluguel. Quer dizer, fico feliz pelo aluguel da cobertura no precinho, mas você entendeu o que eu quis dizer.

— Provavelmente existe uma forma de não pagar aluguel — diz Manny, sentando-se no sofá.

(Neek está logo atrás dele. Manny parece sempre se orientar considerando a posição do garoto.)

— Uuuuh, tá vendo? Por isso eu gosto de você, Manny. Desembucha...

Mas Bronca a interrompe, vindo da cozinha com uma cara desconfiada.

— E é por isso que você nunca deve ouvir o Mannahatta. *Ele* provavelmente conseguiria um negócio desses, mas Jersey City não tem o mesmo jogo de cintura pra esse tipo de trambique.

— Fale por você. Eu sou cem por cento da turma do trambique. — Veneza puxa a manga da camisa e balança os braços. — Olha aí, tô metida em trambiques até os cotovelos. Até minha manicure é trambiqueira, eu...

Ela interrompe o raciocínio quando Brooklyn abre a porta para receber alguém.

Quando Padmini entra, sua aura de infelicidade é imediatamente palpável, evidenciada pelo rosto vermelho e pelos olhos inchados. Está usando um conjunto de moletom folgado e emana um aroma herbal, como o de sais de banho ou de pot-pourri. Por alguma razão, Padmini está segurando um daqueles globos de neve baratinhos e pequenos, que giram nas mãos de vez em quando como se fossem um *fidget toy*. Ainda há uma etiqueta vermelha com o preço colada na base do globo.

— Oi — diz ela, sentando-se pesadamente no sofá.

— Tá tudo bem? — pergunta Veneza, franzindo a testa. Eles ficaram sabendo sobre o ataque, mas fica claro que Padmini minimizou o impacto sobre ela. — Você... não parece bem.

— Tô bem agora que já passou, mas não consigo parar de pensar no que rolou... — A expressão em seu rosto faz com que Manny considere ir buscar uma caixa de lencinhos de papel, mas Padmini endireita os ombros. — Não mencionei isso na conversa porque achei que era algo particular e que não tinha nada a ver com a cidade, mas, pensando bem, tem a ver com a cidade sim. Antes de meu bairro apagar temporariamente e antes do monstro-centopeia xenófobo, eu... eu recebi a notícia de que não fui efetivada. Em vez disso, vou ter que voltar pro meu país depois da graduação.

Depois, enquanto todos encaram Padmini em um silêncio abatido, ela solta uma risada cansada.

— Mas isso é meio insignificante comparado à instabilidade da cidade, é claro. Só queria contar.

— Não, peraí — intervém Brooklyn. — Não era pra ser assim. Hong disse que todo esse negócio da cidade devia trazer sorte pra gente, que a cidade faria com que as coisas simplesmente dessem certo pra nós. Não é? Então você *devia* ter conseguido a efetivação.

Todos começam a falar de uma vez.

— Processa a empresa — sugere Manny.

Mas Brooklyn o interrompe:

— Se suas avaliações eram boas, a gente pode...

E Veneza:

— E se a cidade tiver transformado seu chefe em um babacão?

— Não, não, ele já era babaca bem antes disso — responde Padmini.

Bronca comprime os lábios e enfim interrompe o falatório com um assovio agudo.

— O poder da cidade nem sempre funciona como a gente imagina — diz ela quando todos param para olhá-la. De braços cruzados, Bronca está apoiada com o quadril no balcão da cozinha e tem um semblante concentrado. — Se fosse assim, ela nem sequer precisaria de nós, não acham? A gente tem que guiar a cidade. Ela precisa entender o que queremos e do que precisamos.

— Caraca — diz Veneza, parecendo processar a ideia. — Só que *querer* e *precisar* nem sempre são a mesma coisa. Se a cidade realmente não sabe diferenciar uma coisa da outra... então... tipo... pensa bem, Pzinha, você nunca gostou daquele estágio. Talvez...

Veneza para de falar assim que percebe para onde sua linha de raciocínio está indo.

Tarde demais.

— Quer dizer que acha que isso aconteceu por minha causa? Que o idiota do meu chefe tem razão e não me ofereceram o emprego porque eu não estava *feliz* trabalhando feito uma condenada sem receber hora extra? É verdade, talvez eu devesse ter *adorado* trabalhar pra uma megacorporação que destrói países pra ganhar dinheiro, assim minha família não teria hipotecado tudo o que a gente tem à toa!

— Não era o emprego certo pra você — diz Manny.

Mas ele percebe que só está continuando o erro de Veneza quando Padmini se volta para ele com um olhar furioso. É a coisa errada a dizer agora que a ferida de Padmini ainda está aberta, mas já que começou ele decide terminar.

— A gente esquece que a natureza dos nossos bairros complica as coisas. *Manhattan* é um lugar de alpinistas sociais que negociariam as próprias mães pra conseguir o salário dos sonhos. Mas com o Queens é diferente.

Manny ainda não descobriu *como* o Queens é, mas já entendeu que não tem nada a ver com isso.

— O Queens tem a ver com família — diz Neek, suave. Ele não se vira para retribuir o olhar dos demais e fala olhando para a janela, mas todos ficam em silêncio para ouvi-lo. — Pequenos-grandes sonhos. Um apartamento com aluguel estável, um carro que os vizinhos vão achar bonito. O Queens são pessoas que saem da lama e levam junto todo mundo que amam pra tentar ter uma vida melhor.

Padmini emite um grunhido frustrado.

— A vida da minha família seria muito melhor se eu tivesse um emprego na Wall Street do que trabalhando em um call center em Chennai!

— Você mal conseguia passar tempo com sua família — diz Brooklyn, gentil. — Eu me lembro de você me dizer isso. Você estuda, trabalha muito mais horas do que devia e ainda tem que lidar com as coisas da cidade. São *três* responsabilidades muito pesadas. Claro, dar duro é típico do Queens, *típico do nova-iorquino*, mas por quanto tempo você acha que aguentaria tudo isso? Como ajudaria sua família se caísse doente?

Isso parece mexer com Padmini. Ela abre a boca para responder, mas parece mudar de ideia e segue em silêncio, desviando o olhar. Quando Veneza se aproxima e senta-se a seu lado, Padmini olha para ela e suspira, pesarosa, aceitando silenciosamente um pedido de desculpas igualmente silencioso.

Bronca respira fundo, como se para encerrar aquela parte da conversa.

— Então vem aí *mais uma crise*. Por que essa droga de cidade não pode ter só uma por vez? Não respondam. Foi uma pergunta retórica.

— Mas a cidade *descidadizando* é uma das boas — observa Brooklyn, que está na cozinha com os antebraços apoiados do outro lado do balcão. — Se a gente tivesse que avaliar as crises, eu daria uma nota cinco de cinco pra essa. Também tem mais um velho branco gagá concorrendo a prefeito, mas isso acontece o tempo todo, então essa crise é uma nota dois. O que mais? Tenho a impressão de estar me esquecendo de alguma coisa.

Neek responde:

— Da branquela fazendo cabos de fibra óptica descer dos céus.

— É verdade, como fui me esquecer? — Brooklyn olha para Padmini. — Aquele cara machucou você, meu bem?

Padmini leva a mão à nuca.

— Não. Não fiquei com nenhum hematoma que eu tenha visto, e acho que escapei do efeito chicote. Só foi muito assustador, mesmo. — Ela morde a boca. — Comprei um globo novo na lojinha de um e noventa e nove só por via das dúvidas.

Para Manny, a parte mais assustadora de todas é que nenhum dos outros sentiu o que estava acontecendo. Normalmente isso acontece, eles sentem a presença e o bem-estar dos outros, mas durante um angustiante intervalo Padmini — e o

Queens — se tornaram pontos cegos na mente de Manny. Um nome do qual ele não conseguia se lembrar, uma parte da cidade que não conseguia mentalizar; mas só ele sentiu isso. Enquanto Padmini estava em apuros, Neek estava em casa sozinho e um quinto da cidade acendia e apagava feito uma lâmpada com defeito. Manny franze a testa, buscando discretamente sinais de outro colapso; se aconteceu, porém, Neek não está demonstrando nada.

Sem se dar conta (talvez) do olhar atento de Manny, Neek diz:

— Pelo que você diz, esse cara parece um pouco com aquela criatura grotesca que correu atrás de mim quando a cidade despertou. No começo parecia ser só uma dupla de policiais, depois acabou virando... uma coisa diferente.

Ele não dá mais detalhes, mas não é necessário. Todos já conhecem o tipo de horror para os quais a Mulher de Branco pode apelar. Padmini faz uma careta.

— É, acho que "coisa diferente" é uma boa definição. Mas isso não devia mais estar acontecendo, achei que a gente já tivesse *resolvido* o problema com ela.

— Não enquanto ela ainda estiver estacionada sobre Staten — diz Bronca.

— Mas não é surpresa. Pessoas (e branquelas cretinas, acho) que acreditam ter o direito de *tomar* alguma coisa não param até conseguirem o que querem.

— Mas por que a gente, hein, galera? — reclama Veneza. — Por que somos a única cidade que não consegue se livrar dela de uma vez por todas?

— Azar da nossa parte e planejamento antecipado da parte dela — responde Brooklyn, balançando a cabeça. — Mas eu concordo. Tô de saco cheio de ter que ficar na defensiva por causa dessa merda. Não tem um jeito de a gente ser a parte que ataca?

— Como? — Veneza se levanta e se põe a andar de um lado para o outro. — Será que a gente sequer consegue chegar até Staten Island? Eu nunca mais tentei. E ninguém pegou o número do avatar de lá antes de ela nos teletransportar pra cá. Que merda. Mesmo que a gente consiga, talvez a branquela já tenha *jantado* aquela idiotona a essa altura do campeonato.

— Ela tá viva — declara Neek. Quando todos olham para ele, ele dá de ombros e se encosta no parapeito da janela. — Ainda é parte de mim. É tipo, como... como se minha perna tivesse adormecido, mas ela ainda está aqui. De qualquer forma, já confirmei que a gente pode pelo menos chegar lá; a balsa e as estações da balsa ainda são eu. Depois da estação é outra história.

Manny sente um calafrio. Só há uma maneira de Neek saber disso.

— Você foi até lá?

A expressão de Neek é franca e tranquila.

— Aham. Queria ver até onde eu conseguia chegar. E a resposta é: dá pra chegar até a estação St. George. Esse é o limite. Um passinho pra fora da estação já é ela. Pensei que daria pra seguir a ferrovia até lá já que ela é feita por uma empresa nossa, mas não.

— Calma aí, você ficou doido? — diz Veneza, exasperada, antes que Manny tenha a chance. — Neek, fala sério, por que você não levou um de nós com você? E se tivesse sido atacado?

— Não fui — Neek dá de ombros de novo.

Manny percebe que o rapaz está irritado. Neek é um cara frio, a encarnação viva de Nova York; pouquíssimas coisas conseguem incomodá-lo, deixá-lo bravo ou impressioná-lo. Mas agora ele parece estar começando a ficar com raiva.

— E o que vocês iam fazer? — pergunta ele. — Eu não preciso de babás. Eu lutei contra ela sozinho, lembra? Vocês nem existiam ainda.

Veneza põe as mãos nos quadris.

— Pois é, e foi assim que você acabou em um coma sobrenatural. Mas desculpa por querer ajudar, *Cinderela*.

Bronca esfrega o rosto com as mãos.

— Bl, cala a boca, por favor.

Veneza estende o braço na direção de Neek em um gesto que diz: *Mas foi ele que começou*. Bronca faz uma cara de poucos amigos e declara:

— Não quero ficar aqui a noite toda, e já ficou claro que a gente precisa uns dos outros.

Ela se vira para Neek com um olhar igualmente ameaçador. Hoje em dia é avó, mas deve ter sido uma mãe linha-dura. O olhar é tão intimidador que Neek cerra a mandíbula e olha para o chão.

— Nenhum de nós é autossuficiente, admitam vocês ou não.

Neek revira os olhos.

— Deu pra sentir que a balsa era segura, beleza? Eu sei o que é meu e o que não é. — Depois de um instante, ele suspira e acrescenta: — Eu sei o que é nosso.

— Estamos desviando do assunto — observa Padmini, esfregando o rosto.

Veneza suspira e Manny respira fundo, tentando pensar. Bronca parece preocupada. Ela balança a cabeça.

— Não tem nada desse negócio de "descidadização" no léxico — murmura ela. — Os registros que temos, tudo o que cidades vivas sabem sobre se tornar cidades vivas, remontam a milhares de anos atrás. Não tem nada sobre cidades deixando espontaneamente de estarem vivas em pontos específicos. Acho que somos pioneiros nisso. De novo.

— Panfilo — diz Neek. — Isso é coisa dele.

Uma ficha coletiva parece cair. Brooklyn sussurra um "Que merda" baixinho e horrorizado. Porém...

— Porra nenhuma — esbraveja Bronca, mas Manny deduz que é apenas sua personalidade indelicada de sempre. — Nova York teve prefeitos desprezíveis durante toda a minha vida. Se fosse só essa a questão, o Giuliani sozinho já teria afundado a cidade.

Brooklyn ri. As duas têm se dado melhor nos últimos tempos, provavelmente porque o Brooklyn e o Bronx são os dois bairros mais semelhantes na cidade — embora Manny preze demais pelo próprio bem-estar para comentar isso em voz alta.

— Verdade — concorda Brooklyn. — Mas de fato parece ter algo diferente *nesse* prefeito desprezível em questão. Algo que o faz ser ainda pior do que os outros políticos corruptos.

— Ele *de fato* é corrupto? — pergunta Veneza, e em seguida abre o notebook para pesquisar o histórico de Panfilo. — Digo, acho que a maioria dos políticos é, mas gosto de acreditar no melhor das pessoas.

— Ah, o senador Fardinha é cem por cento corrupto — diz Brooklyn, massageando as têmporas. — Tão corrupto que muito me surpreende ele estar concorrendo. Me lembro de ele ter entrado naquela dança de "conservador na economia, progressista nos costumes" na época em que começou na política. Como se fosse possível ser progressista em políticas sociais quando se é contra a destinação de fundos pra justiça social. Mas como todo Republicano, ele acabou descobrindo que há mais lucro em se vender pra um bilionário do que na democracia.

— "Senador Fardinha?" — pergunta Bronca.

— Supostamente Panfilo queria muito ser policial, mas foi expulso da academia. A piada é que agora ele realiza esse sonho promovendo a polícia com conteúdo pró-policial. — O semblante de Brooklyn fica mais sério. — Mas tem uma coisa que não entendo. Ouvi dizer que ele tá de olho na presidência e já é senador. Ganhar a eleição pra prefeito não vai aumentar o prestígio dele, pode até sair pela culatra. Ex-prefeitos de Nova York não se dão muito bem em eleições nacionais.

Manny balança a cabeça.

— Não acho que seja tudo coincidência. Panfilo, o que aconteceu com o Queens, Padmini correndo risco de ser deportada, a Mulher de Branco ainda pairando sobre Staten... Essas coisas devem estar ligadas de alguma forma.

Mas ele não consegue compreender como.

Brooklyn se endireita e começar a andar de um lado para o outro pela cozinha, uma reprodução mais tranquila do andar ansioso de Veneza na sala de estar.

— Certo — diz ela, cruzando os braços enquanto pensa em voz alta. — Panfilo é uma ameaça porque prega o "nós contra eles", que sugere que apenas certos tipos de pessoas pertencem verdadeiramente a Nova York. É uma tática republicana um pouco manjada hoje em dia, mas não deixa de ser uma boa estratégia. Nova York pode ser bem progressista, mas essas ideias acabam circulando só em nichos eleitorais menores, tipo os defensores da escola local, os abolicionistas e aqueles que defendem o desmonte da polícia, as comunidades marginalizadas e todos os sindicatos que não são de policiais. Se Panfilo conseguir organizar os fanáticos, vai poder criar um padrão de votação capaz de abafar esse tipo de coisa, e talvez até mesmo atrair alguns subgrupos que hoje votam em democratas. Os esquerdistas fajutos, por exemplo. Esses filhos da puta votariam na KKK se prometessem renda básica. Mas uma aliança como essa cairia por terra assim que ele fosse eleito. Não estamos mais nos anos oitenta ou noventa; a cidade não tá afundando. A epidemia hoje em dia é mais de violência policial do que de drogas. O único jeito seria... — De repente Brooklyn para de andar e arregala os olhos. — Ahhh...

— O quê? — pergunta Bronca.

— *Não vai* funcionar, não a curto prazo — responde ela, mais baixo dessa vez, como se falasse sozinha. — Não sem ajuda. Na época de Giuliani, ele enfeitou uma teoria fajuta sobre janelas quebradas e a usou pra colocar a polícia feito cachorros raivosos em bairros de população racializada. — Ela se vira para os demais. — Mas na verdade o negócio tinha a ver era com o mercado imobiliário. O crime estava em alta na cidade inteira, mas Giuliani fez parecer que aqueles bairros eram o grande problema. Com o policiamento predatório somado à economia e ao fato de que Giuliani estava jogando contra a estabilização do aluguel, pessoas racializadas daqueles bairros começaram a ser despejadas e suas propriedades foram sendo tomadas. Agora, quase todas essas regiões se tornaram predominantemente brancas, e casas que antes tinham preços acessíveis passaram a valer milhões. Panfilo deve estar planejando fazer algo parecido. Perseguir um grupo étnico pra agradar a seus eleitores, depois tomar o que eles têm pra agradar aos proprietários e empresários. Empresários esses que vão manter o cara no poder por um tempo.

Bronca assente com um semblante sombrio. Padmini parece confusa.

— Calma. Cidades sofrem esse tipo de mudança o tempo todo, e nem sempre tem uma grande conspiração por trás. Cidades vivas costumam deletar áreas inteiras quando acontecem algumas mudanças demográficas?

— Essa mudança em questão não foi só na demografia — explica Bronca. — Foi *na essência*. Antes, a cidade de Nova York era conhecida por sua arte. Moda, belas-artes, artes cênicas, música; a gente era o centro do mundo por causa disso. Aqui surgiam novos gêneros e até novas formas de pensar. Viu como muitos de nós vêm desse background? — Ela olha para Neek e Veneza. — Mas não todos nós, porque Nova York não é mais uma cidade tão boa para a arte. E isso não foi uma mudança orgânica, que veio da base; foi uma mudança que nos foi imposta de cima pra baixo ao longo de décadas. E deu certo: hoje em dia somos mais conhecidos pelos valores exorbitantes de moradia e por lavagem de dinheiro. Mudamos completamente em questão de quarenta anos. Então pode ser que... se a mudança acontecer rápido demais e a gente não acompanhar a mudança...

Bronca não termina a frase e cai em um silêncio que ninguém interrompe. Todos parecem estar processando o que isso quer dizer. E há um elefante na sala: se Panfilo está sendo manipulado por certa pessoa para executar seus planos não humanos, quaisquer mudanças feitas por ele enquanto prefeito com certeza só servirão para fortalecê-la. Talvez fortalecê-la o bastante para que ela se torne maior do que as proteções mágicas da cidade. E depois?

— Beleza, é isso aí — diz Veneza, por fim. — Precisamos falar com as outras cidades. Talvez alguém saiba de algo que a gente não sabe. Paulo falou alguma coisa sobre uma tal Cúpula ou algo assim. Vamos ligar pra eles.

— De acordo — apoia Manny.

Neek solta um risinho sarcástico.

— Paulo também disse que a Cúpula não queria ajudar a gente, e isso há três meses, mesmo quando metade da cidade estava sendo engolida pela branquela azeda. Ainda tem uma porra de uma cidade inteira flutuando sobre Staten, e essa tal Cúpula não se deu ao trabalho de mandar um "e aí beleza" por mensagem.

Padmini apoia os cotovelos nos joelhos, encarando as próprias mãos estendidas diante do corpo.

— Temos que tentar — diz ela, baixinho. — *A gente precisa de ajuda.*

Todos olham para Neek, que solta um grunhido e revira os olhos. Parece detestar quando os outros agem como se ele fosse o líder.

— Tá bom, tá bom. Vou falar com o Paulo...

Ele se interrompe, franzindo levemente a testa enquanto seus olhos perdem o foco. É quando Manny também escuta. Nova York nunca é silenciosa, mas, de algum lugar relativamente próximo, vem um coro de buzinas. Isso não é nada; desde que se mudou para lá, Manny já ouviu sinfonias inteiras de buzinadas sempre que alguém bloqueia um cruzamento. Mas todos aguçam o ouvido, atentos, porque se Neek notou deve ser importante. Manny começa a ouvir vozes, muitas delas, ficando mais altas do que as buzinas. Gritos de raiva. Risos de desdém. Perguntas incisivas. Depois, um único grito, estridente e penetrante: *"Sumam daqui!"*.

Brooklyn vai até a outra janela e abre as cortinas de tecido elegante para olhar lá fora.

— Parece que foi por aqui — diz Padmini.

— Não dá pra saber — comenta Brooklyn.

Então Manny tem um vislumbre do outro eu dela, o conjunto imenso e charmoso de edifícios antigos e audácia sem fim que é o Brooklyn — versão bairro. Então Brooklyn — versão mulher — faz uma careta.

— Tem alguma coisa errada.

Ela subitamente se afasta da janela e vai até a porta da frente, apanhando as chaves em meio ao curto trajeto. Enquanto os outros se entreolham, desorientados com a transição repentina, ela para onde está e os encara.

— E aí?

Manny se levanta depressa e os outros o seguem, prontos para acompanhar Brooklyn no que quer que seja.

# TALVEZ VOCÊ NÃO ENTENDA SE NÃO FOR DAQUI

Brooklyn se considera uma historiadora amadora. A parte amadora é por nunca ter estudado história de maneira formal. A parte historiadora é porque Clyde Thomason não colocou uma filha ingênua no mundo, e ela descobriu muito cedo que a história sendo ensinada nas escolas era parcial, falaciosa e completamente incorreta em muitos aspectos. Como foi com o Massacre de Greenwood, em Tulsa, em 1921. Hoje em dia o caso faz parte da cultura popular, mas, quando Brooklyn era criança, não passava de uma lenda tratada a sério apenas por jornais negros e militantes do afrocentrismo. Às vezes Brooklyn pensa em como deve ter sido a vida de seus antepassados que sobreviveram a esses pogroms americanos, como deve ter sido construir a vida do zero repetidas vezes apenas para ter tudo linchado e arruinado diante dos próprios olhos. Será que ouviram as turbas se aproximando? Será que houve avisos antes do desastre — sussurros, mudanças de comportamento, oficiais solidários que alertaram empregados ou até mesmo amantes para que se preparassem para o ataque? Mas *o que* poderiam fazer? Eram pessoas orgulhosas, porém completamente desamparadas em um país onde nenhuma lei as protegia e onde não podiam contar sequer com o mínimo de decência humana. E para onde deveriam ir, sem um lar ancestral para onde pudessem voltar e sem ninguém em quem confiar a não ser em si mesmos?

Talvez ela estivesse começando a fazer ideia.

Brooklyn está na esquina da avenida Nostrand com a Fulton, observando a fila de carros e caminhões que tomaram conta da rua e buzinam sem parar. A maioria é de picapes, mas há também SUVs e vans, todas decoradas com cartazes e bandeiras cujas mensagens são um show de horrores: há bandeiras dos Estados Unidos com a linha azul e suas variantes, bandeiras amarelas com os dizeres DON'T TREAD ON ME e outras com LIBERDADE OU MORTE, bandeiras dos Estados Confederados e, é claro, suásticas nazistas. Tem também uma ou outra bandeira padrão dos Estados Unidos que provavelmente resolveram levar de última hora sem considerar as contradições inerentes com algumas das outras bandeiras. Os cartazes são mais uniformes: FARDADOS PELO SENADOR FARDINHA, NOVA YORK NO TOPO DE NOVO, NOSSA CIDADE NÃO É DE VOCÊS. Nenhum cartaz é escrito à mão e nenhum exibe o logo oficial da campanha que Brooklyn viu nos anúncios da campanha de Panfilo, provavelmente porque Panfilo só o divulgou esta manhã. Brooklyn sabe exatamente quanto custam cartazes como esses, e sabe também que não são impressos da noite para o dia; para uma grande quantidade como essa, é preciso fazer a encomenda com dias ou semanas de antecedência. Esta não é uma manifestação espontânea de apoio político.

E ela tem quase certeza de que há uma razão para estarem nesta rua, neste bairro. A avenida Nostrand é uma das principais da região; vai de Williamsburg até Brighton Beach e provavelmente é mais conhecida por seus buracos e pelo tráfego ruim do que qualquer outra coisa. No entanto, por passar por Bed Stuy, Crown Heights e Flatbush, a avenida é quase uma vitrine de comércios de proprietários negros, indo de restaurantes de fast-food como o Golden Krust e salões especializados em tranças e dreadlocks a restaurantes africanos de primeira. Há também estabelecimentos de outras etnias, incluindo barraquinhas de comida coreana, uma ou duas delicatessens judaicas e peixarias italianas, mas caso se busque uma imersão no comércio da comunidade negra em Nova York, Nostrand é um dos melhores lugares para fazer isso. E quando se é um racista se achando o maioral, este é o lugar para criar confusão.

Em ambos os lados da carreata mais patética que já existiu, as calçadas estão abarrotadas de pedestres, comerciantes e consumidores, quase todos negros, quase todos com cara de poucos amigos. Muitos não pararam, mas há várias pessoas gravando vídeos com o celular e gritando de volta para os motoristas. Os carros se posicionaram de modo que pudessem bloquear espontaneamente o cruzamento, então várias buzinas estão vindo de outros carros impedidos por eles. Em uma das esquinas, uma loja de celulares coloca uma caixa de som de dois metros de altura na calçada tocando Biggie no volume máximo. A música consegue abafar o som das buzinas e do sertanejo vindo do som de alguma das picapes, mas o resultado é um completo caos para os ouvidos.

A situação toda é meio tosca, e mesmo assim Brooklyn não consegue achar graça. Racistas confessos geralmente não vão às regiões negras, e preferem atacar indivíduos isolados ou outras etnias que acreditam não serem capazes de revidar. Esse tipo de gente tem a alma covarde. Eles sabem que ir para Bed Stuy é uma ótima estratégia para levar uma surra; é um mau sinal ver que a campanha de Panfilo os encorajou a esse ponto depois de apenas um dia. E, mais do que isso, Brooklyn tem lidado com esse negócio de ser um avatar há tempo suficiente para saber que se sua intuição está apitando, só pode significar que algo no showzinho conseguiu atrair a atenção da cidade, e é seu trabalho descobrir o quê.

É quando um dos motoristas desce o vidro da janela do passageiro para gritar com uma jovem que se aproximou para insultá-lo de perto. Aparentemente ela toca na ferida, porque o rosto do homem fica ainda mais vermelho e ele vira para trás para pegar *uma arma*. Mas felizmente é só um marcador de paintball; o carregador de bolas de tinta é muito característico. A jovem também parece perceber. Não fica claro se o homem pegou a arma para assustá-la ou se a intenção é usá-la, mas enquanto a exibe pela janela, a garota ri e brande a bolsa dentro do carro e derruba o marcador na rua. O homem xinga e tenta sair pela janela para ir atrás dela, mas o vidro não está aberto até o fim e ele fica preso por um segundo; a jovem revira os olhos e sai andando. Quando o cara enfim consegue sair do carro para pegar a arma (o que demora um pouco mais porque ele precisa arrancá-la de uma criança que nesse meio-tempo corre para erguê-la com uma expressão de quem achou um tesouro), a jovem já foi embora.

Metade do quarteirão começa a apontar e a rir. Em um surto de fúria, o homem xinga... depois ergue o marcador e atira em todos na calçada.

Uma chavinha é virada, e a atmosfera cômica se transforma imediatamente em caos. Os pedestres gritam quando janelas se estilhaçam e alguns se jogam atrás de carros em busca de proteção — então é como se o tempo parasse, e nesse instante de horror Brooklyn vê sangue. Muito sangue, nas roupas das pessoas e pelo chão. Tiros de paintball doem muitíssimo, mas são apenas bolinhas de tinta revestidas de plástico maleável; as cápsulas podem arrancar um olho, mas geralmente o tecido da roupa é suficiente para impedir que a pele se rasgue. Os ferimentos que Brooklyn avista de relance quando as pessoas caem ao chão ou enquanto correm não têm a cor vibrante característica da tinta vermelha; são mais escuros e mais orgânicos.

Sem pensar muito, ela se abaixa atrás de um velho Oldsmobile. É um hábito antigo; Brooklyn já viu muitos tiroteios na vida. Bronca também se joga no chão, deitando-se com as duas mãos sobre a cabeça; ela e Brooklyn se entreolham, e a expressão de Bronca transborda raiva e incredulidade. Padmini, Neek, Manny e Veneza se escondem atrás do mesmo carro um instante depois.

— Que porra é essa? — grita Veneza em meio aos tiros e à algazarra. — Que porra tá acontecendo?

— Estão congeladas — diz Manny.

Em situações menos assustadoras, Brooklyn sempre se pergunta se ele sabe que às vezes tem cara de serial killer. Neste momento, no entanto, Manny está olhando fixamente para a porta de aço de uma das lojas, amassada onde uma bola de paintball — ainda sólida — está alojada.

— Ele deve ter congelado as bolinhas — continua Manny.

— Que tipo de pessoa congela bolas de paintball?

Mas Brooklyn já sabe a resposta: alguém que tem a intenção de matar outras pessoas, mas dando um jeito plausível de se safar.

O sujeito ainda está atirando pela Nostrand, rindo e bradando insultos enquanto seus alvos correm, quando Brooklyn vê mais motoristas sacando as próprias armas — há outros marcadores de paintball, latas de spray de pimenta, pistolas de água carregadas com algo escuro demais para ser água. Há até mesmo um idiota com uma besta. Projéteis começam a assoviar pelo ar, inclusive alguns lançados pelas pessoas nas calçadas em represália; o primeiro atirador cambaleia quando um copo de refrigerante cheio de gelo o atinge no rosto, mas, no geral, é uma briga completamente desigual.

Brooklyn respira fundo quando detecta um veículo da polícia de Nova York parado a cerca de um quarteirão dali. Dois policiais, um negro e um branco, estão sentados lá dentro... assistindo. Um deles está falando em algo parecido com um microfone, talvez emitindo um aviso sobre a localização do carro, mas o que quer que esteja dizendo é abafado pelos gritos e tiros. O outro policial *dá risada* como se tivesse acabado de ouvir a melhor piada de todos os tempos enquanto cidadãos desarmados da cidade que ele é pago para proteger são baleados diante de seus olhos. Talvez ele ache que são apenas bolinhas de paintball e que por isso não é nada grave, mas não é a primeira vez que Brooklyn vê policiais ignorando um episódio de violência infligida sobre um determinado tipo de pessoa.

Então, Brooklyn fica fora de si e se põe de pé.

Ela é uma cidade; uma bolinha de tinta não pode machucá-la. Suas mãos se abrem em garras nas laterais do corpo e ela inclina a cabeça. Tem um semblante matador estampado no rosto: lábio superior curvado, sorriso impiedoso, a própria máscara de serial killer em pleno uso.

— Testando, testando — ruge ela. — Um, dois, três. Testando. Som. *Desligar.*

É quando uma cortina de silêncio absoluto subitamente recai sobre a avenida. Ela não emprega força física alguma, mas o cessar imediato do barulho na rua e até mesmo do som da própria respiração ofegante é tão chocante e impossível que todos os presentes param o que estão fazendo no mesmo momento e olham em volta, confusos e de olhos arregalados. O silêncio é localizado, porque o resto do bairro não merece ter um dia ruim por culpa de um bando de imbecis; Brooklyn idealizou um raio circular ao redor do cruzamento, abrangendo aproximadamente um quarteirão em todas as direções.

O carro da polícia está fora da zona de controle de Brooklyn, e, para sua amarga surpresa, *nesse momento* os policiais parecem alarmados. O que segurava o microfone leva o aparelho à boca novamente.

— Circulando — ordena ele. Mesmo com a interferência da estática, sua voz ressoa nitidamente no silêncio. — Departamento de Polícia de Nova York. Quem estiver na rua neste momento vai ser considerado como participante de um protesto ilegal. Estamos ordenando que...

Que filhos da puta. Mas Brooklyn tem uma ideia, e Nostrand tem a batida.

Ela estala os dedos e o alto-falante em frente à loja de celulares começa a tocar de novo, dessa vez uma música apenas instrumental remixada por um DJ das antigas. É a ponte só com o som dos baixos de "Can't You See", de Biggie: *batida, riff e...* Mas dessa vez o som do baixo é infinito, magnético, beira o dano auditivo e é como levar uma marretada na alma. Neek se levanta e os outros o imitam. O que começou com Brooklyn passa a ecoar, a se amplificar, a se tornar mais intenso. Com o poder que Neek e os outros bairros trouxeram, a batalha já está perdida para os motoristas da carreata. É hora de avisar a eles.

*Batida, riff e...*

Pelo canto de olho, Brooklyn vê outras pessoas na rua ficando de pé também, pessoas que são cem por cento Nova York apesar de não serem avatares, não importa de onde tenham vindo. São elas que pertencem à cidade, não os filhos da puta pseudolinchadores com placas de Jersey ou da Pennsylvania. A fúria dos nova-iorquinos fortalece Brooklyn.

*Batida, riff e...*

— Circulem *vocês* — murmura ela, e o carro de polícia desaparece com os dois policiais dentro.

*Batida batida batida batida, riff e...*

— Circulando, seus filhos da puta — grita um homem do outro lado da rua, e as armas dos motoristas desaparecem de suas mãos.

Uma das poucas mulheres entre eles começa a gritar como se tivesse sido assaltada, mas ninguém a escuta; Brooklyn ainda não devolveu o som a eles. Por enquanto, apenas os nova-iorquinos têm o direito de falar.

*Batida, riff e...*

Vindo de uma senhora haitiana rechonchuda que segura um menininho pelo ombro:

— Dispèse! Nem mesmo daqui são! Pa janm!

Nesse momento, todas as bandeiras e cartazes de Panfilo desaparecem. O primeiro atirador para de enxugar a Sprite do rosto e, atordoado, encara sua picape agora desnuda.

*Batida, riff e...*

— Vete pa la pinga! — grita um cubano calvo de meia-idade pelo vidro de sua limusine preta, sacodindo o punho no ar energicamente.

De repente, todas as picapes somem. As pessoas antes dentro delas se veem sentadas no ar, e no instante seguinte desabam bruscamente no asfalto. Algumas gritam, espantadas, outras gemem de dor. Provavelmente há um ou dois cóccix fraturados. Brooklyn não consegue se importar.

*Batida, riff, batida, riff, batida, riff, batida, riff, batida, riff, batida, riff, batida, riff lento...* Os alto-falantes vibram e finalmente soltam o refrão. Mas o trabalho da cidade está terminado. Brooklyn interrompe a bolha de silêncio e respira fundo enquanto os sons familiares de seu distrito continuam de onde pararam. As buzinas de carro voltam, mas é só o trânsito costumeiro da Nostrand — afinal, tem um monte de turistas idiotas sentados no meio da rua.

Neek ri. Mas Brooklyn não está sorrindo ao sair da calçada e caminhar em direção aos "fardados", agora pedestres. Ela para diante do homem que deu início aos tiros. À distância, é possível ouvir sirenes de ambulância se aproximando; na calçada atrás dela, Brooklyn ainda ouve os alvos dos manifestantes chorando ou se lamentando de dor enquanto cuidam de seus ferimentos. A dor daquelas pessoas é um insulto que parece queimar a pele de Brooklyn e fazer formigar as raízes de seus dentes. A fome de justiça do bairro lateja em suas veias, mas ela reprime a vontade de estender a vingança sobre os intrusos.

— Acho melhor vocês vazarem daqui — diz ela. O primeiro atirador se encolhe, e o outro homem que estava no carro com ele o agarra pelos ombros, tentando puxá-lo para longe. Ambos parecem completamente aterrorizados diante de uma mulher negra de meia-idade usando um terninho. — Algumas das pessoas que se feriram vão querer revidar. Eu aconselharia vocês a ficarem juntos até conseguirem sair do bairro. Se estiverem em grupo, provavelmente não vão ser atacados. Provavelmente.

Ela se vira para ir embora, mas para e volta a olhar para os dois antes de acrescentar:

— Se preferirem tentar conseguir uma escolta policial ou coisa parecida, a delegacia mais próxima fica em Tompkins, uns seis quarteirões pra lá. — Ela aponta com a cabeça na direção.

— Meu Deus — balbucia o primeiro atirador, hiperventilando. — Meu Deus, o que você fez? Cadê minha picape? Como é que... como...

Ele balança a cabeça sem parar, incrédulo.

— Coloquei o Brooklyn no topo de novo. Agora some do meu bairro.

Assim que Brooklyn pisa na calçada para se reunir aos demais, um grito estridente rasga a nuvem de sons da cidade.

— Mãe! Mãe!

Brooklyn sai em disparada na direção do chamado em uma velocidade que parece impossível para alguém de salto alto. Às suas costas, ouve os outros soltarem uma exclamação de surpresa antes de ir atrás dela. Quando viram a esquina, dão de cara com um grupo de adolescentes ajoelhadas em torno de uma delas, que está no chão, segurando o braço. É Jojo.

Recém-chegados a Nova York costumam se espantar com a frequência com que se encontra conhecidos pela cidade; é algo que acontece o tempo todo. Brooklyn dá um pulo na Macy's e encontra um colega da Câmara, ou vai a um evento no Harlem e encontra a vizinha, ou entra no metrô e lá está sua antiga professora de inglês do oitavo ano que não via fazia trinta anos. Nova York é enorme, mas, considerando o grande número de conexões interpessoais que se faz ao longo da vida, o surpreendente, na verdade, é que Brooklyn não esbarre o tempo todo com pessoas que conhece. Não é nada fora do comum cruzar com Jojo e suas amigas em uma das ruas mais movimentadas do bairro.

Por isso Brooklyn não fica surpresa ao ver uma das repórteres mais famosas da cidade, Mariam Dabby, da NY1, quando sai um pouco do hospital para respirar ar puro. Entretanto, ali não há ar puro algum; Mariam claramente está fumando há algum tempo, e o ar de toda a área próxima está denso de fumaça. Brooklyn suspira e tenta ignorar quanto está cansada. Avatares de cidades vivas não deviam precisar descansar, mas cansaço nem sempre é físico.

Mariam solta uma nuvem de fumaça pelo nariz e se aproxima de Brooklyn.

— Mundo pequeno, vereadora — diz ela. — Você também tem uma sogra hipocondríaca?

Brooklyn ri, apesar de tudo.

— Quem me dera. — A mãe de seu ex-marido morreu pouco antes dele; era uma mulher adorável. Teria sido de grande ajuda nos últimos anos. — Minha filha se machucou naquela confusão em Nostrand hoje mais cedo.

Brooklyn aponta para o próprio braço, exausta demais para explicar que o de Jojo foi fraturado de maneira tão grave que os médicos estão avaliando a necessidade de cirurgia. O pai de Brooklyn está com Jojo e vai telefonar assim que o especialista aparecer.

Mariam ergue as sobrancelhas.

— Ouvi falar nesse incidente. A história toda é muito esquisita. Estão dizendo que os veículos dos manifestantes simplesmente desapareceram. Uma viatura de polícia também sumiu, mas os dois policiais foram encontrados na delegacia, confusos... Vi alguns vídeos, mas dizem que foram editados. E *realmente* parecem ter sido.

Cidades vivas não podem revelar como as coisas funcionam. Normalmente, quando as pessoas testemunham toda a maluquice da magia da cidade, simplesmente... se esquecem. Brooklyn acha que a cidade não vai mais precisar se preo-cupar com essa questão na era dos *deep fakes*.

— Não vi nenhum vídeo, mas o ataque foi real — diz ela. — O plástico de bolinha de paintball que foi extraído do braço da Jojo definitivamente era real.

Brooklyn vê a expressão de Mariam ilustrar seu processo de raciocínio en-quanto ela decide se o que está ouvindo é interessante o bastante para valer a pena trabalhar fora do expediente. Então ela suspira, parecendo irritada consigo mesma, e começa a mexer na bolsa.

— Quer dar uma entrevista?

Ela não queria, mas não é a única impactada pela situação. Dezenas de pes-soas foram feridas pelos manifestantes. O caso de Jojo nem sequer foi o pior; houve uma mulher que perdeu um dos olhos. Então Brooklyn assente. Mariam encaixa um pequeno acessório de microfone em seu iPhone e o aproxima do rosto da entrevistada.

— Você vai fazer perguntas?

Mariam dá de ombros.

— Tô cansada demais pra pensar em algo. Pode ir falando, depois extraio os pedaços mais importantes.

Tudo bem, então. Brooklyn começa a falar. Precisa fazer pausas em meio ao relato para tentar se acalmar; está com raiva, e a cidade está com mais raiva ainda, fumegando diante do fato de que um bando de idiotas atacou seu povo enquanto os supostos defensores, os policiais de NY, não fizeram nada. De qualquer forma, um pouco de sua fúria ainda é perceptível, porque Brooklyn não tem sangue de barata e sua filha se machucou. No entanto, também passou toda a carreira polí-tica sabendo que mulheres negras não recebem a mesma compreensão que outras mulheres quando têm um acesso de raiva.

Mas tudo bem. A política é um grande show. É preciso conseguir engajar o público antes de começar a puxar o saco da maioria.

— Essa gente vem passar no máximo o fim de semana aqui — conclui Brooklyn. — Nunca visitaram nada além das áreas centrais, assistem a filmes sobre nós feitos em Los Angeles por produtores que viveram no Kansas a vida toda. Acham que conhecem a gente, saem dizendo por aí que Nova York é o bicho-papão das cidades, cheia de... — Ela percebe o que estava prestes a dizer e se interrompe no último instante, respirando fundo. Mariam ri. — Cheia de negros assustadores, criminosos "da pesada", mulheres trans que vão dar uma surra neles nos banheiros públicos. E aí têm a cara de pau de vir aqui balançando essas bandeiras que dizem NOSSA CIDADE NÃO É DE VOCÊS. Gente assim só quer *usar* Nova York e roubar nossas tragédias pra se autopromover. Eles reivindicam uma Nova York que só existe na cabeça *deles* e acham que têm o direito de nos dizer quem *nós* somos!

A voz dela ecoa pelo estacionamento. Droga. Mas Mariam não a interrompe, e as palavras sempre fluem como um rio de sua boca quando ela se empolga. É estranho perceber que isso acontece mesmo sem uma batida acompanhando ao fundo, mas Brooklyn não é mais MC Free há vinte anos; faz sentido que essa parte dela tenha se adaptado ao longo do tempo. Além do mais, os políticos de Nova York conhecem bem o poder de um bom bordão.

— *Nós somos Nova York* — trovoa ela. Mariam ergue as sobrancelhas e o sorriso de Brooklyn cresce, destemido. — E a gente é que decide o que isso significa. Você não pode usar os nova-iorquinos como escada pro poder, *Senador Fardinha*. Não pode fazer o que quiser, porque *nós vamos revidar* e você vai se dar mal.

Brooklyn está gritando de novo. Desta vez é de um jeito controlado, mas ainda assim sua voz reverbera. Há um zunido em seus ouvidos e em sua mente e no fundo de sua alma compartilhada com milhões de vozes. Ela é o Brooklyn e está mandando a real.

— Uma declaração de guerra impressionante, vereadora — diz Mariam, soando genuinamente admirada. Depois estreita os olhos. — Ou seria uma declaração de... algo mais?

Brooklyn imediatamente entende o que ela quer dizer, porque de repente Mariam chega mais perto com um brilho faminto nos olhos. Eis uma *bela* reportagem.

Essa é uma coisa que Brooklyn nunca quis; ela já foi famosa antes e conhece o preço disso: críticas constantes, pessoas interesseiras, nenhuma privacidade ou segurança. Sua família não merece passar por isso.

Mas ao mesmo tempo... sua família *merece* uma cidade onde possa viver em paz.

Brooklyn fecha os olhos por um instante e, quando os abre, manifesta a vontade da cidade.

— Sim, é isso mesmo — declara. — Estou anunciando minha candidatura à prefeitura da cidade de Nova York. Vamos lá.

# INTERRUPÇÃO

# TÓQUIO

A mulher presentemente conhecida como Tóquio entra em seu escritório e fica extremamente descontente ao se deparar com um desconhecido à sua espera.

O estranho é uma cidade. É nítido que não é japonês — embora possa ter alguma descendência japonesa com algo diferente do europeu tradicional. Em todo caso, por haver algo indelevelmente americano em sua postura e por ele ter invadido seu escritório de forma tão incivil, Tóquio já tem ideia de quem é essa cidade.

A porta se fecha depois que ela entra. O escritório de Tóquio é regularmente escaneado para detectar sinais de rádio. Fora dessa sala, ela é a jovem e elegante CEO de uma empresa de entretenimento que gerencia a carreira de bandas de J-pop para investimentos corporativos. Neste momento, no entanto, é o avatar de duzentos e cinquenta anos de uma cidade de quatrocentos, e sua paciência para comportamentos grosseiros acabou em 1800.

— Nova York — diz Tóquio no idioma do visitante, cruzando os braços.

Ele se curva com grande respeito, mas o movimento é rígido e desajeitado como seria de esperar de alguém do Ocidente.

— Não há desculpas para minha intromissão — declara ele em japonês formal e fluente, preparando o terreno para o que quer que tenha ido até lá para dizer.

— Não. Não há. — Ela continua falando em inglês para que sua aspereza não corra o risco de passar despercebida.

Ele fica em silêncio por um momento, processando a indelicadeza da anfitriã. Em seguida, para alívio de Tóquio, descarta a formalidade; não estava colando, de qualquer forma.

— Na verdade, eu sou Manhattan — explica ele, finalmente cedendo ao inglês. — Nova York é outra pessoa. E eu não teria vindo do nada se não fosse pelo fato de que todos nós estamos enfrentando uma crise extrema.

— Não, *vocês* estão, até onde sei. — Tóquio passa por ele e senta-se à mesa. — E, embora eu me compadeça, o problema não é meu. Não posso ajudá-los. Vá embora.

Manhattan respira fundo e, sem pedir licença, senta-se também em um ato de teimosia escancarada.

— Entendo que apenas as cidades mais velhas podem convocar uma reunião da Cúpula.

— Não sou uma das cidades mais velhas. Vai ser melhor pedir isso a elas.

E quando ele imediatamente for enxotado de volta para o lugar de onde veio, Tóquio vai comer uma pizza inteira sozinha para comemorar.

Ele cruza as pernas.

— Também sei que caso as cidades mais velhas não convoquem a Cúpula, as mais jovens podem passar por cima da decisão se tiverem um certo número de votos.

Tóquio suspira.

— Você é tão americano... Isso não é uma democracia fajuta como a de vocês. Se a maioria de nós deseja se encontrar, a reunião *simplesmente acontece,* visto que a realidade responde a nossos interesses coletivos. Não há voto. E não, você não terá meu apoio para convocar uma reunião. Mais uma vez: estou ciente de que sua cidade está em perigo, mas infelizmente não tenho nada a ver com isso.

Manhattan parece surpreso com as novas informações sobre a Cúpula. Tóquio se lembra de como se sentia quando era uma jovem cidade, embora agora essa seja uma realidade distante. Ela imagina que ele tenha feito isso — ido até lá decidido a não aceitar um não como resposta — por ser o tipo de homem que prefere tomar uma atitude, por mais superficial que seja, a sucumbir à passividade. Para cidades vivas, no entanto, o simples fato de continuar existindo é uma escolha ativa para preservar a saúde e a paz de seus habitantes. Quando cidades vivas agem demais e se ferem, cidadãos inocentes morrem. Por esse mesmo motivo, aqueles que têm o mínimo senso não *invadem* outras cidades, tampouco se enfiam em escritórios alheios e depois se recusam a ir embora. Uma briga entre eles mataria milhares.

Manhattan se inclina para a frente, descansando os cotovelos nos joelhos e apoiando o queixo nas mãos.

— Você está ciente de que o presidente do Grupo Kansei é funcionário do Inimigo?

Tóquio congela; o Grupo Kansei é o maior concorrente de sua empresa. Ela inclusive está em meio a um processo de revisão de contratos porque o Grupo Kansei encontrou uma brecha que permitia que "roubassem" legalmente o maior ídolo emergente que tinham. Sim, ela ouviu os rumores de que o Inimigo está jogando com novas táticas, mas... táticas como essa? Soa absurdo. Será o mesmo monstro que a perseguiu na juventude? Uma coisa amorfa e abominável, feita de membros e rostos dos soldados inimigos. "O velho encontra o Novo", diz o slogan turístico de Tóquio. E foi assim que ela venceu a surpresa aterrorizante que naquela época era o Inimigo com a antiga naginata de sua família, passada de mãe para filha desde o período Heian. Tóquio mudou muito nos séculos seguintes e imagina que monstros extradimensionais possam mudar também. Mas a ponto de começar a investir em cultura popular?

Enquanto Tóquio tenta processar a informação, Manny se levanta e coloca uma pasta fina sobre a mesa diante dela com a fotografia de alguém familiar. É o presidente do Grupo Kansei, fotografado sem seu conhecimento, sorrindo para uma mulher branca e alta de cabelos também quase brancos usando um terninho de cores claras. Tóquio franze a testa.

— Vocês precisam de editores de imagem melhores — diz ela, referindo-se ao rosto embaçado e irreconhecível da mulher.

— Essa é a foto sem edições que meu investigador particular tirou — explica Manhattan. — Toda foto tirada dela sai assim, ou a câmera acaba dando problema. Mas mesmo que estivesse perfeitamente nítida, você não acreditaria em mim, não é?

Ele enfim parece ter entendido.

— Você ouviria alguém que invade seu escritório fazendo exigências descabidas?

— Tudo que peço é que a gente possa se reunir e discutir essa ameaça. Uma ameaça que, por sinal, paira sobre todos nós, não apenas sobre Nova York. — Ele aponta para a pasta com a cabeça. — Aí você vai encontrar tudo o que sabemos sobre a Corporação TMW, o grupo empresarial do Inimigo. Eles têm subsidiárias em quarenta e duas cidades, vivas e não vivas. Em Nova York, eles se chamam Fundação Nova York Melhor, e aqui em Tóquio são conhecidos como Municipal Improvement Holdings. Não acho que você esteja prestes a sofrer um ataque, mas definitivamente estão tentando influenciar políticas de moradia em diversas cidades japonesas. O presidente do Grupo Kansei tem um irmão no Parlamento, o que provavelmente explica o interesse do Inimigo nele. Também notei atividade intensa do TMW em Kyoto. Examine os documentos e tire suas próprias conclusões.

Ao dizer isso, Manhattan faz outra reverência e desaparece. Imaturo. Ela sempre toma cuidado com os macropassos em lugares onde pode ser vista; no atual ritmo da tecnologia, nem sempre podem contar com a "sorte" da magia da cidade para esconder seus propósitos e habilidades. Ele é inconsequente.

Razão pela qual Tóquio dá uma olhada de dez segundos nos documentos que Manhattan entregou a ela e depois atira a pasta inteira no lixo.

Ela não é boba. Se existe a possibilidade de ele ter razão sobre o Grupo Kansei, é preciso investigar o assunto. Sua própria equipe pode fazer isso. Mas há razões pelas quais é indecoroso para cidades recém-nascidas impor exigências como aquela, e ela não pretende ignorar a civilidade em prol de um haafu americano arrogante e cheio de si.

Mas... Kyoto.

Era a mais antiga das cidades vivas no Japão, mas seu avatar morreu na guerra avassaladora de Onin, nos anos 1400. A cidade tem enfrentado dificuldades desde então, assolada pela política e pela ocidentalização, mas há indícios de que pode enfim ter se estabilizado o bastante para renascer em breve. Se o Inimigo está de alguma forma interferindo nesse processo...

Tóquio pega o celular, abre a agenda e rola a tela até parar no contato de nome "Fai". São cinco da manhã no Egito, mas tudo bem. Se Tóquio tem de tolerar esse tipo de inconveniência, todos à sua volta também vão precisar aguentar.

Ela ouve um clique quando alguém atende. Uma voz masculina sonolenta suspira em inglês:

— É bom você estar morrendo.

Ela balança a cabeça.

— Como você é preguiçoso. Eu não durmo há dez anos.

— *Algumas pessoas* não são cidades conhecidas por serem viciadas em trabalho. Algumas pessoas passaram séculos trabalhando nas colheitas e por isso gostam *de esperar o sol raiar* pra acordar. O que você quer?

Tóquio se acomoda em sua cadeira sofisticada.

— Que me conte o que sabe sobre o que está acontecendo em Nova York. E também quero registrar uma reclamação.

# UMA MELANCOLIA ERRANTE

Já são dez da manhã quando Aishwarya bate na porta do quarto de Padmini. Ela puxa os cobertores para baixo e dá de cara com seu quarto inundado pelo sol da manhã — a intensidade da luz é impressionante, visto que passou o ano anterior acordando antes de clarear. Há quanto tempo ela não vê o próprio quarto durante o dia?

O fato de ela ter dormido pouco e muito mal também não ajuda. Depois do horror de encontrarem a pobre Jojo ferida e morrendo de dor na Nostrand, Padmini e os outros acompanharam Brooklyn e sua família até o hospital. Como Jojo não estava sangrando profusamente ou em um estado considerado de extrema urgência, teria de esperar várias horas antes de ser examinada para que avaliassem a necessidade de uma cirurgia.

Jojo estava bem, na medida do possível — bem, fraturou o úmero e precisou passar a noite internada, mas poderia ter sido muito pior. Depois que as coisas se acalmaram, Brooklyn mandou Padmini para casa, já que ela mesma tivera um dia péssimo. Padmini teimou em ficar até que Manny — que é ao mesmo tempo manipulador e absurdamente gentil — a convenceu a sair para respirar um pouco de ar puro, depois ficou olhando para ela com olhos de cachorro que caiu do caminhão de mudança até ela aceitar o Uber que ele tinha chamado. Uma vez em casa e na cama, Padmini passou a maior parte da noite acordada e caiu no sono perto do amanhecer.

Ainda está de pijama quando Aishwarya bate uma segunda vez. Assim que Padmini abre a porta, Aishwarya empurra um bebê para o colo de Padmini. O bebê é Vadhana, a prima de dezoito meses de Padmini, que sorri com o mesmo sorriso de Aishwarya e dá um oizinho. Padmini automaticamente toma a criança nos braços, pensando com pesar em todo o tempo que perdeu trabalhando até a morte para a Corporação Tirana. Vadhana cresceu muito desde a última vez que Padmini a abraçou.

— Pronto — diz Aishwarya, acenando com a cabeça. — Agora sim. Para de choramingar e vem comer. Não pense que não ouvi você acordada a noite toda.

A última coisa que Padmini quer é tomar café da manhã.

— Eu não preciso mais comer, tia...

— Até parece — diz Aishwarya, colocando as mãos nos quadris. — Você anda falando muita abobrinha ultimamente. Não me obrigue a levar você à força.

Padmini relutantemente sai do quarto com Aishwarya em seu encalço, batendo palmas para apressá-la.

— Vamos, vamos, vamos, kunju chorão — continua a tia. — A comida vai esfriar.

— Você tem sérios problemas — diz Padmini com um sorriso, andando devagar de propósito.

Desde que Padmini se tornou o Queens, pensa sempre sobre a possibilidade de existência de encarnações humanas para outros conceitos existenciais. Se é necessário apenas que mentes humanas compartilhem espaço e pensamento, então por que não existem encarnações humanas de países, raças ou subculturas? Muitas religiões incorporam o conceito de avatares, mas mesmo as que não fazem isso não deveriam ter alguns? Por que times esportivos não têm avatares? Por que o Gritty, mascote do Flyers, *ainda* não é mágico e imortal? Se isso pudesse acontecer com qualquer conceito, Aishwarya com certeza seria a encarnação humana de um ciclone tropical. Padmini tem cada vez mais certeza disso.

Barsaat, marido de Aishwarya, está na cozinha usando o celular à mesa. Quando Padmini se aproxima, ele levanta o olhar e sorri.

— Olha só, quanto tempo — diz ele. — Que bom te ver antes do seu funeral.

Depois que Vadhana nasceu, Barsaat abraçou com muita empolgação o conceito de piadas de tiozão, embora as dele tenham grande influência do humor tâmil. Padmini apenas suspira e senta-se, ajeitando Vadhana no colo. Seu prato já está servido com sua comida favorita: pani pol recheadas com coco e curry de peixe. É uma surpresa e tanto, visto que Aishwarya detesta fazer pani pol; enrolar as panquequinhas pode ser uma grande amolação.

— Não, não é seu aniversário — diz Barsaat, parecendo achar graça na expressão de Padmini. — A Aish tá mimando você, mas vai fingir que não tá. Rápido, finge que não tá ligando.

— Calado — diz Aishwarya, revirando os olhos enquanto se senta também. — Assim você vai arruinar minha reputação de tia malvada e intrometida.

Chega a ser patético. Como é possível umas panquecas a fazerem se sentir melhor diante de seu futuro arruinado? Mesmo assim, Padmini se comove. Algumas pessoas não têm o direito de ser manipuladoras e absurdamente gentis ao mesmo tempo. Vadi pede uma panqueca e Padmini lhe entrega uma, aproveitando a distração para afastar as lágrimas.

— *Agora* sim — diz Aishwary, satisfeita, quando Padmini finalmente come. — Não me importa se você transcendeu as necessidades corporais humanas ou não. Todos precisam de uma boa refeição pra endireitar a cabeça. Principalmente no seu caso, já que agora tem um trilhão de cabeças dentro da sua.

— Tem dois milhões de pessoas no Queens — diz Barsaat, colocando os óculos e voltando a atenção para o celular outra vez.

— Bom, ela vai precisar repetir a refeição, então.

Tudo está tão normal... Aishwarya e Barsaat estão fazendo Padmini se sentir melhor, e ela *não quer* se sentir melhor. Quer chafurdar em sua própria tristeza. Que droga.

— Vocês estão mesmo tirando sarro disso? — diz ela, mesmo sabendo que soa petulante. — Perdi meu emprego, a cidade tá em perigo *de novo* e sou obrigada a ouvir essas piadas antes de todo mundo morrer?

— Isso mesmo — responde Aish, bebericando seu chá. — Por que não? Preferia morrer enfezada e de estomago vazio?

— Você também disse que a gente ia morrer há uns meses — comenta Barsaat, dando um pedaço de panqueca na boca de Vadi com o garfo. — E olha só, que coisa, aqui estamos nós. Você quer que a gente chore por nossa morte iminente o tempo todo? Eu nem tenho tantas lágrimas.

— *Tio.* — Padmini solta o garfo e o encara.

— É sério — diz Aishwarya. — Da última vez você fez a gente ir pra Filadélfia ficar na casa do primo do Barsaat, Edgar, e *você sabe* que deteste esse homem. Ele tá sempre olhando pros meus peitos. Então já que a cidade está em perigo outra vez, quero que saiba que nós *não vamos* para a Filadélfia. Se isso te incomoda, é melhor resolver o que quer que esteja acontecendo. Entendido?

— Mas teve aquela vez que dei um soco nele — diz Barsaat, parecendo ofendido.

— Claro, claro, foi um soco ótimo, meu amor. Você só não usou a força do ombro — diz ela, dando palmadinhas na mão de Barsaat. — Agora ele só olha quando acha que não vou perceber, mas não é nada discreto e sempre percebo. Da próxima vez deixa o soco pra mim, pode ser? Tô fazendo aula de kickboxing na academia.

Padmini esfrega o rosto com as mãos.

— Eu *não sei o que fazer* — diz ela. — Vocês estão entendendo? Vou ter que voltar pra Chennai e todo mundo vai saber que eu me f... — Ela se interrompe, percebendo o que estava prestes a dizer. Vadi adora repetir palavrões. — Todos vão saber que as coisas não deram certo pra mim e vou ter que *tolerar* isso até que a Mulher de Branco transforme todo mundo em picadinho, ou...

Aishwarya suspira.

— Você *vai* dar um jeito — diz ela, enfim falando sério. — Você sempre faz um grande drama, mas as coisas acabam dando certo, não acabam? A menos que você desista e chute o balde, é claro. Precisa acreditar mais em você mesma, kunju. Devia ser mais parecida com aquela moça simpática do Brooklyn. Ela é um avatar *e* vereadora. É de impressionar.

Padmini olha para ela, boquiaberta, e de repente Vadi delicadamente enfia um pedaço de panqueca amassada em sua boca.

— Tem qui comê — diz ela.

Filho de peixe, peixinho é.

— Tá uma delícia, Vadi. — Padmini mastiga e engole antes de continuar, ganhando alguns segundos para organizar os pensamentos. — Tia, como é que *acreditar em mim mesma* vai me impedir de ser enxotada deste bendito país? Minhas opções são arranjar um trabalho abusivo que vai reter meu passaporte e me fazer trabalhar em um esquema de escravidão por anos, ou... ou...

Padmini balança a cabeça sem conseguir pensar em outra opção.

— Essa não é sua única alternativa — diz Aishwarya. — Há outros bons empregos. Pode até ser difícil de encontrar, mas existem. Além disso, você deveria processar a empresa onde trabalhava.

— Mas se eu... — começa Padmini, e Vadi olha para ela com curiosidade. — *Processar?* Por quê?

Aishwarya começa a contar nos dedos.

— Remuneração inadequada de acordo com a função. Práticas ilegais; eles estavam fazendo você trabalhar além do horário sem pagar hora extra. E você também disse que não gostavam de você por ser indiana, então discriminação também.

— Acho que era mais por eu ser imigrante, mas talvez um pouco dos dois. E por ser mulher também — diz Padmini, franzindo a testa. — Isso é discriminação?

— Sim. Bom, não tenho certeza, mas vale a pena investigar. Eu já namorei um advogado...

Barsaat estreita os olhos.

— Um *advogado tributarista*. Que era feio, por sinal.

— Isso, meu marido lindo, forte e viril. — Assim que Barsaat relaxa, Aishwarya volta a atenção para Padmini. — Mas talvez ele conheça um bom advogado trabalhista. Vou falar com ele. Até lá, você também pode se casar.

Aishwarya faz uma pausa, confusa com as expressões perplexas no rosto dos dois. Vadi olha para eles e os imita.

— O que foi?

Padmini respira fundo antes de falar, tentando soar calma o suficiente para não agitar Vadi.

— Eu sou pobre, tenho pele escura, sou gorda. Venho de uma "linhagem" de garis e funcionários públicos mal remunerados. Vou colocar minhas informações em algum site qualquer pra quê? Pra rirem de mim? Eu nem sequer...

Padmini para de falar, sentindo as bochechas ficarem quentes. Há coisas que ela percebeu em relação a si mesma há anos, mas nunca discutiu com a família; eles simplesmente não falam sobre certas coisas. Mas Aishwarya revira os olhos.

— Eu sei, eu sei, você não gosta de meninos — diz Aishwarya, agitando a mão no ar, impaciente. — A gente sabe faz tempo. Casa com uma mulher, então, agora é legal. Além disso, você não é gorda, para de falar besteira. Você usa 48. Experimenta ter um bebê aos quarenta e cinco anos e *aí* a gente conversa...

Padmini está tão abalada que se esquece de evitar certos termos.

— Eu também não gosto de mulheres desse jeito! Eu não gosto *de sexo!*

— Ahá! — exclama Barsaat, batendo na mesa; Vadi se assusta e começa a chorar. Padmini balança a menina para acalmá-la e Aishwarya olha para ele com uma cara feia. — A gente fez uma aposta. A Aish achava que você tinha uma namorada secreta, mas de onde você tiraria tempo pra isso? E não tem nenhum *sex toy* no seu quarto, mesmo com todo o seu estresse...

— Meu Deus, *você mexeu nas minhas coisas?* — Padmini se sobressalta.

— Fui eu — responde Aishwarya, parecendo envergonhada.

— Sério isso? Como você teve coragem?

Barsaat se encolhe, provavelmente porque sabe que agora está encrencado com Aishwarya.

— Foi só uma olhadinha. Você sabe como ela é — diz ele.

Aishwarya dá um tapa no marido e depois suspira, voltando-se para Padmini.

— Eu sei, me desculpa, mas eu estava preocupada com você, kunju. Olha, o que estou querendo dizer é: pode encontrar quantos parceiros ou parceiras pra assistir Netflix você quiser, mas tenta se casar com um deles, por favor, se forem cidadãos americanos. E ao menos considere ter um bebê, já que você é boa com crianças e vários planos de saúde cobrem inseminação intrauterina...

— Chega. Chega, meu Deus. Já chega. — Padmini tenta se concentrar apesar de todo o constrangimento. — Esqueceu que eu sou *uma cidade?* Semi-imortal, possuidora de habilidades extradimensionais, vira e mexe atacada por criaturas desconhecidas? Ainda que eu gostasse de alguém a ponto de querer dividir um teto, e tem que dividir um teto se quiser se casar pra conseguir cidadania, eu não teria coragem de sujeitar essa pessoa a...

De repente, a ficha cai.

Aishwarya e Barsaat se entreolham e começam a sorrir. Ele diz:

— Você pensou em alguma coisa. E super-rápido! Isso quer dizer que o problema tá resolvido.

— Eu...

Mas Barsaat já está guardando o celular, e Aishwarya se serve de mais chá. Problema resolvido, aparentemente. Vadi pede para descer para ir para a sala e Padmini volta a seu café da manhã, terminando rápido de comer. A parte dela que é uma cidade pode até não precisar se alimentar, mas a outra parte, a que pertence àquela família maluca, sabe muito bem que não deve desperdiçar comida.

Após sair da mesa, ela troca de roupa e brinca um pouco com Vadi enquanto Aishwarya, que trabalha de casa, participa de uma reunião pelo Zoom. Pouco depois, Barsaat pega a filha e sai para o trabalho, onde há uma creche onde Vadi passa o dia. Não pela primeira vez, Padmini inveja a carga horária e os benefícios dos empregos de seus tios. Barsaat nasceu nos Estados Unidos e Aishwarya tem um Green Card; eles têm opções. Será que algum dia ela vai ter esse tipo de liberdade?

Talvez. Talvez estejam certos, e ela só precise continuar tentando.

Por não ter aula, Padmini volta o seu quarto para ler os textos de algumas disciplinas. Está prestes a se tornar um avatar ausente de Nova York, mas não pode deixar suas notas caírem. (Mas antes ela muda seu único *sex toy* de esconderijo. Só por via das dúvidas.)

No entanto, a campainha toca assim que coloca os fones de ouvido. Ela ignora e continua lendo; a tia sempre diz que o momento de estudo deve ser tratado como trabalho e não deve ser interrompido, exceto em emergências. Ela ouve Aishwarya sair de seu quarto e resmungar a caminho do interfone. Do outro lado, ouve-se um balbucio distorcido quando ela atende, e Aish repete "Quem é?". Outra vez, a resposta é inteligível. Padmini acha estranho. O interfone é uma porcaria e foi instalado pelo proprietário, que é um babaca, mas geralmente costuma funcionar bem. Quando Aishwarya, agora parecendo muito irritada, pergunta "Quem é?" pela terceira vez, a voz masculina do outro lado diz algo incompreensível de novo. É quase como se não quisesse se fazer entender.

Se fosse Padmini atendendo o interfone, ela provavelmente já teria deixado a pessoa entrar no prédio. A distância mais curta entre dois pontos é uma linha reta, e a maneira mais fácil de retomar o que se está fazendo é confiar na boa índole e má pronúncia de quem quer que esteja tocando a campainha. Aishwarya, entretanto, acredita firmemente na filosofia de que "Isso não é problema meu", então se afasta do interfone sem liberar a entrada. A campainha toca mais algumas vezes a ponto de começar a irritar Padmini também. Ela está prestes a se levantar para deixar a pessoa entrar quando o som finalmente cessa. Se for um entregador, ele provavelmente vai deixar a encomenda próxima ao vaso de plantas que fica na porta do prédio ou tocar a campainha de outro apartamento que, com sorte, vai autorizar a entrada. Aliviada com a ideia, Padmini volta a atenção para os textos outra vez.

Está tentando ler um parágrafo pela terceira vez quando se sobressalta ao ouvir um soco violento na porta do apartamento. Isso... não parece ser um entregador.

Padmini entreabre a porta do quarto, de onde ela consegue ver Aishwarya — de punhos cerrados e postura desafiadoramente ereta sob a blusa sari — indo a passos firmes até a porta.

— *O que foi*, pelo amor de Deus? Quem é?

— Aqui é a polícia de Nova York — anuncia uma voz masculina do outro lado da porta. É a mesma voz do interfone, mas compreensível desta vez. — Gostaríamos de falar sobre um incidente.

Padmini congela. Aishwarya parece desconfiada e furiosa; quando olha para Padmini, porém, seu semblante se abranda.

— Tá bom — diz ela à porta, mais desconfiada do que com raiva. — Pode falar.

— A senhora poderia abrir a porta, por favor? — O tom educado é forçado. Pessoas educadas não batem em portas daquela forma.

Aishwarya cruza os braços. Padmini vê que ela se afastou da porta e se moveu para o lado; ainda está perto demais na opinião de Padmini, mas Aishwarya não parece estar preocupada.

— Não preciso abrir a porta. Diz o que veio dizer.

— A senhora tá dificultando as coisas. Não quer que todos no prédio fiquem sabendo de seus assuntos particulares, não é? Abra a porta.

— Vocês têm um mandado?

— Sim, senhora, nós temos.

— Que tipo de mandado? É um de prisão ou isso tem a ver com o formulário I-205?

Silêncio. Aishwarya ri.

— Foi o que eu pensei. Vocês são da Imigração, não são? Fiquei sabendo dos joguinhos de vocês. Todos nesta casa estão aqui legalmente, então o que vocês querem?

O silêncio continua. Padmini sente a boca seca, e seu cérebro parece estar dando tela azul de tanto pânico. Afastar oficiais da imigração não parece fazer parte da magia da cidade. Será que eles andam armados? O que ela poderia fazer para protegê-las caso os policiais começassem a atirar?

Nada. Padmini não poderia fazer nada. Imigrantes são o coração e a alma do Queens, essa é a identidade do bairro, e com ela vem a triste realidade de que às vezes eles são abordados em suas próprias casas pela polícia, que os levam e apreendem todos seus pertences por puro capricho ou porque algum político pensa que vai ganhar popularidade pegando pesado com os "ilegais", ou...

Político. Padmini volta correndo para o quarto e pega o celular. Abre o chat em grupo e envia a mensagem: *O Panfilo é contra imigração?*

Enquanto isso, a voz do lado de fora enfim se manifesta.

— Estamos agindo em nome da polícia de Nova York, senhora, mas não precisa abrir a porta. Estamos procurando Padmini Prakash, que conforme nossos registros reside neste endereço. Podemos ao menos falar com ela?

Padmini está prestes a abrir a boca, mas Aishwarya olha fixamente para ela com uma expressão de censura. A tia está, sim, com medo, Padmini percebe isso agora, mas não deixa transparecer ao responder:

— O que querem com ela? Ela tá aqui legalmente também, já falei.

— Não, senhora, não está. Recebemos a informação de que está ilegal e trabalhou ilegalmente com um visto F-1.

Padmini deixa escapar um "Quê?" antes que Aishwarya possa mandá-la ficar quieta, mas não passa de um sussurro porque está genuinamente confusa. Trabalho legal é permitido pelo visto F-1. Ela de fato trabalhou *mais* do que deveria, mas essas horas não apareciam em seus holerites porque o RH da Corporação Tirana — em um gesto tirano — usava um truque para omitir as horas extras. Ela também nunca contou a sua orientadora de carreira que estava trabalhando além do máximo de horas. Então como...?

— Falso — diz Aishwarya. — De quem veio essa informação? De alguém que não entende nada de estudantes internacionais, aparentemente.

— A denúncia foi anônima, mas se realmente quer saber, foi um funcionário da empresa onde ela trabalhava.

Padmini não consegue acreditar.

— *Que filhos da puta.*

Aishwarya olha para Padmini e, sem emitir som algum, diz *Quer calar a boca?*

— A universidade pode confirmar o status dela — diz Aishwarya, virando de novo para a porta. — Os colegas de trabalho de Padmini não têm nada a ver com isso. Vocês mesmos podem verificar a situação dela em cinco minutos naquele sistema de informação sobre estudantes estrangeiros! Isso é assédio, se vocês pensam que...

A voz atrás da porta suspira.

— Realmente acha que vai ser levada a sério com esse papo de advogada de meia-tigela, senhora?

Isso faz Aishwarya se calar. No mesmo momento, Padmini leva um susto quando seu celular vibra com uma nova notificação. Três mensagens chegam ao mesmo tempo. Veneza responde: *Lógico que sim, ele é Republicano.* Quase no mesmo segundo, Brooklyn diz: *Sim. Antes ele fingia que só era contra imigração ilegal, mas ultimamente tem apoiado a perseguição de imigrantes legais pela Imigração também, principalmente imigrantes vindos de países não brancos.*

E por último veio a resposta de Manny, indo direto ao assunto: *O que tá acontecendo?*

A voz do outro lado da porta volta a falar, desta vez soando impaciente e ao mesmo tempo presunçosa. O silêncio de Aishwarya parece ter servido de combustível.

— Considere-se avisada. Estamos de olho em você, srta. Prakash. Estamos de olho em toda a sua família. Não se esqueça de que podemos dificultar as coisas até para cidadãos, se assim quisermos. — Dava para saber que ele estava sorrindo. Como era possível ouvir o som de um sorriso? Ainda mais um sorriso tão aterrorizante? — Tenham um bom dia.

Para o alívio de Padmini, as botas se afastam da porta com passos pesados. Aparentemente eram três homens; meu Deus, quantos foram necessários para executar a ameaça encomendada pela Corporação Tirana? Porque sim, foi uma ameaça. Se Padmini aceitar a sugestão de Aishwarya e processar a empresa, tudo que a Corporação Tirana tem que fazer é dizer a verdade para que ela seja enxotada do país em um piscar de olhos. Talvez tenham que pagar uma multa ou coisa parecida, mas será uma pechincha em comparação ao que devem a Padmini. Ou talvez não seja uma ameaça e ela esteja exagerando. Talvez seja apenas pirraça da parte de Wash ou de alguém de sua antiga equipe. Pessoas como aquelas nunca se contentam apenas em vencer; também querem que Padmini seja colocada em seu devido lugar.

Ela sai do quarto e vai até a porta ficar ao lado de Aishwarya. As duas continuam em completo silêncio, prestando atenção nos passos, até os homens enfim saírem do prédio. Elas permanecem caladas por mais um tempo, sem nenhuma razão. Padmini percebe que Aishwarya está tremendo ligeiramente quando pousa uma mão sobre seu ombro; ela mesma sente um medo opressivo revirando seu estômago. Não houve nenhum ataque, nenhuma gavinha branca entrando pela porta, nenhum monstro em uma piscina. Padmini não sabe se aquilo tem um dedo da Mulher de Branco, mas não importa porque nenhuma corporação precisa da ajuda de entidades sobrenaturais para fazer coisas horríveis. A Imigração também não.

E mesmo assim...

Três horas mais tarde, com uma mala a reboque e uma mochila cheia no ombro, Padmini bate à porta de uma cobertura no Harlem.

Quando Neek abre, ele apenas a encara por um momento, inexpressivo. Depois estende a mão para pegar a mala e ajudá-la com a mochila.

— Vem cá.

Padmini está com um nó na garganta. Ela não ligou antes de ir; não tinha como, com Aishwarya e Barsaat e metade de seus parentes em Chennai mandando mensagens para tentar convencê-la a não ir, e tudo isso enquanto fazia as malas.

— Eu preciso...

— Claro. Não esquenta, a gente tá aqui pra ajudar.

É tudo muito rápido.

— Eu não...

Ele respira fundo, bem-humorado.

— Não esquenta. Já disse, a gente tá aqui.

Então é isso.

Bel e Manny estão lá dentro, ambos preocupados. Veneza está no trabalho, mas mesmo assim está ativa na conversa em grupo, ameaçando aparecer na sede mais próxima da Imigração com um advogado que conhece, então Padmini espera que ela não se importe em ganhar outra colega de apartamento do nada. A recepção deles causa mais do que alívio: causa uma sensação de proteção e de segurança, embora precisar deixar o Queens antes que sua presença prejudique seus familiares tenha um certo sabor de retrocesso.

— Que patifaria isso aí — diz Bel. Neek passa por ele com as malas de Padmini a caminho de seu novo quarto. — Tipo o "ambiente hostil" que ficam inventando no Reino Unido. Você tá fazendo tudo certinho e ainda estão enchendo seu saco? Vai se ferrar.

Padmini consegue apenas abrir um sorriso cansado em resposta. É mesmo uma patifaria, mas isso não quer dizer que não tenha potencial para prejudicar Padmini e todas as pessoas que ela ama.

— Tem certeza de que você não se importa comigo ficando aqui? — pergunta Padmini. — Não quero colocar *você* em risco. Seu visto é o F-1 também, não é?

— J-1. De pesquisa. Mas não é tão diferente pelos parâmetros da Imigração. Mas mesmo assim eu tô de boa. — Bel cerra a mandíbula. — Eles não vão pegar muito no meu pé porque não sou de um dos "países maus", mesmo com meu sobrenome esquisito. Vale a pena correr o risco pra ajudar você, isso se compartilhar o banheiro contar como ajuda. Bem-vinda à Casa Nova York com Decoração Londrina de Bônus.

Ouvir isso é de grande ajuda. Padmini se volta para Manny, respirando fundo.

— Hum. Já que estamos falando de favores e tal, preciso que você faça um pra mim. Ou melhor, pra Nova York. Vamos nos casar.

# TENTÁCULOS, TENTÁCULOS POR TODOS OS LADOS

Tudo está indo de vento em popa para Aislyn.

Não há mais estranhos batendo na porta de sua casa. Não há mais chamados semiparanormais vindos de uma cidade da qual ela não quer fazer parte; não há mais alucinações envolvendo um jovem dormindo em meio a um monte de lixo. Staten Island segue por um caminho só seu, uma cidade orgulhosamente independente que enfim desfruta de seu lugar ao sol embora o estado de Nova York não esteja pronto para reconhecer uma secessão puramente metafísica. A população de Aislyn ainda precisa pegar a balsa rumo à terra distante e hostil de Nova York para colocar o pão na mesa, mas não tem problema. Muitas cidades funcionam como exúrbios de outras por motivos financeiros ou de infraestrutura. Os verdadeiros habitantes de Staten Island sempre voltam para casa no fim do dia.

Além disso, ela também não está mais sozinha. Agora tem amigos! Alguns conhecidos da época da faculdade — um pessoal do grupo de estudo com quem não tinha tanto contato — apareceram e a chamaram para tomar um café. As senhoras que trabalham na biblioteca com Aislyn também começaram a convidá-la para ir ao cinema ou para ver jogos de beisebol. E tudo bem que a conversa nos cafés não saia das amenidades, ou que exista algo dormente e estático no olhar das mulheres da biblioteca — sem falar de seus sorrisos estranhamente familiares e de comentários inadvertidos sobre a complexidade de se falar um "idioma humano". Embora a Mulher de Branco consiga facilmente estar em vários lugares ao mesmo tempo, Aislyn se sente honrada por ser o recipiente de tanta atenção. Com todos os passeios com as senhoras da biblioteca, os guardinhas de rua que sabem seu nome e dizem bom dia e os funcionários do supermercado que sorriem e oferecem coisas por conta da casa, Aislyn começou a se sentir VIP. Ela se sente *especial*. É muito agradável.

E agora ela está em um estádio com *milhares* de novos amigos, esperando ansiosa pelo início do comício do senador Ruben Panfilo, também conhecido como o futuro prefeito de Nova York. Quando Aislyn chega e mostra seu ingresso, ela, seus acompanhantes e seus pais são rapidamente guiados até uma entrada exclusiva e depois escada acima até um camarote muito chique. Dele é possível enxergar todo o estádio, e ainda se tem uma visão privilegiada do palco que foi montado bem no meio do campo. Há um pequeno bar com drinques de cortesia feitos por um barman muito bonito e de aparência exótica que parece ter saído diretamente dos livros de romance água com açúcar de Aislyn. Os aperitivos e as poltronas também são satisfatórios. A família de Aislyn está encantada, e seu pai sorri para ela com um orgulho que ela vê pela primeira vez em trinta anos. Ele passou a ser exatamente o pai que Aislyn sempre quis ter depois de sofrer algumas aprimorações feitas pela Mulher de Branco. A mãe de Aislyn está ao lado dele, sorridente e feliz. Elas não têm mais conversas a sós, exceto sobre assuntos superficiais e desimportantes. Isso... incomoda Aislyn, apesar de tudo. Mas Kendra passou semanas sem cair desacordada de tanto beber, o que é algo a ser levado em consideração.

*Sempre haverá um preço a ser pago pela imaginação* — era o que tinha declarado a Mulher de Branco. Pensando bem, é algo estranho a se dizer, mas a pobre Kendra Houlihan, uma mulher que renunciou a uma trajetória artística para satisfazer um marido inseguro, não tem nada a ganhar com devaneios sobre algo que poderia ter acontecido, mas não aconteceu. Esse tipo de anseio a corroeu por dentro lentamente durante anos. Ela não está melhor assim, simplesmente aceitando seu papel como sombra e cônjuge de Matthew Houlihan? Foi escolha dela, afinal, e agora Kendra pode desfrutá-lo sem arrependimentos. Por que Aislyn deveria se sentir culpada por isso?

Aislyn massageia a nuca e suspira. Melhor encontrar logo um lugar para assistir ao comício.

Lá embaixo, no campo, os telões nas laterais do palco começam a ser ligados, assim como a tela imensa que ocupa uma parede inteira da cabine do camarote. Que emocionante! Ela pega uma cerveja e senta-se no momento em que o senador em pessoa sobe ao palco. (Seu pai costuma dizer que mulheres não devem beber cerveja, mas ele anda guardando as próprias opiniões para si, o que Aislyn não acha ruim.)

Ruben Panfilo não é lá grande coisa. É um homem baixinho e nada intimidador que parece ter investido uma pequena fortuna em implantes capilares na linha frontal do cabelo. Em épocas passadas, o pai de Aislyn teria rido da mera possibilidade de votar em um homem como aquele. Panfilo é nitidamente do tipo puxa-saco que só serve para trabalhar na frente de um computador, sem um traço robusto sequer. *Esse cara não passa de um italiano pé de chinelo*, é o que Aislyn quase consegue ouvir seu pai dizendo. (Matthew Houlihan acha que todo italiano faz parte da máfia.) *O tipo de sujeito que fala muito, mas dá no pé se borrando todo quando o caldo entorna. Patife de uma figa.*

No entanto cá está ele, aplaudindo alegremente como a maioria do estádio enquanto Panfilo sobe ao palco e se aproxima do microfone. Até mesmo a pequena gavinha pálida no pescoço de Matthew Houlihan, posicionada ligeiramente à esquerda de sua terceira ou quarta vértebra cervical, parece vibrar e se agitar com a aparição do senador. Aislyn é tomada por uma arrebatadora onda de alívio ao ver Panfilo, que prometeu fazer com que Nova York volte a ser um lugar onde pessoas como Aislyn não precisam sentir medo. Segundo seus pais, assim era a Nova York da juventude deles, em que todos sabiam reconhecer seus próprios lugares e viviam felizes e em segurança. Soa como uma versão da cidade que Aislyn teria adorado.

— Meus amigos — cumprimenta Panfilo, erguendo as duas mãos depois de alguns segundos quando os aplausos da plateia não cessam. — Meus amigos, vamos lá. As pessoas vão pensar que são verdadeiros os boatos de que Staten Island não sabe fazer silêncio.

Um riso bem-humorado corre pela plateia e Aislyn sorri. Ele a entende! Ele entende sua ilha. Até que enfim. Os aplausos silenciam, e Panfilo começa seu discurso.

É tudo meio desordenado porque ele não está usando o teleprompter ou qualquer outro tipo de material; isso faz com que pareça mais espontâneo e mais convincente, mas também significa que vez ou outra ele diz coisas que não fazem muito sentido. Ainda assim, a multidão o adora. Aislyn o adora. Ele quer dar mais dinheiro para a polícia de Nova York e parar de fazer os agentes perderem tempo com treinamentos sobre diversidade! Ele vai demitir vereadores! Vai substituir toda a administração da empresa de transporte público para que os trens finalmente cheguem na hora certa! Vai cortar os investimentos nas universidades, já que elas só servem para fabricar socialistas e militantes — essa parte Aislyn não entende muito bem, já que estudou na Universidade de Staten Island e não se lembra de ter conhecido muitos militantes socialistas em sua época; o público parece adorar a ideia, porém, então só pode ser algo bom. Só pode ser algo *maravilhoso*. Ela não tinha ideia de que o prefeito de Nova York tinha tanto poder.

No ponto alto do comício, Panfilo faz uma pausa dramática e depois se aproxima do microfone.

— E vamos continuar insistindo em separar Staten Island de Nova York de vez. O que acham? O que acham disso? — declara. Os aplausos recomeçam e ele sorri. — Eles não querem a gente mesmo. Tá na hora.

A multidão vai à loucura. As pessoas batem os pés energicamente, sopram cornetas. Aislyn vê um rapaz de pé no próprio assento pulando sem parar até que seu pé escorrega e ele cai, derrubando metade da fileira onde estava. Eles se levantam com a ajuda uns dos outros, limpam os machucados depressa e retomam a comemoração.

É uma experiência gloriosa, e Aislyn se deleita com a alegria de seus colegas de ilha. No entanto, está com uma pequena pulga atrás da orelha: como Staten Island vai pagar por tudo aquilo sem o auxílio do dinheiro da cidade? Essa é uma preocupação desimportante, porém. Ela sabe que políticos sempre manipulam a verdade de acordo com seus interesses. Mas se políticos sempre mentem, por que não eleger aqueles cujas mentiras estão alinhadas com seus interesses?

A parte do discurso do comício parece ter acabado. Panfilo sai do palco sendo ovacionado ao som de "An Open Letter to NYC", do Beastie Boys, o que bate errado para Aislyn. Ela adora a música, mas ela não parece caber no momento — a letra fala sobre o espírito unificado de uma cidade logo após Panfilo ter convocado a separação de Staten Island. Mas as pessoas estão curtindo o som, então Aislyn tenta não se preocupar e vai fazer xixi enquanto seus pais e suas amigas da biblioteca cantam o refrão em meio ao ruído de copos sendo agitados.

O banheiro dos camarotes é muito elegante; há até mesmo uma funcionária, uma mulher branca de certa idade com uniforme e tudo. Aislyn se sente um pouco constrangida por ter de fazer suas necessidades na presença da pobre senhora, que deve ser obrigada a ouvir o xixi e os gases das pessoas o dia inteiro, mas fazer o quê? Ao sair da cabine pouco depois, Aislyn vai até a pia para lavar as mãos e se sobressalta quando a mulher se aproxima com uma toalha de mão como se ela não conseguisse pegar uma sozinha. A expressão de desconfiança e desconforto de Aislyn deve ter ficado nítida, porque a senhora abre um sorriso amável.

— Pode pegar outra se quiser — sugere ela, estendendo a cesta de toalhas para Aislyn.

Aislyn pega uma toalha, mas toda a situação faz com que ela se sinta tola e ignorante. Se gente rica normalmente aceita esse tipo de gesto, Aislyn acaba de entregar que é de classe baixa. Ela comprime os lábios e sai do banheiro, ignorando a caixinha de gorjetas, embora não costume fazer isso nos estabelecimentos que frequenta. Ora, a mulher não devia ter feito com que ela se sentisse tão menosprezada. De qualquer forma, quem esperaria uma gorjeta por distribuir toalhinhas no banheiro?

No caminho de volta para sua cabine particular, Aislyn passa em frente a um camarote cheio de pessoas. Entre elas está o senador Panfilo, rindo com um grupinho de puxa-sacos bem no meio da sala. É também o local de onde o DJ do evento está tocando, com todo seu equipamento espalhado por um conjunto de mesas no fundo do camarote. O DJ é um homem branco magricela e de cabelos grisalhos. Está usando um boné de beisebol virado para trás e balança a cabeça no ritmo da música, segurando um fone de ouvido com apenas uma mão contra a orelha. Está tocando um remix estendido da música dos Beastie Boys, provavelmente porque metade do estádio lá embaixo está cantando junto. Em um impulso, Aislyn entra na sala e vai até ele. O DJ olha para cima enquanto ela se aproxima, e Aislyn se detém por um instante ao perceber que há uma gavinha translúcida em sua bochecha esquerda, logo acima da linha da barba desgrenhada. Aislyn já quase não presta atenção nas gavinhas (ou nas guias, como são chamadas pela Mulher), mas foi difícil não ver aquela dado o lugar onde se encontra.

O DJ sorri e dá uma secada em Aislyn.

— E aí, princesa — diz ele. — Quer pedir uma música?

— Quero — responde Aislyn.

O olhar do DJ se demora nos seios dela por um instante, mas logo volta a se focar em seu rosto. *Boa guia*, pensa ela, e diz:

— Por que não toca alguma música que esteja mais de acordo com o que o senador Panfilo falou? Sei lá, algo tipo... sobre independência, sobre determinação... — Ela encolhe os ombros, encabulada.

— Deixa comigo, princesa, já tá na fila de reprodução. Tem Springsteen, um pouco de Linkin Park, tem "Fortunate Son", umas boas das antigas e umas novidades também! Hoje a festa vai longe.

— Entendi, mas... — Aislyn não consegue expressar sua frustração em palavras. — E se você tocasse, tipo, Wu-Tang Clan ou RZA? Eles são de Staten Island. Ou, sei lá, Joan Baez, e...

— Baez, talvez — responde o DJ, parecendo desinteressado. — Acho que tenho uma música dela aqui em algum lugar. Quando a galera desacelerar eu coloco pra tocar, mas Wu-Tang ou RZA não vai rolar. Não toco esse tipinho de música.

É como se Aislyn tivesse levado uma bofetada no rosto, mas o homem ao menos suavizou o que Aislyn suspeita que teria dito se não estivesse em público. O que a deixa frustrada é que raça não deveria importar — não ali, não naquele momento, não quando algo tão simples quanto uma escolha musical poderia ajudar Panfilo. Ela entende que nem todo mundo gosta de pessoas negras, mas todo mundo gosta de *Wu-Tang*. Ou não?

Ela fica frustrada demais para continuar a conversa, então responde com um sorriso amarelo e um aceno de cabeça e dá as costas para o DJ. Ao se virar, Aislyn vê que Panfilo está conversando com a Mulher de Branco — que, ali, assumiu a forma de uma mulher de meia-idade de cabelo platinado vestindo um terninho de caimento justo. Pela primeira vez ela parece quase normal, ou normal para o tipo de patrocinadora importante e bem relacionada que está fingindo ser... exceto pelo fato de que olha fixamente para Panfilo com a cabeça inclinada de maneira exagerada para um dos lados, quase tocando o ombro com a orelha. Ops. Panfilo está reagindo de maneira melhor do que Aislyn conseguiria, mas talvez por isso ele esteja na política e ela seja apenas uma atendente de biblioteca.

De repente, a Mulher avista Aislyn. Ela sorri, endireita o pescoço, graças a Deus, e gesticula para que Aislyn se aproxime.

— Esta é uma grande amiga — apresenta ela quando Aislyn se junta ao pequeno grupo, segurando sua mão com entusiasmo genuíno. Aislyn imediatamente se sente melhor. — Ora, Aislyn é a própria personificação do seu eleitorado! Querida, esta é minha mais nova arma contra a bagunça que é Nova York.

Panfilo acha graça da apresentação.

— Gostei disso, hein. Vou roubar para um slogan.

Ele olha para Aislyn com uma leve curiosidade na expressão, como se estivesse tentando compreender como uma garota sem graça com roupas da Target poderia ser amiga da mulher elegante e rica que ele está bajulando. Ainda assim, para seu crédito, Panfilo estende o braço para um aperto de mão.

— Prazer em conhecer a senhorita. Eu estava dizendo à sra. Alva que esta é a primeira vez que venho pra Staten Island desde que era adolescente.

Normalmente Aislyn é vencida pela timidez em situações como essa, mas é sempre mais fácil falar quando a Mulher de Branco está por perto. E ela seria capaz de tagarelar sem parar sobre sua ilha.

— Já é mais do que a maioria das pessoas, senador. Grande parte dos nova-iorquinos nunca vem para cá.

— Bom, estamos aqui pra mudar isso.

Panfilo sorri para a Mulher, parecendo não perceber — ou escolhendo não falar sobre — a expressão predatória com a qual ela o encara. (Aislyn a empurra com o cotovelo e a Mulher parece se dar conta do que está fazendo, depois sorri em agradecimento e volta a focar em Panfilo, desta vez se lembrando de piscar e trocar de expressão facial de vez em quando.)

O senador se vira para o estádio e faz um gesto em direção à região de Manhattan.

— As pessoas acham que Nova York é só Manhattan. Arranha-céus, Broadway e Park Avenue. Pode até ser que vejam um jogo no Queens ou passem no Zoológico do Bronx ou no Jardim Botânico do Brooklyn, mas ninguém vem pro Jardim Botânico de *Staten Island*. Eles vêm de balsa pra cá pra ver a Estátua da Liberdade por uma bagatela, depois dão meia-volta e vão embora. No meu governo, isso vai mudar.

— Como? — pergunta Aislyn, verdadeiramente interessada.

Ela ama sua ilha e sabe que eles têm zoológicos e estádios e muitas outras coisas legais, mas também sabe que a liderança do distrito não tem sucesso algum na luta de anos para reverter as concepções equivocadas dos turistas sobre Staten Island. E, além disso, há mais um fator a ser considerado: o de que uma parte de Aislyn — a parte que engloba as vontades de todos os outros habitantes da ilha — *fica feliz* quando os turistas não vêm. Staten Island não gosta de ser o centro das atenções. Por isso, ela acrescenta:

— E *por que* a gente mudaria isso?

Panfilo responde como se não tivesse ouvido a segunda pergunta.

— Bem, temos um plano a longo e outro a curto prazo. A longo prazo, precisamos de mais gente de verdade aqui, gente que não é malandra, que não é oportunista, que não é... como posso dizer... "sexualmente confusa". — Ele sorri. — E essas pessoas precisam se dar conta de que Staten Island é o lugar onde vivem todas as pessoas *normais* de Nova York. Gente trabalhadora, gente patriota, gente que entende o que são valores familiares. Se jogarmos as cartas certas, podemos até rodar alguns filmes aqui pra mostrar como o distrito é bonito, talvez criar oportunidades de desenvolvimento. Staten Island pode crescer. Imagine se aqui houvesse tantas pessoas quanto no Brooklyn! A gente poderia conseguir o que quisesse da cidade.

Aislyn não gosta do que ouve e tenta desamarrar a cara depressa ao perceber que está franzindo a testa, o que não funciona muito bem; ela nunca soube mentir ou fazer qualquer outra coisa dessa natureza. Muito desenvolvimento e muitas pessoas novas inevitavelmente significariam que Aislyn perderia a Staten Island que sempre amou. Não haveria fazendas. Os parques começariam a desaparecer. Não haveria mais casas vitorianas imponentes com vinte cômodos pelo mesmo preço de um apartamento de dois quartos na região central de Manhattan. Era possível que tudo acabasse tão abarrotado quanto a costa norte da ilha, repleta de prédios altos e com um trânsito horrendo. Aislyn detesta ir até lá. Aquele pedaço se parece demais com o resto de Nova York. E será que as pessoas normais ainda conseguiriam comprar propriedades à beira-mar depois de uma onda de migração intensa como aquela? Aislyn não entende de economia, mas não é difícil deduzir que se muito mais gente começar a comprar casas ali, Staten Island não vai continuar sendo tão acessível.

Aislyn continua imersa em pensamentos, e a Mulher de Branco sorri.

— Fico encantada em saber que você quer colocar Nova York No Topo de Novo — diz ela a Panfilo. De alguma forma, é possível *ouvir* as letras maiúsculas do slogan saindo da boca da Mulher. — É essa a ideia, não é? Alinhar esta cidade tão problemática aos aspectos mais sensíveis da realidade, impedir toda essa maldição de reprodução desenfreada de novos universos. Quanto mais a gente unificar a cidade, quanto mais pararmos de atender a... — Ela perde o fio do pensamento por um instante, mas seu rosto se ilumina logo em seguida e ela continua: — De atender a *interesses especiais!* Isso. Quanto mais rápido isso acontecer, mais rápido vamos poder percorrer os éteres do multiverso.

Panfilo parece não entender uma palavra, mas não se deixa abalar.

— Interesses especiais, exatamente. Neste momento as escolas de Nova York são uma verdadeira salada porque tem pessoas da periferia, pessoas que não fizeram faculdade ou nem sequer terminaram o ensino médio, influenciando a política! A gente precisa de empresários sensatos... e empresárias mulheres como você, é claro... assumindo o comando pra assim garantir que nossos filhos estejam preparados pro mercado de trabalho. Em vez de rasgar o dinheiro dos contribuintes em escolas sem futuro em que as crianças são preguiçosas e delinquentes demais pra aprender, podemos deixar essas escolas se extinguirem sozinhas. Os pais podem mandar seus filhos pra escolas melhores onde não tem toda essa conversinha de diversidade e doutrinação que levam a estilos de vida conturbados. A educação precisa ser decisão dos pais, não acha?

— Sem sombra de dúvidas! — A Mulher de Branco olha para Aislyn, entusiasmada, que oferece um sorriso débil em resposta. — Afinal, se quero ensinar minha hipotética cidade bebê a *escurecer* e a *tingir*, por mais perigosas que tais práticas possam ser, eu deveria ter todo o direito de fazer isso, não acha?

Apesar de aparentar estar completamente perdido, Panfilo não deixa a conversa morrer. Aislyn fica impressionada.

— Com certeza! É absurdo pensar em como o país mudou ao longo dos anos. Antes éramos os melhores do mundo em educação! Mas os esquerdistas começaram a se infiltrar nas escolas e a usar o dinheiro dos contribuintes pra promover o ensino de coisas ímpias, pervertidas e inúteis. Educação sexual no ensino fundamental! Diversidade. *Expressão artística.* — Ele solta um riso de desdém. — Tem que acabar com isso aí.

A Mulher de Branco se aproxima e encosta no braço de Panfilo. Aislyn viu outras mulheres fazerem a mesma coisa ao interagir com outras pessoas, um flerte sutil para garantir que o homem continue prestando atenção, mas há algo estranho na forma como a Mulher faz isso. Ela toca o braço de Panfilo e o apalpa — não como se estivesse tentando descobrir o tamanho de seu bíceps, mas como se estivesse tirando suas medidas, tentando avaliar se ele tem carne suficiente, talvez, ou se precisa de mais gordura.

— Gosto do seu jeito de pensar, senador — murmura ela, devagar. — Bem, tenho bastante dinheiro e você parece ter uma visão clara para esta cidade. Vamos reconstruir a realidade juntos.

Ela estende a mão, e o senador acompanha o gesto alegremente. Aislyn sabe o que está por vir. Agora que ela está do outro lado é diferente. Chegou a achar as guias hostis e perturbadoras por um tempo, mas isso já passou. Clareza é algo bom. Saber que se está do lado certo, também.

E ainda assim...

A Mulher e o senador Panfilo baixam os braços depois de um aperto de mão. Ele pede licença para falar com outro grupo, e Aislyn estreita os olhos e inclina o pescoço para observá-lo. No entanto, não há gavinhas se erguendo de seu braço. Ele também não parece estar sentindo nada diferente onde a mulher o tocou.

— Ai, como você é bobinha... — diz a Mulher com um sorriso ao perceber o olhar confuso de Aislyn. — Não precisamos das guias com esse aí. Ele vai fazer exatamente o que quero sem nenhuma ajuda da minha parte. Agora, trata de desemburrar essa cara e ir se enturmar por aí. Todo mundo veio aqui por sua causa, não foi? Um estádio inteiro de pessoas que querem ver Staten Island livre e forte.

Ela aperta o braço de Aislyn afetuosamente. Dessa vez, a sensação é tranquilizadora. Aislyn abre um sorriso superficial, que é retribuído por outro enorme e cheio de dentes da Mulher, que logo em seguida também se afasta para continuar a bajulação.

Sim, Staten Island é a razão pela qual todos estão lá. Mas o DJ está tocando músicas genéricas feitas por alguém que é de Nova York, e não de Staten, e o bartender está distribuindo Manhattans de graça, mas não faz ideia de como fazer um bom *Staten Island Ferry*... Aislyn fica ali por um longo momento, sentindo-se perdida. Ninguém vem falar com ela. A Mulher de Branco sempre arranja um tempinho para ela, mas Aislyn decide que não quer interrompê-la e apenas lhe assiste enlaçar o braço em torno de um dos guarda-costas de Panfilo, murmurar algo em seu ouvido e depois se afastar, deixando para trás uma pequena gavinha que serpenteia da orelha do homem em direção a seu ombro. A Mulher é uma entidade ocupada. Tem dimensões para aplanar e Staten Island para... levar de volta ao topo.

Uma Nova York onde todos vivem em harmonia e onde todos os lugares são seguros. Onde as pessoas se contentam com seus respectivos lugares e não lutam por mais, nem sequer *pensam* em ter mais. Será que isso realmente é possível? O que seria necessário para acabar com todos os conflitos, suavizar desavenças, fazer com que todas as minorias possam relevar as pequenas injustiças e ficar felizes com o que já têm?

Ela poderia perguntar à Mulher — cujo verdadeiro nome é R'lyeh, a cidade além da realidade, onde os edifícios são todos curvados e as ruas são todas retas e nunca há confrontos ou horror ou medo. Ela gostaria de visitar R'lyeh para ver como as coisas são. É estranho a Mulher nunca a ter convidado para ir até lá, não é? Talvez seja só porque sabe sobre a agorafobia de Aislyn. Mas amigos pelo menos *convidam,* não convidam?

(*Talvez a Mulher não seja sua amiga de verdade,* sussurra seu distrito.)

De repente, Aislyn sente algo ardendo em seu ombro; ela estremece e leva a mão até o local. Será que foi uma abelha? Ainda pressionando o ombro, ela decide voltar para o banheiro feminino. Ao chegar lá, Aislyn se depara novamente com a senhora para quem não deu gorjeta e decide ignorar a mulher, inclinando-se sobre a pia e afastando a roupa para examinar sua pele diante do espelho. Mas não tem nada ali. *Absolutamente nada:* a guia já não está mais lá. Algo a queimou.

Aislyn encara o próprio reflexo no espelho, tentando mais uma vez reprimir o pensamento que já está criando raízes nas profundezas de sua mente. Depois de um momento de tensão que parece durar uma eternidade, ela decide ir para casa mais cedo.

# INTERRUPÇÃO

## ISTAMBUL

Istambul = gatos. E pessoas. E cachorros também, mas gatos vêm primeiro. De vez em quando ele se pega pensando que gostaria mesmo é de ser um avatar felino. Gatos não se metem em política. Gatos não cometem genocídio, a não ser de ratos — e Istambul ainda não superou a Peste Bubônica, então até que eles não fariam falta. Gatos não decidem seguir a religião xis em um dia, depois da religião ípsilon no seguinte, depois uma combinação de ideais profanos em outro. Gatos veneram apenas a si mesmos. E tudo bem. Ele gosta de saber que o resto do país parece gostar tanto de gatos quanto ele; o governo não faz grande coisa por pessoas em situação de pobreza, mas é bom que ninguém se atreva a mexer com os gatos de Istambul.

Istambul, o homem, sabe que isso é culpa dele. Bom, mais ou menos. As coisas não são tão simples assim. Sempre que uma cidade desenvolve uma particularidade como essa, o mais provável é que se trate de um ciclo. Por exemplo, as pessoas em Istambul gostam de gatos; por isso o avatar de Istambul fica obcecado por gatos; isso, por sua vez, alimenta a paixão da cidade pelos gatos. Mas ele se culpa mesmo assim porque poderia quebrar o ciclo — afinal é mais fácil interromper um hábito em uma única pessoa do que em uma cidade inteira. Mas por que ele deveria se importar? Não há nada de errado em gostar de gatos. E assim, o ciclo continua.

Ele está caminhando sozinho pela orla em Karaköy. Essa sempre foi sua parte favorita da cidade, mesmo depois perder um pouco da essência ao longo dos últimos anos conforme os turistas foram tomando conta do lugar. O rebuliço turístico fica cada vez pior porque é isso que turistas fazem, mas ele não pretende abrir mão de Karaköy. Mil anos antes, os levantinos dominavam aquela parte da cidade, e, embora restem poucos dos seus — bom, daqueles que eram seus antes de ele se tornar uma cidade —, ali continua sendo o lugar onde Istambul decide morar. Ele é dono de um prédio caindo aos pedaços na Cidade Velha que tem um terraço cuja vista dá para a Basílica de Santa Sofia. E faz questão de caminhar pela orla todos os dias, faça chuva ou faça sol, porque essa é sua única estratégia para espairecer a fim de conseguir ouvir todas as quinze milhões de vozes que habitam sua cabeça. E assim, em meio à peste, à fome, à guerra, em meio à ascensão e à queda de impérios, ele continua sendo Istambul.

A orla está tranquila ao amanhecer, e tudo é silêncio a não ser pelo bonito chamado para as orações que o vento carrega. Está muito cedo para a maioria dos turistas, mas restam alguns festeiros espalhados por bancos ou soleiras, dormindo embriagados pós-bebedeira ou pós-shisa noturno que os fez perder o último trem Marmaray. Enquanto isso, um aroma agradável encorpa o ar; os estabelecimentos já começaram a assar pão e grelhar peixe, como fazem diariamente há milênios. Ele acena com a cabeça para o vendedor de chá, que se aproxima, sorridente, com seu traje habitual formado por colete e calças listradas brilhantes e inclina o enorme jarro trazido nas costas, servindo uma xícara a Istambul. Ele paga um pouco a mais para custear as xícaras grátis que o vendedor porventura deseje oferecer aos pobres. Eles já falaram sobre isso antes, Istambul e o vendedor de chá, porque o vendedor prefere fazer caridade de seu jeito. A discussão não está encerrada, mas apesar disso partilham daquele momento, desfrutando do silêncio da manhã e falando sobre amenidades enquanto Istambul toma seu chá.

Depois ele devolve a xícara e acena com a cabeça outra vez, com elegância teatral; o vendedor revira os olhos, mas sorri achando graça enquanto ele se afasta. Istambul amola os vendedores de chá há mais de mil anos. O que é a vida sem pequenas constantes? Tudo muda, tudo permanece igual; ele é Bizâncio, ele é Constantinopla, ele é Istambul.

Ele perambula pelas peixarias como de costume e sorri para os comerciantes quando o cumprimentam. Alguns lhe oferecem sacos com produto oriundo de pesca acidental — peixes pequenos ou feridos demais pela rede para serem vendidos, raias e cavalos-marinhos que ninguém vai querer, coisas do tipo. Ele continuará sua caminhada diária e levará aqueles sacos para longe das áreas turísticas, onde as ruas são mais sujas e os gatos são mais magros. Isso também é Istambul. Todas as cidades têm vitrines de beleza e quarteirões de feiura.

Ao subir por uma rua de paralelepípedos, ele percebe que o jovem que o espera em uma escada adiante é uma cidade. Menor que Istambul, porém mais intrépida e dotada da maturidade precoce que as cidades tendem a ter quando surgem em países jovens. Aquela é uma criança pelos padrões do Velho Mundo, mas Istambul pensa que o mais velho em qualquer família geralmente é quem tem de crescer mais rápido.

Ele não desacelera o passo e toma a rua que o levará para longe das áreas turísticas.

— Venha comigo — convida.

Depois de um momento, o jovem se levanta e vai atrás.

Ele fica satisfeito quando o rapaz não é o primeiro a falar. Os jovens devem mostrar respeito aos mais velhos. Mas como Istambul também é uma cidade cheia de profissionais de fala acelerada, vai direto ao ponto.

— Você quer me falar sobre a ameaça crescente do Inimigo.

O jovem solta um suspiro curto de alívio.

— Já é mais do que consegui das outras cidades. Sim, isso mesmo.

— Com quem já falou?

— Tóquio, Zanzibar, Varsóvia...

Istambul ri. Todas essas cidades são malucas — mas é possível que pensem a mesma coisa dele.

— É mais fácil ter coisas em comum com cidades que nascem perto de você, dentro da mesma cultura — explica. — Ancara e eu temos uma relação próxima há anos.

Uma relação romântica também, mas esse tipo de detalhe não é da conta daquele jovem.

— Infelizmente, somos a primeira cidade da América a nascer. Mas acho que a gente se dá bem com São Paulo.

Istambul pensa em Cahokia e outras cidades do continente hoje chamado de América do Norte. Ele suspira. Os novos americanos parecem temer muitíssimo a própria história.

— É claro. São Paulo é tão atrevido e impulsivo quanto você. Leva alguns anos pras cidades se adaptarem.

— A gente bem que gostaria de ter tempo pra isso. Mas se não fizermos nada em relação ao nosso probleminha...

— Sim, eu concordo, e não é um "probleminha". Quero mostrar uma coisa pra você.

— Tudo bem.

Eles continuam andando, dessa vez em silêncio. Istambul acha graça em como o rapaz olha em volta, encantado, especialmente quando passam por trechos mais antigos da cidade. O jovem parece se dar conta de sua própria idade, e parece estarrecido diante do peso dos anos contidos em uma escadaria de três mil anos ou no que resta de um aqueduto do tempo de Constantino. Esse tipo de admiração é, na verdade, bastante agradável, como ver a si mesmo sob o olhar de uma criança costuma ser.

Depois de um tempo, chegam aos limites da cidade de Istambul. Há muito mais além daquele ponto, subúrbios e exúrbios e cidades-satélite, mas em termos legais a cidade — e a zona onde o poder de Istambul, o avatar, é mais forte — termina ali. É apenas um lote vazio cheio de lixo atrás de um supermercado, um lugar para o qual ninguém olharia duas vezes. Não há nada especial na área, mas ele não vai até lá para observar a paisagem.

— Aqui é o território de meus gatos favoritos — explica ele. Ele foi distribuindo os peixes ao longo da caminhada, deixando pedaços nos pratos permanentemente posicionados em frente a becos e escadas de edifícios. — Eles comem principalmente o lixo do supermercado, mas trago peixe sempre que posso. Gatos devem sempre ter peixe pra comer.

O jovem emite um ruído neutro em resposta a fim de mostrar que está ouvindo. É muito diplomático e sabe como parecer interessado mesmo quando não está. Istambul gosta dele, e pensa que gostaria que alguns de seus próprios filhos tivessem se mostrado tão sábios. Mas fazer o quê...

Ele aponta para o outro lado do lote.

— Ali fica o limite da cidade. Agora preste atenção.

Istambul chama os gatos; geralmente o que funciona é um estalar da língua. As gaivotas começam a pairar no mesmo instante, porque sabem que vão conseguir apanhar um pouco de peixe se forem espertas; os gatos não são rápidos o suficiente para dar conta de todas. Então algo se mexe na grama, e de repente cerca de uma dúzia de gatos sai correndo do meio do mato. Istambul sorri, alegre, e se agacha para acariciar seus preferidos, afagando suas cabeças e, quando permitem, suas pequenas orelhas. Para driblar as gaivotas, ele coloca um peixe diretamente na boca de cada um dos felinos; mesmo com esse cuidado, uma gaivota consegue roubar um peixe dos dentes de um deles. O bichano salta atrás da ave e arranca algumas penas, mas a gaivota consegue fugir. Para compensar, Istambul dá ao pobre gato um segundo peixe ainda maior.

O jovem, que é parte de Nova York, mas não é Nova York em si, assiste à cena em silêncio, mas quando um dos gatos se aproxima dele com um miado inquisitivo, ele se agacha e estende os dedos, fascinado, para que o animal o cheire. Eis um genuíno aficionado de gatos! Istambul estende o braço para que o rapaz pegue o saquinho de peixes e observa, satisfeito, ele sequer hesitar antes de pegar uma pequena enguia e a entregar ao gato.

Então Istambul se põe de pé.

— Observe — diz ele.

Joga alguns peixes ao redor dos dois, e os gatos e as gaivotas se aglomeram como loucos. Depois ele se vira e arremessa um peixe bem grande na grama além do lote — o limite da cidade. No mesmo instante, três gatos se separam do grupo e saem em disparada atrás do peixe... mas de repente freiam, agitando os rabos bem no limiar. As gaivotas mergulham no ar, grasnando... e depois desviam, interrompendo o voo e pousando no asfalto ou em latas de lixo, algumas batendo o bico ou agitando as asas. Aquele peixe aparentemente vai continuar sem dono.

Deve ser um sinal de como as coisas estão ruins em Nova York o fato de que de repente surge uma faca na mão do jovem. Com expressão calma e concentrada, ele se aproxima do limite do lote, ignorando os gatos que se afastam e as gaivotas que saem voando. Istambul, que sabe o que verá, continua distribuindo peixes. Há mais do que o suficiente para todos, então ele tenta dar mais para as gatas que parecem estar prenhes. Depois, segue para se juntar à destemida cidade guerreira que é o rapaz, suspirando com o que vê.

Para além do lote, quase escondidos pela grama seca que cresceu em meio ao asfalto negligenciado, há quatro gatos e uma gaivota. Não estão mortos; seus olhos se mexem e seus corpos oscilam com a respiração. Mas cada um dos animais está coberto por uma massa de finas gavinhas brancas, que serpenteiam suavemente como fios de fibra óptica que ganharam vida. As gavinhas envolvem os bichos e os prendem ao chão, distorcendo suas formas a ponto de os felinos e as aves se parecerem com algo diferente, algo amorfo — e pior ainda: alguns deles são maiores do que um gato ou um pássaro deveriam ser. Em crescimento. Em mutação. Istambul não os vê em um estado de dor ou agitação, o que é um alívio; seus olhos estão vidrados como se estivessem em transe. Um deles, uma gata malhada cujos filhotes ele acabou de alimentar, pisca devagar olhando para ele em uma demonstração de afeto. Istambul pisca lentamente em resposta, apesar de seu próprio horror silencioso diante da condição do animal.

— Por que isso tá acontecendo? — pergunta Nova York. Ele soa tranquilo e indiferente, mas Istambul percebe por sua postura que está pronto para qualquer coisa. — Ela infecta as pessoas na nossa cidade, mas não prende ninguém desse jeito. O que tá acontecendo aqui é... — Ele se interrompe e balança a cabeça, confuso. — Você é uma cidade completa há muito tempo — continua Nova York. — Ela não pode *atacar* você com essas... criaturas, então não entendo por que faria isso.

Interessante, e preocupante, que ele se refira ao inimigo como "ela".

— Não estamos lidando com uma *pessoa* — diz Istambul, e o jovem franze a testa. — Sim, fiquei sabendo dos detalhes: que ela tem um nome, que também é uma cidade, que passou todo esse tempo apenas fingindo ser um monstro irracional. Não sabíamos disso antes, então agradeço a descoberta. Mas o que a gente *sempre* soube sobre este Inimigo é que ela é uma força da natureza, o que significa que cresce e se propaga oportunisticamente. Acredito que esse crescimento não seja necessariamente *intencional*. Ela não tem grandes planos como Atatürk, não é como Aisha. Ela se parece mais com a bactéria que existe no superfície da nossa pele: inofensiva, a menos que a gente se corte. — Istambul suspira. — Duvido que ela queira fazer qualquer coisa com suas... criações. Mas se minha força vacilar, estas abominações vão estar aqui, prontas e à espera.

— Essa analogia não funciona — diz Nova York, como se estivesse pensando em voz alta. — Ela não veio deste universo. É uma bactéria *alienígena* e foi projetada especificamente pra nos infectar; ela mesma disse isso pra gente. Mas quem a projetou? Quem soltou na nossa realidade um predador invasivo que visa especificamente às cidades?

Que rapaz inteligente. Istambul lamenta que não tenha nenhuma filha naquele momento para apresentar e ele.

— Esse é nosso verdadeiro inimigo — diz Istambul. — Devemos ter mais medo da espada ou da mão que a empunha?

O jovem estreita os olhos.

— Entendi — diz ele.

Istambul teme pelos inimigos dessa Nova York quando estuda o olhar em seu rosto. Ele ao menos tem o bom senso de guardar a faca. Um esfaqueamento, por mais agradável que Istambul tenha considerado realizar o ato durante suas fases de guerra, não serviria para nada contra aquele adversário.

Istambul se aproxima e dá palmadinhas no ombro de Nova York.

— Já solicitei uma reunião da Cúpula — diz ele. — Mas sou apenas uma cidade mais velha. Se quiser um conselho, não procure as outras. É melhor focar nas cidades mais jovens. São as que vão estar mais propensas a ouvir você, de qualquer forma.

O rosto de Nova York é tomado por uma expressão sombria.

— Se a gente precisar convencer os mais velhos...

— Não precisa convencer, só precisa da atenção deles. Sabe, muitas cidades vieram e partiram ao longo dos anos. É como nos velhos tempos, quando um casal tinha muitos filhos porque acreditavam que muitos morreriam antes de chegar à idade adulta. Em alguns casos todos os filhos vingaram, é claro, mas muitos pais aprenderam a não se apegar aos filhos até que tivessem vivido por tempo suficiente pra que fosse seguro amá-los. Pra nós, hoje em dia, esse desapego parece insensível, mas é algo que deve ser entendido como uma forma de proteger o coração contra possíveis mágoas. — Istambul estende as mãos. — Por essa razão, você, Nova York, não vai ser atendido, por mais diplomática que seja a sua abordagem. A gente não vai se apegar a você até que você esteja aqui por tempo suficiente pra que seja seguro fazer isso. Mas nós, cidades mais velhas, apreciamos a rotina. Gostamos da calmaria. Conseguimos ignorar uma criança chorona, mas e se a creche toda começar a fazer um alvoroço?

O jovem arqueia uma sobrancelha, admirado.

— *Entendi.*

Dessa vez, Istambul teme por seus companheiros mais velhos — mas tudo bem. São todos uns tolos, e provavelmente merecem isso.

O jovem acaba indo embora. Não imediatamente. Ele fica por mais um tempo e observa Istambul pegar uma pequena garrafa térmica de chá — trazido de sua casa e feito por ele mesmo; é de flor de tília, ótimo para a saúde — e o derrama sobre os animais aprisionados. Ele faz isso toda semana há anos. É impossível impedir que aquele trecho seja perigoso porque está fora dos limites de sua cidade, mas tudo que se considera Istambul é Istambul, por isso ele não é completamente impotente. O chá afeta as gavinhas como ácido; elas guincham e murcham e caem. As gaivotas grasnam e batem asas para longe, parecendo descontentes por estarem molhadas de chá, mas os gatos recém-libertados correm para se esfregar nos tornozelos e nas canelas de Istambul em um gesto que pode ser visto como sendo de gratidão.

— Você não me ama, só quer comer camarão — resmunga ele para a gatinha malhada, mas é claro que guardou um peixe grande só para ela.

Então a Nova York se vai, e os gatos estão alimentados e todas as coisas ruins estão resolvidas. Istambul joga os sacos vazios no lixo, limpa as mãos com o álcool em gel perfumado que carrega no bolso e depois começa a caminhada de volta para casa. Ele cantarola para si mesmo, alegre, enquanto anda. É sempre revigorante conhecer jovens de cabeça boa, com uma visão clara da direção que o mundo deve seguir. Eles nem sempre estão certos, mas costumam deixar as coisas mais interessantes — e, com frequência, melhores. E, se Deus permitir, esses dias melhores virão em breve.

# DIGA PARA O SEU PESSOAL MARCAR UMA REUNIÃO COM O NOSSO PESSOAL

Já faz uma semana desde que Queens ficou temporariamente desqueenizada, e Bronca passou boa parte desse tempo andando nas nuvens. O timing foi esquisito, mas nada foi planejado: uma pessoa interessante entrou em contato com ela por um perfil no *Lagostim Pink*, criado dez anos antes. Bronca nem sequer se lembrava dele. Depois de vários dias de um bate-papo cauteloso, de uma verificação de antecedentes que custou quarenta e nove dólares, de uma leve *stalkeada* nas redes sociais para ter certeza de que a mulher não era esquisitona ou TERF e de muita ponderação, Bronca aceitou fazer algo que jamais imaginou que viveria outra vez naquela idade. Ela tem um encontro.

Provavelmente deveria cancelar. Marina, nome de sua pretendente em potencial, não sabe que Bronca é a personificação viva de uma cidade. Isso conta como algo que Bronca deveria esclarecer antes do primeiro encontro, não conta? "Saia comigo e corra o risco de ser atacada por monstros de outras dimensões"? E ser uma cidade é algo que vem atrelado a responsabilidades. Bronca deveria rever as próprias prioridades, focar nos assuntos do Bronx, esquecer de toda essa baboseira de vida social. Ela tem sido bastante feliz sozinha. Sua mãe também era mãe solo e ensinou Bronca a gostar da própria companhia e valorizar o próprio tempo — uma forma radical de pensar para qualquer mulher, especialmente nos anos 1960. Bronca gostava de ter uma família na época em que ela e Chris haviam decidiram sair da dinâmica de casal de pessoas LGBTQ no armário e passar a ser um casal de amigos que tinha um filho, mas ela também gostava da liberdade de deixar as roupas limpas sem dobrar e de cantar (mal) a plenos pulmões sempre que dava na telha. Se está ansiando por companhia outra vez, talvez fosse melhor arranjar um cachorro do que uma namorada.

Só que... Bom. Se tudo realmente está prestes a ir por água abaixo, não seria melhor morrer nos braços de alguém do que sozinha? Além disso, relação romântica à parte, ela não dá uma foda há, tipo, anos.

Bom. Por ora, Bronca decide focar em assuntos da cidade. Já tem duas semanas desde que Brooklyn anunciou sua candidatura à prefeitura, e Bronca está verdadeiramente impressionada. Ela é a última pessoa a apontar dedos, mas sempre foi grande motivo de irritação para ela que pessoas que dariam bons prefeitos para Nova York nunca concorram às eleições. Por essa razão, a cidade sempre acaba à mercê de um bando de empresários sem visão — sempre homens, nunca mulheres — ou de criminosos que usam o cargo para ajudar os comparsas enquanto ferram com o resto. E tudo bem, política é igual em todo lugar, mas é algo tão incessantemente consistente em Nova York que a cidade tem sofrido por quase toda a vida de Bronca, sem conseguir lutar por sua parte do orçamento estadual, incapaz de fiscalizar proprietários abusivos e de controlar a cada vez mais militarizada e mafiosa polícia de Nova York. E agora que Bronca é Nova York, ela sabe quanto a cidade quer — e *precisa* — lutar por algo melhor. Então, Bronca decide visitar Brooklyn.

A sede do comitê de campanha fica em Bed Stuy, óbvio. É apenas uma fachada estreita entre uma lavanderia e um restaurante de tacos, mas Bronca fica feliz quando vê que Brooklyn já arranjou cartazes bonitos e profissionais para pendurar nas janelas. Quando Bronca chega, há um rapaz instalando um banner sobre a fachada onde se lê: BROOKLYN, EM DEFESA DE NOVA YORK. Bacana. Brooklyn mandou fazer um logo que Bronca detesta logo de cara. As cores são moderadas demais, falta equilíbrio na composição como um todo... Mas Bronca suspira e se lembra pela milésima vez de que nem todo mundo é artisticamente pedante. Lá dentro, Bronca encontra uma sala organizada, cheia de mesas e estações de trabalho; dá para ver tendas no quintal, onde há mais mesas. Jovens bonitinhos vestidos com roupas casuais murmuram serenamente em chamadas telefônicas e digitam com delicadeza.

É tudo muito profissional. Respeitável. *Ordenado.* Bronca quer matar Brooklyn.

Ela marcha pelo escritório — ignorando uma jovem que sai do telefone e, tarde demais, pergunta o que Bronca quer — e escancara de supetão a porta do pequeno escritório dos fundos. Brooklyn, que estava sentada com a cabeça nas mãos, levanta-se no mesmo instante.

— Que porra é essa?

Bronca fecha a porta.

— Eu sou o Bronx inteiro, como você não sentiu que eu estava vindo?

Brooklyn se limita a encará-la. Um segundo depois, a garota que trombou com Bronca abre a porta e a encara antes de balbuciar:

— Putz, dona Brook, me desculpa por não ter visto ela, quer que eu chame a polícia?

Isso tira Brooklyn de seu transe. Ela imediatamente se recompõe, ajeitando o cabelo em um gesto distraído e endireitando a postura na cadeira.

— Não, obrigada, Haley. É minha amiga, tá tudo bem. E a gente não chama a polícia a menos que se trate de uma situação de vida ou morte. Não esquece disso.

— Sim, senhora. Claro. Beleza, então.

A garota dá uma última olhada para Bronca com um sorrisinho amarelo e fecha a porta outra vez. Bom, pelo menos Brooklyn está contratando pessoas com o jeitão de Nova York.

— Será que daria pra não entrar aqui arranjando encrenca com minha equipe? Eles não ganham o suficiente pra aguentar suas patadas — diz Brooklyn, enfim voltando a si.

— Ah, é? Então melhora o salário deles. — Bronca cruza o escritório até uma cadeira confortável, tira os panfletos que estavam em cima dela e os coloca em cima do radiador antes de sentar-se pesadamente. — Você bem sabe que vão ter que tolerar umas paradas muito piores do que eu. Você não tem nenhuma grana guardada da época em que era MC Free? Usa esse dinheiro pra pagar melhor seus funcionários.

Brooklyn ri, mas não parece achar graça alguma.

— Não, porque eu lancei músicas na década de oitenta com um empresário de merda. Tinha um dinheiro no meu fundo de campanha, que eu estava guardando pra concorrer de novo como vereadora, mas não dá pra nada considerando o que é preciso pra concorrer a prefeito nesta cidade. Não posso gastar minhas economias, porque tudo o que tenho tá preso na disputa contra a cidade pra recuperar nossos *brownstones*. Mal posso esperar que *isso* vire notícia. E Jojo, meu neném, quis me fazer uma surpresa e criou uma vaquinha depois que a entrevista viralizou. Acabou dando muito dinheiro, mais do que eu esperava... e não posso acessar um centavo sequer. Primeiro porque é ilegal, e segundo porque três outras pessoas (nenhuma das quais conheço, todas golpistas) iniciaram campanhas de financiamento em meu nome também. Agora tô tentando convencer o Conselho Financeiro da Campanha a pelo menos me deixar usar as contribuições não anônimas e não estrangeiras do lote da Jojo. — Ela balança a cabeça. — Minha filhota tá aprendendo na marra o que é a política de Nova York.

Bronca faz uma careta.

— E o braço dela, como tá?

— Até que bem. Segundo ela, o gesso tá dando coceira. — Brooklyn sorri, mas o sorriso não dura muito. — O médico disse que existe a possibilidade de ela perder permanentemente alguma função nervosa. Não a ponto de não conseguir mais usar o braço, mas é algo que pode prejudicar suas habilidades motoras finas pra coisas como escrever, por exemplo. Meu pai usou cadeira de rodas a vida toda, então a Jojo sabe que ter uma deficiência significa só fazer as coisas de maneira diferente. Mas *eu*, sim, tô possessa. O infeliz do Fardinha machucou meu bebê.

— A gente deu é sorte de não terem matado ninguém. Mas talvez isso tivesse te dado uma razão pra ficar furiosa de verdade.

Brooklyn olha para Bronca com cara de poucos amigos.

— Como assim?

Bronca se levanta e se inclina sobre a escrivaninha, invadindo ligeiramente o espaço pessoal dela.

— Eles atiraram na sua filha, mas não tô vendo você lá fora cuspindo fogo e peitando as pessoas. Agora há pouco, quando abri a porta do escritório, você estava quase chorando. Cadê aquela Brooklyn durona?

Ah, sim. Brooklyn baixou as sobrancelhas; talvez fosse a imaginação de Bronca, mas de repente a sala pareceu ficar mais quente.

— Ela tá aqui, sempre esteve. Mas há questões práticas que preciso considerar, caramba.

— Quais, por exemplo? Tá bom, você se meteu em uma eleição à prefeitura sem dinheiro e sem pensar. E daí?

Brooklyn se levanta e também se inclina sobre a mesa, ficando de cara para Bronca.

— E eu não tenho pessoal suficiente! Tenho muita gente disposta a arregaçar as mangas e ir pra rua, mas o que preciso é de pessoas pra fazer arrecadação de fundos, comunicação, pesquisas de opinião, preciso de estrategistas, preciso de...

— Então arranja essa galera.

— Com que dinheiro? Com que *tempo?* Tenho que preencher um milhão de formulários para a tesouraria da campanha e tô entregando tudo em cima do prazo, fazendo tudo sozinha, e...

Bronca decide que, já que vai levar um sopapo, que ao menos seja merecido.

— Você esqueceu que é a porra de uma *cidade?*

Surpresa, Brooklyn fica em silêncio. Era o que Bronca esperava. Ela balança a cabeça, mas não diz mais nada; em vez disso, volta a sentar-se, dessa vez em uma das cadeiras para visitantes. Brooklyn é sensível e orgulhosa — não muito diferente da própria Bronca, na verdade — e, agora que Bronca deu a dica, ela tem certeza de que a ficha de Brooklyn vai cair em três... dois...

— Nossa — diz Brooklyn. Ela se recosta devagar na cadeira; seu rosto percorre uma verdadeira jornada por diferentes expressões faciais enquanto Bronca a observa. — Uma campanha... é um constructo.

Bronca reprime um sorriso; Brooklyn é esquentadinha a ponto de interpretar um sorriso como um riso de deboche, e Bronca precisa que ela se concentre.

— Certo?

— Pode crer. — Brooklyn cruza as mãos sobre a mesa com seu habitual ar empertigado, e Bronca percebe a concentração em seus movimentos. — Ainda estamos tentando entender como esse negócio da cidade funciona, e São Paulo nos explicou sobre construtos, mas eu ainda tô pensando pequeno. Tipo em música, barganhas de rua, cachorro-quente da esquina, essas coisas menores. Mas você se lembra daquela campanha turística "I Love New York" de quando a gente era criança? Eu me lembro direitinho do jingle. Eu me lembro de Koch atrelando a própria imagem àquele slogan e a tudo associado a ele; fizeram até uma peça da Broadway. Ouvi dizer que era uma porcaria, mas a questão é que ele usou a cultura da cidade como um recurso a seu favor. Não acho que ele tenha sido um ótimo prefeito (começou progressista e depois se virou contra os pobres), mas até hoje é uma das pessoas que vêm à mente sempre que alguém fala de prefeitos de Nova York, mesmo décadas depois. Koch conseguiu um nível de apoio político e público que os prefeitos que vieram depois só tiveram em sonho, *porque ele se transformou em um ícone de Nova York.*

— E você, no caso, já é Nova York em pessoa — completa Bronca.

Brooklyn se levanta de súbito e abre a porta do escritório.

— Pessoal? Preciso que preparem uma reunião on-line, depois podem tirar a tarde de folga. Preciso fazer uma... — Ela olha para Bronca com um sorriso sarcástico. — Uma reunião de consultoria. Com alguns... hum... especialistas. Vejo vocês amanhã cedo.

Bronca sorri e se acomoda na cadeira para apreciar o espetáculo.

Brooklyn abre uma reunião no Zoom e começa a mandar mensagens de texto. Para grande alívio de Bronca, já que isso significa que ela não precisa descobrir como instalar um aplicativo novo no celular — essas geringonças ficam mais complicadas a cada dia que passa —, Brooklyn tem uma televisão instalada na parede com uma webcam acoplada para reuniões como essa. Por causa disso, Bronca não consegue participar da conversa por texto no chat do aplicativo, que consiste basicamente em piadinhas de Veneza e Padmini sobre a chance de os Vingadores fazerem reuniões no Zoom ou não, mas tudo bem.

— Eu estava mesmo me perguntando por que você não estava pedindo nossa ajuda — diz Manny de seu escritório na Columbia. É a primeira vez que Bronca o vê no modo trabalho. Está mais engomadinho e professoral do que o normal, usando óculos à la Clark Kent. — Tudo bem que nenhum de nós tem experiência com uma campanha como essa, mas se a cidade escolheu você pra enfrentar Panfilo e a Mulher de Branco, acho muito provável que a gente possa te ajudar de alguma forma.

— E eu tô mesmo precisando de um emprego — diz Padmini. Ela está no mesmo lugar que Neek, onde quer que seja, embora estejam conectados por dispositivos diferentes: mesma iluminação, embora vinda de diferentes ângulos, mesma parede branca atrás deles. Provavelmente estão na cobertura do Harlem. — Tá precisando de alguém pra fazer análise de dados? O tipo divertido de análise, tipo de demografia e padrões e apurações? Caramba, não trabalho com matemática *legal* há anos! Você paga?

— Não muito — admite Brooklyn. — O objetivo é proporcionar uma remuneração digna, é claro, mas por ora eu tô dura. Consigo pagar dois dólares por hora a mais do que o salário mínimo, e se eu ficar sem dinheiro em algum momento é possível que você perca o emprego outra vez.

Padmini ri. É a primeira vez em um bom tempo que Bronca a vê tão alegre.

— Eu teria aceitado até um salário mínimo. Contanto que eu possa justificar pra minha orientadora de carreira, o que eu acho que vai ser possível, tá ótimo pelo tempo que for.

Veneza se conectou pelo celular, e sua imagem oscila o tempo todo porque ela está ajudando Yijing e o resto da equipe do Centro de Artes do Bronx com uma instalação.

— Não sei como posso ajudar — diz ela, ofegante depois de carregar uma caixa. — Eu tenho um emprego, galera. E a Bronca até que tá me pagando bem, até que enfim. Saca só: agora eu tenho um *fundo de aposentadoria* e um plano de saúde real. Olha só pra mim, vivendo sem ter medo de morrer por uma doença evitável! Enfim, o que posso fazer? Atender o telefone e ajeitar quadros na parede pra você?

— Você tem formação em... hum... arte on-line...

— Design digital! Eu sei que a idade não ajuda, mas, pelo amor de Deus, é uma aliteração e tudo. Por que você nunca se lembra?

Bronca revira os olhos, mas sabe que Veneza está se esforçando para descobrir no que pode ajudar.

— Você pega frila? — pergunta Brooklyn. — Preciso dar uma melhorada em... bom, em tudo. — Ela olha de soslaio para um cartaz próximo e suspira como se também achasse o logo horroroso. — Preciso de ilustrações, anúncios on-line, essas coisas todas.

— Ah. Hum, claro. Nunca trabalhei com design impresso antes, mas posso pedir dicas pra uns amigos. Você já não tem gente trabalhando nisso?

— Tenho algumas pessoas, mas preferiria que você estivesse trabalhando com elas.

— Saquei, saquei. — Ela se distrai por um momento, e Bronca ouve Yijing gritando com alguém ao fundo. — Xiiii, o trouxa do empreiteiro decidiu crescer pra cima da Yijing e ela está *comendo o cara vivo*. Vou lá fazer uma pipoca, então preciso sair, mas beleza, vai ser legal poder ajudar.

Ela acena e sai da reunião.

Neek continua em silêncio, o que começa a incomodar Bronca. Enquanto Brooklyn faz anotações, Bronca toma a palavra.

— Sua arte é incrível — diz ela a Neek. — Você sabe disso. Se estiver a fim, eu estava pensando que uma série de murais pela cidade ajudaria muito a divulgar a campanha. Qualquer estilo, qualquer design, a gente só coloca o logo da campanha no cantinho. E *eu mesma* vou pagar.

Ela está louca para financiar aquele garoto desde que viu pela primeira vez suas obras, tão peculiares e sombrias. Ele não é mais o Anônimo do Bronx, e ela tem certeza de que ele teria potencial para ser o próximo Basquiat se simplesmente deixasse Bronca divulgar seu trabalho. Qualquer pessoa com tanto talento natural deveria vender obras por milhões de dólares e ser bajulada por pessoas de bom gosto.

Mas, para surpresa dela, Neek nega com a cabeça.

— Talvez eu faça alguns murais, mas não pra isso. A cidade... — Ele franze a testa, e seu olhar fica distante. De repente Bronca tem a nítida impressão de que ele não se importa nem um pouco com as eleições. — Tô sentindo que tem *alguma coisa errada*. Não só com Nova York, com tudo. Tipo quando você sonha que tá caindo, ou sendo observado por alguma coisa fora do seu campo de visão.

Bronca faz uma cara feia.

— Se você não concorda com a Brooklyn concorrendo à prefeitura...

— Nada a ver — responde ele com uma careta. — Concorrer parece a coisa certa a fazer. Vai ajudar a fortalecer a cidade... mas não posso ser parte disso. Eu preciso ouvir a cidade por um tempo. Cuidar de todo o lance metafísico.

Todos ficam surpresos, mas Bronca fica completamente embasbacada. Ela achava que... bem, ela não sabe o que achava. Os seis são pessoas muito diferentes; faz sentido que nem todos estejam cem por cento a bordo para tudo. O que aconteceu foi que ela imaginou que aquela situação seria uma das exceções.

No chat do Zoom, Padmini manda: *Olha só, a cidade tá falando que quer comer alguma coisa.* Ela desaparece e volta trazendo uma tigela com alguma coisa que parece ser carambola fatiada com sal e pimenta. Neek ri e Bronca se sente grata pelo alívio cômico que dissipa o clima pesado.

Brooklyn assente como se fizesse todo o sentido do mundo que o avatar primário estivesse por aí comungando com o multiverso durante tudo aquilo.

— Tudo bem. É só me dizer caso eu possa fazer alguma coisa pra ajudar. Enquanto isso... — Ela gira na cadeira e olha para Bronca.

Bronca suspira. Ela sabia que isso estava por vir assim que começou a se meter nos assuntos de Brooklyn.

— Eu também já tenho um emprego, e por causa dele conheço um monte de filantropos riquíssimos. A maior parte das pessoas no mundo da arte tende a ser de esquerda, ou pelo menos finge ser. Vou dar uma olhada na minha pastinha de cartões e tentar arranjar alguns patrocinadores de peso. Sim, ainda uso cartões de visita, calem a boca.

Brooklyn se controla e consegue não rir.

— Vai ser de grande ajuda. Pra falar a verdade, isso é do que eu mais preciso agora: conexões. Gente de nome, com dinheiro ou alcance. Apoiadores. — Ela suspira. — Odeio esse aspecto da política, mas...

Ela não termina a frase, distraída com uma nova mensagem que aparece no chat. É apenas um comentário, mas o texto é extremamente longo; são centenas de palavras que se multiplicam sob os olhos de todos eles em uma velocidade muito superior à que qualquer pessoa conseguiria alcançar ao digitar. O nome da pessoa que envia a mensagem já desapareceu na coluna da conversa. E o teor da mensagem é... Bronca franze a testa e estreita os olhos, mas o fluxo é tão rápido que mal consegue focar nas palavras. *Vem o devorador de doçura sobre a planície onde não há nada além de presas e companheiros fadistas dentro da luz onde é legal atuar com infinito fascínio pela vicissitude da imaginação* — palavras desconexas, mas algo mais do que simples sandices sem sentido. Há referências literárias em meio ao caos, imagens apocalípticas que Bronca tem a impressão de reconhecer. Sandices dadaístas, então, mas por quê? E quem...

De repente, um novo ícone surge na galeria de participantes do Zoom.

— Veneza voltou? — pergunta Brooklyn.

Mas não: o ícone do novo participante é um enorme R centralizado na imagem. Há um nome sob o ícone, mas as letras são tão minúsculas que Bronca não consegue lê-las. Mas Padmini arqueja, alarmada, e Bronca vê a onda de apreensão/ira/susto nas expressões dos demais. *Eles* estão lendo o nome. O semblante de Manny se endurece e os olhos de Neek se tornam cruéis. Ok, beleza. Bronca não precisa conseguir ler o nome.

No momento seguinte, o novo participante ativa a webcam. É como se a câmera estivesse com problema; onde deveria haver um rosto, vê-se apenas um borrão pálido e pixelado, que se endireita um pouco na imagem e depois abre um largo sorriso — ou pelo menos é o que Bronca acha que aquilo é.

— Ora, ora, ora, aqui estão vocês! — diz, com alegria doentia, uma voz assustadoramente familiar.

Então Bronca se dá conta: *Ela tem sempre a mesma voz. Não importa o rosto que esteja usando ou se está fingindo ser humana ou não.* É como uma epifania. Há algo de importante naquilo, talvez algo que possa ser útil, algo sobre a verdadeira natureza da Mulher de Branco sendo menos física e mais tonal, ressonante, uma onda. Mas Bronca está se distraindo. A Mulher de Branco entrou de penetra na reunião do Zoom deles.

— Nem fodendo! — Brooklyn pega o notebook que usou para abrir a reunião e grita de dor no instante em que toca nele, arremessando-o para longe.

95

Faíscas brilhantes começam a sair do computador. Com o arremesso de Brooklyn, a coisa acaba indo ao chão e imediatamente começa a borbulhar e se deformar como se alguém tivesse jogado ácido sobre ela.

— Que merda! Alguém desliga o Zoom.

— Não consigo — diz Manny, com uma careta, apertando teclas desesperadamente do outro lado da câmera. — Não sou o host da reunião, mas também não consigo sair.

— Caralho. Tentem fechar a janela — balbucia Padmini. Ela clica em alguma coisa e também parece confusa. — Por que não tá dando certo?

— Que falta de educação! — diz a Mulher de Branco. — Sinceramente, não sei nem por que me dou ao trabalho. Vocês são mal-educados e ainda não entendem como tudo isso funciona. Estão completos agora! Minhas guias não conseguem operar dentro dos limites da sua cidade. Não consigo nem mesmo atacar vocês por esta conexão de internet; todos os endereços de IP de Nova York nos machucam. Não que eu queira me apoderar de vocês. — Sua voz adquire um tom de desdém. — Nenhum duraria um segundo sequer nas ruas limpas de R'lyeh. Mas só vim conversar. Será que podem me ouvir?

Neek estreita os olhos, mas responde:

— O que caralho você quer, palmito alienígena?

— Eu quero... — Ela se interrompe. Talvez seja coisa da imaginação de Bronca, mas os pixels que constituem sua aparência parecem se iluminar. — Palmito alienígena? Uau. Sua espécie é realmente muito criativa. Essa criatividade vai destruir toda a existência se não for extinta, é claro, mas juro que queria que houvesse uma maneira de ficar com vocês. As coisas que vocês inventam! Minha nossa. Palmito... — Ela balança a cabeça pixelada, rindo. — Enfim. Venho trazer um alerta. Agora que já passamos da fase em que eu poderia ter matado vocês de maneira rápida e indolor, acredito que a coisa certa a fazer seja dar a vocês mais uma chance de ter uma morte misericordiosa. A outra alternativa é... menos piedosa, se é que me entendem. E olha que não sou cruel.

Brooklyn xinga e se levanta para ir atrás de um extintor de incêndio, já que o notebook ainda não parou de cuspir faíscas e o escritório está começando a ficar cheio de fumaça e ozônio. Bronca também se levanta e começa a tirar tudo o que é inflamável de perto da coisa. Enquanto faz isso, seus pensamentos correm a toda a velocidade porque ela não acredita nem por um segundo que a Palmito Alienígena tenha aparecido só para conversar. Eles precisam ter um constructo na manga. O problema é que Bronca nunca foi do tipo que usa... hum... constructos *sutis*. Agora ela consegue ir de um ponto a outro seguindo os movimentos do transporte público; todos eles aprenderam isso com Manny. Ela também está tentando usar arte, como a Mulher de Branco lhe ensinou sem querer. Mas quando se trata da quintessência beligerante de Nova York, ela costuma invocar o que funciona: seus sapatos de construção com bicos de ferro, forjados pelas décadas de decadência urbana do Bronx e de suas batalhas contra a injustiça. Ela já os usou para dar uma bicuda em uma porta interdimensional, mas como é que se dá uma bicuda via internet? Bronca não consegue descobrir uma solução, então começa a pulverizar o notebook enquanto Brooklyn abre uma janela para não sufocarem lá dentro.

Nesse meio-tempo, a Mulher de Branco apoiou o queixo pixelado em uma das mãos pixeladas. (Aparentemente ela está em um cômodo de paredes brancas; a parede atrás dela é completamente lisa. Assim como a roupa que está vestindo, que parece ser uma camiseta branca simples. Bronca nunca ouviu falar em um filtro que funciona somente em pele exposta como aquele de pixelização, mas talvez não se trate de um filtro para começo de conversa.)

— Então... — continua a Mulher. — Vocês são uma aglomeração complexa de entidades, eu sou uma aglomeração complexa de entidades. Já deixaram claro que não podemos ser amigos, mas ainda tenho a esperança de fazer vocês caírem na real. Meus superiores estão muito zangados porque vocês teimam em não querer desistir e morrer, e é por isso que eles decidiram lidar com vocês por conta própria, bem de pertinho. Vocês *não vão querer* que isso aconteça, acreditem em mim. Então vamos tentar fazer isso do nosso jeito. Vamos ver o que posso fazer. O que posso oferecer para fazer com que reconsiderem a decisão de vocês?

Neek começa a rir. Com um olhar incrédulo, Padmini diz:

— Você só pode ser completamente doida. Você quer que a gente morra! O que resta pra *negociar*?

— E se eu disser que, se morrerem, vão evitar a destruição do multiverso inteiro? — A chamada fica em silêncio, exceto pelos estalos do notebook arruinado de Brooklyn. A Mulher de Branco sorri enquanto os outros a encaram. — Quem diria! Então vocês se preocupam com outras entidades sapientes além de vocês! O que acontece é o seguinte: já entenderam que quando uma cidade nasce, ela extingue todas as versões alternativas dela mesma, certo? Um número quase infinito de outras Nova Yorks, cada uma contendo nove milhões de pessoas ou formas de vida semelhantes, cada uma situada dentro de universos que coletivamente contêm incontáveis números de seres vivos, morreu há alguns meses porque *alguém* decidiu que a própria vida era mais importante do que elas.

Ela aponta com a cabeça o canto superior direito do enquadramento, onde está a imagem de Neek. Como ela sabe a exata posição dos participantes na tela de Brooklyn? Bronca não consegue entender.

Neek bufa, curvando o lábio.

— Agora você quer conversar? Naquela época eu estava com um monte de monstros no meu pé, tentando me foder. *É lógico* que escolhi continuar vivo.

— Mas você teria tomado essa decisão se soubesse quantos iriam morrer por causa dela? — O rosto pixelado chega mais perto da câmera. — Inúmeras versões de pessoas de quem você gosta. Inúmeras versões *suas*, todas mortas porque você foi egoísta.

— Esse é um falso dilema moral — diz Padmini, mal-encarada. — Tô pensando nisso desde a primeira vez que você tocou no assunto, meses atrás. Ele não sabia e, mesmo que soubesse, *uma dessas outras versões de Nova York estava prestes a fazer a mesma escolha.* É assim que isso funciona, não é? Se a gente não tivesse feito essa escolha, alguém teria. Alguma Nova York *teria* que nascer, e as outras Nova Yorks inevitavelmente teriam que morrer. É péssimo, mas é assim que funciona.

— Errado — diz a Mulher. Alguns dos pixels ficam mais brancos; ela está sorrindo outra vez. — Meus criadores existem desde o começo de tudo, com certeza desde muito antes da ramificação das realidades que deram origem à sua cidadezinha tóxica. Por mais que a gente tente, ainda não conseguimos evitar o surgimento de universos como o de vocês. Mas se quisessem e *cooperassem*, poderíamos dar um jeito de dar um *reset*, por assim dizer. Começar do zero. A única diferença significativa seria que Nova York e todas as outras cidades que nasceram e que agora infestam esta realidade não ganhariam vida. A maioria de vocês continuaria sendo seres humanos normais, vivendo uma vida normal, e os outros universos sobreviveriam. Isso eu posso garantir.

As últimas quatro palavras são ditas com tanta ênfase que Bronca, que cutucava o notebook com o pé, desconfiada, para e olha para a tela, franzindo a testa. É quase como se a Mulher de Branco estivesse implorando. Mas por quê? Ela representa um universo tão hostil que até mesmo dizer seu nome em voz alta fere a mente e a boca. Ela não pode ter boas intenções por trás de tudo aquilo... Curiosamente, porém, soa como se tivesse.

Bronca *de fato* já tinha se sentido mal ao pensar em como outros haviam morrido para que ela e a Nova York que ela conhece pudessem viver. Faz parte da natureza daquele mundo, e possivelmente de infinitos outros mundos: não há vida que não dependa, em algum nível, da morte de outro ser. Se há uma alternativa, no entanto...

Mas Manny percebe algo que Bronca deixa passar em sua distração existencial.

— Você disse que *a maioria* de nós continuaria sendo seres humanos normais — diz ele. — Quem teria que morrer pra que isso acontecesse?

— Ih, caramba — exclama Padmini, arregalando os olhos.

É claro que há uma pegadinha. Brooklyn xinga e pega o celular, resmungando alguma coisa sobre baixar o aplicativo do Zoom para que finalmente possam parar de ouvir aquela baboseira.

— Ninguém vai morrer! — declara a Mulher, erguendo duas mãos pixeladas. — Posso até ser uma mente colonialista projetada para emular a forma de vida de vocês e, ao mesmo tempo, promover um canal para que criaturas virulentas e exóticas invadam a realidade de vocês, mas entendo um pouco a seu respeito. Então ninguém teria que morrer! A gente só teria que separar vocês do *conceito* de Nova York como uma entidade distinta e única. Um de vocês ainda precisaria ser a personificação. — Ela olha de novo para Neek, cujo rosto está completamente inexpressivo. — E então essa pessoa, e apenas ela, teria que vir morar no meu território. Mas eu...

— Sem chance — diz Manny, em tom tão definitivo que Neek, que estava prestes a abrir a boca para dizer algo parecido, parece ficar admirado e espantado ao mesmo tempo.

Os pixels parecem espantados também.

— Não vou machucar o garoto. Já fiz isso várias vezes antes. Sei como ser... humana. Posso criar uma versão dessa mesma realidade para ele, uma miniatura de universo, por assim dizer, onde ele poderia viver para o resto da vida. Daria até mesmo para fazer cópias de todos vocês e de todos os nova-iorquinos para preencher essa realidade. E a presença dele em meu território me permitiria *resetar* esta realidade inteira, revertendo o nascimento das outras cidades e reformulando a espécie de vocês de maneira a sequer se organizar em cidades. Por consequência, o universo seria diferente, é claro. Mas poderia continuar existindo. A humanidade poderia continuar existindo. Aceitam esse acordo?

Todos olham para ela.

— Nem fodendo — brada Bronca antes que os outros tenham a chance.

Brooklyn olha para Bronca, parecendo intrigada com tamanha objeção, e Bronca fala tanto para ela quanto para a tela:

— Isso... não. Não. Você tem ideia de... Não!

A Mulher de Branco a encara. Bronca não tem ideia de como sabe disso, já que é impossível dizer onde os olhos dela estão, mas a sensação é nítida.

— Bronx. Do contra, como sempre. E qual exatamente é o problema em *sobreviver?*

— O que você tá propondo não passa de um tipo de morte. Sem falar que só Deus sabe o que você faria com o Neek se a gente fosse idiota a ponto de deixar você levar o garoto. — Bronca começa a tremer conforme absorve o que a Mulher de Branco está oferecendo. É monstruoso. — Todos os seres humanos, em todas as culturas, se reúnem e contam histórias e juntos descobrem novos jeitos de fazer as coisas. Criatividade e vida social são as únicas constantes que toda espécie humana conhece, desde os australopitecos até hoje. A única maneira de se livrar das cidades é se livrar desse aspecto da nossa natureza! Sem isso... —

Ela balança a cabeça. — Você transformaria a gente em algo que não é humano, em uma espécie não sociável. Não seríamos mais pensantes, seríamos apenas animais irracionais.

— Sim, e daí? — A Mulher inclina a cabeça. Bronca percebe que não se trata de ignorância: a Mulher de Branco sabe exatamente o que está propondo, e ainda por cima acredita que é um ótimo acordo. — Como disse, vocês ainda estariam vivos.

— Mas intelectualmente e *espiritualmente* a gente morreria! Você quer nos "salvar" nos transformando em... amebas, ou sei lá!

A Mulher suspira. Parece estar genuinamente cansada.

— Não sei nem por que tento. É sempre a mesma coisa. — E mesmo assim ela tenta, respirando fundo. — Noventa e nove por cento das espécies no planeta de vocês e em todo o multiverso não experienciam criatividade no estilo humano, ou o que quer que seja que faça com que vocês criem universos a cada piscar de olhos. No Ur-verso, isso também não existe. E, como os outros noventa e nove por cento do seu planeta, estamos perfeitamente bem! Vocês são o problema. Vocês são o um por cento.

— É só ensinar a gente *não* fazer isso — diz Manny. Sua voz sai neutra e sua expressão não revela nada, mas Brooklyn está tentando baixar o aplicativo do Zoom e ele está mantendo a Mulher distraída enquanto ela faz isso. — Seu pessoal claramente descobriu um jeito. Por que a gente não pode fazer isso também?

— Já tentamos fazer isso acontecer — diz a Mulher, balançando a cabeça com verdadeiro pesar. — Tentamos muitas vezes e em diferentes momentos dessa situação. Tentamos isolar os ramos do multiverso que começaram a desenvolver cidades, mas depois outros ramos passaram a fazer a mesma coisa. Pegamos alguns de vocês na infância, educamos vocês até certa idade na esperança de que aprendessem nossos costumes e depois transmitissem o conhecimento para sua espécie, mas poucos duraram. Os que sobreviveram ficaram... traumatizados pela experiência. Não eram úteis para nós. Depois passamos alguns milênios manipulando suas histórias e mitos na tentativa de direcionar a imaginação da sua espécie para direções mais seguras, mas isso só fez com que começassem a nos imaginar como monstros. Vocês decidiram que éramos "o Inimigo". — Ela suspira e abre as mãos, que aparecem como borrões na câmera. — Vocês são o problema, a essência de vocês. Sua espécie é o equivalente quântico do câncer, um câncer que pensa e fala e resiste e se ofende quando alguém aponta esse fato. Mas não muda nada, vocês continuam sendo letais. — Os pixels dão de ombros. — Mas estamos fugindo do assunto. Será que podem cooperar comigo e perder só um pouquinho de vocês mesmos em prol de um bem maior? Por favor.

— Vai se foder — esbraveja Bronca.

— Nossa, vai se foder *demais* — concorda Padmini.

— Não — diz Neek.

A Mulher parece se afastar da câmera.

— Estão vendo? Vocês estão com raiva. E eu aqui, pensando que podíamos ter uma conversa racional.

Todos eles estão com raiva. Bronca quase consegue sentir o pulsar intenso do sangue em outras cinco artérias carótidas e seu retumbar em outros cinco pares de ouvidos quando apoia as duas mãos sobre a mesa, inclinando-se para mais perto da tela. Bem, Bronca não pode aniquilar uma janela de Zoom com um chute, mas com certeza pode falar o que pensa depois de ser obrigada a ouvir esse tipo de baboseira.

— Quanto mais ouço você, menos alienígena você me parece — diz ela aos pixels. — Fico pensando que posso estar, sei lá, te antropomorfizando, vendo você através de meus próprios filtros... Mas é inegável. Você é uma colonizadora. De outra porra de dimensão, mas mesmo assim tão ruim quanto as piores pessoas daqui. — Ela balança a cabeça. — Tem que ter uma maneira de coexistir. Se a gente pensasse juntos, talvez chegasse a uma conclusão aceitável pros dois povos. Mas você não quer pensar junto, não é? É assim que se resolve um problema de igual pra igual, mas você não nos vê como iguais. Você nos segregou, nos manipulou, roubou nossas crianças, *nos remodelou.* Tudo isso é o que se faz quando se está absolutamente certo da própria superioridade. *Isso* é o que impossibilita nossa coexistência. A porra da sua *arrogância.*

Os pixels mudam outra vez. Antes, tinham uma cor de pele pálida; de repente se tornam completamente incolores, e não há mais uma forma humanoide por trás dos blocos. Também não se vê mais uma camiseta. A tela inteira se torna apenas um borrão branco em movimento onde se vê um ou outro pixel ligeiramente mais pigmentado.

E então os pixels começam a ficar mais brilhantes.

— Já vimos infinitos fins da existência — diz a Mulher de Branco.

Sua voz está diferente — é a mesma, mas agora parece mais metálica e falha em meio às palavras, como uma gravação de áudio corrompida. E várias vozes falam ao mesmo tempo, todas dela, mas cada uma um pouco diferente das demais em tom ou ritmo ou no momento em que falham, cada uma ecoando de maneiras diferentes em paredes amplas e invisíveis. O efeito cria uma voz que pertence ao vale da estranheza, provando com cada reverberação que a Mulher de Branco está apenas brincando com a humanidade. E entre todas essas vozes, Bronca também consegue distinguir outros tipos de sons — trinados, rugidos roucos, estalos mudos e um zunido lúgubre e sutil. E a tela continua ficando mais e mais brilhante. O cintilar já é tão intenso que Bronca sente dor nos olhos.

Mas por que ela está olhando? *Olha para outro lugar,* diz ela para si mesma quando seus instintos tardios enfim vêm à tona. Ela consegue ao menos desviar os olhos do ponto central da tela, mas não ajuda. Agora ela consegue ver os cantos do lugar que a Mulher de Branco chama de lar, e finalmente percebe que ele foi encoberto de certa maneira, fazendo parecer que ela estava em um cômodo normal quando na verdade o local era qualquer coisa menos isso.

Seu terror cresce quando algo nesse plano de fundo começa a deixá-la zonza. Ela ainda consegue pensar: *Para de olhar. Ela quer que a gente olhe!* Mas não consegue reunir forças para dizer as palavras em voz alta. Não consegue fazer com que os próprios olhos se afastem da tela.

A Mulher de Branco continua.

— Quando me produziram, meus criadores já tinham sobrevivido a horrores que vocês não são capazes de imaginar. Eles se mantiveram firmes como o último e único universo existente; e não apenas uma vez, mas sim uma, duas, três, quatro. E vocês têm coragem de *achar um absurdo* nosso pedido para que sejam um pouco menos egoístas? Querem ser tratados como iguais sendo que acabaram de descobrir as verdades mais básicas da existência? Como se atrevem?

A tela se torna ofuscante demais para que seja possível olhar para ela sem sentir um incômodo. Ao tentar cobrir a imagem com as mãos, Bronca vê entre os dedos que seus amigos avatares também estão cerrando os olhos ou tentando cobrir o rosto, mas fica nítido que nenhum deles consegue desviar o olhar. Por trás dos dedos, ela vê que os pixels enfim tomaram forma. Seja o que for, tudo o que Bronca precisa fazer é baixar as mãos para ver quem a Mulher de Branco realmente é. E de repente ela *quer* fazer isso. Seus braços ficam muito cansados apesar de ela ter passado no máximo alguns segundos com eles levantados. Não seria mais fácil simplesmente baixá-los? Quão ruim deve ser testemunhar uma aberração alienígena em 4K UHD?

*Eu devia ter um constructo pronto,* pensa ela, amarga, e sente a força de vontade começando a ceder. Ela passou as semanas anteriores buscando munição, navegando no YouTube procurando por "fatos e tradições típicas do Bronx". Achou que conhecia o próprio distrito, mas no fim das contas descobriu que há uma série de curiosidades que passaram despercebidas por ela e que ela não sabia sobre o Bronx. Nada daquilo era exatamente útil, porém. Bronca é artista, mas artes visuais não resultam em ações instantâneas da mesma forma que as palavras de Brooklyn...

Peraí. Palavras.

Ela nem se compara a Brooklyn, mas há outro escritor cujas habilidades podem vir a calhar neste momento. Não se trata de alguém nascido e criado em Nova York, mas ele passou bastante tempo no Bronx. Tempo suficiente? Só há uma forma de descobrir.

— "Em certo dia, à hora, à hora, da meia-noite que apavora" — arrisca Bronca, mal conseguindo ouvir a própria voz em meio à ladainha da Mulher.

Nem sequer é meia-noite. Argh, Bronca nunca gostou de poesia porque é uma mulher literal até demais, mas precisa dar um jeito de fazer isso funcionar.

— "Eu, caindo de sono e exausto de fadiga, ao pé de muita lauda antiga." — Ela definitivamente está exausta de fadiga, e se fizer alguma coisa errada vai acabar morrendo simplesmente porque se esqueceu do poema de Edgar Allan Poe.

No entanto, é tomada por uma onda de alívio ao sentir uma comichão correndo pela espinha quando a cidade começa a responder a seu chamado desesperado. A energia borbulha, bruta e ardente, e vem na forma de uma espécie de imenso empurrão brusco. O Bronx está sempre exausto de fadiga. *Tá bom, tá bom,* Bronca imagina o distrito resmungando com um suspiro ranzinza. *O que você quer? Fala logo, fala logo. A gente cobra por minuto.* Isso aí. Esse é seu distrito rabugento. Estava com saudades disso.

Eletrizada por essa força, ela enfim consegue fechar os olhos. Então visualiza a chamada do Zoom como um terminal de uma série de fios — fios literais, conectando a tela naquela sala e os dispositivos de seus amigos a um tipo de painel espectral. Ela sabe que a tecnologia sem fio não funciona bem assim, mas um constructo não precisa ser exato e essa é uma questão de vida ou morte.

— "E o Corvo disse: '*Nunca mais*'" — declama Bronca, encerrando o espetáculo poético com uma imagem mental: uma tesoura gigante com a palavra BRONX gravada em fonte serifada em uma das lâminas cortando todos os fios de uma só vez.

As luzes se apagam.

Tudo é desligado, não apenas a TV. As lâmpadas do teto ficam escuras. O ar--condicionado emudece. Brooklyn está com o celular em mãos, baixando o Zoom, e de repente ele vibra, fazendo que ela saia de seu transe e olhe para o aparelho.

— Meu Deus, finalmente consigo olhar pra outro lugar. — Então franze a testa e dá um tapinha no celular como se aquilo fosse ajudar. — Meu celular apagou. Bronca? Que caralho você fez?

Ops. Aparentemente Bronca desconectou *todos* os sinais eletrônicos, em todos os lugares. Por sorte ela não desconectou cérebros e corações também, mas talvez tenha sido porque estava pensando em coisas fabricadas, não orgânicas. Também ajudou ter usado a força do Bronx para fazer isso — muita marra, mas também muita sagacidade da classe trabalhadora. O distrito entendeu o que ela queria dizer.

De repente um estalo violento vem do que parece alguns quarteirões de distância, talvez de um transformador, e as luzes voltam a se acender. A TV também liga outra vez e Bronca estremece em antecipação, mas o que surge é apenas a tela de conexão do cabo HDMI.

103

— Meu celular tá voltando — diz Brooklyn, olhando para Bronca com tanta alegria que esta tira uma fotografia mental do momento para apreciá-lo direito mais tarde. — Pelo menos ainda presta. Você realmente usou *poesia* contra a Mulher?

— O Edgar Allan Poe morou em vários lugares do nordeste da cidade — explica Bronca. — Dizem que ele é de Maryland porque foi onde morreu, mas ele passou anos em Nova York, especificamente no Bronx. Escreveu coisas importantes aqui, na verdade, inclusive "O corvo". — Respira fundo e volta a se concentrar. — Enfim. Estamos vivos.

Brooklyn suspira e leva as mãos aos quadris, olhando em volta. A sala está uma bagunça — o notebook destruído está jogado no chão e há resíduos do fluido do extintor por toda parte, além de mesas e cadeiras que Bronca derrubou pela sala enquanto tentava impedir o início de um incêndio. Elas estão em meio aos detritos de uma batalha sobrenatural, e Bronca percebe que as eleições sempre estiveram fadadas a ser exatamente aquilo: a alma e a essência de Nova York contra a cidade invasora de R'lyeh. Ou melhor, contra seu representante democrático.

— Bom, acho que as coisas estão mais que esclarecidas agora — murmura Brooklyn, claramente pensando a mesma coisa que Bronca.

Bronca fica feliz quando Brooklyn respira fundo, endireita os ombros e diz, com um aceno de cabeça:

— Agora a coisa vai esquentar. Depois disso e do que fizeram com a minha Jojo, tô pronta pra jogar pesado.

Bronca dá uma palmadinha no ombro dela.

— Gostei de ver. Vamos limpar essa zona e colocar a mão na massa.

# MANNY MANHATTAN E O DIA DE HORROR, TREVAS, TIRO, PORRADA E BOMBA

Um mês se passa.

Eles têm tempo. As eleições para a prefeitura são explosões em câmera lenta, acumulando força e energia até um ponto crítico ser atingido e a coisa toda terminar em um estouro de vitória — ou evaporar no ar com um chiado de fracasso. As coisas andam corridas, e Brooklyn está participando de eventos por toda a cidade para construir sua imagem; a agenda dela está abarrotada de visitas a igrejas, churrascos, festas de bairro e coisas do tipo. As pessoas começam a se animar com a campanha, e é legal ver o rosto dela em cartazes espalhados pelas vitrines dos mercadinhos, sorrindo ao lado de barras de sabonete velho. Neek manda para eles uma foto do muro de um prédio abandonado: ao que parece, algum outro grafiteiro andou praticando o desenho do novo logo (pós-Veneza) de Brooklyn, e há pelo menos três versões pela metade em uma parede quebrada. (Bronca critica a combinação de cores do artista, depois diz que vai dar um pulinho lá mais tarde e deixar algumas latas de tinta spray com as cores certas. Só como sugestão.) Mas nenhuma outra parte da cidade perde sua "cidadice" ao longo do mês; Neek também não tem nenhum outro desmaio misterioso, o que por si só é motivo de alívio para Manny. No entanto, nem tudo está bem. Padmini começa a resmungar que há algo de errado com "os números" e que não consegue achar o problema — quais números? E errados de que maneira? —, e todos os outros também têm outros problemas em mente. Assim, aos poucos, a ameaça metafísica começa a parecer... menos iminente. Eles podem se concentrar em outras coisas por um tempo. Dar uma respirada.

Padmini se muda de vez para o apartamento do Harlem e, depois de certa estranheza inicial — não é todo dia que se recebe uma proposta de casamento de um amigo com quem não se é romanticamente envolvido para conseguir um Green Card —, Manny vê que aquela é realmente a melhor solução para o problema do visto. Os seis já estão conectados para o resto da vida mesmo; por que não se unir dessa forma também? Qualquer um deles serviria para os propósitos de Padmini — exceto Bronca, que já foi casada por questões práticas e burocráticas e jurou que nunca mais faria isso depois que o casamento entre pessoas do mesmo sexo passou a ser legal. Veneza se oferece timidamente com a condição de que possa "ter um pau amigo" de vez em quando, um termo que Manny faz questão de esquecer no mesmo instante. Entretanto, como Padmini lembra com razão, Manny é quem tem dinheiro de sobra para contratar um advogado e pagar todos os honorários, então ele acaba aceitando. Há uma chance de não precisarem ir adiante com isso. Se Brooklyn vencer, ela pretende contratar Padmini para um cargo permanente em sua equipe. Ela diz a Padmini que talvez possam até mesmo emitir um H-1B para ela, com o argumento de que poucos outros analistas de dados aceitariam um salário tão baixo quanto o dela. No entanto, se tudo der errado, o casamento é o plano B.

Enquanto isso, Manny para de dar aulas. Ele continua no programa de doutorado, mas propõe ao departamento da universidade que seu novo cargo na campanha de Brooklyn conte como pesquisa, e eles aceitam. Então, assim que Padmini contrata uma empresa de pesquisas para avaliar a popularidade de Brooklyn em várias partes da cidade — as pessoas reconhecem seu nome, mas não o bastante, e fora de seu próprio distrito ela não está se saindo tão bem —, Manny começa a elaborar uma estratégia para aumentar o alcance da campanha em outros bairros. A ideia é aumentar sua popularidade nacionalmente também, o que significa receber mais doações — o que é sempre bom.

Além do trabalho para a campanha, Manny continua tentando influenciar as cidades mais jovens e basicamente incitar uma Cúpula. Ele não fala com os outros sobre isso. Não que ache que não vão concordar — mas, se for o caso, é mais fácil pedir desculpas do que pedir permissão. Na verdade, Manny acha que vão querer participar, e, em sua opinião, apenas Brooklyn, que está ocupada demais, seria capaz de manter o grau necessário de diplomacia. Bronca ameaçaria as outras cidades na primeira resposta atravessada que recebesse, e Veneza e Neek dariam uma resposta atravessada de volta. Padmini, por sua vez, às vezes é vencida pela timidez em situações sociais, mas seu temperamento é ainda mais violento do que o de Bronca quando finalmente explode, como São Paulo descobriu certa vez, para seu azar. Então a tarefa fica com Manny. Para ele, tudo bem; no fim das contas, ele é mesmo o responsável pelo trabalho de bastidores.

Nesse meio-tempo, Manny se torna o diretor de campanha de Brooklyn. Padmini fica com a análise de dados e a orientação para os organizadores dos bairros sobre o direcionamento das iniciativas das equipes de rua — uma diretora de campo, em outras palavras, embora a pedido dela o cargo seja oficialmente chamado de "Gerente de Pesquisa Quantitativa". Isso aumenta as probabilidades de sua universidade aprovar o trabalho e também suas chances de conseguir o h-1b. Padmini divulga a campanha na associação de estudantes de pós-graduação da universidade, Manny faz o mesmo com seus antigos alunos de graduação, e de repente os escritórios de campanha são inundados com novos voluntários. Bronca, para sua profunda infelicidade, é agraciada com o cargo de título "Gerente de Captação de Recursos", apesar de ter se voluntariado a contragosto — provavelmente porque traz imediatamente uma dúzia de doadores importantes que contribuem ao máximo e divulgam a campanha ainda mais. Veneza fica com a posição de "Diretora de Comunicação", para seu espanto, e logo faz valer seu título ao conseguir anúncios em lugares populares, enviar um comunicado de imprensa para os veículos locais e aparecer com um amigo muito engraçadinho para ser o novo especialista em redes sociais.

Brooklyn também coloca Neek na folha de pagamento, como consultor. Ela paga apenas um salário mínimo porque está completamente zerada, mas justifica o cargo como um reconhecimento financeiro por todo o trabalho que Neek faz para ajudar Nova York. Neek acha graça, mas Manny desconfia que ele fica secretamente satisfeito com o título, ou ao menos com a ironia da coisa. Ele faz muita questão de não precisar de nada, o primário. Adora tirar proveito da bondade de todos — ele *é* Nova York, afinal —, mas não se deixa levar por nada disso. Por um lado, é uma garantia; se a relação entre Manny e Neek um dia se tornar tóxica, ele sabe que Neek simplesmente vai embora, e possivelmente nunca mais vai ser visto por nenhum deles. Por outro lado, eles *não têm* relação alguma, não há vínculo algum prendendo Neek. Manny não sabe o que pensar disso.

Um verdadeiro manhatter não fica sentado esperando que as coisas caiam em seu colo. Então, certa manhã, Manny decide levar café da manhã na cama para Neek. Não há segundas intenções, embora ele tenha passado noites e noites em claro, pensando na presença de Neek no quarto ao lado, apenas... desejando. Ele nem sequer sabe o que deseja, mas sabe que é mais do que tem naquele momento. Café da manhã é um gesto meio cafona, tudo bem, mas ele precisa fazer alguma coisa — e todos seus instintos o alertam para fugir de abordagens românticas tradicionais. Nada de encontros em cafés, embora essa tenha sido a sugestão de Bronca. Na verdade, sem encontros. Não há nada tradicional na existência de nenhum deles ou na situação como um todo; não faz sentido agir como se houvesse.

E uma das coisas que ele percebeu depois de alguns meses de observação intensa (feita com cuidado para não *parecer* esquisito, apesar de provavelmente ser) é que Neek precisa... de alguém. De qualquer um, para falar a verdade. De acordo com os comentários que solta de vez em quando, Neek não tem família; seu pai morreu e sua mãe virou as costas para ele por ser gay. Além deles, há um padrasto em quem ele gostaria de dar um tiro e alguns meios-irmãos com quem não tem contato. Neek também não tem nenhum outro tipo de parente, ou Manny tem certeza de que não teria acabado indo morar na rua. Manny investigou um pouco o passado dele — só um pouco, não mais do que qualquer um faria com um possível parceiro, e ele acha que se continuar dizendo a si mesmo que isso é normal, pode acabar parecendo verdade — e descobriu lares temporários, uma internação hospitalar por costelas quebradas, uma estada em uma casa de acolhimento para jovens queer e uma ficha criminal por mendicância e prostituição. Ele não foi preso pelos dois últimos itens, felizmente. Há anos, o promotor público de Manhattan tem uma abordagem contra prisão por trabalho sexual; em vez disso, é feito um acompanhamento mandatório. Mas, com base nisso tudo, Manny deduz que Neek não tem ninguém a seu lado de verdade — ninguém com quem contar se precisar de um teto ou de um comprovante de endereço, ninguém para quem possa ligar se estiver em apuros ou se necessitar de qualquer tipo de ajuda. Manny e os outros avatares de Nova York provavelmente são a coisa mais parecida com *amigos* que ele teve em anos.

E amigos cuidam uns dos outros, certo? Certo.

Então Manny bate à porta de Neek, e quando ele diz algo vagamente afirmativo lá de dentro, Manny dá um jeito de abrir a porta enquanto carrega a bandeja pesada. Ele não faz ideia do que Neek gosta, então está levando panquecas, ovos, frutas, bacon, tudo que tem direito. Neek, que estava lendo um livro da biblioteca esparramado no colchão sem lençóis que encontrou em algum lugar, senta-se depressa quando Manny se agacha para colocar a bandeja ao lado da cama.

— O que é isso? — pergunta ele, soando mais surpreso e encantado do que hostil. — Nem é meu aniversário.

— Não precisa ser — diz Manny.

Na bandeja, há um pequeno jarro onde ele colocou uma das flores cultivadas por Veneza na sacada; o jarro cambaleia e não cai por um triz. Manny não tem ideia de que flor é essa, só sabe que não é uma rosa nem qualquer outra flor romântica. Talvez seja uma margarida. Isso faz desse café da manhã um café da manhã entre amigos, não um café com um pretendente em potencial, certo? Ele ajeita o vaso e desdobra uma pétala, mas tem a mão muito pesada e o caule se quebra. Que ótimo.

— Percebi que gosto de cozinhar quando preciso pensar. É um traço de personalidade muito útil que eu queria ter descoberto mais cedo.

— Parece que você andou pensando *pra caralho*.

— Pois é. Eu fiz pra todo mundo. — Importante deixar isso claro.

Neek se ajeita para sentar-se de pernas cruzadas na frente da bandeja, olhando para Manny com uma expressão divertida no rosto.

— Você levou café pra todo mundo em uma bandeja também?

Manny sente o rosto ficar quente. É inútil fingir.

— Não. Essa parte foi só pra você.

A flor vai ficar torta mesmo. Suspirando, Manny desiste e fica de pé, recuando até a pilha de livros do outro do quarto para não invadir o espaço de Neek. Ele tem o cuidado de não derrubar nada. Neek não permite que Manny compre móveis para ele, mas o quarto já não parece tão vazio depois que cobriu completamente uma das paredes com imagens abstratas feitas com tintas variadas em um estilo que Manny não consegue identificar. Ele tem a impressão de enxergar um rio? Fluindo pela multidão e entre fileiras apertadas de edifícios? Os prédios são familiares. Talvez o mural seja uma referência à Second Avenue, que costumava ser um dos rios da ilha na época em que ainda era Mannahatta. A pintura é impressionante e evoca mais reflexão do que beleza; Manny suspeita que Bronca salivaria se soubesse de sua existência. Além disso, há roupas limpas empilhadas em um canto ao lado de um carrinho de feira que Neek encontrou em algum lugar e consertou com fita adesiva, além de uma TV em estado surpreendentemente bom que achou na rua. A TV está apoiada de forma precária em uma caixa da Amazon em vez de fixada na parede — Neek claramente tem outros planos para suas paredes — e há um pequeno dispositivo conectado nela que Manny acredita ser um Roku. Será que essa é a única coisa que ele comprou com sua nova renda? Os livros são a única indulgência de Neek e ocupam quase toda a parede de um dos lados do quarto. É permitido retirar no máximo cinquenta livros da Biblioteca Pública de Nova York, e ele parece estar perto do limite. Há também títulos encontrados por acaso: cópias sem capa provavelmente achadas no lixo, livros deixados na rua para serem levados por transeuntes, volumes de bancas e sebos. Nova York é uma cidade cheia de livros gratuitos. Manny passa os olhos pelas lombadas e encontra ficção, história, uma pilha inteira de livros científicos populares sobre mecânica quântica, alguns de poesia, e muito mais.

Neek dá risada — mas não começa a comer, para grande desconforto de Manny. Depois se mexe no colchão, coça a nuca. Se mexe outra vez. Suspira.

— Cara, vamos só transar.

É como se Manny levasse um tapa. Ele recua.

— Você não me deve isso. Não me deve nada. Isso... Isso é só coisa de amigo — diz ele, apontando para a bandeja com o café da manhã.

Neek não parece convencido.

— De onde eu venho, amigos *transam*.

— Às vezes. Pode até ser. Mas... — Manny suspira.

Não há lugar algum para sentar-se no quarto de Neek além da cama, então ele se agacha, já que do contrário Neek precisa falar com ele olhando para cima. Ele não quer isso, não quer que Neek sinta que Manny está dando uma lição de moral ou assumindo qualquer tipo de postura de superioridade. Porém...

— É isso o que você quer de mim?

Ele por pouco não pergunta "É **só isso** o que você quer de mim?". Mas Neek endireita a postura, parecendo pensativo.

— Se eu disser que sim, o que vai acontecer? Você vai tirar a roupa e vir pra cama?

Não faz sentindo fingir que não.

— Sim, se você quiser.

Neek ri.

— E você? O que *você* quer?

— Você.

Manny não quer que isso soe estranho. Sabe que, se não tomar cuidado, pode acabar sendo... intenso. Ele percebe que estragou tudo quando a expressão de Neek se torna compassiva.

— Você não me conhece — diz Neek. Ele soa gentil, mas firme. — Você nem sequer se conhece, *Manhattan*. Não sei por que a cidade tá deixando você assim...

— De que importa? — Manny abre os braços. — De que importa se isso vem da cidade ou de mim? Eu sou a cidade. Você também. Por que as pessoas se apaixonam por outras?

— Eu não acredito no amor. As pessoas falam dessa idiotice o tempo todo, mas nem é real. Sexo é real. — Neek respira fundo e Manny sente um golpe por vir, ainda que não saiba exatamente de que direção ou como se preparar para ele. — *Você* não é real, Manny. E se eu ficar com você agora e daqui uma semana você se lembrar de alguma coisa que vai mandar tudo por água abaixo? Talvez tenha juntado os trapos com alguém, já tenha filhos e tudo, sei lá. E aí? O que a gente faz? Tipo, quão fodido da cabeça eu teria que ser para ter *qualquer coisa que não seja casual* com alguém que não sabe... de nada?

*Eu sei que sou seu,* pensa Manny em meio à dor — mas não importa. Porque... Neek tem razão. Não sobre o amor ser uma impossibilidade, é claro, mas sobre Manny não ser muito mais que um constructo de sentimentos e traços fora de contexto, reprogramados para uso da cidade; nada parecido com uma pessoa completa com um passado ou uma identidade própria. É esperado que uma ferramenta pense que foi feita para a mão de seu usuário, não é? Mas Neek quer — merece — um parceiro, não um objeto.

Imerso em silêncio, Neek suspira e se estica até a bandeja. Toma um gole do suco de laranja, depois toca a flor quebrada e sorri, como se houvesse algo de encantador naquela coisa patética, algo doce na falta de jeito de Manny e em seu completo e inútil fracasso.

Manny se levanta e vai embora do quarto, saindo do apartamento antes que a porta do quarto de Neek possa se fechar novamente.

Ele se dirige à sede do comitê de campanha de Brooklyn para trabalhar. Para onde mais iria? Também não tem amigos além de Bel e dos outros Nova Yorks. Por Deus, como foi um babaca por surtar com as questões de Neek. E, provavelmente por estar imerso em seus pensamentos autodepreciativos, Manny não nota os vários suvs pretos com insulfilm nas janelas ao se aproximar do escritório. A maioria deles está estacionada em fila dupla e toma todo o quarteirão. Inconcebível. Ele é o protetor de Nova York, ou deveria ser, e um protetor deveria ser o primeiro a notar quando as coisas não estão como deveriam estar. Mas ele talvez nem ao menos seja um bom protetor, porque realmente não percebe nada até entrar no escritório e encontrar tudo em silêncio.

Nesse momento, retoma seu estado de alerta total. Padmini está de pé diante de sua mesa, com os punhos cerrados e uma expressão de ódio estampada no rosto. Entre os presentes, Manny reconhece o chefe da equipe de rua do Queens, um rapaz da loja de placas trazendo uma caixa de cartazes nos braços e um jovem voluntário sentado próximo a um dos telefones. Todos estão tensos, olhando fixamente para o mesmo lugar. Brooklyn, exibindo um sorriso amarelo de figura política como se fosse sua maior defesa, está posicionada diante das mesas, parada entre os convidados e sua equipe.

Os convidados? São três homens brancos e corpulentos de meia-idade. Dois deles usam terno de péssimo caimento; o terceiro usa um aparentemente feito sob medida, assim como a linha de seu cabelo grisalho besuntado de gel. Policial ou chefe da máfia? Policial, conclui Manny, embora haja tão pouca diferença entre os dois grupos em Nova York que é preciso confiar mais na intuição do que em evidências reais. Mas um broche usado por um deles é o que motiva a conclusão de Manny. A máfia, até mesmo aquelas de grupos étnicos já americanizados, não precisa do nacionalismo como uma de suas armas.

O homem do terno sob medida se vira quando Manny entra, olhando-o da cabeça aos pés.

— Olha só quem chegou, o Sr. Diretor de Campanha — diz ele, abrindo um sorriso. O sotaque é de Long Island; Manny está ficando melhor nessa coisa de identificar as sutilezas da área metropolitana. — Mas que rapaz interessante, hein? Parece que arranjou todo tipo de gente para trabalhar para você, não é, srta. Thomason? — Ele olha para Padmini também. — Pegou todos os que viu pela frente, hein?

— Nova York está de braços abertos pra todo mundo, sr. Milam — diz Brooklyn em tom suave, ainda com o sorriso de "vai se foder" no rosto. — Vou levar sua oferta de patrocínio em consideração, muito obrigada. Mas, como já disse, o senhor veio em um dia supercorrido. Vai ser um prazer encontrar o senhor com hora marcada, de acordo com minha agenda.

111

— Claro que vai ser. — Ele vira o corpo ligeiramente como se estivesse prestes a ir embora, mas Manny percebe que o homem só está tentando mantê-lo dentro de seu campo de visão. — Realmente... Todo tipo de gente. Fiquei sabendo que a senhora até mesmo contratou um sem-teto que também é... hum... profissional do sexo. É esse o novo termo, não é? — Ele olha para um de seus homens, que responde com um sorriso maldoso. Manny se retesa. — Seus esforços pra formar alianças é louvável. Aparentemente tá fazendo lobby com moradores de rua?

— Por que não? — Brooklyn arqueia as duas sobrancelhas perfeitamente desenhadas. — Temos cerca de trinta e cinco mil adultos sem-teto nesta cidade, sr. Milam. É como se fosse uma pequena cidade. E as eleições em Nova York costumam ser acirradas, como o senhor deve saber.

— Como eles vão votar sem um endereço? — Ele e seus homens começam a rir juntos antes que Brooklyn possa lembrá-los de que de fato há uma maneira de fazer isso. Eles não se importam. — Bom, podem continuar o que estavam fazendo. Mas fala pro seu amigo sem-teto que vamos estar de olho. Pra segurança dele.

Milam pisca e se vira para a porta, que está sendo bloqueada por Manny. Manny não se mexe, e Milam ergue uma sobrancelha plantado diante dele.

— Algum problema, rapaz?

— Não. Nenhum — responde Manny, sereno. Ele é mais alto que Milam, e sabe que isso vai irritar o sujeito; alguns homens funcionam de maneira mais simples e mais primitiva do que o resto da sociedade. — O senhor deve ser Peter Milam, chefe da Associação de Proteção Policial. Eu só queria expressar minha solidariedade pelo seu filho. Só agora ele foi obrigado a fazer trabalho administrativo, depois de tantas reclamações de má conduta que não deram em nada? Pelo visto o último incidente foi ruim demais até pra ele. Ou talvez ser filho do chefe só te leve até certo ponto, mesmo nos dias de hoje.

Uma das garotas da equipe de Brooklyn assovia baixinho e diz "Caramba, *essa doeu*" antes de outra funcionária a mandar calar a boca aos sussurros. Para o crédito de Milam, ele continua sorrindo, embora Manny quase consiga sentir fisicamente o ódio irradiando de sua pele.

— O mundo tá mudando — diz ele a Manny, dando de ombros. — Avisei meu filho, mas ele é cabeça-dura, sabe? Então vamos colocar o apoio do pessoal da polícia de Nova York em alguém que tá tentando conduzir essa mudança em uma direção que nos agrada. — Ele se aproxima de Manny. — E... bom... Acho que vamos ficar de olho em você também. Podemos ir agora?

Manny dá um passo gracioso para o lado enquanto acena com a cabeça. Milam o encara por mais um segundo e depois vai embora, seguido por seus homens. Manny se posiciona diante da porta outra vez, vendo pelo vidro o grupo entrar em um dos carros pretos. Ele se vira para Brooklyn apenas quando toda a comitiva desaparece de vista.

Ela está borbulhando de raiva, mas é claro que isso não se manifesta em sua forma humana. Também mantém as coisas sob controle metafisicamente falando; Manny tem um rápido vislumbre de um rosnado vindo das gárgulas do centro do Brooklyn, mas a mulher diante dele respira fundo e a cena se esvai. Brooklyn se dirige ao escritório com Manny em seu encalço e Padmini os segue, fechando a porta depois de entrar.

— Obrigada por tirar aquele cara da minha frente — diz Brooklyn a Manny, sentando-se à mesa com uma serenidade cuidadosamente controlada. — Eu jamais aceitaria o apoio daquele filho da puta, mesmo que ele oferecesse, mas não posso dizer isso com todas as letras.

— Não vejo por que não — diz Padmini, emburrada. — Que homenzinho repugnante. Mas como você sabia sobre o filho do Milam, Manny? Ele mora em Manhattan?

— Fiz umas buscas — diz Manny, sentando-se em uma das cadeiras de pelúcia de frente para Brooklyn. Ele une as pontas dos dedos; é a única maneira que consegue encontrar para não deixar transparecer como está morrendo de raiva. Seu Neek foi ameaçado. Eles ameaçaram Nova York. — Acho que o filho dele trabalha no Queens, na verdade. Mas eu estava procurando aliados na polícia, que é um obstáculo pra qualquer prefeito.

Brooklyn abre um sorriso amargo.

— Sou uma mulher negra, democrata, e uma de minhas propostas de governo é controlar a brutalidade policial; fico surpresa que Milam tenha se dado ao trabalho de vir falar comigo. Provavelmente só queria me dar a oportunidade de oferecer algum suborno.

Manny respira fundo e se obriga a dizer:

— Bom... É uma alternativa.

Ele já sabia que receberia olhares incrédulos de Brooklyn e Padmini, mas fica incomodado mesmo assim quando acontece. De fato *é* uma alternativa que ajudaria a campanha, quer elas gostem ou não, e tudo o que ele faz é pensando no bem maior de Nova York. Não significa que realmente endossa o suborno. Elas não o conhecem o suficiente a essa altura para saber disso?

(Não, não conhecem, porque ele não é real.)

— Vou fingir que não ouvi isso, e... — começa Padmini, comedida.

Brooklyn ergue a mão em um gesto apaziguador, embora esteja nitidamente cerrando a mandíbula.

— Ele tem razão. A polícia de Nova York pode ser um incômodo incontrolável, embora não hostil, pra qualquer prefeito que os beneficie com certas vantagens e com publicidade que os favoreça, mas também pode ser um exército de inimigos pra prefeitos que não façam isso. Eu não vou fazer nada que agrade a eles politicamente falando, então o suborno é praticamente minha única chance pra garantir a primeira opção. — Ela suspira. — Mas, no momento, mal tenho orçamento pra financiar minha campanha. Não sobra dinheiro para molhar a mão de ninguém.

Todos os instintos de Manny dizem que se trata de uma situação indefensável. Outros círculos eleitorais da cidade podem ser conquistados com promessas de benefício mútuo, mas a polícia de Nova York deve ser subjugada até a submissão como o animal raivoso que é. Somente poder ou dinheiro não são suficientes.

Padmini olha de Brooklyn para Manny com incredulidade crescente.

— A gente não pode dar o que eles querem. Se oferecerem algo, eles vão poder chantagear vocês. Só vão aterrorizar mais pessoas e roubar mais dinheiro público! Meu Deus... — Ela solta um riso nervoso e completamente desprovido de humor. — Acabei de perceber que, quando os caras da Imigração apareceram pra ameaçar minha família, fingiram ser da polícia. Nem a Imigração tem o nível de poder que eles têm!

Manny entrelaça os dedos com força até suas juntas começarem a perder a cor. *Fala pro seu amigo sem-teto que vamos ficar de olho*. Eles não sabem que Neek tem onde morar agora; por sugestão de Manny, ele usa uma caixa postal para receber qualquer papelada que possa deixar um registro público. Mas se não fosse por isso...

Manny se levanta e sai. Atrás dele, Padmini grita:

— Manny?

Ele decide não responder. (Esse nem ao menos é o nome dele.) Ele sai do escritório e começa a caminhar depressa pela rua. É a Nostrand novamente; depois do ataque com as armas de paintball, Brooklyn tem a intenção de transformar a avenida em uma potência econômica da cidade. É isso que Nova York faz quando é ameaçada, certo? Ela cresce. Ela se fortalece. Ela encara o desafio e revida o melhor que pode. E ela sempre vence — afinal, é Nova York.

Mas Manny está...

Com muita raiva. *Tremendo* de raiva. Saindo da Nostrand, ele toma a rua aleatória que cruza a avenida, acelerando o passo. A via é residencial e muito mais silenciosa. O número de lojas e canteiros de obras abandonados reflete o lado mais sombrio da gentrificação: às vezes, o ciclo de demolir-expulsar-construir fica parado no meio do caminho. Depois que a polícia, as políticas municipais e os empreiteiros sem escrúpulos finalmente arruínam uma área próspera, porém pobre, ninguém mais se muda para lá. Os moradores antigos não têm como voltar, então as empreiteiras dividem os espólios e os benefícios fiscais e os poucos moradores restantes são esquecidos em um bairro destruído e arrasado feito um campo de batalha repleto de cadáveres.

É o meio da tarde, e não há ninguém por ali. Manny vê uma cerca de madeira quebrada e coberta por alvarás vencidos. Em um impulso repentino, ele pula. Do outro lado há um enorme buraco de outra construção abandonada pela metade; uma das paredes desmoronou e o fundo está cheio de água. Alguém vem se desfazendo do próprio lixo jogando os sacos por cima da cerca a julgar pela pilha de detritos se desintegrando e um dos cantos. Há até mesmo a carcaça de um carro abandonada no buraco. Sim. É disso mesmo que ele precisa.

Manny não xinga. No começo, em seu processo de autoconhecimento depois de se tornar Nova York, achava que aquela era simplesmente sua natureza — mas não faz sentido que a encarnação viva da parte mais odiosa de Nova York tenha um vocabulário tão respeitoso. Então, como foi com suas experiências com os macropassos, ele tentou usar uma linguagem nova-iorquina só para ver o que acontecia. Agora ele sabe.

Ele se concentra no carro.

— *Vai se foder* — esbraveja entredentes.

O carro explode.

Não há muito a ser explodido; já não há motor, portas ou pneus. O que resta da carroceria, no entanto, voa violentamente pelos ares como se alguém tivesse detonado uma bomba dentro do veículo. O chão treme; uma pequena pilha de tijolos próxima a Manny é reduzida a escombros; a parede do buraco que ainda estava de pé desmorona. O chão se abre, abrindo uma rachadura com cerca de meio metro de largura e um metro e meio de profundidade que corta o canteiro de obras de cabo a rabo. Manny tem controle suficiente de seu poder para evitar que qualquer fragmento saia da área cercada, e é claro que nada daquilo o atinge. A cidade protege os seus. Mas ele ouve as pessoas nos prédios próximos gritando de espanto, e todos os alarmes dos carros estacionados em um raio de três quarteirões imediatamente disparam com um som agudo e ensurdecedor.

Manny respira fundo, aliviado. Muito melhor. Agora sim ele consegue pensar.

Ele pula a cerca novamente e volta a andar pelo quarteirão em um ritmo firme e tranquilo. Os moradores já estão abrindo a porta e espiando a rua, assustados, mas pela primeira vez ninguém o nota. Talvez isso seja um feito da cidade, ou talvez as pessoas simplesmente estejam procurando por alguém que se pareça mais com o que acreditam ser um homem-bomba. Quando chega à metade do quarteirão e os alarmes começam a ser desativados, Manny pega o celular, digitando a senha sem prestar atenção. A maioria de suas mensagens recentes foi trocada com os outros avatares ou com Bel. Algumas são de seus colegas da universidade, de professores ou outros acadêmicos conhecidos. Quando ele para na esquina de Bedford, no entanto, olha para baixo e vê apenas um nome no topo da tela.

"MÃE."

Ele abre a conversa. A mensagem mais recente é de um mês atrás. *Suponho que haja um motivo pro seu silêncio. Entra em contato comigo quando puder.*

Sua mente está serena, seus pensamentos claros. Ele toca a tela para mandar uma nova mensagem.

*Oi. Queria falar com você. Pessoalmente.*

Manny aguarda. E... se lembra. Ela costuma responder rápido.

Um segundo depois, uma nova mensagem chega.

*Claro. Amanhã de manhã, às 9h, restaurante.* Logo em seguida, ele recebe um link de localização. Washington. Não é sua casa, mas é território neutro.

Manny, que de repente não tem certeza se ainda é ou se quer ser Manhattan, responde com um ok breve e coloca o celular no bolso. Depois dá sinal para um táxi que por acaso está passando por ali. Ele não reconhece o motorista; sem magia desta vez. Talvez a cidade saiba o que ele está fazendo, e, embora não vá impedi-lo, também não vai ajudar. E ele não pode culpá-la, pode? Nova York sabe o que merece. E ele também.

Primeiro Manny vai até o apartamento pegar uma muda de roupas. Depois: Penn Station. Onde tudo começou.

# INTERRUPÇÃO

## OUTRO LUGAR

Subempregos são uma merda.

Tecnicamente, no caso de Padmini, não se trata de um subemprego. Seu trabalho na campanha é limitado a vinte e quatro horas por semana porque Brooklyn é muito rígida com as regras para estudantes em tempo integral. E Padmini, que é uma *excelente* aluna e está no caminho certo para se formar com louvor, provavelmente já dedica de trinta a trinta e cinco horas por semana somente à universidade.

A questão é que ela está acostumada a trabalhar muito mais. No começo, as noites completas de sono eram legais, mas agora não são mais novidade — principalmente porque ela nem precisa dormir. Em vez disso, passa horas e horas acordada, marinando dentro de si mesma em uma profunda inquietação que só parece crescer.

Então, depois de algumas noites nessa dinâmica, Padmini... começa a vagar.

Veja bem, ela sempre amou viajar. Mudar-se para o outro lado do mundo para começar uma nova vida aos dezesseis anos tirou todo o medo da coisa, então ela tem certeza de que seria uma viajante aventureira — se as circunstâncias permitissem. Ter visto de estudante significa que sair do país é correr o risco de alguém da alfândega negar sua reentrada, seja por um erro imaginário em seus documentos ou apenas porque não gostam de sua aparência física. Felizmente, os Estados Unidos são um país grande o suficiente para que viajar pelos estados seja tão empolgante quanto visitar outras nações... mas a menos que vá para outra cidade grande como a dela, Padmini vai precisar de um carro. E, para isso, teria de aprender a dirigir.

Por essas razões, Padmini tem uma série de planos de viagem em espera, aguardando pelo momento perfeito em que ela terá tempo livre, dinheiro e possibilidade legal. Mas lá está ela, uma cidade viva que possui a habilidade mágica de se teletransportar através do tempo, do espaço e da própria realidade. Caramba. O que mais devia fazer?

Ela começa aos poucos, ajustando ligeiramente as variáveis das equações relevantes. Mas fica claro bem depressa que as equações que usa para viagens locais — que são mais precisas do que pegar uma carona metafísica no transporte público, embora nenhum dos outros pareça capaz de fazer isso — são insuficientes quando se trata de macropassos para lugares mais distantes. Faz muito sentido, já que o campo da física ainda não descobriu a coisa toda de "pensamentos mudam a realidade", mas mesmo assim é frustrante. Parece haver uma espécie de efeito de lente gravitacional sempre que ela vai muito longe de Nova York: quanto mais se afasta, mais energia é necessária, e mais o espaço-tempo se distorce, o que faz com que seu ponto de "aterrissagem" seja impossível de prever. Ela consegue ir até Chennai em determinado momento, mas fazer isso a deixa completamente exaurida; depois de espreitar sorrateiramente seus pais e seu irmão, sem ser vista para não os assustar, ela volta para casa e dorme por dez horas seguidas.

(Parte do cansaço vem do choro. Seus pais envelheceram tanto! Ela não percebeu com todos os filtros do FaceTime. E seu irmão, cinco anos mais novo que ela, já está um homem-feito. Padmini já viu o rosto adulto dele nas chamadas, é claro, mas é algo completamente diferente vê-lo tão alto e forte e desengonçado, rindo enquanto ajuda os pais a mudar móveis de lugar. Ela se lembra dele quando ainda era um só um molequinho peralta, todo sujo de terra e sem o dente da frente.)

(Ela não volta a visitar Chennai.)

Através de tentativa e erro, Padmini começa a desenvolver suas próprias noções das leis que governam a existência. Ficar em Nova York elimina completamente a imprevisibilidade; ela sempre atinge seu alvo, desde que ele esteja dentro dos limites geográficos da cidade, mesmo quando entra em variantes da metrópole que são totalmente estranhas — como a maioria é. Todas as versões similares e reconhecíveis de Nova York foram agrupadas quando a cidade renasceu e depois apagadas da existência. Sobraram apenas as Nova Yorks absurdas, como as estão desertas porque a população foi exterminada por um supervírus ou uma bomba de nêutrons. Ela sempre entra levemente em pânico quando retorna de uma versão dessas, mas depois Bronca garante a ela que os avatares da cidade não podem transmitir doenças ou radiação. Depois de tomar um susto daqueles (Padmini foi parar em uma versão de Nova York desprovida de ar em que a cidade inteira foi, de alguma forma, arrancada do planeta e arremessada para o espaço. Tudo bem, foi apenas por três segundos, mas ainda assim foi horrível), ela conclui que os macropassos aleatórios talvez não sejam a melhor maneira de conseguir a experiência de viagem pela qual anseia.

Em vez disso, ela tenta a meditação, limpando a mente de tudo, exceto os pensamentos que irão guiar suas viagens. Isso também é perigoso; desejar ir para um "lugar tranquilo" foi exatamente o que a levou para a Nova York Asteroide.

Mas a meditação parece ajudar, principalmente quando ela mistura um pouco de ioga à prática, já que a jovem não está caminhando tanto quanto costumava e precisa mesmo se exercitar. Na Postura do Cachorro, Padmini consegue se concentrar na própria respiração e em seu estado de espírito sereno, e assim dizer ao multiverso que deseja estar *em algum lugar que a faça se sentir da mesma forma*. Os dados posicionais fluem por sua mente — um tipo de GPS do multiverso — e funciona: quando ela endireita o corpo, saindo da Postura da Criança, ela está... em outro lugar.

Na primeira vez em que faz isso, Padmini de repente se vê sentada em uma pequena ilha no meio de um oceano vasto e de águas tranquilas — a clássica ilha deserta. A situação acaba sendo surpreendentemente entediante e ela volta para casa, decepcionada com o tempo perdido. Legal mesmo é a vez em que aparece em um tipo de caramanchão no topo de uma montanha íngreme. O caramanchão não tem nada de especial, é só uma estrutura simples de aço e madeira, mas a vista — nada além de florestas e montanhas por quilômetros — é de tirar o fôlego.

Para falar a verdade, ela não tem ideia de onde ficam esses lugares. Nenhum deles parece particularmente hostil, mas também não são familiares — e, a julgar pelas coordenadas, definitivamente não estão em realidades próximas à dela. São apenas Outros Lugares, silenciosos, sem contexto e reconfortantes. Depois dos últimos anos de medo, trabalho excessivo e estresse de arrancar os cabelos, esse acaba sendo exatamente o tipo de viagem de que Padmini precisa.

Seu Outro Lugar favorito é o mais misterioso de todos. No começo, ela suspeita que se trate de mais uma versão deserta de Nova York. O lugar é nitidamente uma cidade imensa, e, embora sua arquitetura seja diferente de tudo o que já viu, isso não necessariamente significa que esteja errada. Talvez seja uma versão de Nova York que foi construída por uma cultura mesoamericana. Alguma coisa nos detalhes da decoração das construções de pedra faz com que Padmini chegue a essa conclusão, embora haja também algo de greco-romano com um toque dravidiano na arquitetura, além de torres que lembram cidades norte-africanas.

No entanto, aos poucos fica claro que aquele lugar não tem nada a ver com Nova York. Andar muito longe em qualquer direção a leva à água, portanto se trata de uma ilha, mas com um formato meio redondo em vez de comprido como Manhattan. Além disso, tem algo de muito *errado* com o lugar. Em primeiro lugar, está deserto. Não há pessoas, lixo, sinal algum de que o lugar foi habitado além do fato de que ele existe. É sempre a mesma hora do dia quando ela chega, um meio-dia ensolarado, e continua assim mesmo quando ela fica lá por horas. Não há entardecer. Não há noite. Além disso, as plantas nos parques não crescem nem florescem. Padmini nota que a grama está um pouco alta quando começa a andar pela cidade misteriosa, mas não cresce nem morre com o passar das semanas.

Em um dos muitos pequenos parques da cidade, Padmini encontra um botão de frésia que parece prestes a florescer e começa a observá-lo; o botão é enorme e provavelmente será lindo quando finalmente abrir... mas ele nunca abre. Ela vê montanhas do outro lado do oceano em um dos lados da ilha. Estão a alguns quilômetros de distância e poderiam ser alcançadas se ela fosse uma maratonista olímpica — no lado oposto, entretanto, *não há horizonte*. Padmini vê o oceano, que se estende ao longe, e vê também o céu azul e sem nuvens, mas não vê o ponto onde os dois se encontram. É apenas um gradiente infinito de cor; não há um ponto onde a água encontra o céu.

Faz sentido quando se considera a natureza imaginativa do multiverso. Talvez aquela cidade artística e surreal pertença a um livro que Padmini nunca leu, ou a um jogo de videogame — com detalhes o suficiente para existir, mas não para estar completo. Isso a deveria amedrontar, mas toda a cisma que Padmini sente no começo gradualmente desaparece diante da forma como ela se sente *à vontade* ali. E até mesmo cidades imaginárias precisam de turistas, não é?

Assim, a cidade sem nome se torna uma parada regular nas viagens interuniversais de Padmini. Ela caminha pelas colunatas das avenidas e pelo calçadão, pensando em nada, mais em paz do que nunca. Há labirintos com paredes de pedra em algumas partes da cidade, e Padmini ri e trapaceia quando eles se mostram mais complexos do que ela imaginava. Também encontra pátios estranhos e parcialmente fechados, rodeados de prédios que parecem ser residenciais; no começo, não entende para que servem — até que percebe que a acústica ali é diferente ao tropeçar enquanto caminha por um deles. Padmini então tenta bater nas coxas como se fossem tambores, e assim descobre que, com movimentos ritmados, o som é amplificado pelos prédios e ressoa com um eco sincopado. O pátio é como uma *concha acústica*, incorporada à arquitetura da cidade em vez de empurrada para um parque ou um terreno qualquer como teria acontecido em Nova York; tratada não como um aborrecimento, mas como parte da beleza da cidade. Alguns dos pátios maiores estão dispostos de forma que os sons de um são captados por outros nas proximidades, formando uma rede que transmite os ecos por toda a metrópole. Com mais pessoas, com músicos, o efeito seria incrível. Uma cidade inteira projetada para dança e música.

*Eu poderia morar aqui*, pensa Padmini, mais de uma vez, com a mesma convicção que sentiu em seu primeiro dia em Nova York, tantos anos atrás. Se aquela fosse uma cidade de verdade, com pessoas de verdade... bom. Ela gosta de ser o Queens, mas talvez gostasse de morar ali na mesma medida.

Até que, em uma tarde qualquer, Padmini está subindo uma rua quando um homem vestindo um terno elegante aparece do nada, saindo de trás de um dos prédios.

Padmini grita. Com todas as suas forças. Há uma concha acústica próxima, então ecos sincopados de seu grito ressoam pelas ruas próximas, viajando pela cidade. O homem — ah, é Paulo — recua.

— Oi pra você também — diz ele.

Padmini também recua, mas só porque os ecos se tornam muitíssimo estridentes; ela acha que o grito foi perfeitamente justificável.

— Que diabos *você* tá fazendo aqui?

— Procurando você — responde Paulo. — As outras cidades perceberam que você anda viajando e me pediram pra te procurar.

— Eles não estão nem aí pra Mulher de Branco nos comendo vivos, mas não querem que eu passeie por uma cidade deserta?

— Por *esta* cidade deserta, não. — Paulo inclina a cabeça, talvez concordando com a indignação de Padmini, talvez apenas como um gesto incomum de gentileza.

Ela nunca gostou dele, embora reconheça que é algo irracional de sua parte. Paulo foi quem primeiro os apresentou às alegrias — e aos horrores — de ser uma cidade viva, e Padmini não consegue não sentir um pouco de raiva, como se a culpa fosse dele. Paulo suspira; é nítido que também não gostaria de estar ali falando com ela.

— Como sou o mentor de Nova York, me disseram pra vir resolver isso com você.

Padmini estreita os olhos e coloca as mãos nos quadris.

— *Resolver?* Como assim? Me pedir pra ir embora? Se este lugar é proibido...

— Não, não, não é nada disso. — Paulo olha em direção ao caminho que desce até o porto, e Padmini acha graça quando ele visivelmente relaxa. Não tem jeito, há algo inerentemente acolhedor naquele lugar. — É que esta já foi uma cidade viva. Alguns dos mais velhos a conheceram naquela época, e por isso são meio... protetores.

Uma cidade que já foi viva, com seu próprio avatar, agora está deserta? Padmini sente um calafrio.

— Ela foi morta pelo Inimigo na batalha do nascimento?

— Não. Esta sobreviveu ao parto e até feriu um pouco o Inimigo, assim como Nova York. Mas o Inimigo revidou de uma forma que passamos anos sem entender. Se tivessem simplesmente *falado* sobre isso, percebido mais cedo... — Ele suspira, pesaroso. Padmini se lembra, então, de que Paulo tem mais experiência com a resistência à mudança das outras cidades do que Nova York. — Bom, o que aconteceu ficou claro agora que a gente entende a natureza do Inimigo. Hong acredita que *ela* lançou várias campanhas em múltiplas realidades pra alterar o que as pessoas pensavam desta cidade. Ao longo de décadas, de séculos, alterando textos escritos e histórias e músicas, fez com que a cidade se deslocasse de seu lugar natural na árvore do multiverso. No começo, aconteceu aos poucos. Ninguém percebeu até ser tarde demais, e àquela altura as pessoas tinham simplesmente... esquecido que a cidade existia. Muitos esqueceram até seu nome. Sinceramente, não sei se falar sobre isso teria ajudado muito. Hong é sensível à troca de informações hoje em dia por razões compreensíveis, mas naquela época essas táticas eram incomuns.

Padmini inspira. Seus pensamentos estão a mil.

— Então a opinião de forasteiros *pode, sim,* prejudicar uma cidade.

Como o que está acontecendo com Nova York devido à campanha de Panfilo. E há algo no que Paulo acabou de dizer que coloca uma pulga atrás da orelha de Padmini, uma distração irritante que caminha rapidamente rumo a uma epifania. Há algo naquilo que ela precisa entender. Algo *importante*. Ela tenta se concentrar nessa coisa e em Paulo ao mesmo tempo enquanto ele continua:

— O que aconteceu com esta cidade não funcionaria hoje. É algo que se perdeu na antiguidade, na época que antecedeu a comunicação global e a imagem fotográfica, quando as lendas dependiam de contadores de histórias e músicos, e de um ou outro cronista que decidia colocar as histórias no papel. Hoje em dia, ninguém conseguiria se esquecer de Nova York.

A intenção de Paulo provavelmente é tranquilizá-la, mas não funciona — não por culpa dele, mas porque Padmini desconfia que ele pode não estar certo. Para começar, fotos e relatos já não servem tanto como prova da realidade em meio à era da desinformação. Além disso, está claro agora que R'lyeh e seus criadores, os Ur, entendem mais de manipulação multiversal do que qualquer um na realidade de Padmini consegue sequer imaginar. O Inimigo não precisa apagar Nova York; apenas fazer o mundo esquecer *o que Nova York é.* Nova York não conseguiria continuar sendo Nova York sem sua arte, sua diversidade, sua receptividade, sua ousadia. Isso significa que...

Padmini estremece, a um passo da descoberta. Paulo suspira, quebrando o silêncio.

— Enfim, pode continuar visitando esta cidade sempre que quiser — continua ele. — Com mais frequência, se conseguir.

Peraí.

— Mas achei que eles tinham mandado você pra me expulsar daqui.

— Sim, mandaram.

Padmini cresceu falando inglês e outras línguas, mas o inglês é o Frankenstein dos idiomas e às vezes pode ser muito confuso, mesmo quando falado por anglófonos.

— Hmmmmmmmm, então você deveria me expulsar, mas acabou de me dizer pra *vir mais* até aqui. Por quê?

Paulo sorri. Pela primeira vez, Padmini percebe as semelhanças entre ele e Manny. Ambos são homens muito elegantes e bonitos à primeira vista, mas com uma essência maquiavélica que é mais difícil de enxergar... até sorrirem daquele jeito. Então ela se sente aliviada ao lembrar que eles — provavelmente — estão do lado dela.

— Vocês queriam um encontro da Cúpula, não é? — O sorriso de Paulo cresce. — O próximo passo, se as mais velhas decidirem que sou incompetente demais pra controlar vocês, seria convocar uma reunião da Cúpula pra discutir medidas disciplinares.

Padmini respira fundo, fascinada com o raciocínio quando a ficha cai.

— Caramba. Sua mente é *do mal*.

— Obrigado. Tenha um bom dia — diz ele, desaparecendo depois de uma reverência irônica.

Em meio ao silêncio outra vez, Padmini olha em volta, admirando a cidade vazia pela qual se apaixonou. Ela entende o porquê agora: é porque ainda há resquícios de personalidade ali, vestígios de seus dias dourados. Ou talvez aquilo seja apenas a essência indestrutível de qualquer cidade, que se prolonga após a morte. Talvez ela goste da cidade porque provavelmente teria se dado bem com o avatar dali se ele não tivesse desaparecido. O fantasma do melhor amigo que ela nunca conheceu. Ela se pergunta se dói, quando...

Peraí.

*Peraí.*

Paulo disse que *ela fez com que a cidade se deslocasse de seu lugar natural na árvore.*

Padmini volta ao local bizarro de onde consegue contemplar o multiverso inteiro. A árvore se agita diante dela, uma forma fractal com um bilhão de galhos, cada um contendo um quintilhão de universos, todos crescendo e brilhando enquanto vomitam novas e infinitas existências. Um brócolis mágico. E aqui e ali, entre os mundos em ebulição, há pontos de luz mais intensa: cidades, balançando como frutos entre os ramos sem fim. Padmini deixa que seu instinto a guie até o ponto resplandecente que é Nova York; em vez de voltar para casa, porém, ela para e deixa que a outra parte de sua percepção se desenrole — a parte que é a Rainha da Matemática. Não há equações para a matemática do multiverso, a não ser as tentativas que ela começou a desenvolver a partir da observação de padrões nas coordenadas brutas, mas...

As coordenadas são diferentes.

Talvez ela não esteja se lembrando direito? Não; números à parte, a estrela que é Nova York geralmente flutua próximo a uma trifurcação em meio aos ramos. A copa da árvore muda constantemente, mas os galhos não costumam fazer isso. Quando Padmini enfim encontra a trifurcação, ela está quase fora de vista, oculta por um conjunto de mundos onde, por alguma razão, Guy Fieri foi eleito presidente dos Estados Unidos em 2016. Nova York agora flutua perto de um ramo inferior torto, perto de um emaranhado de mundos à beira da Terceira Guerra Mundial.

Recuando por instinto aos macropassos, Padmini aterrissa em seu quarto com tanta força que quase tropeça; isso acontece, em parte, porque tem pressa para chegar até sua mesa. Com as mãos tremendo, ela pega uma folha própria para gráficos; quando quer ter certeza de uma coisa, Padmini prefere o conforto dos cálculos feitos à mão. Há algumas variáveis que sabe que deveria incluir, como o impacto das crenças das pessoas e se os diferentes patamares da árvore existem em condições diversas das quais ela conhece, mas até que alguém — bom, nesse caso, ela — descubra como codificar toda aquela maluquice de forma quantificável, tudo o que pode fazer é começar a mapear as coordenadas da cidade em relação ao seu ponto de origem...

O gráfico faz uma curva.

A cidade está em movimento, e o movimento está ficando mais rápido com o tempo. A cidade está *caindo*, indo em direção ao tronco da árvore e ao brilho insuportável das raízes.

Toda a paz que Padmini sentiu na cidade morta desaparece. Em desespero, ela procura o celular para mandar uma mensagem para os outros. É uma tarefa difícil, com os dedos suados escorregando sobre as teclas virtuais, até que ela desiste e ativa o reconhecimento de voz para poder ditar as palavras.

— Oi, pessoal, tudo bem? Então, a gente vai morrer. Só queria avisar.

# OS SEIS DISTRITOS

Apesar de tudo, Veneza não esperava encontrar tanto de Nova York em Hoboken.

Tipo, ela *deveria* esperar. Ela é Jersey City, outro subúrbio tão próximo geográfica e culturalmente de Nova York que as linhas de jurisdição estatal viram algo metafisicamente sem sentido. Hoboken fica ainda mais perto, do outro lado do Hudson, a oeste de Manhattan, a menos de dois quilômetros em linha reta — mesmo assim, Veneza tem certeza de que Jersey City tem mais de Nova York em seus arbustos infestados de ratos do que todo o "centro" (por mais risível que seja usar essa palavra nesse contexto) de Hoboken. Mas há uma coisa em Hoboken que tem mais a "vibe Jersey" do que a própria Jersey City: para cada artista, pequeno empreendedor viciado em trabalho e até mesmo turista de Nova York, há um babacão de Hoboken. Pode ser um babacão de TI que vai para Nova York para trabalhar no Google, ou um babacão de finanças que trabalha em Wall Street, mas prefere pagar um aluguel mais barato em detrimento do prestígio de morar em Manhattan. Mas Hoboken não tem só caras babacas, é claro; há muitas pessoas de Hoboken que não são babacas de forma alguma, desde artistas e famílias de classe média que se mudaram para lá para economizar até trabalhadores braçais e aposentados. Particularmente, Veneza tem a impressão de que a diferença entre JC e Hoboken é apenas a perspectiva. Jersey City fica um pouco mais para baixo, com uma vista da parte sul de Manhattan, ladeada pelas sombrias margens industriais do Brooklyn e do Queens logo depois. Hoboken fica de cara para prédios multimilionários, parques de arquitetura experimental e pedaços da Times Square. O pessoal de Jersey pode até sonhar com o sucesso de Nova York, mas enxerga também seu preço. Os que moram em Hoboken, no entanto, enxergam a mesma versão fantástica de Nova York que os turistas, só que para eles aquilo tudo parece de fácil acesso.

(Tá bom, talvez ela esteja sendo *um pouco* injusta. Mas fazer o quê? Veneza é Jersey City. É meio que o trabalho dela odiar Hoboken.)

Veneza está em Hoboken a negócios, tentando encontrar um monitor melhor para seu escritório agora que está trabalhando de casa na equipe de design da campanha de Brooklyn. Hoboken tem boas lojas de tecnologia, e ela prefere apoiar pequenas empresas locais a comprar on-line ou em lojas grandes. Enfim. É estranho sentir a cidade sem estar na cidade. É meio como estar sentado perto de um congelador em um dia muito quente: de vez em quando você sente a brisa fria e talvez até esteja um pouco fresco onde está, mas no fim das contas você acaba frustrado e grudento. Estar dentro dos distritos vivos de Nova York é mais ou menos como ter um ar-condicionado muito bom.

Mas agora, em Hoboken? É como se ela suasse em bicas sentindo as ocasionais lufadas do ar gelado de Nova York.

E ela já sentiu coisa parecida antes — em Jersey City, dias antes de se tornar um avatar. Naquela época, achou que não fosse nada; no máximo resquícios de uma viagem de cogumelos. Quem diria que a vontade aleatória de ver o Manhattanhenge e de comprar ingressos para ver o Knicks era um aviso de uma apoteose iminente? Mas ali está novamente: uma artista no metrô gritando "Hora do show!" ao longe, um sopro do cheiro doce do carrinho de castanhas, um sutil sabor de cachorro-quente de rua na boca. Quando Veneza cruza uma avenida que leva ao porto, olha para o horizonte de Nova York e tem um rápido vislumbre da queda das Torres Gêmeas. Hoboken assistiu de camarote quando aconteceu. Algumas experiências, ainda que indiretas, são marcantes o bastante para mudar uma cidade. Em Hoboken, o acontecimento parece ter sido o gatilho para uma acumulação gradual de energia nova-iorquina que agora está atingindo um ponto crítico.

Que doideira. Mas Veneza resiste ao impulso de começar a procurar a pessoa ou as pessoas que se tornarão seus companheiros avatares. Para começar, ela tem o que fazer. E, além disso, sabe que não deve ficar fora da cidade, onde se torna mais vulnerável. Ela está com um soco-inglês de plástico rachado que encontrou em um brechó e um chaveiro da Estátua da Liberdade; ambos devem ser úteis como constructos. Coisas de segunda mão são a cara de Jersey City, e a Ilha da Liberdade na verdade faz parte de JC, embora Nova York tenha jurisdição oficial sobre ela para fins de turismo. E, em terceiro lugar, Padmini acaba de compartilhar a informação de que Nova York está atualmente despencando a toda a velocidade pelo multiverso, descendo rumo a um destino desconhecido, mas provavelmente tenebroso. E se Veneza encontrasse o novo bebê-avatar e isso de alguma forma acelerasse a maturação de Hoboken, fazendo-o ganhar consciência pouco antes de tudo ir pelos ares?

Então ela se concentra em seus próprios assuntos e em suas placas de vídeo. No trem de volta para Manhattan, no entanto, Veneza começa a refletir sobre O Significado Das Coisas.

A princípio, Veneza pensa que não há ninguém em casa quando volta para a cobertura, o que faz sentido; é um dia de semana à tarde. Manny e Padmini estão na sede do comitê de campanha de Brooklyn e Bel está na Columbia. É quando Veneza vê Neek na sacada e vai até ele.

— Nee-nee-neeeeeeeek!

— JC na área — responde ele, endireitando-se para trocar um aperto de mão e um breve abraço com Veneza antes de voltar a se apoiar na balaustrada.

É um dia quente e bonito de outono, mas há uma brisa soprando que anuncia o frio que está por vir. O ar está limpo e claro, e é possível enxergar quilômetros adiante — algo que Veneza nunca viu em nenhuma outra época do ano. Ela fica alguns minutos em silêncio, prestando atenção nas cores de outono das árvores, no barulho do trânsito e nos pequenos dramas do cotidiano que se desenrolam ao longe, em cada esquina e em cada janela. Qualquer nova-iorquino pode se sentir um deus, seja ele um avatar ou não, conclui Veneza. Só é preciso tempo e uma sacada em um andar bem alto.

— Viu, queria trocar uma ideia com você — diz ela. Quando Neek responde com um grunhido, Veneza conta tudo sobre Hoboken. — E aí? O que você acha?

Neek está descansando o queixo sobre os braços dobrados na balaustrada.

— Sobre o quê?

— Estou falando com a parede, por acaso? E se Hoboken ganhar vida e de repente formos sete? Pelo amor, e se isso continuar acontecendo? Yonkers? Newark? *Long Island?* Aí não dá. Seria demais pra mim.

Ele dá de ombros.

— Se algo tá destinado a ser Nova York, vai ser, quer a gente queira ou não. Eu nem estava consciente quando isso rolou com você. O que a gente acha não faz diferença.

Veneza balança a cabeça, surpresa com tanta indiferença.

— É, mas se Nova York começar a mudar enquanto a gente estiver no meio de uma batalha entre Panfilo e *ela*... — Ela gesticula aleatoriamente.

— Nova York *é* mudança. Cem anos atrás, a cidade era tão diferente que era quase irreconhecível. Bem menor, cheia de fazendas e tal. *Zepelins,* a porra toda. O avatar provavelmente teria sido um imigrante europeu, talvez um ex-escravizado, talvez um capataz. — Ele ri e dá de ombros. — Ando me perguntando por que Nova York não despertou antes, e o que acho é o seguinte: a cidade muda muito rápido. Toda vez que tentou acordar, algo mudou e ela teve que voltar a dormir. Essa é a primeira vez que Nova York mantém basicamente a mesma cultura por mais de três décadas consecutivas. E, mesmo assim, quando nós seis finalmente nos ajeitamos, perdemos Staten. — Ele balança a cabeça. — Ainda tô bolado com isso.

— Sério?

— Sim, claro. Staten Island sempre foi Nova York. Mesmo que ela pense que quer ser Jersey... — Ele solta um riso cansado. — Cara, Jersey não quer esses filhos da puta. As pessoas que não são Nova York sempre dizem pra gente sair da cidade, ir morar em algum lugar mais barato, mais limpo. Mas aí os nova-iorquinos decidem ir morar nessas cidadezinhas pra ficar de boa e gastar dinheiro e o que as mesmas pessoas fazem? São as primeiras a pegar uma espingarda pra fazer a gente voltar de onde veio.

Veneza fica em silêncio, absorvendo aquilo e pensando no avatar da recém--independente Staten Island. Veneza não estava consciente quando eles se encontraram, visto que tinha sido levada como refém para a Dimensão X. Bronca a descreveu como sendo um pouco mais velha do que Veneza, mas de alguma forma irradiando imaturidade e medo por baixo de toda a raiva. Mesmo sem conhecê-la, Veneza está familiarizada com o tipinho — a típica mulher branca petulante que acha que o mundo é dela. A garotinha mimada que ia chorando para a professora quando Veneza não a deixava mexer em seu cabelo crespo. A colega de quarto da faculdade que pulverizava meia lata de aromatizador de ambiente toda vez que Veneza chegava em casa. (Quando Veneza enfim reclamou, a menina começou a gritar que estava sendo ameaçada, intimidada, atacada por Veneza. Ela foi embora no dia seguinte, e Veneza teve que pagar um valor extra para ficar sozinha no quarto até o fim do semestre.)

Neek queria que alguém *assim* voltasse? Não, não é tão pessoal assim. Neek simplesmente entende que a xenofobia de Staten Island também é Nova York, querendo ou não.

— As primeiras pesquisas estão dizendo que si vai pro Panfilo — diz ela. — Eles costumam mesmo votar pros republicanos, mas "apoio à secessão de Staten Island" é um item real do plano de governo dele.

— Eles vivem dizendo que querem se separar. Pelo menos acharam alguém que dá ouvidos.

Veneza recua um pouco.

— Hum, parece que você não tá ligando muito. Se Panfilo ganha ou não.

— Se tiver que acontecer, vai acontecer. O que eu penso não importa. — Ele dá de ombros de novo.

Veneza o encara sem conseguir entender a reação — mas talvez seja por isso que Neek tenha decidido não ajudar na campanha de Brooklyn. Seria fatalismo? Depressão? Ou será que ela está vendo negatividade no que, na verdade, é apenas Neek sendo neutro? Talvez seja realmente o que ele disse: Nova York é mudança. Talvez a cidade tenha feito dele seu primeiro e principal avatar, aquele que poderia se manter firme ainda que por um tempo breve, devido a sua capacidade de aceitar aquela verdade.

Mas a cidade também escolheu Veneza, e *ela* não tem planos de cruzar os braços e deixar esses fanáticos bitolados arruinarem sua cidade. Depois de um grunhido baixinho de frustração, ela volta para dentro.

Veneza tem algo em mente. Ela não se permite pensar demais sobre isso porque é assim que suas melhores ideias funcionam: é melhor deixar a criatividade fluir; tentar redirecionar energias para algo específico só engessa tudo. Sentada diante de seu computador, Veneza começa a trabalhar, mesmo que ainda não tenha tido a chance de instalar a nova placa de vídeo. O que está pensando é simples. Ela compra algumas fotografias em um banco de imagens, separa algumas fotos que tirou com a própria câmera que não mostram rostos, brinca com referências e fontes e um tema central. Quando termina, já está escuro lá fora, e suas costas estão doendo. Mas ela se recosta na cadeira e se espreguiça, sentindo-se incrível. Ela já fez uma coisa real, importante, para a cidade e para si mesma. *Caramba,* ela é demais.

E, embora ache que deveria mostrar o que preparou a Bronca para que ela diga o que acha ou a Brooklyn para que ela possa descolar fundos de campanha para poder publicar aquilo como um anúncio, ela clica em "Enviar" em suas contas pessoais no Instagram, no Twitter e em todas as outras redes. Algumas coisas, mesmo que digam respeito à campanha, não dizem respeito *apenas* à campanha.

Depois disso, ela prepara o jantar. Batata frita e cachorro-quente — um jantar típico de North Jersey, acompanhado por uma fatia de pizza que ela comprou depois de passar para pegar a placa de vídeo na loja de informática. Em seguida, capota e dorme feito um bebê; acorda na manhã seguinte e executa sua rotina matinal de sempre, que envolve enormes quantidades de café e um pedido muito encarecido para que todos ao redor usem frases curtas e fáceis até que seu cérebro acorde de verdade.

Depois Bel, que geralmente se diverte com a incoerência matinal de Veneza, consegue fazê-la ouvir que está preocupado porque Manny não voltou para casa na noite anterior. Que é... hum. Manny é gostoso pra caralho, Veneza com certeza daria em cima dele se por acaso se interessasse por assassinos de aluguel ou sei lá, mas ele não é muito de dormir fora — especialmente considerando o fato de que é caidinho por Neek. É definitivamente um motivo de preocupação, assim como o fato de que, por alguma razão, Veneza não consegue "senti-lo" quando o procura com seus sentidos mágicos de cidade. Ele não morreu, porque não há uma cratera fumegante onde Manhattan costuma estar, e não está temporariamente desavatarizado como o que aconteceu com Padmini. Veneza não está tendo dificuldade alguma para se lembrar de que a ilha de Manhattan existe. Manny, no entanto, desapareceu.

Neek está sentado à bancada da cozinha comendo cereal de criança como sempre faz, mas quando Veneza e Padmini perguntam o que devem fazer em relação ao desaparecimento de Manny, Neek não diz nada, levanta-se e entra em seu quarto, fechando a porta com firmeza. Beleza. Uau. A reação dele é tão misteriosa quanto o sumiço de Manny, mas Veneza sabe que não vai chegar nem perto de desvendar aquele enigma.

Bom, fazer o quê? Só resta esperar e ver se Manny aparece.

Veneza tem uma missão diferente para o dia. Ela não trabalha às quintas-feiras; o Centro de Artes do Bronx aumentou seu salário e seus benefícios quando a efetivaram, mas ela pediu que ajustassem sua carga horária para dez horas ao dia para que pudesse ter um dia livre; artistas não conseguem trabalhar nos horários tradicionais. (Bom, eles até que conseguem, mas só até arranjarem um emprego maneiro que tenha horários flexíveis.) E nesta quinta-feira quente e ensolarada, tomada por um arroubo de criatividade e de ansiedade em relação à cidade, Veneza decide fazer o que Neek e os outros não parecem dispostos a tentar.

Ela mandou uma DM para Aislyn, o avatar de Staten Island, na noite anterior.

Não foi difícil encontrar a mulher. Elas não foram formalmente apresentadas naquela noite assustadora alguns meses antes, mas de alguma forma todos os avatares de Nova York sabem o nome de Aislyn — provavelmente pela mesma razão que sabiam como se encontrar antes que qualquer um deles compreendesse a magia da cidade. A conta de Instagram de Aislyn tem apenas vinte posts e três seguidores, e a maioria das fotos não tem curtida alguma. As fotos são de lugares da ilha que ela claramente adora: uma praia vazia, um gramado verde, uma fileira de sobrados em uma rua bonita e arborizada. Aislyn aparece em apenas uma das postagens, rodeada de pessoas no que parece ser uma biblioteca. Está no canto da foto, tímida e com um sorriso contido, enquanto todos os outros sorriem. Com seu olho de artista digital, Veneza percebe que aquela imagem de Aislyn está cheia de filtros populares que fazem seu corpo parecer mais fino e seu cabelo mais brilhante. Quer dizer que ela não gosta muito da própria aparência, hein? Interessante.

Que ironia: há pelo menos meia dúzia de fotos de Nova York. Principalmente de Manhattan, mas também uma do Brooklyn e a outra... Ora, ora, ora. É o porto de Jersey City. Quando viu isso, Veneza teve de entrar em contato.

É por isso que agora está pegando o trem da linha 1 no centro da cidade para depois embarcar na balsa para Staten Island às onze e meia da manhã. A viagem até lá é entediante. Ela se inclina sobre a grade para olhar a água, ouvindo os turistas fazendo "oooh" e "aaah" ao verem a Estátua da Liberdade (de Jersey City). Ela acaba sentando-se ao lado de um jovem negro com um uniforme dos correios que está aproveitando o trajeto para tirar uma pestana. Ele tomba em cima de Veneza em um determinado momento, e ela decide que vai deixar o cara usar seu ombro de travesseiro se isso acontecer outra vez; em vez disso, porém, a cabeça dele acaba pendendo sobre o próprio peito. Ele só pode ser de Staten Island, deduz Veneza com base em como ele está à vontade. Não há gavinha alguma e não parece que ele tenha sido... comprometido... pelo que quer que R'lyeh esteja fazendo à ilha. Ele é apenas um cara trabalhador que precisa de mais horas de sono.

Perto de St. George, o rapaz acorda e vai embora, com sorte rumo a sua casa e a sua cama. Veneza sai da balsa, mas não se afasta muito das portas de embarque. Neek disse que os terminais da balsa eram território seguro, mas Veneza sabe que o seguro morreu de velho. Além disso, ela pensa que é melhor que as coisas corram devagar — por motivos de: Aislyn. Se ela quiser, que dê uma olhada em Veneza de longe. É bom deixar a traidorazinha sentir que está no controle.

Quando as pessoas voltam a embarcar, ela consegue escolher onde vai sentar-se. Há pouca gente entrando daquele lado, diferentemente dos grupos maiores que Veneza viu em Manhattan. Como é o meio da tarde, a maioria dos ocupantes é formada de turistas. Veneza já se cansou de procurar Aislyn entre rostos desconhecidos quando, de repente, alguém se senta no banco de madeira diante dela.

É Aislyn — e ela está com uma cara horrível. Suada, trêmula, pálida como um vampiro saído de um filme. Suas mãos tremem sobre a bolsa de couro apoiada em seu colo, e ela parece estar prestes a desmaiar.

— Hum... — diz Veneza. Aislyn olha para ela. — Você tá bem?

— Estou — responde ela, uma resposta rápida e brusca demais. Há um momento de silêncio, e Veneza tenta não levar para o pessoal. Aislyn arqueia os ombros para a frente. — É que. Eu nunca estive na balsa. Antes.

— Nunc... — Veneza engole o resto da palavra e disfarça a incredulidade no rosto. Vamos com calma. É preciso falar devagar e sem julgamentos, como se fosse com uma criança ou um racista esquentadinho com quem se tem de trabalhar. — Ah, entendi. Hum... Bem-vinda à balsa. Parabéns pela primeira vez.

O tom de voz dedicado aos Racistas Esquentadinhos funciona; Aislyn parece um pouco menos propensa a pular na água.

— Obrigada — responde ela com um sorriso amarelo, e Veneza pensa que Aislyn parece muito cansada. — Queria poder contar isso pra minha mãe. Mas ela... não pode mais me ouvir.

Epa. Não tinha nada sobre uma morte na família no Instagram dela.

— Caramba. Sinto muito.

Aislyn encara Veneza por um instante, depois desvia o olhar para o chão.

— ... Obrigada.

Silêncio. Veneza decide prolongá-lo e se ocupa em contemplar a costa de Staten Island. Essa parte da ilha é muito parecida com as áreas movimentadas de qualquer outro bairro. Mas o resto é diferente; ela se lembra de passar por lá com a mãe, geralmente a caminho de Filadélfia para visitar o pai. Ela se lembra de ficar chocada com as florestas, com os campos verdes enormes, com as fazendas. Em *Nova York*.

— Eu, ééé... fico feliz em ver que você tá bem — diz Aislyn, de repente.

Veneza fica confusa antes de entender a que Aislyn está se referindo.

— Ah. Sim, tô legal. Alguns pesadelos, talvez um leve estresse pós-traumático. Também tive que jogar meu suéter favorito fora porque estava com cheiro de cu de ET, mas tudo bem. Ainda tô viva. Podia ser pior.

Ela percebe que falou demais ao notar Aislyn profundamente desconfortável. Por um triz, Veneza consegue não revirar os olhos; ela não sabe ao certo o que quer daquela mulher — e talvez nem seja ela quem quer qualquer coisa. Talvez esteja agindo de acordo com o desejo de Nova York de ter de volta o que fez parte dela por tanto tempo.

Uma buzina soa para sinalizar a partida da balsa, e Aislyn recua tão violentamente que Veneza leva um susto. A embarcação começa a se mover e Aislyn não olha para a água, nem para a margem oposta, nem para a Estátua da Liberdade ou qualquer coisa outra coisa que não seja sua bolsa, que encara com um olhar vidrado. Hummm, tá bom?

— Por que você veio me encontrar? — pergunta Veneza, genuinamente admirada. — Já que tem medo de barcos e tal.

— Eu não tenho nada contra barcos quando eles não estão indo pra onde esse tá.

— Peraí, então... você tem medo *da cidade?* — Veneza não aguenta e solta uma risada.

Aislyn olha para ela de cara feia e segura a bolsa com mais força. Das duas, uma: ou não gosta de ser confrontada com a irracionalidade do próprio medo irracional ou está achando que Veneza vai roubar sua bolsa. Veneza está rapidamente se cansando de pisar em ovos com a mulher.

— Coisas ruins acontecem na cidade — diz Aislyn, cerrando a mandíbula. — O tempo todo. Não tem como negar. Não é como se eu tivesse medo à toa.

— E daí? Você acha que seu distrito é especial? O pessoal aqui deve dar graças à Deus por não morar na cidade porque tem menos gente pra ouvir os gritos.

— Não é assim.

— Ah, não?

— Não! Nós somos *sim* diferentes do resto de Nova York. As pessoas tentam ser melhores aqui!

Veneza olha para ela, incrédula.

— Você realmente acredita que ninguém tenta ser melhor nos outros distritos? Ah, caramba. Não começa a chorar...

Para o (mínimo) crédito de Aislyn, ela não começou a fazer um escândalo como seria de esperar de mulheres brancas. Ela apenas funga um pouco, depois mexe na bolsa para pegar um lencinho de papel e seca os olhos, trêmula.

— Desculpa. É que... você fala como se Staten Island fosse horrível, como se...

— Como se fosse parte de Nova York? — diz Veneza, com um sorriso frio. Certo, chega de rasgação de seda. — Cara, você me lembra meu pai.

Aislyn parece um pouco desconcertada.

— Eu... o quê?— Ele também é branco. Finge que não, porque é português; mas, até onde eu sei, Portugal fica na Europa. Ele mora no subúrbio da Filadélfia, no lugar mais entediante do universo; racista pra caralho também. Olhando de longe, porém, parece um negócio saído de uma série dos anos cinquenta: gramados verdes e bem cuidados, todo mundo dirigindo carros novos, as crianças fazendo aula de futebol ou de balé, boas escolas. Mas adivinha? Lá também é a capital do uso de opioide da região centro-atlântica. Fentanil, heroína, tudo isso. Rolam tiroteio, assalto, tem gente morrendo de overdose a torto e a direito. Mas meu pai simplesmente... não vê essas coisas. Não vê as estatísticas de criminalidade, não escuta quando eu digo que é mais seguro em Nova York. Isso não se encaixa à forma como *ele* enxerga o mundo. — Veneza se inclina para a frente e Aislyn recua em resposta. — Você ama Staten Island? Que bom. Não tem motivos pra não amar. Mas não aja como se você fosse melhor do que o resto de nós, porque não é. E não finge que tinha um bom motivo pra se virar contra nós.

Aislyn emite um som incrédulo.

— Vocês vieram até minha casa, vocês *me atacaram*.

— Oi? *Eu* tinha sido levada como refém e estava inconsciente. E não te atacaram coisa nenhuma, vieram pra falar com você, pedir ajuda pra salvar milhões de pessoas. Quem atacou *foi você,* a mando do seu BFF, o monstro de tentáculos gigante que mata universos por diversão.

Aislyn endireita a postura e bufa, desviando o olhar.

— Acho que isso não foi uma boa ideia.

Veneza ri.

— É, parece que não foi mesmo.

Ela também se apruma, balançando a cabeça. Parte de sua frustração é direcionada a ela mesma; Veneza sabe como falar com pessoas como Aislyn sem perder a calma, mas, por alguma razão, nesse caso é incrivelmente difícil. Em parte, essa é a natureza da cidade. Nova York como um todo não dá muita moral para Staten Island, então isso provavelmente está influenciando a falta de paciência de Veneza. Mas falar do pai a deixou com um péssimo humor. Ele é um cara que só sai com mulheres negras, mas também adora fazer piadinhas racistas e usa uma camiseta que diz "TODAS as vidas importam" sempre que Veneza o visita. Ele, um homem que vive na bolha segura da branquitude, acha que Veneza é "sensível demais" e precisa "fazer menos drama". Veneza só não parou de visitá-lo porque ele é seu pai e ela acredita que provavelmente deveria manter certo contato com ele, mas vem questionando essa decisão cada vez mais. Para que uma relação seja funcional, ambas as partes precisam fazer um esforço — e Aislyn está começando a parecer um caso perdido nesse sentido, assim como o pai de Veneza.

No entanto, ela está prestes a pegar o celular para ignorar Aislyn durante o resto da viagem quando Aislyn diz:

— Ela tá mudando tudo.

Há apenas uma "ela" que importa.

— Como assim?

Aislyn respira fundo. Depois levanta o rosto, olhando para Veneza com uma expressão surpreendentemente descontente.

— No começo, achei que ela me entendia — diz Aislyn. — Eu só queria manter minha ilha em segurança. Acho que meu medo era que fazer parte de *vocês* significasse o oposto disso. Mas agora ela tá mudando *tudo*. Minha família, meus amigos... Eles não estão... Não deveriam...

Veneza olha para Aislyn com atenção, tentando processar a inesperada confissão. De repente, o rosto do avatar de Staten Island se contorce em pura fúria.

— Eu acho que ela nem gosta de Wu-Tang!

Bom... Caramba. Atônita, Veneza morde o lábio inferior. Não ajuda. Ela sorri.

— Ela que se foda, então.

Aislyn também parece perceber quão absurdo é o que acabou de dizer. Também ri, tímida mas genuinamente, e relaxa os ombros.

— ... Sim. Que se foda.

De repente, a ficha cai.

— Peraí. Meu Deus, você veio aqui *pra pedir ajuda* — exclama Veneza.

O sorriso de Aislyn desaparece no mesmo instante.

— Não vim, não.

Veneza revira os olhos.

— Lógico que veio. Você acabou de dizer que ela tá mudando demais as coisas pro seu gosto. Ela vai aniquilar Staten Island, como todo o resto, e você finalmente percebeu isso. Mas por que não enxota ela da ilha como fez com a gente...? — Ih, caramba. — Você não consegue, não é? Não sozinha.

Aislyn encara Veneza. Seu lábio inferior está tremendo. Por um momento, Veneza pensa que acabou. A Palmito Alienígena perde um aliado, Nova York ganha outro distrito, o multiverso se estabiliza e tudo está salvo, glória aos céus.

É quando um tentáculo branco do tamanho de um trem se ergue da água, bem ao lado da embarcação.

Ele bloqueia o sol; é uma monstruosidade pálida e gigantesca, mais parecida com uma cobra inchada e sem olhos do que com um tentáculo propriamente dito. A balsa balança violentamente, e as pessoas exclamam em surpresa — Veneza e Aislyn correm até o parapeito, mas é nítido que ninguém mais no convés dos passageiros está vendo aquela coisa. Veneza ouve alguns gritos vindos do convés superior; a equipe da balsa deve ser capaz de ver o monstro, afinal é necessário para que possam fazer alguma coisa a respeito. A magia da cidade funciona assim: as pessoas só sabem o que é preciso saber. Os demais apenas reclamam, alguns até riem, quando um borbotão de água invade o convés, ensopando todo mundo com a excelente e fresquíssima água do porto de Nova York.

— Merda! — diz Aislyn, de olhos arregalados.

É a primeira coisa que ela diz com a qual Veneza concorda.

— De onde essa porra surgiu? — Veneza precisa gritar para se fazer ouvir em meio ao barulho da água.

Os passageiros, que não conseguem ver o tentáculo, olham para ela como se ela fosse maluca.

— Acho que a gente ainda tá nas águas de Staten Island — grita Aislyn em resposta.

Veneza sente o sangue gelar nas veias ao se dar conta da gravidade de seu erro. A balsa e as estações podem estar a salvo da influência de R'lyeh, mas nenhuma outra parte de Staten Island está... e há muita Staten sob a água. Além disso, como Paulo disse muito tempo atrás, a água age como um canalizador para o Inimigo.

O tentáculo, cuja extremidade começa a se abrir em algo parecido com uma garra gigante de caranguejo, gira lentamente — em direção à balsa, claro. Para agarrá-la, talvez, e levar Aislyn de volta para a Mulher de Branco? Para partir a balsa em duas e afogar todo mundo? Veneza se põe a procurar o chaveiro de plástico, pensando em uma forma de utilizá-lo, mas sua mente está turva de medo e não consegue pensar em nada.

De repente, a ponta errante do tentáculo se choca contra alguma coisa. Não contra a balsa; o monstro golpeia algo a cerca de três metros acima da cabine do leme, quase como se estivesse trombando com uma parede de vidro ou um escudo invisível. As garras carnudas se afastam para se preparar para um novo bote — *nem a pau,* bem no centro da garra há uma pequena *boca* cheia de dentes, como a de uma lampreia — e um silvo ecoa pelo ar enquanto elas tateiam o bloqueio invisível, tentando encontrar uma maneira de passar por ele. Veneza vê uma espiral de fumaça subindo de um dos tentáculos antes de ele recuar.

Ela compreende e ri.

— Não tá dando certo, hein, Palmito Alienígena? — grita ela para a coisa. — A balsa é parte de Nova York!

O tentáculo se recolhe abruptamente como se para se recompor, embora continue pairando sobre a balsa, seguindo seu movimento. O fato de o monstro estar tão próximo faz a embarcação navegar aos solavancos, já que a água fica agitada como se estivessem em uma corredeira. A coisa dá o bote outra vez e a balsa balança de novo, dessa vez tão forte que se Veneza não estivesse agarrada à amurada teria ido ao chão. Alguns passageiros caem e outros gritam enquanto se agarram ao parapeito do outro lado do convés. Veneza então se dá conta de que não importa que a maldita coisa não consiga tocar a balsa; ela pode facilmente virar a embarcação sem nem sequer encostar nela.

Ela olha em desespero para Aislyn. É muito difícil se comunicar em meio aos gritos, à sirene de alerta do barco e ao barulho da água rugindo, mas Veneza ergue as sobrancelhas da maneira mais expressiva que consegue. *É sua amiguinha. Dá pra fazer alguma coisa?* Mas Aislyn apenas balança a cabeça de um lado para o outro, sem conseguir dizer nada. Ela não consegue? Não quer? Está assustada demais para raciocinar? De qualquer forma, que merda.

O tentáculo se agita em um movimento brusco e uma onda enorme se avulta acima do barco, dessa vez cobrindo o convés inferior. Veneza mal consegue agarrar a balaustrada a tempo. As mãos de Aislyn escapam, e Veneza pragueja ao ter de agarrar a outra mulher pelo punho. Por um momento assustador que parece durar uma eternidade, a balsa continua a se inclinar. Veneza está quase pendurada na amurada, gemendo com o peso de Aislyn e olhando apavorada para o que parece ser uma parede infinita de água crescendo do outro lado do barco. As pessoas lá já estão *debaixo d'água*; Veneza enxerga algumas delas ainda segurando na grade enquanto outras flutuam, soltas, completamente em pânico. Logo em seguida, a embarcação se endireita, retomando a posição normal para grande alívio de Veneza. O capitão pergunta, usando o sistema de som da balsa:

— Tem algum passageiro ferido ou caído na água?

Alguns gritam de medo ou em protesto, mas a maioria responde que não. Algumas pessoas aplaudem.

*É cedo demais pra aplaudir,* pensa Veneza. *Essa batalha não acabou.*

Ela fica de pé e tenta recuperar o fôlego. Aislyn não vai servir para nada, portanto as coisas estão nas mãos de Veneza. Se ela não fizer algo antes que o tentáculo se arremesse contra eles outra vez, todos ali vão descobrir exatamente como é afundar bem no meio do porto de Nova York.

O porto. Arfando, Veneza olha em volta sem saber ao certo o que pensar, apenas procurando uma salvação — e, logo ali, perto o suficiente para ser motivo de alegria, mas infelizmente longe demais para servir de ajuda, está *seu* porto: a zona portuária de Jersey City, com seus píeres e marinas que há décadas são o motor da economia da cidade. Há uma barcaça azul meio caindo aos pedaços perto da costa, logo depois de um píer. A alma de Veneza tenta emitir um chamado, mas enquanto isso precisa de armas que estejam mais próximas. O soco-inglês não vai servir, a menos que ela deixe o tentáculo se aproximar o suficiente para golpeá-lo, o que... nem pensar. A Estátua da Liberdade está longe demais; talvez Veneza consiga fazer que ela marche à la "Os Caça-Fantasmas 2", mas demoraria demais até que ela chegasse até eles. O que é Nova York e está perto e pode ser usado como um constructo? Pode até ser algo pequeno, qualquer coisa...

Ahhh. Peraí. Beleza, é meio estranho, mas... Foda-se, ela vai dar um jeito.

— Você gosta de água, Palmito? — grita Veneza. Atraídas pelo chamado, as garras fazem uma curva e descem até a balsa, agarrando-se à balaustrada logo em frente a Aislyn e Veneza, o que é de arrepiar os cabelos — mas Veneza sorri de volta para a pequena bocarra dentada no meio dos tentáculos. — Vocês mexeram com o porto errado.

Algo se agita na água bem perto da balsa. Os tentáculos recuam depressa, inclinando a "cabeça" molenga para baixo no que parece ser um sinal de alarme. Um instante depois, uma densa massa cinzenta ferve de baixo para cima na água e rompe a superfície com um esguicho salgado. A massa se multiplica depressa, formando um monte parecido com um vulcão recém-nascido se erguendo do fundo do oceano, só que esse vulcão é feito de...

— Isso são... o-ostras? — pergunta Aislyn, ainda agarrada ao parapeito.

Aislyn está olhando para ela, confusa, mas Veneza não consegue parar de rir para explicar. É perfeito. Ela não consegue acreditar que conseguiu.

Um instante depois, a balsa balança com violência de novo quando os tentáculos começam a se debater. Dessa vez, entretanto, a criatura da Mulher não está tentando virar o barco, e sim se contorcendo no que parece ser dor ao tentar fugir da onda de ostras barulhentas que escalam o tentáculo. Mariscos normais não se aglomeram dessa forma, como se fossem um enxame de abelhas, mas a magia da cidade pode fazer qualquer coisa se um avatar der as instruções.

O movimento da balsa se estabiliza, e outro jorro de água invade o convés — mas o capitão colocou a embarcação em movimento novamente, percebendo que o trecho à frente parece menos turbulento do que o que quer que esteja causando o balanço da embarcação ali. Eles avançam, e o tentáculo-serpente não os segue porque tem problemas maiores. Há milhares de ostras sobre ele agora; elas já tomaram sua base completamente e agora se espalham rumo ao topo como catapora. Veneza vê que, entre as ostras, a pele branca do tentáculo adquiriu um tom arroxeado e doentio. Está sendo envenenado pelas ostras? Devorado? Ambos? Não importa, desde que essa porcaria morra.

— Ostras. — Veneza enfim responde, falando parte para Aislyn, parte para o tentáculo. — Tem uma Revolução Industrial inteira de entulho debaixo dessas águas. O negócio é tão tóxico que quase matou o ecossistema do estuário. Acabou matando as ostras décadas atrás, mas elas começaram a ser reintroduzidas há alguns anos pra ajudar a limpar toda a sujeira. E adivinha o que *você* é, Palmitinho da Silva?

Ela olha para o tentáculo. A criatura se retorce de forma espasmódica e desesperada, escancarando a boca de lampreia em direção ao céu — em direção à R'lyeh, que projeta sua sombra embranquecida sobre ela. Epa. O sorriso de Veneza desaparece quando algo se mexe à margem da cidade fantasmagórica. Dois cordões pálidos começam a descer na direção delas. Um nitidamente está mirando no tentáculo, embora Veneza não faça ideia da razão. Seria um "cabo de energia" pronto para reforçar a potência do monstro? O outro serpenteia devagar em direção à balsa em si — e para a alguns metros de distância, simplesmente pairando no ar. Há algo de melancólico naquilo. Algo quase... suplicante.

— Tá atrás de mim — diz Aislyn, parecendo abalada. — Ela... Ela me quer de volta.

— Ah, não — diz Veneza, quando seu distrito a lembra de algo de que quase se esqueceu.

Abrindo um sorriso largo outra vez, Veneza faz um gesto curvo com a mão livre que termina em um punho fechado.

— Ela não vai te pegar. Eu peguei essa filha da puta.

E então, em meio ao som estrondoso de buzinas de navio, a barcaça azul se choca contra o tentáculo coberto pelas ostras.

O tentáculo desaparece instantaneamente sob a proa da barcaça. Ela é muito maior do que a balsa, e o impacto dela com a água a deveria balançar ainda mais do que o monstro — mas, de alguma forma (a balsa é da cidade, o porto é da cidade, Veneza é da cidade e ela não vai deixar a cidade se machucar), as águas se acalmam. Mesmo assim, pessoas gritam no convés, porque, depois de todos os problemas daquela viagem, a Barcaça Surpresa é demais para os nervos de algumas pessoas. A voz do capitão ressoa no sistema de som:

— Caralho, vocês viram isso? Barcaça *Black Tom*, não precisamos mais de assistência. Repito, *não precisamos mais de assistência*. Obrigado. Meu deus do céu. Pela madrugada. Eu me demito, cara. Depois de hoje, eu me demito.

Mentalmente, Veneza deseja uma boa busca de emprego e um bom terapeuta para o capitão.

A balsa segue em frente, afastando-se da água turbulenta, da barcaça que misteriosamente se moveu sem um rebocador no equivalente náutico da velocidade da luz e dos cordões agora inertes de R'lyeh, que Veneza acredita terem sido nocauteados pela barcaça. Sob o olhar de Veneza, os cabos começam a se recolher cidade acima. Ambos têm sulcos perceptíveis em seu envoltório anteriormente liso. O tentáculo não ressurge.

A tripulação começa a descer até o convés para dar assistência aos feridos e procurar por danos. O celular de Veneza começa a vibrar com mensagens, provavelmente das outras Nova Yorks sentindo a oscilação da energia da cidade;

quando tira o aparelho do bolso, porém, a tela não acende. Considerando o fato de que está encharcada da cabeça aos pés, é surpreendente que o aparelho sequer esteja ligado. Bom, ela precisava trocar de celular de qualquer forma. Veneza fecha os olhos por um instante e tenta enviar um emoji sorridente para os amigos com a força da mente, para que saibam que ela está bem. Não sabe se deu certo. É quando um homem se aproxima delas aos tropeços, desorientado e com o rosto coberto de sangue. Veneza e Aislyn se apressam para ajudá-lo com o auxílio de outro passageiro.

— Eu tô de folga, mas sou paramédico — diz ele, ajudando as duas a sentar o homem.

Elas se ocupam com o ferido o resto da viagem. Quando a balsa atraca, as pessoas praticamente se estapeiam para sair, e o capitão avisa que a embarcação vai entrar em manutenção para que possam mapear os danos. Outra balsa vinda de Staten Island — que estranhamente não passou por turbulência alguma — já está a caminho do porto e chegará em dez minutos para levar os passageiros que estão esperando para fazer o trajeto de volta.

Depois que o homem ensanguentado é levado em uma maca, Veneza respira fundo e se vira para Aislyn, sua companheira-avatar. Ela parece muito perdida. Agora autoexilada do próprio distrito, Aislyn está parada no meio de uma estação de balsa movimentada, encarando as janelas que dão para Manhattan de olhos arregalados. Medo ou anseio? Veneza percebe que não dá a mínima.

— Você sabe que ela teria matado você também, não sabe? — pergunta, fazendo Aislyn dar um pulo de susto. — Não dá para abrir muitas exceções quando se afunda um barco.

Aislyn sabe. Veneza consegue enxergar isso em seu rosto. Mas ela olha para longe, cerrando a mandíbula.

— Não acho que ela tinha essa intenção. Ela precisa de mim.

— Precisa mesmo? Ela já está com o seu distrito, meu anjo. Talvez você seja só uma ponta solta agora. — Aislyn franze a testa ligeiramente; é quase imperceptível. Ela está ouvindo. Então Veneza continua. — Olha só, você já tá aqui. *Na cidade.* Tô indo me encontrar com os outros, eles precisam ficar sabendo do que aconteceu. Você quer vir? Só pra conversar.

Aislyn olha para Veneza, e seu semblante é de profundo desalento.

— Minha família tá lá — diz ela, bem baixinho. — Minha casa. Tudo o que é importante pra mim tá nas mãos dela, e não posso deixar tudo isso... desprotegido. Não posso e não vou. — Ela hesita por um instante, depois olha para o chão. — E... ela *também* é uma pessoa. Também tem problemas. Todo mundo precisa de um amigo. Todo mundo.

Então tá bom.

Assim, Veneza vai embora. O que mais poderia fazer? Aislyn optou por fazer todo o seu distrito refém de um monstro alienígena que quer destruir o universo. Um monstro alienígena que ela vê como uma *amiga*.

Aislyn fica olhando para Veneza até ela sumir de vista na escada rolante.


Naquela noite, Veneza monitora os posts que fez na noite anterior. As estatísticas de engajamento a deixam de queixo caído: ela viralizou! Surgem variações no design de seu logo também — de Oakland, Houston, Portland, e ela ri ao ver um da Filadélfia. Há até mesmo um de Edimburgo. Onde fica isso? Na Irlanda? Na França? Veneza vai dar uma olhada mais tarde. De qualquer forma, ganhou vinte mil seguidores de um dia para o outro e recebeu um upgrade na conta do Instagram. Em sua caixa de entrada há três convites de entrevista, um para participar do Substack, instruções de monetização para a Twitch e o YouTube, e ela agora tem um selo azul no Twitter que não tinha solicitado. Que maluquice.

Veneza manda o logo para uma loja on-line, anexa links para compra de camisetas e outras mercadorias em seus posts e depois encomenda uma camiseta para ela mesma. Após um dia como aquele, é muito gostoso saborear as pequenas vitórias.

Então ela envia uma mensagem para os outros para avisar que o nome de Brooklyn acaba de ficar bem mais conhecido em Nova York e em todo lugar. O apoio (e as doações) estão chegando em pencas, e eles enfim conseguiram fazer barulho internacionalmente a ponto de rebater o culto de ódio de Panfilo. Operação SEIS DISTRITOS EM DEFESA DE NOVA YORK: ativar.

# ENCRENCA NO CHÁ DAS CINCO

Já faz alguns meses desde que Bel se mudou para Nova York. Ele ainda está tentando decidir se o que o está deixando louco é a cidade ou a Cidade — com C maiúsculo, como passou a pensar na entidade viva que é Nova York.

Manny explicou o máximo que pôde sobre a situação porque Bel exigiu isso antes de tomar a decisão de se mudar para a cobertura. O problema é que, mesmo depois de toda a explicação, isso ainda faz muito pouco sentido. Não a parte sobre as cidades terem alma; porra, *disso* qualquer londrino sabe. O que é difícil de engolir é a história de a cidade inimiga vinda do espaço ou sei lá, que tem o poder de possuir mulheres brancas inconvenientes e criar gramados malignos. Tudo bem, Bel estava lá enquanto Manny jogava dinheiro no gramado branco. Ele ouviu os guinchos e viu a coisa queimar como se fosse um vampiro levando um banho de água benta, mas até hoje mal consegue acreditar no que viu. A lembrança é confusa e meio irreal, apesar de ter acontecido apenas semanas — meses? — antes. Ele realmente suspeita que já teria se esquecido daquele dia no Inwood Hill Park se não tivesse ido morar na Casa Cidadehumana. A cidade protege os seus, foi o que disse Manny, permitindo que vejam a estranheza se for necessário ou os poupando do choque se não for. Se as pessoas ficassem sabendo da existência de avatares e quantas vidas dependiam do bem-estar deles, seria bem capaz que o governo os levasse para um lugar secreto e os mantivesse drogados e embrulhados em plástico-bolha. Bel acha que isso sequer funcionaria. Ele já viu como Neek é inquieto, como ele *precisa* vagar constantemente pela cidade; se essa necessidade é parte do que faz com que ele seja Nova York, então provavelmente seria impossível confiná-lo.

E agora Bel compartilha essa cobertura com as personificações vivas de Manhattan, Queens, Jersey City (que por algum motivo é Nova York agora) e Nova York em si. O Brooklyn e o Bronx aparecem de vez em quando. (Mas Staten Island, não. Nunca. Ele já ouviu os outros falando sobre ela, e parece ser um assunto delicado.)

Mas a parte mais louca de tudo aquilo é que morar com eles é... mundano. Neek deixa a tampa do vaso sanitário aberta, como um selvagem. Às vezes, quando o jovem está por perto, Bel sente o mundo inteiro se inclinando... Como se aquele menino grosseiro, magricela e com cara de noia de alguma forma pesasse cinco milhões de toneladas, atraindo tudo para si como se o prédio inteiro fosse tombar igual a uma torre alta em um jogo de Jenga. Bom, tudo bem, mas será que a encarnação viva da cidade poderia fechar a porra da pasta de dente de vez em quando? Fala sério.

Também há Veneza, que quase nunca está em casa e, quando está, vive no computador. Ela está sempre dançando de meias pelo apartamento e cantando junto com o que quer que esteja tocando em seus fones de ouvido — e é um amor de pessoa, mas, pelo amor de Deus, ela canta *muito mal*. E ainda tem Padmini, que aparentemente não sabe nem ferver água, mas sempre aparece com as comidas mais deliciosas do mundo, trazidas da casa de seus familiares. Bel está praticamente caindo de amores por Aishwarya, ainda que não a conheça, só pelo sabor delicado de seu arroz de tamarindo. Padmini gosta de assistir a filmes de terror de madrugada. Bel algumas vezes assiste com ela; os dois ficam sentados juntos, levando susto e comendo pipoca com curry. É impossível pensar nela como o Queens, aquela parte doida e imensa de Nova York onde ninguém repara na cor da pele de Bel ou em seu sotaque diferente, e onde ele consegue encontrar restaurantes vietnamitas que fazem comidas parecidas com as de sua mãe. Talvez seja por isso que Bel se dá tão bem com Padmini.

Apesar da esmagadora normalidade de sua vida entre essas pessoas estranhas, Bel sempre vê coisas esquisitas de relance. Está começando a perceber que os outros têm muito cuidado para poupá-lo da pior parte, o que é gentil vindo deles. Às vezes, porém, enquanto caminha até o campus, vê rachaduras no céu como se tudo fosse uma enorme tela de iPhone. Elas sempre desaparecem, mas mesmo assim. E às vezes, andando de metrô, ele vê a parede do túnel desaparecer e dar lugar a um grande nada onde a única coisa à vista é uma estrutura fractal e gigantesca que o faz lembrar ligeiramente de uma árvore. Só que é uma árvore feita de sóis em explosão? Então, em um piscar de olhos, tudo volta ao normal e ele está olhando de novo para o azulejo branco e sujo do metrô enquanto um babaca come um frango assado inteiro no banco do canto, jogando os ossos engordurados no chão e ignorando os olhares furiosos dos outros.

*Ela não vai mais incomodar você*, garantiu Manny, referindo-se à força que ameaçou os dois naquele dia nebuloso, tanto tempo atrás. Bel ficou espantado ao saber que forças extradimensionais hostis podem ter gênero. *Você foi um dano colateral naquele dia, alguém que estava no lugar errado, na hora errada. Naquela época eu não sabia como me defender, mas agora sei, então tomei providências pra garantir que você fique em segurança mesmo quando eu não estiver por perto.* Mas claramente nem mesmo a proteção de Manny, por mais formidável que possa ser, pode blindar Bel de toda essa loucura.

Enfim. Quando estiver em Roma etc.

Certa tarde, Bel sai de casa para explorar a cidade. A carga horária de um estudante de doutorado do primeiro ano tende a ser pesada, com poucas horas livres, mas ele decidiu adiar o ensino e a pesquisa por enquanto para poder se adaptar à nova cidade. A vida nos Estados Unidos (e particularmente em Nova York) exige isso. Ele tem usado as terças-feiras, que são completamente livres, para conhecer a nova cidade de forma semissistemática — explorando bairros que nunca viu antes, experimentando novas comidas, de vez em quando fingindo ser um turista. O passeio de hoje o levou ao West Village, o que, naturalmente, significa uma passada obrigatória no Stonewall Inn. Em seguida, Bel vai até o Chelsea, onde há tanta gente bonita que ele se apaixona uma vez a cada esquina. Provavelmente é só a tensão sexual não resolvida entre Manny e Neek contagiando os demais.

Na hora do almoço, Bel vai até o "Little Britain", onde não há muito a ser visto. Cinquenta por cento do lugar é um pequeno restaurante pitoresco chamado Tea & Sympathy, onde ele fica feliz em encontrar um prato galês que consiste em torrada com queijo, além de um pudim de caramelo que talvez seja o melhor que ele já comeu na vida. Ele tem uma conversa agradável com a proprietária sobre como a gentrificação desgastou o Little Britain, assim como quase todos os outros enclaves étnicos de Manhattan. Aparentemente, ele cai nas graças dela e, como resultado, vai embora levando dois pudins com creme, "para fazê-lo se sentir em casa".

Quando os pés de Bel começam a doer, ele decide ir até um pequeno parque para descansar. Está imerso em pensamentos, tentando decidir se deve pegar um táxi para casa ou enfrentar o horário de pico do metrô, quando de repente se dá conta de que está sendo observado.

Há seis ou sete jovens em um banco próximo. Nenhum deles faz o tipo de Greenwich Village; estão muito malvestidos, agindo como se estivessem nervosos ali, no bairro mais gay de Nova York. O grupo também é bastante heterogêneo e comum em aparência. Todos são brancos, a não ser por um rapaz asiático e outro que parece ser de algum lugar do Oriente Médio. O que mais deixa Bel com a pulga atrás da orelha tem uma postura mais ereta do que os outros e um estilo elegante à moda antiga — usa costeletas compridas, bigode com as pontas viradas para cima, óculos de armação grossa e suspensórios por cima de uma camisa de botão. O pobre coitado provavelmente se ilude achando que esse tipo de roupa cai bem nele. Mas os outros parecem obedecer-lhe; ele é o líder. E está observando Bel, o que significa que quando Bel franze a testa, ele percebe e se aproxima.

— Com licença — diz ele, com um sorriso. Bel move seu polegar do aplicativo de carona para o aplicativo da câmera. No entanto, faz questão de sorrir com educação. Os americanos parecem sempre esperar que as pessoas finjam simpatia mesmo quando não estão sendo simpáticas. — Por acaso você não conhece um cara que se chama Manhattan, conhece? Tipo o distrito.

Bel sente um calafrio.

— Não — responde ele, ficando de pé e pegando a sacolinha. — Não conheço, não. Mas boa sorte pra encontrar o cara. Um Manhattan em Manhattan, ha ha.

O jovem ri. As mangas de sua camisa estão dobradas, e Bel vê várias tatuagens em seus antebraços. Nada questionável, mas mesmo assim.

— Ah, a gente vai encontrar. Mas tem certeza de que não conhece o Manhattan? Você não é Bel Nguyen, colega de apartamento dele?

Bel semicerra os olhos e aperta o botão "gravar" na câmera do celular, mas mantém o telefone fora de vista do rapaz.

— Do que você precisa? Quer dinheiro emprestado?

O jovem ri de novo. E, embora pareça uma risada bem-humorada, apenas dois velhos amigos batendo papo sobre um conhecido em comum, é claro que passa longe disso. Os outros observam de longe com expressões parecidas com a de seu líder, que vão de falsa simpatia e sorrisos educados a olhares de alegria sádica.

Bel consegue se proteger em uma briga. Quando contou que era trans, sua mãe o obrigou a fazer aulas de Vovinam, mas ele não pratica a arte marcial com a frequência que deveria e esses filhos da puta estão em grupo. Em um grupo grande.

— Não se preocupa! A gente só quer conversar! — diz o rapaz. Seu sorriso aumenta, e ele estende uma mão. — Vou me apresentar. Meu nome é Conall.

Bel não retribui o aperto de mão e não tira os olhos do rosto do homem. Conall faz um beicinho exagerado antes de recolher o braço.

— Não quero que você sinta que isso é uma ameaça, mas o sr. Manhattan... Bom, *trocou algumas palavras* com um amigo meu. Um policial. Então a gente tá de olho, por assim dizer, nos conhecidos de Manhattan. Tem um garoto em particular com quem adoraríamos conversar... Magrinho e... de pele escura, sabe? Disseram que ele não tinha onde morar, mas a gente não conseguiu encontrar o rapaz em nenhum dos lugares onde ele costuma ficar. Você pode nos ajudar a encontrá-lo e aí a gente pode seguir nossa conversinha com ele em vez de com você. O que me diz?

É uma proposta ridícula. Bel percebe imediatamente o que isso quer dizer. Se encontraram Bel no meio de Nova York em um dia aleatório, provavelmente são capazes de fazer isso novamente. A menos que Bel entregue Neek.

— Por que vocês não vão se foder? — diz Bel. A mudança de tom não foi intencional. Ele está bem de vida agora graças à herança deixada por seu pai, mas durante a maior parte da vida morou com a mãe em circunstâncias muito menos confortáveis. Assim, quando se sente acuado, o sul de Londres simplesmente vem à tona. A velocidade vai ser seu melhor trunfo nessa situação, então o buraco na cerca logo atrás dele parece ser a melhor alternativa. Esses caras são os típicos ratos de academia: adoram parecer intimidadores, mas provavelmente não têm tanta força e resistência assim. E, com base nessas conclusões, Bel se enche de coragem. — Acha que eu sou burro? Já lidei com muita gente como você de onde eu venho, entendeu? Vocês têm todas as oportunidades do mundo e mesmo assim não saem do lugar, então querem culpar alguém. *Toma aqui.*

Bel dá um golpe com a sacolinha. É uma pena porque vai perder seus pudins, mas é satisfatório ver Conall recuar, erguendo os dois braços para bloquear o golpe caso a sacola esteja pesada. Não está, mas os pudins se abrem com o impacto e uma pasta amarela começa a escorrer do plástico.

Bel dá o fora antes que os grunhidos de repugnância de Conall se transformem em fúria. Se conseguir virar uma esquina, sair da linha de visão do grupo e se esconder em uma loja até que eles passem, tem chance de escapar. Ele escuta quando os parceiros de Conall saem correndo e, entre muitos gritos, ouve:

— Peguem aquela puta!

Nesse momento, seu medo dá lugar a uma onda de raiva. Tinham que usar um pronome e um xingamento do gênero feminino? *Que babacas.*

Mas o plano de Bel dá errado quase que imediatamente. Ele pensa que sua melhor opção é ir em direção ao Chelsea; tem lojas maiores lá, como a Apple Store, onde é provável que haja um segurança. Mas os ratos de academia anteciparam sua estratégia, e no instante em que ele pisa na calçada fora do parque, vê dois brutamontes se aproximando pela rua 13. Para o outro lado, então. O outro lado vai ter que servir. Ele dá meia-volta e sai correndo com todos os rapazes — oito, no total — em seu encalço.

O problema com esta região de Manhattan é que as ruas fazem tanto sentido quanto as de Londres... ou seja, sentido algum. Antes que Bel se dê conta, está passando por uma loja de chapéus que visitou não muito antes — o que significa que está entrando mais ainda no Village, onde os quarteirões são curtos, o que vai dificultar ainda mais a tarefa de despistar seus perseguidores. Para piorar, as lojas ali são minúsculas; não há onde se esconder mesmo que ele entre em uma delas. Mas ele não tem tempo para parar e abrir o Google Maps.

*Para a esquerda*, sussurra uma voz em seu ouvido.

Mais esquisitices, bem agora? Era a voz de uma mulher, mas não tem ninguém lá, é claro. Bel abriu certa distância dos capangas de Conall, que são mesmo lentos, mas, quando ele olha para trás, vê apenas dois deles — Conall e mais um. Eles se separaram para tentar encurralá-lo. Se ele for para a esquerda e os outros tiverem tomado um atalho para pegar Bel naquela direção... Mas ir reto é cair em uma armadilha. Sendo um estudante de pós-graduação com privação de sono, Bel tem negligenciado o cárdio e já está começando a ficar sem fôlego. Eles vão alcançá-lo se ele não encontrar depressa um lugar para se esconder. Para a esquerda, então.

A princípio, ele acha que cometeu um erro. Há um grupo ainda maior de pessoas virando a esquina — são mais diversas em aparência de gênero, estrutura corporal e vestimentas, mas estão em quantidade grande demais para que ele consiga fugir se também forem uma ameaça. Mas há algo de intrigante no grupo. A postura das pessoas é diferente, uma camuflagem protetiva para os padrões de Nova York, e elas encaram Bel com um olhar que é mais curioso do que hostil.

— Preciso de ajuda — diz ele. Bel já está sentindo uma pontada na lateral do corpo. — Por favor...

Ele não precisa dizer mais nada. Expressões cautelosas de repente se fecham, parecendo prontas para o ataque. No instante em que Bel passa por ele, o grupo se aproxima e bloqueia a calçada. Um de seus componentes, um grandalhão barbudo com roupas de couro que parece arrancar árvores por diversão, agarra o braço de Bel e o puxa para o lado.

— Você tá bem?

— Não — responde Bel, ofegante, tentando localizar Conall, tentando recuperar o fôlego para conseguir explicar o que está acontecendo para os novos amigos, tentando decidir se continua correndo ou não. — Me ameaçaram...

— Vai ficar tudo bem. — Uma mão forte aperta o braço de Bel. — A gente tá aqui. Sou Christine, e meus pronomes são ela e elu. Como você se chama?

Bel gagueja seu nome, mas está concentrado em Conall, que parou de correr e está tirando uma barra curta de metal do bolso com um sorriso no rosto. O gosto antiquado de Conall também se reflete nas armas que ele usa, então; é um cassetete.

— Vão sair da frente ou não? — diz ele, abrindo um sorrisinho. Três outros rapazes chegaram e se posicionaram ao lado de seu líder. O grupo de Bel está em maior número, mas as armas que os outros têm nivelam muito a situação. — Vocês não vão querer se meter nisso, acreditem em mim.

— Homens Com Orgulho? — pergunta alguém do grupo de Bel.

É (provavelmente) um garoto (provavelmente) branco que fala como se estivesse chapado, mas é mais alto do que Conall, e é nítido para Bel que isso o incomoda.

— É, isso aí — responde um dos seguidores de Conall, que parece ter acabado de sair da puberdade.

— Vocês estão no Village, meus anjos — diz uma jovem loira. Ela está com a mão no bolso, e Bel vê o contorno de algo cilíndrico (spray de pimenta?) sob o jeans. — O que você tá tentando fazer não daria certo em boa parte da cidade, mas aqui? Quer mesmo fazer isso *aqui?*

— Uma grande burrice — diz uma mulher negra. — Mas acho que faz sentido, já que inteligência passa longe dessa gentalha. Sabiam que eles não têm permissão nem pra bater uma?

Metade dos defensores de Bel explode em risadas enquanto alguns parecem surpresos.

— Que porra...

— *Nenhuma* porra, essa é a questão!

Mais risadas.

— Supostamente isso deixa eles mais viris ou sei lá.

— Parece que não tá dando certo.

Todos estão gargalhando agora. Um divertido espetáculo de stand up bem ali naquela esquina do Village.

— A gente não tem tempo pra baboseira de vocês — vocifera Conall, irritado. Está com o rosto vermelho de raiva. Ele tem orgulho demais para tolerar uma piadinha, aparentemente. — Se sabem quem somos, também sabem que a polícia adora a gente e odeia vocês, suas aberrações. Vocês vão levar uma surra *e* ir pra cadeia, e nós também temos membros lá dentro...

— Você não duraria um dia em Rikers, seu imbecil — diz o Alto Chapado. — E alguns de vocês não foram presos depois daquela palhaçada que fizeram um tempo atrás, espancando pessoas no Upper East Side? A polícia não deu uma colherzinha de chá pra vocês nesse dia. Parece que os boquetes que estão pagando pros policiais não tão dando conta do recado.

— Nem vem que eu não sou vead... — Um dos rapazes de Conall começa a dizer, alto o suficiente para que sua voz ecoe.

As pessoas na rua começam a olhar e uma mulher grita "Some daqui, seu nazistinha de uma figa!". Conall olha para o rapaz, que se cala no mesmo momento, parecendo contrariado.

— Acho bom darem um sorrisinho — diz a mulher loira, apontando com o polegar para cima. Há uma câmera empoleirada em um poste de luz. — E vocês sabem que além dessas tem mais um monte nos filmando nesse exato momento. Os policiais podem até mentir, mas filmagens não mentem. A gente pode deixar vocês famosos.

Os Homens com Orgulho olham em volta; um deles pragueja. Bel segue os olhares e vê que há de fato várias pessoas apontando celulares para eles. Outro dos Homens com Orgulho, o que tem cara de criança, perde a paciência e parte para cima do Alto Chapado, mas Conall e os outros rapidamente o agarram e o puxam de volta.

— Aqui não — diz Conall, olhando em volta com uma careta. Depois seus olhos pousam em Bel. — A gente vai se encontrar outra vez, meu amigo.

Então eles recuam, arrastando os membros mais relutantes, e desaparecem depressa ao virar a esquina.

A essa altura, Bel já recuperou o fôlego, mas corre o risco de perdê-lo novamente quando o grupo do Village o cerca, rindo, batendo em suas costas e o sacudindo para comemorar a vitória. Bel não está tão certo de foi uma vitória de fato; seu coração está disparado, e a ameaça de Conall ficou gravada em sua mente. Mas ele sorri, trêmulo depois da descarga de adrenalina, e faz que sim com a cabeça quando perguntam se ele está bem. Aos poucos, enquanto o grupo segue a tradição pós-confronto de zoar os inimigos, Bel começa a *realmente* ficar bem.

Depois disso, há apresentações apropriadas e exclamações de "Bem-vindo!" quando descobrem que Bel é novo na cidade. Ele ainda não sabia o que ia fazer para arranjar o pouco de vida social que conseguiria conciliar com o doutorado, mas em cinco minutos é convidado para duas reuniões de apoio mútuo, um stand up em um festival de artes, uma peça de teatro que um dos membros do grupo escreveu ("É meio off-off-off-Broadway") e uma academia para pessoas de gênero não conformista.

Depois, a menina loira puxa Bel de lado.

— Você tem dinheiro pro táxi?

— S-Sim — responde Bel, ruborizando ao gaguejar. Parte disso é a adrenalina, mas... ela é muito bonita. — Obrigado pela preocupação.

Ela olha para ele com atenção.

— Você parece nervoso. Esquece o táxi, eu levo você. Onde quer que eu te deixe? Eu estava indo pro Bronx mesmo. Qualquer lugar em Manhattan é caminho.

— Inw... Aliás, não, a gente se mudou, desculpa. Agora estamos no Harlem. Não é muito fora de mão?

— Entendi. Não é, não. Meu nome é Madison, aliás. Prazer em conhecer você, Bel. — Ela faz um gesto para que ele a acompanhe, depois para e franze a testa. — Ei. Por acaso você não conhece... Não, deixa pra lá.

— Oi?

Ela parece pensativa.

— Não sei. Algo nisso tudo é meio... Eu não ia sair hoje. Tavie queria que eu viesse conhecer uma loja com Fluevogs na promoção e quase falei não porque estava sem grana. Mas aí eu senti um negócio meio: *Você deveria ir.* E, nas últimas vezes em que isso aconteceu, as coisas ficaram bem esquisitas.

— Olha, as coisas estão *tão* esquisitas desde que vim morar aqui... Na verdade, fico mais tranquilo em saber que os locais também se sentem assim — diz Bel, rindo apesar de tudo.

— Ah, sim, com certeza. — Ela ri, parando e olhando para Bel de uma maneira que faz com que ele fique vermelho. — Você é uma gracinha. Principalmente quando sorri.

Será que ela...? Bel pigarreia e sustenta o sorrisinho, tímido, tentando se concentrar em não gaguejar feito um idiota.

— Obrigado. Você é linda pra caralho.

— Bom, parece que essa carona vai ser divertida — responde Madison com um sorriso sugestivo.

E é assim que Bel acaba conseguindo uma carona grátis para o Harlem em um clássico táxi Checker restaurado, daqueles amarelos — ela trabalha para uma empresa que fornece decorações para festas de casamento.

— Eu não devia usar o carro pra coisas pessoais, mas fica entre nós, né?

E talvez haja algo peculiar no táxi que Bel não consegue identificar muito bem, mas durante todo o trajeto ele se esquece do medo que sentiu no parque. Há algo no Checker que simplesmente faz com que ele se sinta seguro. Assim sendo, ele fica confortável e relaxado, até mesmo eloquente, flertando cautelosamente com Madison. Para sua surpresa, ela flerta de volta. As garotas americanas — as de Nova York, pelo menos — não perdem tempo.

Quando ela para em frente ao prédio de Bel, ele de repente começa a temer que tenham sido seguidos, mas Madison o tranquiliza.

— Esse negócio de "siga aquele carro" é coisa de cinema — assegura ela. — Eu dirijo rápido demais pra um bando de marombas conseguir seguir a gente sem que eu perceba.

Isso não o deixa tão tranquilo assim. Bel sabe que estão atrás de Manny, o que significa que provavelmente já têm seu endereço. É algo que os outros precisam saber, embora Bel não tenha certeza de que fará muita diferença, já que estão sempre na mira de assassinos extradimensionais. Bel é que não tem superpoderes para se defender.

Talvez ele devesse se mudar. Gostaria de não precisar fazer isso; bons colegas de apartamento são algo difícil de encontrar, assim como um aluguel em conta. Mas continuar vivo também é importante.

Em frente ao prédio de Bel, Madison entrega a ele um cartão com seu número anotado na parte de trás; Bel o guarda com todo o cuidado. E ainda deve estar sorrindo como um bobão quando entra no elevador, porque a mulher que está dentro dele — branca, cabelo loiro arrepiado, uma que Bel nunca tinha visto antes — sorri de volta para ele.

— Parece que você tá tendo um dia excelente.

Bel fica surpreso, porque já faz tanto tempo que não escuta esse sotaque que fica com saudades de casa ao ouvir a voz da mulher.

— Tá brincando! Você também é londrina?

Ela ri e aperta o botão do andar de Bel.

— Na verdade eu nasci mais pro norte, mas Londres gostou de mim, então, sim, posso dizer que sou londrina. Sou um pouquinho de cada lugar da cidade. Mas você... Lewisham, não é? Dá pra ver pelo seu sotaque.

Bel sabe que provavelmente deveria estar mais desconfiado depois do dia que teve, mas é muito agradável conversar com essa mulher.

— Na mosca. Vim pra cá pra estudar. E você?

— Apenas turistando — diz ela, com firmeza. — Mas você parece estar bem. Nova York tá sendo gentil com você?

Ele tem que pensar um pouco, mas...

— Sim, apesar de tudo. Poderia ser pior. Não é igual Londres, é claro, mas é um substituto tolerável por um tempo.

— Que bom ouvir isso. — O elevador desacelera, e as portas se abrem quando ele para no andar da cobertura. — Vou indo, então. Se cuida.

— Tá hospedada neste andar? — pergunta Bel, saindo do elevador.

Ele deveria tê-la deixado sair primeiro, mas ainda precisa aperfeiçoar seu cavalheirismo. No entanto, quando a mulher não responde, ele se vira...

... e vê que o elevador está vazio.

Bel encara as paredes do elevador por um momento, depois respira fundo e vai para casa. Quando em Roma, faça como os romanos, não é? Bora fazer como os romanos, então.

# INTERRUPÇÃO

## LONDRES

Ela reaparece em sua ponte favorita sobre o Tâmisa: a conhecida como a Ponte do Milênio. A ponte não oscila mais, mas isso não impede que as pessoas continuem a fazer piadinhas sobre isso, ainda que carinhosamente, porque os londrinos são assim.

Um segundo depois, Nova York aparece ao lado dela com um estalo. Ele se inclina sobre o anteparo e olha em volta, observando as poucas pessoas que cruzam a ponte neste horário — já é tarde da noite, então não tem muita gente na rua, exceto por aqueles que saíram tarde do trabalho ou que estão indo do bar para casa. Depois, ele olha para ela.

— É falta de educação aparecer na casa dos outros e não passar pra dizer oi.

— Ah, aquilo. — Londres sorri, achando graça. É surpreendente que esse rapaz discreto e de fala mansa seja uma cidade tão grande e tão antiga, mas as pessoas costumam dizer a mesma coisa sobre ela. — Não fui lá pra ver você, mas acho que foi mesmo insensibilidade da minha parte. Principalmente considerando que as outras mais velhas estão reclamando da *sua* falta de educação! Peço desculpas.

— Ficou satisfeita? Com o que você foi averiguar?

— Ah, sim. Eu queria dar uma olhada no que você e seus distritos estão enfrentando. E seu colega de apartamento é belíssimo. Haha, entendeu? Bel-íssimo. Enfim. Aquela cidade flutuante é apavorante.

— Né? É tipo uma farpa debaixo da unha.

— Tá mais pra um tumor maligno considerando como tá atraindo... hummm, pessoas problemáticas até você. A influência do Inimigo sob aquele sujeito, Conall, não passou despercebida por ela; era como uma mancha de óleo contaminado na água. Não havia nenhuma gavinha manipulando-o dentro dos limites de Nova York, mas claramente isso não era necessário. Os cidadãos de R'lyeh não precisavam disso. — A propósito, bem-vindo — diz Londres, gesticulando ao redor para abarcar a cidade que é ela. — Eu ofereceria um chá, mas...

— Eu não curto muito chá — afirma ele.

Ela contém um arfar de indignação; ele é americano, afinal. O rapaz fica em silêncio por um tempo, absorvendo os sons e os cheiros e as luzes brilhantes. Então a encara por um momento antes de falar outra vez:

— Dizem que você ficou maluca.

— Vamos com calma, vamos com calma. Tem jeitos mais adequados de dizer isso. Você pode usar "mentalmente perturbada", mas admito que meu termo favorito é "fodida da cabeça". — Os dois dão risada. — E, sim, acho que fiquei mesmo, embora esteja melhor do que antes. Mas é difícil se desvencilhar desse tipo de reputação depois que ela se espalha.

Ele concorda com um resmungo.

— Como foi que você *devorou* seus distritos? — pergunta ele.

— Ah, sim. Bom, você tem cinco distritos, não é? Imagine como é ter trinta e dois.

Nova York quase se engasga.

— Tá de brincadeira.

Ela ri.

— Não eram tantos assim, trinta e dois era o número oficial nos anos sessenta. Mas mesmo na época em que eu me tornei Londres, lá por volta do século XVII (não consigo me lembrar exatamente, mas não foi muito depois do falecimento de Shakespeare), o que hoje são os distritos de Londres eram muito distintos entre si. Ainda são, na verdade, mas antes era diferente. Então, quando a cidade nos chamou pela primeira vez, éramos muitos. Agradeçam aos céus por serem apenas cinco. Nossas reuniões eram um caos.

Nova York ri com um toque de nervosismo e Londres percebe que ele sabe disso por experiencia própria.

— E alguns deles não queriam ser Londres — prossegue ela, dando de ombros, embora pareça inadequado para a situação. — A gente tentou por um tempo, lutamos por semanas contra nossa própria versão do monstro de vocês. Não tinha diálogo e não encontramos uma versão humana dela, mas sofríamos ataques a cada dois minutos, foi muito difícil. Cidades heterogêneas são solo fértil pra ela. — Londres suspira. — De qualquer forma, ficou claro que alguns de nós não queriam aquilo. Então, me voluntariei. Me dispus a ser a única Londres. Os outros concordaram, e assim foi.

— Mas foi tipo... — Nova York gesticula no ar como se estivesse comendo algo com um garfo e uma faca.

Londres não consegue conter uma risada.

— Meu Deus, não. Eu não sou o Sweeney Todd! Devorei só a essência deles; a coisa, ou as coisas, que faziam deles um aspecto de Londres. Peguei tudo pra mim. A cidade se agarrou completamente a mim e a mais ninguém, e os outros voltaram pra suas vidas comuns como pessoas comuns. Depois disso, derrotei o Inimigo, fiz uma dancinha, e fim. Ah, claro, tem o detalhe de que enlouqueci e assim fiquei por séculos, porque *esta* cidade não deveria jamais ter apenas um avatar. Mas fazer o quê? São ossos do ofício.

Nova York faz uma careta, provavelmente pensando em como seria tomar para si as personalidades e habilidades de tantas outras pessoas. Ela espera que ele nunca descubra.

— Que sacanagem — diz ele. — Eles simplesmente deixaram tudo nas suas costas?

Ela suspira. É claro que ele tem razão, mas ela teve muitos séculos para perdoar os outros.

— Éramos estranhos. Quase todos os outros tinham família e uma vida que ia além de ser a cidade. Não esquece que as coisas eram mais difíceis naquela época. Havia epidemias e guerras a cada dois minutos, e teve também o Grande Incêndio... Ele aconteceu quando tentei mentorar outra cidade. Argel, ou talvez Bucareste. Não me lembro, mas ela quase me matou. Tudo bem que, naquela época, eu era *muito* Joana d'Arc das ideias: me vestia esquisito, tinha visões, falava em línguas. Provavelmente era assustador, mas me incendiar foi uma grande grosseria, não acha?

Ele a encara. Londres acha que ele está impressionado e, lisonjeada, joga uma mecha de cabelo por cima do ombro.

— Não sei o que eu faria se os outros não quisessem ser Nova York — diz ele, mordendo a boca. — Eu até *conseguiria* fazer isso sozinho, mas...

— Claro que conseguiria. As cidades escolhem como avatares primários pessoas que podem lidar com as coisas sozinhas se for preciso. Mas é difícil ser uma cidade inteira, especialmente cidades tão díspares quanto a sua e a minha, por isso elas tentaram ser legais. Dividir o fardo, proporcionar uma rede de apoio, esse tipo de coisa. — Ela suspira, imersa em lembranças. Quase todos os outros Londres queriam continuar sendo avatares, mas era tudo ou nada. Ela ainda sente falta deles. — Mas nunca pensei em descartar uma parte e a substituir. Não sei se isso teria funcionado aqui; Londres é muito *seletiva* sobre o que conta como Londres.

Nova York ri e diz, em uma péssima imitação dela:

— "Ossos do ofício."

Depois, endireita a postura e se espreguiça. Ele não é grande coisa em sua forma humana, mas de repente Londres tem um vislumbre da verdade sobre ele: quarteirões abarrotados, metrôs decrépitos e adegas em terraços chiques que a fazem desejar o conforto de um pub aconchegante — mas ele também tem pubs. Poucos, mas bons, brilhando como joias nas profundezas dele. Perfeito, então! Eles podem ser amigos. E aí, de repente, ele volta a ser só um jovem negro e magricela, baixando os braços e pensando em como se despedir com educação. Aparentemente desiste da parte educada depois de dois segundos.

— Bom, vou indo nessa.

— Tudo bem. A propósito, vou dizer aos outros pra convocarem uma reunião da Cúpula. É inconcebível terem deixado essa situação continuar sem controle. E se alguma das cidades mais velhas continuar sendo difícil com você, me avisa. Posso acabar com elas e roubar tudo o que elas têm.

— ... Caralho?

— Não se esqueça de que eu era a sede do Império Britânico. — Ela se aproxima e dá tapinhas na bochecha dele, que fica imóvel. — Calminha, calminha. Tô brincando, querido. Não faço mais essas coisas.

E, com isso, Londres vai embora. A feira provavelmente ainda está aberta, e ela vai tentar comprar um kebab. Depois, vai fazer um *pub crawl* à moda antiga; Londres nem se lembra de quando foi a última vez que fez isso. Falar com cidades bebês sempre a deixa nostálgica.

Atrás dela, Nova York a observa por mais um instante, depois balança a cabeça e desaparece, voltando para casa.

# SE NÃO DER CERTO AQUI, NÃO VAI DAR EM LUGAR ALGUM

Manny se lembra de seu nome no trem a caminho de DC.

Isto é, seu nome de antes. Não que já não soubesse, mas agora vem acompanhado de todo o resto: seu passado, sua antiga personalidade, lembranças do que ele gosta e não gosta, o nome do cachorro que tinha quando era criança. Ele não se surpreende. Acontece assim que o trem começa a andar, antes de deixar Nova York. O trem inicialmente tem que passar por um túnel sob o Hudson para iniciar a viagem. Ao sair do túnel, já estão em Nova Jersey, mas os primeiros minutos da viagem ainda são dentro dos limites da cidade de Nova York. Isso resolve uma suspeita que pairava na mente de Manny havia algum tempo: não foi sua presença ou dedicação a Nova York que fez dele Manhattan durante todas aquelas semanas. Ele é Manhattan porque ele escolheu ser. Mas agora...

— Tem alguém sentado aqui?

Manny, que estava olhando para as paredes escuras do túnel do outro lado da janela, ajeita-se na poltrona. Há um homem parado diante dele, e Manny imediatamente o reconhece — mas isso também não o surpreende muito. Está começando a ver a simetria em tudo aquilo, bem como as maneiras por meio das quais a cidade tenta, tanto escancarada quanto sutilmente, fazer com que as coisas funcionem de acordo com sua vontade. Aquilo não é tão sutil assim, mas ele está disposto a dar um crédito para a cidade pelo improviso de último minuto.

— Douglas Acevedo — cumprimenta Manny, sorrindo. — Olá de novo.

O homem, um latino corpulento de meia-idade, olha para ele, parecendo surpreso.

— Espera aí, espera aí... — Ele analisa Manny com atenção. De repente, seu rosto se ilumina. — Ah! Você é aquele cara que desmaiou na Penn Station! Oi!

Ele estende a mão, e Manny fica de pé para cumprimentá-lo. O aperto de mão é familiar, natural. Também é natural se lembrar daquela parte dele mesmo, que sempre foi ótima em agir amigavelmente até precisar se tornar...

Não. Ele se lembrou de quem era, mas ainda é Manny também. Por enquanto.

Manny aponta para o banco vazio diante de si. Douglas senta-se em uma das poltronas e depois coloca uma pesada caixa de ferramentas no assento vizinho.

— Não pode ocupar mais de um lugar assim, mas tiro isso daí se alguém pedir — diz Douglas, grunhindo com o peso das ferramentas. — E aí, como você tá? Nada de desmaios hoje, hein?

Manny ri. Depois vasculha a bolsa, pega uma banana e a exibe orgulhosamente.

— Olha só! — exclama Douglas, abrindo os braços. — Que bom ver que alguém me escuta. Pra onde tá indo desta vez?

— DC. Assuntos familiares.

— Família sempre dá trabalho, né? — Douglas suspira e olha pela janela. O trem está saindo do túnel.

Esta parte de Jersey é ao mesmo tempo um paraíso de pântanos e um purgatório de indústrias em decadência. Os dois estão olhando pelo vidro, para um pântano com uma densa vegetação de taboas cercando o que parece ser uma fábrica abandonada. Há uma garça, ou o que Manny suspeita que seja uma garça, andando em torno de um carro velho e enferrujado parcialmente submerso. Ele é um cara urbano, não entende nada de aves.

— Também tô indo ver minha família — compartilha Douglas. — Mas vou só até Newark. Meu filho tinha uma namorada. Eles não se casaram porque minha esposa não concordava com os dois juntos. Ela é católica, chamou a menina de vagabunda como se nosso filho também não tivesse feito "aquilo" fora do casamento. Eu sou católico, mas só vou à missa pra ela não me encher o saco. — Ele sorri. — Mas agora a menina tem um filho pra criar sozinha. A família dela não tem dinheiro pra ajudar e são uns idiotas. Ela tá se saindo bem, na verdade. Tem um bom trabalho, leva a criança pra creche, tem um apartamento. Mesmo assim, tento ajudar como posso. Conserto o carro, arrumo pequenas coisas na casa, brinco com o molequinho. Acho que é o que meu filho gostaria que eu fizesse.

A cadência da voz de Douglas é agradável. Algumas amizades surgem naturalmente, com uma compatibilidade instantânea.

— Isso é muito gentil da sua parte.

— Ela não concorda. A garota não gosta muito de mim. — Ele ri quando Manny ergue as sobrancelhas. — É o luto falando. Ela tá brava com todo mundo. Mas a criança é meu neto; vou cuidar deles, mesmo que ela me mande embora dia sim, dia não. E eu entendo como ela se sente. — De repente, Douglas fica sério. — Quando ela fica brava, tento lembrar que é porque também amava meu filho. Isso facilita as coisas.

Há algo a ser ouvido nisso.

— A gente tem que cuidar da própria família, não importa o que aconteça — diz Manny.

— Sim, é verdade, mas também vale lembrar que família nem sempre é de sangue — afirma Douglas. — Família de verdade são as pessoas que estão lá quando você precisa delas.

Ah. Manny pensa nisso. Pensa em Neek, que manteve os outros avatares de Nova York por perto em parte porque sua família de sangue o rejeitou.

— Sabe como é. Gato escaldado...

Douglas ri.

— Sim. No caso dela, bota escaldado nisso. Na verdade, ela foi tão escaldada que já tá até escaldando os outros. — Ele dá de ombros. Manny respira fundo, de repente se dando conta de uma coisa. — Mas ela tá melhorando. Até me deu um presente no meu último aniversário. E o menininho sabe que o *abuelito* vai estar sempre por perto, que é o mais importante de tudo.

— Sim.

Douglas inclina a cabeça, agora observando Manny.

— Escuta... Sei que a gente não virou melhores amigos da última vez, mas você tá um pouco diferente hoje. Tá tudo bem?

Manny sorri. Ele sabe que parece triste.

— Depende do que significa estar bem.

— Bom, acho que você tem que descobrir isso sozinho. Eu só digo pras pessoas comerem banana até elas obedecerem.

Apesar de tudo, Manny dá risada.

Certo, tudo bem. Manny respira fundo outra vez e inclina o corpo para a frente, apoiando os cotovelos nos joelhos.

— Minha família é... como sua esposa, eu acho. Muito tradicional, detesta quando as pessoas saem fora da linha.

— Ih, *igualzinho* minha esposa.

Manny sorri novamente, embora dessa vez já não seja genuíno.

— Bom, eu saí da linha quando decidi deixar eles pra trás e vir pra Nova York. Eles aceitaram melhor do que eu esperava, na verdade; até me deixaram ir. Mas agora preciso da ajuda deles.

— Caramba. Talvez você precise de um *cacho inteiro* de bananas pra dar conta disso.

Manny dá risada, mas já está se cansando das piadas sobre bananas.

— Provavelmente. E de um bolo de banana pra garantir.

— Inclua também umas bananas fritas pra completar a refeição — responde Douglas. Então seu semblante fica sério. — Você não esperava que eles fossem deixar você ir, não é? Talvez façam outras coisas que você não espera.

— Talvez. — Mas ele duvida. — Minha mãe me disse uma coisa quando eu era pequeno: depois da escravidão, nossa família tentou crescer, trabalhando duro e economizando, mas simplesmente... não dava certo. Eles se juntaram a outros ex-escravizados e construíram uma vila, mas os brancos sempre vinham e a incendiavam. Eles se defendiam, mas depois acabavam perdendo mais membros da família em linchamentos ou brigas de gangue. Alguns tinham que fugir pro norte pra ficar longe exatamente desse tipo de problema. Eles chegaram até a comprar um pedaço de terra, um pedaço extenso na Geórgia onde toda a família poderia morar se quisesse, mas um fazendeiro branco local encontrou uma maneira quase legal de roubar a propriedade. — Ele suspira e estende as mãos. — A maioria das famílias negras deste país tem uma história muito similar, acho. Quase todas continuaram lutando... mas algumas desmoronaram. Se deixaram massacrar até desistir de vez. A minha, porém, tentou uma coisa diferente. Encontrou novas formas de fazer dinheiro: jogos de azar, salões de música, bares clandestinos. Fontes de renda que eram mais difíceis de roubar. Subornaram a polícia e os funcionários públicos, fizeram acordos com famílias italianas e chinesas pra não ter briga... E *isso, sim*, funcionou. Ao longo dos anos, a gente aprendeu a lidar por conta própria com qualquer um que nos cause problemas, já que essa é a única justiça em que podemos confiar. As coisas estão indo bem hoje em dia. Estamos diversificados, incorporados, legalizados. Tudo às claras. Mas a essência ainda é a mesma. Você me entende?

Douglas assente devagar e Manny fica aliviado por não ver desconforto ou admiração em seu olhar; apenas aceitação.

— Sei como é, cara. Porto Rico também é a América.

— Certo. Então. Sei que minha família não vai me fazer mal, mas... são pessoas calejadas. Já foram muito atacados e agora estão sempre prontos pra atacar de volta. Hoje em dia nossa relação é muito delicada. — Manny olha para as mãos. Estão cobertas de cicatrizes. Agora ele se lembra de como as conseguiu. — E tem mais uma coisa acontecendo que... complica tudo. Então a situação toda é meio incerta.

O semblante de Douglas parece triste.

— Família é família, cara. Às vezes é difícil, claro, mas vale a pena. Certo?

Quando Douglas fala em *família*, o que vem à mente de Manny são Brooklyn e Bronca e Padmini e Veneza. E Neek. Será que eles já perceberam que Manny saiu da cidade? Será que já adivinharam o motivo ou o lugar para onde ele está indo? Será que estão preocupados? Se sim, com o que exatamente?

Quando Manny não responde, Douglas suspira. Mas o trem está desacelerando à medida que se aproxima de uma parada, e Douglas se levanta e pega as ferramentas.

— Bom, preciso ir.

Manny volta para a realidade.

— Já? Ah, verdade, você disse Newark.

Ela fica logo depois da cidade de Jersey, a menos de vinte minutos de trem de Nova York.

— Sim. Você ainda tem meu cartão? Me liga, amigo. As coisas não acontecem por acaso nesta cidade. A gente se encontrou de novo por uma razão.

Manny não responde, perguntando-se, ensimesmado, como ele sabe disso. Douglas sorri e passa por ele — mas não sem pausar por um instante e apertar o ombro de Manny com um toque acolhedor antes de descer do trem.

O resto da viagem corre sem problemas. Manny passa o tempo todo apenas... pensando. Ainda sente a pele quente onde Douglas o tocou.

Manny embarca em um táxi ao chegar à Union Station em DC. O hotel fica em um dos bairros mais bonitos da capital, com casas bonitas e gramados bem cuidados por toda parte, além de ser muito silencioso. Ele se hospeda em uma suíte com uma vista agradável, pede comida no quarto e passa o resto da noite observando o movimento e as luzes da cidade, tentando não desejar que estivesse diante de uma paisagem urbana completamente diferente.

De manhã, ele desce as escadas às quinze para as oito. Manny vestiu um terno cinza-escuro — uma de suas peças feitas sob medida que não costuma usar em Nova York — e uma camisa de sarja em tons sóbrios, dispensando a gravata. Antes de sair do bairro da Union Station no dia anterior, deu um pulo em sua barbearia favorita — Manny já esteve na cidade vezes suficientes para ter lugares favoritos — e pediu um corte americano, além de aparar a barba (que estava por fazer havia dois ou três dias) de forma a valorizar o ângulo de sua mandíbula. Não há muitas pessoas no saguão quando ele desce, mas as poucas que estão lá param para fitá-lo. Manny retribui os olhares — não para intimidá-las, mas apenas para reconhecer o efeito que tem sobre elas.

Ele quer estar no auge de seu poder, percebe enquanto segue até o restaurante do hotel.

Ele está vazio a não ser por uma mulher. O hotel, que fica distante da região do Capitólio e do centro da cidade, tende a receber principalmente convenções, graduações e diplomatas ou lobistas que desejam manter certa discrição; tanto ele quanto a mãe já usaram aquele hotel antes por essa razão. A mulher, sentada a uma mesa pequena perto da janela, é tão pitoresca quanto Manny. Tem um metro e oitenta de altura e já está na casa dos sessenta, apesar de não aparentar ter mais de quarenta e cinco. É uma mulher negra de pele clara, sobrancelhas feitas, maquiagem Fenty e terno Armani marrom-escuro feito sob medida. Ela nunca foi bonita do jeito que agrada à maioria dos homens: não é frágil ou pequena, não é cheia de sorrisos forçados nem tenta parecer menos alta ou menos imponente. Ela tem uma aparência intimidante e ameaçadora; Manny suspeita que a mãe seja a razão pela qual ele passou a vida inteira gostando de pessoas assim.

Ela está observando o jardim pelas enormes janelas do restaurante quando Manny entra. Vira a cabeça quando ele se aproxima e sorri.

— Pontual, como sempre.

— Mãe — diz ele, como um cumprimento.

Ela dá a volta na mesa para receber o filho com um abraço e é... agradável. Manny se lembra da sensação; se lembra do perfume dela, tão distinto — uma fragrância personalizada com sândalo vermelho e cássia. De repente, tem um flashback da infância: esse cheiro invadindo suas narinas enquanto ela acaricia seu cabelo. *Não esquece*, dizia ela, gentil, mas firme. *A família sempre vem em primeiro lugar. Temos que crescer juntos, ou desmoronamos.*

Eles se separam e sentam-se à mesa. Ela pede dois cappuccinos; quando uma garota traz as bebidas, Manny olha para ela e a cumprimenta, pensativo. Ele sente algo que não consegue explicar. É uma garota comum: negra, com traços da África Oriental em sua estrutura óssea. Porte esguio, provavelmente universitária, parecendo cansada. Ele consegue ouvir um turbilhão de sussurros sobre ela dentro de sua cabeça — mais especificamente setecentos mil deles.

Quando a garçonete vai embora, a mãe de Manny se recosta na cadeira e sorri para ele, em silêncio.

— Sim — diz ela, por fim, com uma voz grave e penetrante. — Ela vai ser a nova DC, se sobreviver.

As cidades se reconhecem, mesmo antes de serem cidades propriamente ditas. Manny se pergunta se Neek receberá ordens para orientar a garota quando isso acontecer.

— DC também?

— Sim. Pelo menos meia dúzia de cidades neste hemisfério estão aguardando pra fazer a transição em breve, além da nossa. *Ela* não é o único fator a atrasar a ascensão dessas cidades. Tenho uma teoria.

— De que as cidades americanas são muito jovens e só agora desenvolveram reputação e estabilidade suficientes pra isso?

Ela abre um sorriso de aprovação.

— Imagino que hoje em dia você entenda melhor isso tudo. Como devo te chamar?

— De Manny, por favor. Obrigado por perguntar. — Ele toma um gole do cappuccino.

— Claro. Mas estou um pouco surpresa por você não ter se tornado a cidade inteira. Foi uma questão de timing? Você chegou logo após o nascimento...

Manny balança a cabeça.

— Não teria sido eu de qualquer forma; tinha alguém melhor. Tô feliz com Manhattan.

— O que foi que sempre te disse sobre se contentar com pouco, garoto?

— Você também me ensinou a não arranjar confusão.

— Pra evitar que as pessoas se intrometam na sua vida. Mas não quero discutir. — Ela suspira. — Você devia comer mais. Não gosto nada de ver que ficou mais magro.

Eles conversam sobre amenidades por um tempo. Só se vai direto ao assunto com inimigos e pessoas que não são de confiança; amigos conversam antes, e familiares trocam fofocas. O irmão mais novo de Manny está seguindo carreira como rapper e acabou de lançar um novo single que está fazendo sucesso. Ele parece estar envolvido com "uma garota mais alta que ele que tem doutorado e dança como se tivesse dois pés esquerdos". Manny não sabe ao certo se isso é positivo ou negativo para a mãe. Sua irmã mais nova está entrando no negócio da família e está ansiosa para assumir o papel que antes era de Manny.

— Só vai ser daqui a alguns anos — diz sua mãe, serena. — Ela ainda precisa aprender a ter mais discernimento. E moderação.

Aparentemente, a família perdeu um bom dinheiro para ajeitar as confusões criadas por ela. Mas ela vai aprender, assim como Manny aprendeu.

Por fim, sua mãe endireita a postura na cadeira e encara Manny, unindo as duas mãos pela ponta dos dedos.

— Uma candidatura à prefeitura não sai barato — diz ela.

Manny inclina a cabeça.

— Anda me monitorando?

— Como não monitoraria? Você é meu filho, mesmo tendo abandonado a família quando precisávamos de você...

Estava demorando. Manny balança a cabeça.

— Você disse que queria que eu fosse feliz.

— E quero! Mas ainda vou falar de você como se fosse um bebê, querido. Isso é coisa de mãe. — Ela sorri e ele suspira, sorrindo também. Depois, ela fica séria novamente. De volta ao assunto. — O fundo de campanha da sra. Thomason é modesto demais, e ela vai ter problemas em breve com aqueles *brownstones*. É o que ouvi dos meus contatos. O *The Post* vai pintar isso como irresponsabilidade e corrupção, e...

— A gente vai dar um jeito nisso — responde Manny.

Ele já discutiu isso com Brooklyn, e os dois contrataram uma empresa de relações públicas para produzir artigos sobre roubo de escrituras e o histórico do país de se apropriar da riqueza de famílias afro-americanas.

— A gente não pode acelerar as coisas porque a audiência judicial de Brooklyn sobre os apartamentos vai ser só na semana que vem. A bomba vai cair bem antes do debate, mas não podemos fazer nada além de nos preparar.

Ela acena com a cabeça em aprovação.

— E quanto ao fundo de campanha?

— A gente tem uma quantia razoável se considerarmos o fato de que começamos tarde. Acho que se conseguirmos bons patrocinadores, as doações vão começar a chegar.

— Ah. Então se você não tá aqui pra pedir dinheiro... — Ela semicerra os olhos. — Veio falar sobre a polícia de Nova York.

— Sim, a polícia. — Manny concorda com a cabeça. — A gente precisa de ajuda.

Ela suspira.

— Você nunca pede favores simples.

— Você sabe que prefiro resolver as coisas sozinho sempre que possível.

Ele também se recosta na cadeira, cruzando as pernas e unindo as mãos pelas pontas dos dedos. Então percebe que está imitando a posição da mãe, um velho hábito que ele passou boa parte da vida tentando perder; Manny baixa as mãos, pousando-as sobre os joelhos. A mulher observa tudo, atenta, sem deixar nada passar despercebido.

— Estamos preparados para ceder em algumas coisas em termos financeiros, mas um fator chave da campanha de Brooklyn é conter as atitudes abusivas da polícia.

— Sim, claro. Os policiais de lá são quase tão ruins quanto os nossos. — Ela parece refletir por um momento. — Compilei alguns nomes, oficiais que podem ser dobrados. A Associação de Proteção Policial é uma causa perdida, como você provavelmente já deve ter percebido. Milam vê uma plataforma de direita como uma porta de entrada pra fazer lobby mais tarde, então vai continuar falando asneiras. Mas talvez seja possível cortar as asinhas dele; como você já notou, o filho dele é um ponto fraco. Ele extrapola na ganância e no racismo, e até Milam sabe disso. Coloque o garoto na forca e Milam vai comer na sua mão. Melhor ainda, acho que talvez a gente consiga o apoio do Sindicato de Policiais Negros. Eles não gostam muito de Milam.

É claro que ela adivinhou o que Manny precisava. É tudo o que pretendia pedir e ainda mais. Ele respira fundo.

— Quanto isso vai me custar?

Ela sorri.

— Você não parece estar feliz, Manny.

Com muito esforço, ele consegue manter uma expressão neutra.

— Vou ficar.

— Você é especial, querido. É um em um milhão. Ele sequer precisa de você? O tiro praticamente o acerta em cheio.

— Sim.

— Ele *sabe* que precisa de você? — Ela agita a mão em um gesto de frustração. — Pode ser que esse menino seja muitíssimo interessante. Tem que ser, já que foi escolhido por Nova York, e você jamais aceitaria ficar em segundo lugar enquanto um zé-ninguém...

— Mãe — diz Manny. Seu tom é firme. Como um alerta.

Ela olha para ele como se de repente estivesse compreendendo tudo.

— Não me diga que tá se apaixonando por ele.

Manny flexiona os dedos, lembrando-se de relaxar. Sua mãe não é mais tolerante a grosserias do que ele, mas tem algumas coisas sobre as quais não pode falar com ela. Essa é uma delas.

A expressão dela se suaviza antes de continuar:

— Então vou ficar verdadeiramente triste em pedir isso, mas ensinei você há muito tempo que só se troca um valor por um valor semelhante. A gente pode até considerar um financiamento extra. — Ela sorri, o que significa que o valor não vai ser nada modesto.

Manny cerra a mandíbula. Sua garganta dói.

— Não.

Ela se aproxima para tocar o joelho dele, como se para apaziguar o filho. Só piora tudo o fato de que ela parece genuinamente comovida pela dor que suas palavras estão prestes a causar. Manny puxou a crueldade — e empatia — da mãe.

— *Nós* precisamos de você, Manny. Sua família.

*Família nem sempre é de sangue.*

— É da minha vida que você tá falando.

— E você acabou de hipotecá-la. — O sorriso dela é gentil, mas brutal. Ela sabe exatamente o que está fazendo. — A Mulher de Branco também tá ativa em nosso território, enfraquecendo instituições importantes e debilitando o que deveria ser nossas defesas. Os sinais são muito claros. Se o mundo sobreviver à crise atual, vamos precisar estar tão fortes quanto possível quando nossa cidade ganhar vida.

Manny se obriga a relaxar antes que ela o censure por deixar a raiva transparecer.

— *Você* é a líder da família. Você deveria ser a primária.

— Pode até ser! Mas, por alguma razão, não acredito nisso. — Ela se inclina sobre a mesa. — Pra ficar claro: nós vamos dar tudo o que for preciso pra eleger Brooklyn e salvar a cidade. Em troca, você vai deixar Nova York. Vai voltar pra casa e assumir o papel pro qual sempre esteve destinado. Estamos de acordo?

Manny pensa no sorriso de Neek. Em como ele disfarça tristeza com indiferença. Tantas pessoas na vida de Neek o abandonaram — e agora Manny vai fazer o mesmo. Não foi à toa que ele se fechou para Manny.

Mas vale tudo no amor e na guerra multiversal.

Quando ele não responde, ela suspira, depois coloca o guardanapo sobre a mesa ao lado de uma nota de cinquenta para a garçonete. Os dois cappuccinos não custaram nem dez dólares, mesmo com impostos. Manny encara a conta enquanto a mãe se levanta e passa por ele. Ela se detém por um instante e pousa a mão em seu ombro — do lado oposto ao que foi tocado por Douglas.

— "Manhattan" combina com você, no fim das contas — diz ela. — Pelo menos recebeu a melhor parte de Nova York. Mas continuo achando que "Chicago" combina muito mais.

Manny continua sentado, parecendo anestesiado. Sua mãe espera, talvez na esperança de que ele diga mais alguma coisa; quando ele não o faz, porém, ela dá uma palmadinha no ombro do filho e vai embora, deixando-o sozinho com seu pesar.

# DESORDEM NO TRIBUNAL

O tribunal é estranhamente antisséptico. Brooklyn sempre espera que tribunais sejam imundos — e muitos são, especialmente em Nova York, onde os orçamentos para a limpeza são os primeiros a serem cortados quando o dinheiro aperta e os últimos a serem reestabelecidos quando a situação melhora. Sua expectativa, porém, não tem nada a ver com higiene. Cada tribunal é, em essência, um cenário de filme de terror onde propriedades são mais importantes do que vidas humanas e a justiça é mensurada em horas de trabalho. Brooklyn trocou a faculdade de direito pela política porque detestava frequentar tribunais. Odiava até mesmo as simulações de audiência quando estava na faculdade. Ela perdeu muitos amigos para lugares como este para ver a um tribunal de forma neutra — crianças mandadas de volta para pais abusivos, drogaditos presos quando, na verdade, precisavam de tratamento, pessoas inocentes ficando presas por anos graças a promotores ou policiais mentirosos. Ela percebeu que poderia fazer mais por seu distrito por meio de intervenções políticas e construindo sistemas de apoio para que as pessoas não tivessem de entrar em tribunais — que deveriam *feder*, caramba, como qualquer outro chiqueiro.

Este em particular, o edifício da Suprema Corte estadual no centro do Brooklyn, parece muito bem conservado na superfície. Piso de concreto polido, design robusto, "portas privativas" feitas de vidro transparente, plantas de plástico. Mas o lugar inteiro fede a produto de limpeza barato. Quando Brooklyn era criança e ajudava na administração dos sobrados do pai, Clyde Thomason gastava mais do que podia para comprar produtos de limpeza decentes, e também usavam muito vinagre puro.

— As pessoas percebem que um lugar é bem cuidado pelo cheiro — dizia o pai. — Se tiver cheiro de comida gostosa, de madeira boa, de tinta fresca, as pessoas vão querer morar nele. Se tiver cheiro de porcaria barata, ainda que esteja limpo, percebem que não tem afeto ali.

Há zero afeto neste tribunal, então. A Justiça é cega e cruel. Brooklyn vai precisar torcer para que ela esteja de seu lado hoje, pela primeira vez na vida.

(Ela tentou imaginar como é morar em R'lyeh. Até onde é possível imaginar uma vida naquele lugar, Brooklyn acha que pode ser algo parecido com este espaço. Plástico e resina por toda parte, paredes brancas e impecáveis, blocos de pedra implacáveis e o inescapável e tenebroso cheiro de desinfetante de pinho.)

— Fica calma — diz a advogada.

A sra. Allen é uma mulher absurdamente pequena; tem quase trinta centímetros a menos que Brooklyn, que tem cerca de um metro e oitenta, e provavelmente metade de seu peso. Brooklyn a contratou por recomendação de um colega vereador, que disse que Allen era tão cruel quanto o estereótipo de um pit bull. Particularmente, Brooklyn acha que Allen é meio... "demais"? A mulher parece ter levado para o pessoal as tentativas da Fundação Uma Nova York Melhor de tomar os sobrados *brownstones* de Brooklyn.

— Como eles se atrevem? — exclamava ela durante as reuniões. — É inaceitável. A gente vai levar isso até a última instância e não vamos aceitar não como resposta. Depois vamos *processar* os filhos da puta pra garantir que isso nunca mais aconteça.

Brooklyn também sente raiva, é claro. O fato de que duas propriedades quitadas e não hipotecadas possam simplesmente ser vendidas sem a ciência de seus proprietários é ridículo a ponto de ser kafkiano. A cidade nem tributou a Nova York Melhor pela venda. Tudo aconteceu em um piscar de olhos: bastou uma canetada e algumas alterações em uma planilha e de repente a família de Brooklyn estava recebendo um aviso de despejo de sua própria casa. Ela está sentindo o tipo de fúria que poderia deixá-la em maus lençóis, por isso precisa fingir estar plena em meio a tudo isso para evitar que alguém tire uma foto sua em um momento de frustração e espalhe pelas redes sociais a pintando como a "mulher negra raivosa". Ela gosta da energia de mulher branca de Allen de quem vai pedir para falar com o gerente, mas é difícil não ficar ressentida com sua liberdade para externar esses sentimentos.

Enfim.

— É difícil relaxar quando o trabalho de vida inteira do meu pai tá na guilhotina. — O que nem sequer é verdade: as propriedades de Brooklyn já foram vendidas; a lâmina da guilhotina desceu antes mesmo de ela se tornar uma cidade viva. Ela não pode culpar a Mulher de Branco ou seus lacaios; eles apenas se aproveitaram da incompetência preexistente da cidade. — Só quero conseguir tudo de volta.

— A boa notícia é que a gente agiu rápido — diz Allen, a fim de tranquilizar a cliente. — E você tá com sorte: a Nova York Melhor fez tudo dentro da lei. Essa é a principal razão pela qual os processos legais podem acabar ajudando seu caso.

Brooklyn sabe por que a Nova York Melhor fez tudo direitinho: negociações por baixo dos panos fazem parte da alma da cidade. Qualquer tipo de tramoia só serviria para fortalecer Nova York. Brooklyn poderia até mesmo ter conseguido consertar as coisas com o poder da cidade. Infelizmente, R'lyeh agiu com mestria: causou a Brooklyn um problema totalmente mundano enraizado em dinheiro e na desigualdade sistêmica — deixando as coisas muito mais difíceis de serem resolvidas.

O celular de Brooklyn vibra com uma mensagem de uma das pessoas de sua equipe. Aparentemente o senador Panfilo está planejando dar uma coletiva de imprensa em meia hora. Brooklyn responde que vai estar no tribunal, com o celular. Em seguida elas são chamadas, e chega a vez do caso de Brooklyn.

Ela fica desconfortável ao ver os assentos públicos cheios, mesmo que já esperasse isso. Afinal, é uma candidata à prefeitura cujo nome acaba de se espalhar pelo país graças ao marketing viral brilhante de Veneza. Ela no mínimo esperava que o *Post* estivesse presente, já que a situação toda é material perfeito para conteúdo difamatório. Mas muitas dessas pessoas não parecem ser da empresa: estão vestidas casualmente, em alguns casos tão casualmente que o oficial do tribunal não deveria tê-las deixado entrar. Há dois caras usando bermudas e bonés de beisebol, por exemplo, roupas que são contra o código de vestimenta do tribunal.

Mas Brooklyn não tem mais tempo para pensar sobre os espectadores, pois a audiência é iniciada.

Os primeiros dez minutos, mais ou menos, são dedicados a procedimentos padrão do tribunal. O juiz é um homem branco de meia-idade que parece estar muito cansado. Tiveram sorte em cair com ele; o juiz Crawford tem a reputação de jogar a favor dos donos de propriedades que foram lesados pela burocracia. No entanto, é muito severo com pessoas que tumultuam seu tribunal, por isso Brooklyn pediu ao pai que não comparecesse — Clyde Thomason nunca foi bom em controlar a própria raiva. Não seria impossível que começasse a gritar no meio do tribunal.

E lá está o advogado que representa a Fundação Uma Nova York Melhor. Brooklyn meio que espera ver a própria Mulher de Branco de terninho e cabelo preso em um coque, mas é só outro cara branco que, de tão jovem, parece ter acabado de se formar. Ele acena educadamente para Brooklyn quando percebe que está sendo observado, e não há maldade em seu olhar. Também não há gavinhas brancas em seu corpo; Brooklyn não vê uma delas há meses. Mas mesmo assim não consegue relaxar. Não dá para relaxar quando o assunto é R'lyeh.

A sra. Allen começa a apresentar o caso. Brooklyn e o pai são proprietários dos dois sobrados *brownstones* em questão, quitaram as propriedades anos atrás e investiram uma quantia substancial de capital próprio em ambos. O programa da cidade que foi usado para transferir a escritura para a Nova York Melhor era voltado para propriedades abandonadas ou negligenciadas; a propriedade dos Thomasons não atende a nenhum dos dois critérios. O pretexto usado para reivindicar as escrituras foi uma conta de água não paga — que na verdade foi paga, e Brooklyn tem os recibos para provar. Um equívoco da parte da cidade que devastou a família dela.

— Identificamos que esse equívoco faz parte de um padrão — conclui Allen. — Em centenas de casos, o programa classificou erroneamente como negligencia-das propriedades que pertencem esmagadoramente a nova-iorquinos não brancos, cidadãos da classe trabalhadora, idosos, deficientes ou alguma combinação das características mencionadas. Em muitos desses casos, as propriedades não podem ser devolvidas porque foram imediatamente vendidas pelos novos proprietários, e os donos originais não têm recursos para levar o assunto ao tribunal. Pra evi-tar que algo semelhante aconteça em seu caso, a sra. Thomason requisitou esta audiência pra revogar a decisão padrão no processo de execução hipotecária e restaurar seus direitos de propriedade.

É uma boa introdução. Depois é a vez da Nova York Melhor. O advogado, chamado sr. Vance, fica de pé. Ele não contesta que as escrituras dos Thomason foram transferidas por um equívoco. Entretanto...

— O programa foi criado a fim de beneficiar os menos favorecidos — explica ele. — Agora que a transferência da escritura foi finalizada, a venda dos imóveis vai ajudar a financiar nossa organização sem fins lucrativos. Me permitam expli-car como o dinheiro vai ser utilizado.

Ele começa a fazer uma lista das boas ações da Fundação Uma Nova York Melhor, começando com uma oferta de doação de vinte e três milhões de dólares para o Centro de Arte do Bronx. Brooklyn sabe muito bem que Bronca recusou a doação, mas a oferta ainda faz com que a Nova York Melhor pareça boazinha, assim como os outros "benefícios" listados por eles: demolição de prédios antigos em não conformidade com as normas públicas (deslocando centenas de famílias pobres), conversão de parquinhos "que funcionavam como local pra compra e venda de drogas" em centros comunitários (acabando com um espaço ao ar livre seguro para crianças e passando a cobrar mensalidades que muitos não podem pagar) e conversão de mercadinhos decrépitos em mercearias modernas (arruinando sistemas de apoio comunitário e inflacionando custos de alimentação). A venda das propriedades de Brooklyn poderia contribuir com tudo isso. Que maravilha.

Ela se inclina para sussurrar para a sra. Allen:

— Eles estão tentando fazer o que eu acho que estão tentando fazer?

Allen também está fingindo plenitude agora, mas não tira os olhos do juiz, o que significa que está apreensiva.

— Sim. "Que pena que a gente roubou a casa desse pessoal, mas vamos fazer coisas boas com os bens roubados!"

É uma tática que Brooklyn sabia ser possível, mas quais eram as chances? A associação está fazendo um apelo ao "bem público", algo semelhante à prerrogativa do domínio eminente — se a Nova York Melhor conseguir provar que o benefício para a sociedade é maior que os direitos de propriedade individual de Brooklyn, há uma chance de o juiz responder favoravelmente. Ela também observa o juiz, e fica nervosa ao ver um olhar pensativo em seu rosto.

Vance ainda está expondo seus argumentos quando um dos homens de bermuda e boné, um rapaz baixo e negro, ergue o celular e dá play em um vídeo. O volume está no máximo, e a voz do narrador — Panfilo — ecoa entre os presentes.

— Ei — reclama outra pessoa que ocupa os lugares públicos. — Tá maluco? Senta aí.

O Rapaz de Boné ignora a outra pessoa. Brooklyn não consegue entender o que ele está dizendo porque o juiz imediatamente pede ordem no tribunal com uma expressão severa.

Antes que o oficial de justiça possa pegar o celular ou pedir ao rapaz que se retire, outra pessoa, também ocupando um dos lugares públicos, fica de pé e ergue o próprio aparelho. Dessa vez é uma mulher branca, com cerca de sessenta anos e uma expressão obstinada. Seu celular, no entanto, é de um modelo mais antigo, e o volume mal se faz ouvir. Depois o rapaz de boné e bermuda branca faz a mesma coisa, mas é pior porque ele está segurando uma caixinha de som portátil conectada via Bluetooth, potente o suficiente para se tornar a coisa mais barulhenta na sala no mesmo instante. Agora a voz de Panfilo ressoa estrondosamente por todo o tribunal, mesmo enquanto o juiz Crawford bate seu martelo e ameaça prender a todos por desacato à corte.

A voz de Panfilo diz:

— Vamos levar Nova York ao topo de novo!

— Nova York no topo de novo! — gritam seis pessoas na área dos lugares públicos, dois deles se levantando um pouco depois.

— Ah, pelo amor de Deus, essa porra desses *Fardinhas* — resmunga outra pessoa.

Panfilo repete:

— Nova York no topo de novo!

Os Fardinhas no tribunal respondem como se estivessem na igreja; alguns erguem os punhos cerrados no ar.

— Nova York no topo de novo!

Brooklyn se levanta também, mas a sra. Allen a segura pelo braço e a puxa para baixo para que volte a sentar-se. De todas as pessoas ali presentes, Brooklyn é a que mais tem a perder se as coisas saírem de controle. Mas ela não está irritada e não se levantou para confrontar os Fardinhas, e sim em uma reação impensada à confusão — consegue sentir a cidade como um todo, mas especialmente este distrito, o distrito *dela,* estremecer com as palavras de Panfilo. Panfilo e seus seguidores repetem a frase mais uma vez, como um mantra, como participantes de uma seita, todos com o rosto completamente inexpressivo.

É quando as luzes se apagam.

Apesar da reputação da cidade, apagões são muito raros em Nova York. Acontecem principalmente no verão, quando muitas pessoas ligam o ar-condicionado para aguentar as ondas brutais de calor, mas isso não deveria estar acontecendo em um dia frio de outono. Brooklyn imediatamente compreende a razão da queda de energia, porém, porque este é também o momento em que o Brooklyn — não a mulher, não o distrito, mas a entidade metafísica viva — morre.

*Morrer* não é bem a palavra. Foi o termo que Padmini usou ao contar aos outros o que aconteceu no Queens, mas para Brooklyn parece que o distrito faz o oposto de morrer; de alguma forma, ele parece... *não nascido*. Ela sente a mesma coisa que sentia nos dias que antecederam o despertar da cidade — energia acumulada, a sensação de estar hiperalerta, ouvindo sussurros em momentos em que Brooklyn, na época, se pegava pensando em vidas que não eram suas e locais que nunca havia visitado, vivenciando traumas e triunfos desconhecidos. Voltar para isso de repente, depois de meses vivendo a cidade de maneira vibrante e consciente, foi como se ela estivesse novamente grávida da filha mesmo quinze anos após o nascimento de Jojo. A sensação não é exatamente ruim, mas parece terrivelmente errada.

Será que ela vai voltar à vida? Foi o que aconteceu no caso de Padmini, mas Brooklyn se xinga mentalmente por não ter ouvido Padmini direito sobre o que causou a mudança ou o que exatamente ela fez para acelerar a reversão. Brooklyn não perguntou por que, em certo nível, ficou intrigada com a ideia. Ela já desejou se livrar do fardo da cidade, não tem como negar. Sua família já tem muito com que se preocupar, e ela está sempre ocupada. Mas isso é horrível. Não. Ela quer o Brooklyn de volta o mais rápido possível.

Problema: durante o apagão — que dura apenas alguns segundos, mas cala os apoiadores de Panfilo quando seus celulares e alto-falantes ficam em silêncio — Brooklyn ouve o adversário, sr. Vance, dar um grito sufocado, como se estivesse asfixiando.

As luzes voltam. Todos suspiram, aliviados, exceto os fãs de Panfilo que resmungam em frustração. O juiz também parece aliviado, tanto pelo fim do mantra quanto pelo retorno da energia. Brooklyn olha para Vance, e seu corpo inteiro trava em horror.

Padmini também mencionou isso: uma coisa parecida com um cabo óptico descendo do céu. O cabo entra por uma janela próxima e parece ter perfurado o vidro sem quebrá-lo, já que sua existência é insubstancial neste plano. Sua extremidade está presa firmemente à nuca do sr. Vance.

De alguma forma, o fato de ninguém conseguir ver a coisa torna tudo mais horripilante. É *um treco* longo e de aparência muscular, como um verme feito de tumores entrelaçados, serpenteando de maneira orgânica e repulsiva pelo chão. A extremidade presa ao sr. Vance se abre como uma flor no que parecem pétalas de carne; ela se flexiona e se mexe em meio ao cabelo do sr. Vance, mas continua fixa a sua cabeça como se presa por uma ventosa. Vance está imóvel e tem uma expressão vidrada no rosto. Embora esteja trabalhando para as pessoas que roubaram a casa de Brooklyn, ela sente um impulso de ajudar o homem. Ninguém merece passar por isso.

Mas ela não é mais detentora do poder da cidade. Não há nada que possa fazer a não ser encarar o advogado, impotente.

— Apreendam os telefones e as caixas de som — ordena o juiz aos oficiais de justiça, apontando para os Fardinhas. — Ou prenda essas pessoas, o que for. Não vou tolerar mais tumulto.

Um dos rapazes de bermuda protesta.

— O senhor não pode fazer isso, eu conheço meus direitos constitucionais...

O oficial agarra o celular e o rapaz arfa, surpreso, tentando recuperar o aparelho. Então, como um alerta, o oficial pousa a mão sobre o cinto do uniforme, onde há abraçadeiras de plástico.

— Você não tem o direito constitucional de tumultuar meu tribunal — diz Crawford, taxativo. Em seguida, desviando o olhar do homem, ele se concentra em Vance. — Conclua depressa, por favor, antes que tenhamos mais interrupções.

— Maravilha! — diz Vance, abrindo um sorriso enorme. Brooklyn sente um calafrio. Ela conhece essa expressão maníaca. — Bom, vocês já sabem a moral da história. A propriedade é nossa. A gente pegou porque podia e porque vocês não dão a mínima se alguns dos seus cidadãos mais produtivos forem colocados pra correr da cidade. Se não fosse pela injunção, a gente já teria vendido tudo e investido o dinheiro em algo que fosse ajudar a destruir Nova York. — Então ele (embora esse já não seja Vance) parece se lembrar de que precisa ter um argumento. — Caridade! Descobri que a destruição da cidade pode contar como uma obra de caridade. É tipo matar milhões de pessoas ao mesmo tempo em um ato de piedade. Vamos fazer um bem inestimável às vidas do multiverso quando este mundo em especial desaparecer de vez. Agora podemos ir?

Crawford olha para Vance/a Mulher, confuso.

— O senhor está se sentindo bem?

— Um pouco quebradiço, mas, no geral, delicioso, meritíssimo. Obrigado por perguntar. — Então Vance/a Mulher se vira, sorrindo para Brooklyn. O advogado tem um rosto longo e estreito, o que torna seu sorriso cheio de dentes ainda mais assustador. — Vejo que você também, minha querida. Estou vendo que não tem mais o poder irritante da cidade para se manter longe de mim, não é? A gente deveria fazer algo a respeito disso.

Subitamente, os Fardinhas presentes param de discutir com os oficiais de justiça e ficam calados. Então, como se fossem um, viram a cabeça, sorridentes, e se focam em Brooklyn. Atrás deles, Brooklyn percebe que tem algo acontecendo com o cabo branco: agora há um grande calombo descendo por seu comprimento. Nesse momento ela se lembra de *O Pequeno Príncipe*, um livro infantil bonitinho que ela achava inexplicavelmente perturbador quando criança porque crianças muitas vezes se assustam com coisas inexplicáveis. Um certo trecho da história retrata um elefante dentro de uma cobra em um processo lento de digestão... e agora, o que parece ser um elefante bebê está se movendo através do cabo da Mulher, rastejando determinado em direção à cabeça de Vance. O que é isso? O que vai acontecer quando chegar nele? Brooklyn tem medo de descobrir.

Ela pega o celular meio em pânico, com a vaga intenção de usar sua playlist "Noite das Meninas". No entanto, o aparelho ainda está no demorado processo de reinício após ter sido desligado — porque esse não foi um apagão comum, é claro — e o pior: o celular está misteriosamente "gelado" ao toque. A música funciona como uma arma para Brooklyn porque ela filtra e direciona o poder da cidade através das melodias; sem ele, no entanto, uma música é só uma música. Pela primeira vez na vida de Brooklyn, a música não pode ajudá-la.

A sala de audiências está imersa em caos. Várias pessoas que estão na área de lugares públicos — que aparentemente incluiu apoiadores de Brooklyn — estão gritando, de pé, com os apoiadores de Panfilo, que continuam imóveis como se em transe. Alguns dos jornalistas pegam celulares ou equipamentos de áudio e começaram a gravar. Excelente.

Allen se levanta.

— O advogado adversário está *ameaçando* minha cliente, meritíssimo.

Crawford esfrega os olhos como se estivesse tentando acordar. O oficial de justiça tenta segurar e sacudir o rapaz de boné e bermuda mais próximo, mas ele não se move nem quando o oficial o puxa com toda sua força. Ele *deveria* se mover, já que o oficial parece ter pelo menos cinquenta quilos a mais que ele... mas as leis da física em vigor neste momento não são cem por cento terrestres. Não mais.

O caroço em movimento dentro do tentáculo está quase alcançando a cabeça de Vance.

Brooklyn segura o braço da sra. Allen.

— A gente precisa sair daqui. Não é seguro.

Talvez o juiz ouça, talvez não, dado que há pessoas gritando e celulares tocando à medida que voltam a ligar. Brooklyn não consegue entender por que Crawford ainda não declarou recesso.

De repente, ele a surpreende.

— Basta — vocifera o juiz. Ele fica de pé em um movimento ágil, parecendo *furioso* e levantando a voz para ser ouvido em meio à algazarra. — Não. Vocês querem perturbar meu tribunal por causa da política? Acham que se gritarem o suficiente vão conseguir que as coisas sejam do seu jeito? Bando de crianças mimadas. *De jeito nenhum.* — Ele bate o martelo no suporte de madeira. — O tribunal decide a favor do peticionário. Todas as taxas de transferência de escrituras serão cobertas pela Fundação Uma Nova...

Aplausos dispersos irrompem no tribunal, vindo daqueles que compreendem jargões legais o suficiente para perceber que Brooklyn venceu. Mas, no mesmo instante, a massa em movimento alcança a nuca de Vance. Ele geme e revira os olhos, abrindo — *cada vez mais* — a boca. Horrorizada, Brooklyn percebe que sua mandíbula se desprendeu, esticando-se como a de uma cobra enquanto as laterais da boca começam a se rasgar. Por Deus. Brooklyn está torcendo para que ele não esteja sentindo dor neste momento. Mas muito pior do que a distorção física do pobre sr. Vance é o fato de que há algo obstruindo a parte de trás de sua garganta, subindo por sua faringe. Não é vômito nem nada líquido, e definitivamente não é um elefante... mas parece ser feito de alguma substância esbranquiçada. A coisa sobe até tocar os dentes de Vance por dentro, vertendo para fora como uma massa maligna que vai dobrando de tamanho...

Crawford aponta o martelo para Vance, como se seu gorgolejar desesperado fosse na verdade algum tipo de protesto.

— Conversa encerrada, advogado. Se não gosta da forma como encerrei este caso, pode abrir uma reclamação ou culpar o senador Panfilo por me irritar. Mas acha que podem fazer esse tipo de coisa *no meu* tribunal? "Não. Nem pensar. Não vim aqui para brincar."

Ele bate o martelo outra vez.

Brooklyn-a-mulher tem um segundo para se perguntar de onde conhece essa frase... mas Brooklyn-o-distrito volta à vida. A explosão de "cidadice" jorra do martelo com a intensidade de uma explosão nuclear. A energia da cidade chega até o oficial de justiça, que ganha força para imobilizar o rapaz de bermuda. Também chega até Vance com a força de uma marretada, arremessando a massa crescente de sei lá o quê de volta para dentro da boca do homem e depois cabo alienígena afora. O advogado bambeia, apoiando-se quando a gavinha presa em sua nuca guincha e se solta, debatendo-se depressa enquanto recua rumo à janela. No entanto, o calombo misterioso faz com que o tentáculo se mova devagar, e ele não consegue escapar antes de ser atingido pela onda-Brooklyn. Para a profunda satisfação de Brooklyn, o poder da cidade chamusca e depois desintegra tanto o tentáculo quanto o calombo. Em menos de um segundo não resta nada além de cinzas, e, um segundo depois, até isso desaparece.

Allen pousa uma mão no braço de Brooklyn.

— Você tá bem? — pergunta ela, com um olhar curioso no rosto. — Sei que esse provavelmente é um momento emocionante, mas não imaginei que você ficaria perdida em pensamentos logo agora.

Atrás dela, o oficial de justiça prendeu o rapaz de bermuda com uma abraçadeira e o entregou ao outro oficial que veio à sala para ajudar. O outro rapaz de boné e bermuda, desta vez branca, pergunta em voz alta por que seu amigo foi preso; o primeiro oficial o encara, claramente contemplando a possibilidade de prendê-lo também. Alguns dos apoiadores de Panfilo tentam reavivar o mantra sem grande convicção, mas seus celulares estão mudos por alguma razão. Sem o som de fundo, começam a parecer envergonhados e acabam caindo no silêncio. O caos ainda reina, mas aos poucos perde a intensidade.

Brooklyn enfim processa o que Allen disse.

— Meu Deus. A gente ganhou?

Allen ri. É o melhor som que Brooklyn ouve em um bom tempo.

E é isso. Os Fardinhas se reúnem em torno dos oficiais, esperneando e gritando que querem falar com o gerente do tribunal. Se continuarem daquele jeito, provavelmente vão acabar sendo levados em grupo. O pobre sr. Vance desaba na cadeira; sua boca voltou ao normal, mas ele parece exausto e esfrega a mandíbula como se ela doesse. Brooklyn passa por ele ao sair, parando para analisar seu rosto — mas voltou a ser só um homem.

— Você tá bem? — pergunta ela, só por via das dúvidas.

Ele pestaneja, surpreso, depois assente devagar.

— Obrigado. Mas você não deveria estar falando comigo, sra. Thomason...

— Sim, eu sei. É que você parecia prestes a desmaiar. Se cuida. — Ela recua um passo para mostrar que respeita os limites do protocolo.

Crawford se prepara para ir embora, mas faz uma pausa quando Brooklyn passa por ele. Brooklyn acena, mais aliviada do que ele jamais poderia imaginar; se não fosse por seu temperamento explosivo e sua irreverência nova-iorquina, ela não faz ideia do que teria acontecido.

Então, Brooklyn enfim se lembra da frase citada por ele no fim do veredicto. "Não, nem pensar, não vim aqui...". Meu Deus. É um trecho de uma de *suas* músicas, um dos últimos hits de MC Free, "Nem pensar". Ela esqueceu da própria música; aparentemente, Brooklyn realmente está ficando velha.

— Tenha uma boa tarde, sra. Thomason — diz Crawford (para a surpresa de Brooklyn, já que ele também não deveria falar com ela).

Depois dá uma olhada para o sr. Vance para ter certeza de que ele não está ouvindo antes de dar uma piscadinha para ela.

— Sou seu fã.

# BAGEL, CONHEÇA A BAGUETTE

No segundo encontro com Marina, Bronca começa a pensar que ela talvez seja sua cara-metade.

Porque tudo que poderia dar errado com o encontro dá — e, em toda sua experiência de relacionamentos anteriores, Bronca só teve um azar como este quando encontrou alguém que valia a pena. Primeiro, ela se atrapalha com o horário. Elas iam se encontrar no cinema Angelika, na Houston, para assistir a um filme artístico de cujo nome Bronca não consegue se lembrar. O filme tem lésbicas e elas não morrem no final; essa por si só é uma experiência tão inédita para ela que é tudo de que precisa para se divertir. Mas ela se esquece de que o filme começa às nove, e não às oito, apesar de se lembrar do combinado das duas de chegar com uma hora de antecedência para poder conversar e, quem sabe, comer alguma coisinha. Como resultado, Bronca acaba sentada sozinha no lobby do cinema depois de ter chegado *duas* horas mais cedo. E isso é muito mais tempo do que gosta de passar sozinha, sem fazer nada.

Mas enquanto ela olha pela janela do cinema, tentando (sem sucesso) não pensar nas últimas asneiras da diretoria e nos telefonemas que precisa fazer para a campanha de Brooklyn e nas fotos de seu novo neto que seu filho acabou de enviar e — Ah! É mesmo! — na morte iminente do universo, ela vê outra mulher se aproximando pelo reflexo do espelho. Não é Marina, que ainda está a caminho depois de Bronca ter timidamente confessado sua gafe com os horários. A mulher que Bronca vê é baixa e extremamente magra; seu porte físico é delicado, e seu cabelo escuro ondulado emoldura seu rosto bronzeado. Ela está vestida de maneira muito elegante, com uma saia de camurça marrom, um cropped e meias listradas, quem diria; por cima de tudo, usa um cardigã longo de cetim laranja. De alguma forma, o look está incrível. Pode ser que ela seja modelo; está muito bem-vestida para estar indo ao cinema. Se bem que ali, quase chegando ao SoHo, esse negócio de "estar bem-vestido demais" não existe. Mas o que mais chama a atenção na mulher é o fato de ela parecer profundamente descontente em estar nesse lugar com cheiro de pipoca e carpete desgastado, apesar de o Angelika ser um dos cinemas mais bonitos da cidade. Ela é muito superior a esse lugar, é o que sua expressão diz. Na verdade, ela é superior a Nova York inteira.

Quando se senta no sofá em frente a Bronca, o peso metafísico do universo se desloca à medida que dois grandes poços de gravidade se aproximam. A percepção de Bronca oscila por um momento e, de repente, ela se vê sentada diante de *cortiços lotados e ossuários antigos, sentindo o cheiro da fumaça dos cigarros e dos incêndios de protesto combinado ao aroma de ervas finas de Provença e de camadas de* mille-feuille...

Bronca pisca. A mulher cruza as pernas. A meia listrada ficaria ridícula em qualquer outra pessoa, mas nela fica sensacional. É claro.

— Paris — diz Bronca.

A mulher revira os olhos.

— *Olá* — diz ela em tom áspero, praticamente sem nenhum sotaque francês. — Prazer em conhecê-la. Sim, claro que sou Paris, quem mais você imaginou que seria enviado para explicar as coisas pra você? Claramente, essa é minha triste sina. Você é Nova York.

Bronca leva um segundo para decidir se vai ou não comprar briga com ela e acaba decidindo ser cortês, ainda que sem grandes amabilidades.

— Sou um *distrito* de Nova York, mais especificamente o Bronx. Se quiser conhecer nosso primário...

— Não quero saber como vocês chamam seus *arrondissements* por aqui. Vim falar com você porque foi quem encontrei com mais facilidade. Além disso, me disseram que você foi a única que recebeu o léxico que criamos a fim de educar vocês, mais jovens, e não quero ficar me explicando. Então você vai servir.

É. Não vai rolar.

— Sim, acho que eu vou servir — responde Bronca devagar, como se estivesse falando com uma criança, para contrastar com o discurso acelerado da outra mulher. — Porque se você chegar a qualquer outra parte da cidade com essa atitude, provavelmente vai levar um soco na boca. Mas tô só *pensando* nisso. Sou avó agora. Preciso dar um bom exemplo.

Paris parece desconcertada. Ela respira fundo.

— Peço desculpas — diz ela. — Todo mundo aqui é muito grosseiro comigo. É difícil não responder à altura.

O pedido de desculpa acaba ajudando. Bronca entende o lado dela; os nova-iorquinos também não lidam bem com a situação quando pessoas desrespeitam seus costumes de interação, mesmo que esse costume seja ir direto ao ponto e não perder tempo com conversa-fiada.

— É. Enfim. Quando em Roma, faça como os romanos. Mas tudo bem. Olá, Paris, prazer em conhecer você. Como posso te ajudar?

Paris relaxa, apesar de cruzar e descruzar as pernas de um jeito que Bronca interpreta como nervosismo. Talvez não seja isso. Talvez a encarnação viva de uma das mais antigas cidades da Europa tenha a síndrome das pernas inquietas, ou talvez seja assim que canaliza a energia do Tour de France ou de um campeonato da UEFA. Que seja.

— Marcamos uma data pra próxima Cúpula — diz Paris, ajeitando a saia. — Vai ser na sexta-feira ao meio-dia, no seu fuso horário, na ilha de...

Bronca já está balançando a cabeça.

— Sexta-feira? Hoje é *terça*. E um de nós tem que arranjar uma babá...

— Vocês é que pediram pra que a reunião fosse marcada quanto antes — responde Paris, parecendo irritada.

— Sim, *porque o mundo inteiro vai morrer* e a gente imaginou que vocês *ficariam preocupados* com isso...

— Imagine a dificuldade de organizar reuniões com várias pessoas que já estão no quarto ou quinto *milênio* de vida. Normalmente não permitimos que novas cidades falem com a Cúpula antes de completarem cem anos porque ainda não entendem o peso que isso representa pro resto de nós. Pelo amor de Deus, Luoyang só se mostrou disposto a viajar de trem nos anos cinquenta. Não dá um macropasso sequer além dos limites da cidade dele. É um pesadelo.

Bronca tem muitas perguntas. Tantas que fica difícil se concentrar em sua raiva.

— Vocês enrolaram a gente por semanas, então não sei que diferença vai fazer nos darem mais alguns dias. Eu vi sua estrela despencar dos galhos da árvore como a nossa, mas Padmini, o Queens, diz que a gente tem algumas semanas antes de as coisas ficarem muito feias. E se as mais velhas não puderem comparecer à reunião, estamos dispostos a ir até elas...

Paris solta um suspiro longo e impaciente, embora não pareça pessoal dessa vez.

— Você não tá entendendo. Vários de nós *estão em negação* — diz ela em um tom amargo. — Eu achava que só os americanos conseguiam ser tão egoístas e autodestrutivos em uma emergência assim, mas suponho que seja uma falha humana.

— *Negação?* — Bronca não acredita no que está ouvindo. — Eles não estão vendo o que tá acontecendo? Eles não têm dado uma olhada na árvore ultimamente? Acham que a sensação de queda é só um ventinho?

— Eu não sei o que eles pensam de fato, mas o que eles dizem *pra mim* é que culpam Nova York por causar o problema e querem que vocês sejam punidos.

Bronca é pega de surpresa.

— Mas que *porra...*

Paris ergue a mão.

— Por favor. Só vim transmitir a mensagem. — Ela recruza as pernas e olha pela janela que dá para a rua. — De qualquer forma, deduzo que você ou algum representante de Nova York vai estar lá, certo?

Bronca ainda está tentando processar a ideia de... como podem ser chamados? Negacionistas multiversais?

— Aham. Pode ser que todo mundo vá, mas preciso antes falar com eles. E com o Paulo.

— Que democrático. Mas suponho que não têm escolha, já que são tantos.

— As outras cidades divididas fazem as coisas de forma diferente?

— Cada cidade faz as coisas de seu próprio jeito. Embora vocês, Nova York, não sejam o único nascimento múltiplo, isso não aconteceu nos últimos séculos. Alguns tinham começado a acreditar que não aconteceria mais. Mas estamos sentindo certa agitação de várias outras cidades no hemisfério que nos leva a acreditar que vamos ter muitos outros nascimentos múltiplos. Isso também tem aborrecido os que são resistentes a mudança, tudo tá mudando *demais* e muito de uma vez. E não se esqueçam que alguns ainda estão de luto. O colonialismo foi pra nós um acontecimento de mortes em massa, e pras cidades mais velhas não foi há tanto tempo assim. — Paris suspira e ajeita a postura. — Mas isso não importa. Com relação à Cúpula, simplesmente quero que vocês compreendam o que vão enfrentar. A descoberta recente de que o Inimigo nos enganou por milhares de anos, a constante instabilidade da cidade de vocês, esta queda multiversal que a gente não conseguiu impedir... Os queixosos querem que tudo isso se resolva de uma vez. Eles não podem deter o Inimigo, mas podem atacar vocês. Por mais errado que seja, não é compreensível?

— É, é sim — responde Bronca, tentando não pensar nas próprias frustrações com a mudança rápida da tecnologia, da militância e de todos os outros aspectos da vida.

Veneza algumas vezes a chama de ludista e Bronca sente um orgulho secreto do título... mas de repente percebe que vai ter que deixar isso para trás. Do contrário, supondo que eles sobrevivam às próximas semanas, ela pode acabar como uma mulher de mil anos de idade ainda furiosa com o desaparecimento dos telefones fixos.

— Mas eles atacarem a gente e o resto de vocês continuar dando corda pra essa palhaçada não vai salvar ninguém. Temos que resolver o problema — afirma. Paris inclina a cabeça em um gesto que Bronca tem a impressão de ser reativo, mas ela tenta lembrar a si mesma que a linguagem corporal varia de nação para nação. — Tem alguma sugestão?

— Sim, acho que a gente precisa se livrar de... — Bronca não diz o nome; em vez disso, faz um gesto com a cabeça para indicar que está se referindo a R'lyeh. — Nós a expulsamos da maior parte do território da cidade quando acordamos nosso primário, mas, antes disso, ela grudou em um dos nossos. Se a gente conseguir quebrar esse laço de alguma forma...

— Sim. E como um de vocês não se conectou com as outras Nova Yorks, tornando a cidade vulnerável dessa maneira? Isso é o que os outros vão perguntar, quero só preparar vocês.

Bronca sente uma veia começar a pular na testa.

— Em parte, isso faz parte da natureza de Nova York; a relação daquele bairro com o resto da cidade sempre foi... hum... polêmica. Mas aconteceu principalmente porque no começo a gente não tinha ideia do que estava acontecendo. Não culpem as cidades que vieram pra nos ajudar, São Paulo e Hong Kong; elas não sabiam mais do que o resto de vocês. Então é hora de todos nós acordarmos e começarmos a tentar nos adaptar ao admirável mundo novo no qual estamos presos.

Paris começa a massagear a têmpora.

— Eu concordo com você. Mas sua... natureza propensa ao confronto... não vai se dar bem com as cidades mais rabugentas.

— E daí? Não tenho filho desse tamanho — retruca Bronca, balançando a cabeça. — Você mesma disse: Nova York é grosseira. A gente pode dar a roupa do corpo pra você, o último passe do metrô se você estiver perdido, mas se apontarem o dedo pra nossa cara e nos acusarem de algo que não é nossa culpa, qualquer um de nós vai perder a cabeça. Exceto, talvez, Manhattan. Ele é educado demais pra se exaltar. Mas é possível que ele muito educadamente corte sua garganta.

Para a surpresa de Bronca, Paris acha graça.

— Eu respeito um assassino honesto. Mas se o perigo é causado pela conexão com o antigo pedaço de Nova York... — Ela faz uma pausa dramática. — Tem só meio milhão de pessoas nessa tal de Staten Island.

Bronca balança a cabeça. Ela sabe que alguns dos outros — Manhattan, com certeza — consideraram matar o avatar de Staten Island como uma solução para o problema. No entanto, ela não consegue não sentir que essa é uma maneira muito colonizadora de se resolver as coisas. Meio milhão de pessoas ainda *são pessoas*. A solução mais fácil nem sempre é a melhor. Ela ficou com muito orgulho de Veneza por ela tentar falar com Aislyn outra vez, mesmo que a tentativa tenha falhado.

Mas Bronca decide descartar o plano de assassinato de Paris por outra razão.

— A gente nem sabe se isso daria certo — diz Bronca. — Recentemente, um de nós tentou falar com o avatar de Staten Island pra convencê-la a voltar pra nós. R... *Ela* as atacou, mesmo sabendo que poderia ter facilmente matado Staten Island também. Ela teria feito isso se matar o avatar ameaçasse seu alicerce?

Talvez simplesmente esteja apenas presa a este mundo agora, como velcro, com Staten Island ou não.

— Então...?

— A única coisa que a gente ainda não tentou é um ataque direto.

Bronca estica as pernas, começando a ficar tensa com toda essa conversa de guerra. Ela olha para os pés e os imagina com os sapatos de bico de ferro no lugar do Converse confortável que está usando.

— Nós já batemos de frente com ela com toda nossa força quando conseguimos nosso primário de volta e unimos nosso poder ao dele, mas por causa de Staten Island isso não foi suficiente para afastá-la. Mas se a gente tivesse a ajuda de outras cidades... — Eles não sabem se daria certo, mas ela estende as mãos. — Seria melhor do que ficar choramingando.

Paris concorda com a cabeça.

— Concordo. Bem... Apareçam e tentem convencer os outros disso, e aí a gente vê como podemos ajudar.

Ela se levanta, desamassando um amarrotado imaginário em sua saia.

— E fala pro Manhattan não visitar mais nenhuma cidade antes da Cúpula. Algumas das cidades mais difíceis... — Ela faz uma careta. — A situação é delicada. Tenha o máximo de cuidado possível.

Bronca revira os olhos.

— Moça, a gente é Nova York. Mas tudo bem, vou transmitir esse recado também.

Bronca está de saco cheio disso. Está cansada de ter que passar tanto tempo impedindo que pessoas idiotas e egoístas destruam a si mesmas e aos outros ao redor. Ela esfrega os olhos e suspira.

— Mas e aí? Onde vai ser essa reunião?

— Em uma ilha perto da foz do Mediterrâneo. Tem um anfiteatro em meio às ruínas; esse tem sido nosso lugar tradicional de encontro há uns séculos. Nós vamos enviar o... convite.

A pausa na fala de Paris deixa claro para Bronca que isso tem algo a ver com a magia da cidade e não se trata de um cartão impresso e extravagante a ser recebido pelo correio. Talvez a ilha seja tão pequena que o macropasso seja a única maneira de chegar lá ou algo assim.

Mas espera aí.

— Tá falando dos Açores?

Paris sorri quase como se fosse para si mesma.

— Nós damos às novas cidades todo o conhecimento do qual necessitam, mas vocês ainda precisam de tempo pra deixar pra trás os velhos modos de pensar, não é? Você conhece a ilha. Quero dizer, a gente tomou o cuidado de colocar o nome dela no léxico do conhecimento, mas não é um lugar acessível deste mundo. Ela nunca existiu aqui.

Ih, caramba.

— Você tá falando de *Atlântida* — exclama Bronca. Ela contou aos outros Nova Yorks sobre como uma cidade pode falhar de maneira tão colossal a ponto de ser apagada da realidade, resumida a uma lenda e nada mais. — Pensei que Atlântida estivesse *morta*. Não sabia que ainda dava pra ir até lá.

— Sim, ela tá morta. Mas, quando uma cidade morre, algo sempre fica pra trás. — Paris sorri, e sua expressão tem um toque surpreendentemente agridoce.

Será que conhecia o avatar de Atlântida? Talvez não seja isso. Talvez apenas tenha idade suficiente para ter visto muitas cidades morrerem. Com o tempo, uma tragédia acaba se fundindo com outras. Bronca entende.

Então, por respeito ao luto nítido de Paris (inclusive a parte que não deixa transparecer, porque sempre há algo além da superfície), Bronca respira fundo e fica um instante em silêncio antes de voltar a falar.

— Tudo bem. Nós estaremos lá. Obrigada pelo aviso.

Paris parece surpresa, como se não esperasse que Bronca fosse do tipo que agradece. Bronca decide ignorar a reação, dadas as circunstâncias. Depois, Paris fica de pé e vai até a janela, observando a cidade lá fora. Quando seu olhar alcança a direção de Staten Island, ela arregala os olhos.

— Meu Deus.

R'lyeh.

— É, pois é — diz Bronca.

É uma cena impressionante, de certa forma: uma cidade resplandecente nas nuvens. De longe, parece algo vindo de um conto de fadas, não a marreta prestes a destruir tudo o que encontrar pela frente.

Paris balança a cabeça.

— Preciso me lembrar de que isso, toda essa loucura que é tão repentina e bizarra pra nós, é tudo o que vocês conhecem. Vocês nunca viveram nada diferente desde que se tornaram um de nós — murmura ela para si mesma. — Uma cidade nova, nascida em meio à guerra. É muito cruel. Vou fazer o que puder pra que as coisas sejam mais fáceis pra vocês.

Com isso, ela acena com a cabeça para Bronca e vai em direção ao banheiro. Por um segundo, Bronca cogita avisar que os banheiros da Angelika são terríveis. Mas Paris desaparece atrás de uma coluna e não sai do outro lado, então tudo bem.

E lá vem Marina, a latina de meia-idade com o sorriso mais doce que Bronca já viu, espantando o clima ruim apenas com sua presença.

— Oi, adiantadinha — diz ela, sentando-se onde Paris estava até poucos minutos antes. — Parece que você acabou de ver uma assombração.

Bronca ri. Em seguida, por impulso, ela se levanta e fica de frente para o banco de Marina, curvando-se para beijar sua testa. É um ângulo muito estranho, e as coisas ainda são muito recentes entre elas, do contrário o beijo teria sido na boca. Mas, para a surpresa de Bronca, quando ela começa a se endireitar, Marina estende o braço e a segura pela camisa. Puxa Bronca para baixo, inclina o rosto para cima, e... Ah. Se é assim...

— Não, nenhuma assombração — diz Bronca, sorrindo. — Só o futuro.

— Que se dane o futuro — responde Marina. — O mundo vai acabar mesmo. Vamos aproveitar o dia como se fosse o último.

Bronca olha para ela e pensa: *Quer se casar comigo?*

*Vai com calma aí, Dona Juana do Bronx,* brinca a Veneza que mora dentro de sua mente. E, tudo bem, Bronca vai com calma, mas mesmo assim. Quando a gente sabe, a gente sabe. E, por mais que as coisas estejam ruins, há sempre a chance de que elas melhorem. Só é preciso seguir em frente.

Então Bronca senta-se e, apesar da destruição transdimensional apocalíptica que se aproxima, aproveita o resto de seu encontro.

# A PIZZA DA ANGÚSTIA EXISTENCIAL

Aislyn está sentada em seu quarto, inquieta, enquanto a mãe fala sem parar sobre lealdade.

O que ela está dizendo não importa porque Aislyn parou de ouvir vinte minutos atrás. Ela não está irritada com a mãe porque essa falando não é Kendra Houlihan; na nuca de Kendra, espreitando por cima de seu ombro, há uma das gavinhas delicadas e quase transparentes que a Mulher de Branco chama de "guias". Um nome tão inofensivo! Depois de usar uma durante três meses e enfim se libertar de sua influência, Aislyn passou a usar um termo mais adequado para elas: *cabrestos*.

O problema é que ela nem sequer acha que a Mulher tinha a intenção de enganá-la com as guias. Tecnicamente falando, o termo não é equivocado. Um cabresto guia, não é? O fato de que também *controlam* é apenas uma coincidência.

*Bom, eu não sou um animal,* pensa Aislyn. Mas se tiver de ouvir mais uma palavra forçada saindo da boca da mãe vai começar a rosnar.

— Vou sair — diz ela, ficando de pé no meio de uma frase.

— Mas se você parar para pensar... O quê? Ah. — Kendra faz uma pausa.

Depois seu rosto se ilumina, e por um momento é quase como se ela estivesse de volta ao seu eu verdadeiro. É quase como se fosse outra vez a mãe que Aislyn ama e de quem sente muita saudade. Mas não passa de uma armadilha.

— Vai voltar pra balsa? Você quase conseguiu da última vez...

— Não — retruca Aislyn, respondendo tanto para a mãe quanto para a entidade que um dia considerou sua amiga. — Não vou tentar ir embora outra vez. Só preciso de um pouco de espaço pra *pensar*, tá bom? Posso fazer pelo menos isso?

A mãe fica séria.

— O pensamento humano sempre acaba trazendo confusão — reflete ela. — Ele se afasta com muita facilidade de uma resolução simples pra um problema... É *criativo demais* pro próprio bem... Mas tudo bem. Você volta pra jantar?

— Não — diz Aislyn, por impulso. Ela pega a jaqueta e as chaves. — Não precisa me esperar.

A mãe não diz mais nada, e Aislyn sai de casa.

Aislyn fica um tempo dirigindo pela ilha. É uma das coisas que tem feito para espairecer desde que comprou um carro. Pensando bem, ela acha que é uma das coisas que fizeram dela um bom avatar para o distrito, uma vez que definitivamente já conhece cada uma de suas esquinas. Ela parou em todos os lugares bonitos mais populares — a lagoa O'Donovan e a Fonte dos Golfinhos, o parque Great Kills — e também em alguns outros favoritos que encontrou sozinha ao longo dos anos. Há um lugar perto de Sharrot's Shoreline onde ela pode ficar horas na praia, olhando para a água e para a bagunça industrial que é Nova Jersey. Em dias ruins, o vento traz o mau cheiro de produtos químicos que Aislyn não sabe identificar, mas em dias bons o ar tem um aroma de maresia espesso e salgado que ela adora. Nunca sentiu nada parecido em nenhum outro lugar. É algo único de seu distrito, a essência destilada de Staten Island, e sempre a acalma. Menos hoje.

Hoje, Aislyn senta-se em seu lugar de sempre perto da água e não sente nada além de medo. Parte dele é por causa da queda. Ela não consegue não pensar nisso; o pior momento é quando fecha os olhos à noite para dormir. Naquele outro lugar, ela é uma partícula de luz cercada por um brilho crescente, sufocando sob o peso da ruína iminente que a cerca. No momento presente, porém, seu mal-estar se deve ao fato de que o cheiro da praia está diferente. O cheiro de salmoura ainda está lá, mas há algo mais — um toque do que parece ser um odor fúngico que ela nunca tinha sentido antes, como se alguma das coisas que compunham o buquê que ela adorava tivesse começado a se decompor. Isso faz com que Aislyn preste mais atenção às colunas brancas espalhadas por todo canto, que são chamadas de pilares pela Mulher; as estruturas servem para conectar a ilha com a cidade fantasma flutuando acima dela. Não há parte alguma de Staten onde elas não estejam, e parecem se multiplicar a cada semana. E, embora a Mulher certa vez as tenha comparado a cabos adaptadores (traduzindo os sinais do mundo A em algo que possa ser compreendido no mundo B), Aislyn começa a suspeitar que possa existir algo mais por trás disso. Os pilares se parecem mais com raízes — que são cabos também, no fim das contas, embora biológicos em vez de mecânicos. Aislyn entende o bastante de jardinagem para saber que algumas plantas devolvem parte do que tomam do solo, como feijões ou trevos que fixam nitrogênio. Mas a maioria das plantas apenas absorve água e nutrientes e não devolve nada, de tal forma que é possível acabar com um solo seco e estéril em que nada cresce se o jardineiro não se lembrar de adicionar adubo ou fertilizante. Então o que exatamente aqueles pilares estão tirando de sua ilha? Ela não sabe, mas tem suas suspeitas com base no que percebe estar em falta nos moradores da ilha. Vitalidade. Individualidade.

Até mesmo realidade. Coisas quintessenciais para fazer de Staten Island o lugar estranho e maravilhoso que Aislyn sempre amou.

*Você sabe que ela teria matado você também, não sabe?*

Ela sabe. E não gosta nem um pouco disso.

O sol se põe e o frio outonal de outubro começa a cair, então Aislyn volta para seu carro depois de um tempo. Não está com fome, mas às vezes uma boa comida traz acalento — então ela dirige até o Denino's, um restaurante que tem um lugar especial em seu coração e que serve a verdadeira comida de Staten Island. No cardápio há pratos como a pizza de frutos do mar ao molho branco que ela costuma pedir, mas Aislyn gosta de ir até lá por uma razão especial: seu pai não gosta de comida italiana. ("Tem gordura demais, como as pessoas que preparam os pratos.") Comer pizza foi uma maneira que Aislyn encontrou para desafiar o pai e se impor enquanto indivíduo.

Desta vez, no entanto, ela não sente conforto ao sentar-se à mesa, apenas tristeza. Qual é a graça de desafiar um homem que já não se importa? Será que a coisa sorridente e de olhos esbugalhados que Matthew Houlihan agora é sequer consegue sentir raiva? Ela não sabe dizer. O que mais a espanta é que ela está começando a sentir falta do poço de julgamento que era seu pai, apesar de tudo. Provavelmente há uma explicação psicológica para isso, como Síndrome de Estocolmo ou masoquismo ou alguma outra coisa da qual ouviu falar nos programas de Maury Povich, mas tudo se resume ao fato de que pelo menos Matthew Houlihan a amava, ainda que fosse de seu jeito por vezes hostil. Ela também não sabe dizer se a nova versão é capaz disso.

Então Aislyn morde a pizza de mexilhões e descobre que, por piores que as coisas estejam, sempre podem piorar.

A pizza está com um gosto *horrível*. Tão ruim que ela imediatamente cospe a comida de volta ao prato. O queijo está estragado? Os frutos do mar? Até o cheiro é péssimo — tem o mesmo fedor fúngico que ela sentiu na praia, o que não faz o menor sentido porque cogumelos e coisas parecidas não passam nem perto desse sabor de pizza.

Aislyn está encarando a pizza mordida e pensando na possibilidade de ter contraído alguma doença esquisita que distorce o paladar quando a garçonete se aproxima.

— Tudo certo por aqui, senhora?

Aislyn olha para cima. Nunca viu essa mulher antes. O Denino's é um restaurante familiar; depois de anos como cliente, ela conhece a maior parte da equipe, mas não essa garçonete.

— A pizza tá com um gosto ruim. Acho que tem alguma coisa estragada, ou... Não sei.

— É mesmo? Sinto muito. — A garçonete parece alegremente confusa.

Aislyn, que estava preparada para receber uma resposta atravessada (outra tradição de Staten Island, discutir com os clientes), fica surpresa.

— Hum, certo. Olha, não vou conseguir comer isso. Acho que vou querer a pizza de camarão, então.

— Ah, me desculpa. — A garçonete assume uma expressão trágica. — Tiramos esse sabor do cardápio. Vamos tirar o de mexilhões também. Desculpa.

Aislyn fica boquiaberta.

— Mas... essas são as duas únicas pizzas que eu como.

— Ah. Tudo bem, então. Que pena.

A garçonete se abaixa para pegar o prato. Ao fazer isso, Aislyn percebe que há uma guia em seu antebraço; ela se agita com os movimentos da garçonete e ajusta seu foco, nitidamente mirando no rosto de Aislyn. Aislyn tenta não olhar para a guia ou pensar nisso, o que acaba sendo fácil porque não consegue acreditar na resposta da garçonete.

— *Ei* — vocifera Aislyn em alto e bom som quando a mulher dá as costas para a mesa, levando o prato.

A garçonete dá meia-volta, ainda com uma expressão alegre no rosto. Tudo anda alegre demais em Staten Island. Isso é tão *errado*.

— Você não vai me oferecer um reembolso? — dispara Aislyn. — Tô com fome e a pizza tá ruim e vocês não têm mais o único outro prato que eu como. Vocês não vão se desculpar ou... ou... me dar uma explicação...

Ela para segundos antes de pedir para falar com o gerente. Não quer ser *esse tipo* de mulher branca, pelo menos não neste momento. Mas o pedido estava na ponta da língua.

— Ah, me desculpa — diz a garçonete com um sorriso alegre. — A gente alterou nossas receitas algumas semanas atrás. A maioria dos clientes gosta das novas. Acho que não é o seu caso.

Aislyn não consegue entender o que está acontecendo.

— Tá *ruim*. O gosto tá nojento.

A garçonete simplesmente a encara com um olhar vidrado. Aislyn começa a contar as respirações da mulher: uma... duas... três. Dez segundos sendo encarada. Por fim, ela se dá conta de que a garçonete não está respondendo porque não sabe como. Falta iniciativa até mesmo para responder: *Bom, isso já não é problema meu.* Uma resposta ao menos serviria para que Aislyn continuasse a conversa: uma patada no estilo nova-iorquino, uma desculpa qualquer. Mas em vez disso não há... nada. Tudo é alegre e agradável na nova Staten Island, mas discutir não é agradável. Não há mais nada de Staten Island nessa mulher para fazê-la dar uma resposta grosseira a Aislyn.

De repente Aislyn sente que não aguenta mais. Olha fixamente para a guia no braço da garçonete.

— Aparece. Agora. Quero falar com você.

A pequena gavinha branca, que ela já chegou a achar bonita, retrai-se ligeiramente, como se estivesse atônita diante de tanta rispidez. Um momento depois, o cabelo da garçonete passa de castanho escuro para um tom de loiro-areia, e suas roupas embranquecem como se tivessem sofrido um alvejamento instantâneo.

— Ah, querida, você não parece bem — diz a Mulher de Branco. Ela senta-se na cadeira diante de Aislyn, recolocando o prato de pizza sobre a mesa. — E aqui estava eu, pensando que conseguiria animar você com uma conversa de mãe para filha ou a deixando espairecer na praia. Eu ia te dar a pizza de graça também.

Aislyn balança a cabeça.

— Por que você acha que *fazer minha mãe falar comigo* ajudaria? Principalmente sobre lealdade? Essa é a última coisa sobre a qual ela...

Na última conversa real com sua mãe, antes de toda essa loucura, Kendra disse a Aislyn para ir embora de Staten Island. Na época, Aislyn ficou assustada com a ideia. Mas desde então ela se tornou uma cidade e lutou contra invasores hostis e pegou a balsa até a cidade e voltou — a viagem foi interrompida por um monstro aquático, mas mesmo assim. E ela nem sequer pode compartilhar esses triunfos com a mãe.

— Você deixou minha mãe *esquisita* — diz Aislyn, enfim. — Minha mãe ficou...

Ela tenta encontrar uma palavra. Era óbvio que a Kendra que estava falando com Aislyn naquela manhã era a Mulher de Branco, assim como a garçonete do restaurante. Não havia outra pessoa dentro da mãe dela, era apenas uma questão de... achatamento da própria Kendra. De alguma forma, uma mulher complicada e excêntrica tinha sido achatada até se tornar a versão mais genérica possível da figura de uma Mãe. Era uma gentrificação de personalidade.

— Minha mãe ficou igual a você — conclui Aislyn. — Você está deixando *todo mundo* igualzinho a você.

A Mulher parece genuinamente confusa.

— Sim? Essa é a ideia. Sempre foi. Pensei que você tinha entendido. Será que eu deveria ter explicado melhor?

— Você não conseguiria explicar isso! — Aislyn faz um gesto para o prato, referindo-se ao sabor repulsivo da comida, mas também à indiferença da garçonete e a todo o resto. — Não tem nada que possa explicar isso!

A Mulher arqueia as sobrancelhas loiras.

— Claro que tem. Mudança na gestão, corte de custos, substituição do azeite por outro de menor qualidade, a nova massa que já vem pré-preparada...

Aislyn estremece. Que blasfêmia.

— Tá intragável!

— Está? A nova gestão testou as receitas por análise sensorial. — A Mulher parece ficar imersa nos próprios pensamentos. — Vamos ver... O grupo usado na análise pareceu gostar. Disseram que estava tão gostosa quanto a pizza da Califórnia Kitchen Pizza? — Ela franze a testa. — Mas há tantas pizzarias na Califórnia, a qual delas estavam se referindo?

Aislyn balança a cabeça.

— *Aqui não é a Califórnia*. Não tem nada de errado com a pizza californiana, ou tem, não sei, mas eles gostam da pizza de um jeito e a gente gosta de outro!

— Exatamente, esse é o problema. — Quando Aislyn continua em silêncio, a Mulher suspira. — Por que é que tem mil e uma maneiras de fazer pizza? Não é uma hipérbole, eu já contei. Na verdade, são mil quatrocentos e vinte e duas. E isso são só as receitas. Se considerarmos também as diferentes técnicas e equipamentos e variações nos ingredientes, a depender da fonte (muçarela de búfala, muçarela de vacas que só comem grama, muçarelas veganas sem glúten etc. etc.), o número real de maneiras de fazer esse único prato aumenta exponencialmente. Então, sim, para fazer com que Staten Island seja menos *Nova York* e mais *eu*, preciso deixar sua pizza mais parecida com a pizza de restaurantes de fast food conceituados no país. — A Mulher inclina a cabeça com uma expressão que diz *por que preciso explicar uma coisa tão básica?* — Não posso impedir sua espécie de fazer as coisas que ela faz, mas enquanto preparo este universo para a aniquilação, não posso deixá-lo livre, leve e solto para criar ainda mais ramificações multiversais, não acha? E se o próximo mundo que vocês desovarem criar algo ainda pior do que cidades? Meus superiores me matariam.

— Mas... — Por um momento, Aislyn não sabe o que dizer. — Pensei que você gostasse de Staten Island do jeito que ela é.

— Eu gosto! É superpeculiar, até mesmo para os meus padrões. E todo mundo aqui é do contra.

— Não mais. Você tá deixando todo mundo... — Ela balança a cabeça, frustrada. — *Legal!* É que... É que...

A Mulher de Branco parece refletir por um momento, e de súbito é como se tivesse decidido explicar melhor as coisas.

— Nova York, e este distrito quando foi incluído em Nova York, é conhecida por sua grosseria. A fama não é tão verdadeira quanto deveria ser; muita gente aqui é muito gentil. Mas, para conter a ameaça dessa cidade, para desnovaiorquizar Nova York, tenho que destruir essa fama. Você entende? Essa é *minha* natureza. Não faço isso por maldade, mas porque foi para isso que fui criada a fim de salvar inúmeros outros universos. Pensei que você concordasse.

— Eu... — balbucia Aislyn.

Será que concorda com isso? Ela entendeu desde o início que os objetivos da Mulher estavam em conflito com... bom, com tudo. Mas quando tudo aquilo começou, tudo o que ela queria era ter uma amiga de verdade. Ela gostava de estar ao lado da Mulher contra o resto de Nova York. Isso fazia com que ela se sentisse forte, amparada, e também que oferecesse seu apoio em troca. Aislyn se sentia corajosa, não a covarde que sempre tinha sido. Mas talvez devesse ter prestado mais atenção, feito mais perguntas.

A Mulher a observa pelos olhos da garçonete. Parece estar preocupada de verdade com a insatisfação de Aislyn. Isso não deveria significar alguma coisa? Ela *se importa* com Aislyn, por mais que Aislyn esteja tendo um ataque de nervos causado por uma pizza.

Mas *não é* só por causa de uma pizza. Ela está incomodada com o sorriso moderado e exageradamente simpático da mãe, com a gentileza robótica do pai. Ela detesta o fato de que agora tem "amigos" que não conhece e nos quais não confia, detesta que até os racistas agora sejam simplesmente pessoas deploráveis, não mais o tipo específico de racista de Staten Island que contraditoriamente adora Wu-Tang. Ela detesta que a praia agora tenha um cheiro repugnante e que a comida da ilha, antes tão singular, tão deliciosamente estranha, esteja se transformando em algo... normal.

Ela sempre soube que o slogan de Panfilo era uma mentira. No começo era divertido. Era um jeito de controlar o incontrolável, igual a todas as suas pequenas rebeliões — mas, assim como Aislyn jamais renegaria sua família, o tipo de mudança que colocar "Nova York no topo de novo" exigiria ia muito além do que ela imaginava. O slogan deveria ser diferente, porque o que eles realmente queriam era transformar Nova York em algo que a cidade jamais foi, exceto na imaginação alucinada de pessoas que querem destruir tudo o que não conseguem (ou não querem) entender. Ao mesmo tempo, ela acredita na Mulher quando ela diz que essa é a única maneira de salvar o multiverso. Afinal de contas, a base de uma amizade é, supostamente, a confiança mútua. E, mais importante ainda, seus pais a educaram para ser uma pessoa altruísta e abnegada, e Aislyn acabou se conformando com o dever que lhe foi imposto. Ela não precisa se mudar para estudar em uma boa universidade. Ela não precisa ter sonhos próprios, nem ambições, nem amigos, nem um namorado. Ora, é possível ser feliz sem essas coisas! E, até recentemente, ela se sentia muito grata por poder encontrar tudo o que precisava para ser feliz naquele lugar tão especial, que um dia já foi perfeito. Mas esta não é mais sua Staten Island.

A Mulher de Branco suspira e segura a mão de Aislyn.

— Não consigo fazer com que você volte a ser feliz — diz ela, muito suavemente. — É da sua natureza se rebelar contra as mudanças que preciso estabelecer. Afinal, você já foi Nova York, ainda que não quisesse ser. Não vou mentir: não me aborrece você ter se livrado da sua guia porque *senti falta* da sua versão verdadeira, minha Lyn. Minha primeira amiga! Todas as suas idiossincrasias, sua teimosia, sua fúria... tudo isso faz de você Staten Island. Mas, ao mesmo tempo, tudo isso é também o que faz de você *uma ameaça*. Mas é difícil ter apenas uma versão tão abreviada de você. — Por um momento, a Mulher parece surpresa com o que acabou de dizer. Ela franze a testa. — Eu não deveria me sentir relutante, não deveria *pedir permissão*. Mas acabei me dando conta de que o que é melhor para você... não necessariamente é o que é melhor para a nossa amizade. Então, por respeito à amizade que temos, estou te dando uma escolha. Gostaria que eu voltasse a fazer você feliz?

A Mulher sorri, e Aislyn sente um aperto no peito. Ela vê sinceridade e solidão nesse sorriso, e de solidão Aislyn entende. Ela já se sentiu assim. Se a destruição gradual de si mesma e de tudo o que é importante para ela de fato for a única forma de resolver o problema inescrutável que é Nova York, o que a Mulher está oferecendo é uma maneira de se conformar com isso. Uma maneira de estar em paz até que chegue a hora da morte.

Mas tem algo de *errado* nisso. Talvez não seja errado ser altruísta e escolher o bem maior, mas definitivamente parece errado mergulhar em um entorpecimento até que tudo termine. Já que Aislyn escolheu esse caminho, deve enfrentar as consequências de peito aberto. Ela deve isso à ilha, à família e a si mesma. É assim que se faz em Staten Island.

Então, Aislyn recolhe a mão. Para sua surpresa, a Mulher suspira, parecendo tão triste que Aislyn estende o braço e segura a mão dela outra vez. Aislyn teme sentir outra vez a picada da guia, mas nada acontece. A Mulher realmente está permitindo que ela decida por conta própria.

— Isso não vai causar problemas pra você? — pergunta Aislyn, preocupada. A Mulher tem um Matthew Houlihan particular para quem deve satisfações.

A Mulher dá de ombros em um gesto de indiferença, mas Aislyn percebe algo mais em seu olhar.

— Eu fui criada para interagir com planos de existência como o seu. Isso significa que tenho algumas falhas.

É uma forma de fugir do assunto e ao mesmo tempo não é. Mas Aislyn entende.

A Mulher respira fundo.

— De qualquer forma, as coisas estão prestes a chegar a um ponto crítico. Aparentemente, vai haver um *confronto*, uma batalha de verdade. Um corpo a corpo, o bem contra o mal! — Ela sorri, e Aislyn não consegue não sorrir junto.

— Eu sempre quis participar de uma coisa assim! Vou dar um discurso listando razões pelas quais vocês merecem ser aniquilados, e aí eles vão fazer um monólogo sobre como sou vil. E aí eu vou responder com piadinhas sarcásticas. E aí vamos lutar. Vou fazer questão de que tudo seja muito cinematográfico e cheio de efeitos especiais. Que nesse caso vão ser reais, é claro. E aí o bem e a justiça vão triunfar sobre o mal! E depois acho que tenho que beijar alguém, mas todo mundo no universo já vai ter morrido, então acho que pelo jeito vou ter que pensar em outra coisa. — Ela cruza os braços, pensativa. — Preciso arranjar algo parecido com uma tela para passar os créditos depois que tudo acabar.

— Você é completamente maluca — diz Aislyn, mas é de um jeito carinhoso. A Mulher sorri outra vez.

— Obrigada! Agora posso voltar para o importante trabalho de planejar a ruína inevitável de vocês e deixar esta pobre garçonete voltar ao trabalho?

Aislyn assente com a cabeça e a Mulher fica de pé.

Logo em seguida, ela é a garçonete outra vez, de cabelo castanho e blusa azul, sorrindo com a gentileza superficial de antes.

Aislyn respira fundo e pega o prato de volta.

— Acho que vou tentar comer — diz ela. — Desculpa pelo incômodo.

— Não é incômodo nenhum, senhora — responde a garçonete, abrindo um sorriso antes de se virar e ir embora.

O sabor continua péssimo. O queijo é insosso, a massa é uma verdadeira borracha, e o cheiro forte do azeite de má qualidade praticamente sufoca os aromas de todos os outros ingredientes. Mas não é tão ruim assim, é? Ser menos singular e mais comum. Todas as cidades mudam no final das contas, e mudanças nem sempre são coisas ruins.

Então Aislyn engole a pizza depressa, praticamente sem mastigar, e pede uma coca-cola para tirar o gosto ruim da boca. Algumas vezes, esse é o tipo de sacrifício que se faz por um amigo.

# O BROOKLYN PEDE AJUDA

É dia de debate.

Mais especificamente, o primeiro debate entre os candidatos à prefeitura em que Brooklyn e o senador Panfilo estarão no mesmo palco. O cronograma das eleições sofreu diversas alterações, e muitas datas importantes foram remanejadas devido à tragédia da ponte. A principal mudança foi que a primária foi transferida para o dia seguinte ao debate, acontecendo assim apenas um mês antes das eleições gerais. Apesar do tempo extra, por um conjunto de razões que a imprensa está chamando de "tempestade de problemas políticos", todos os outros candidatos democratas desistiram ou foram massacrados depois de uma série de escândalos, até quase desaparecerem das pesquisas. Um dos colegas candidatos de Brooklyn aparentemente fez vista grossa para assédio sexual e disparidade racial de salário em sua equipe de campanha; outro subornou vários funcionários públicos e provavelmente será indiciado; a terceira teve seu nome divulgado na folha de pagamento de um *think tank* de direita (mas ninguém gostava dela, então que seja). Um artigo recente no *New Yorker* declarou que "É um péssimo ano para ser candidato democrata à prefeitura de Nova York, a menos que seu nome seja Brooklyn Thomason", o que é um comentário extremamente favorável. O artigo é muito positivo, e a foto de página inteira que o acompanha está ótima — embora a redatora do artigo apele para um pouco de alarmismo, sugerindo que Brooklyn parece boa até demais e que pode haver algo mais na história de seus sobrados *brownstones*. Com certeza ela tem algum podre. Mas, enquanto estiverem apenas especulando e não inventando histórias, Brooklyn não vai fazer nada.

(Mas sim, há um podre. De repente, ela começa a receber milhões na conta de sua campanha de patrocinadores que não consegue identificar. Não entraram em contato com Brooklyn, não pediram nada... mas Manny, com aquele jeito misterioso de dar nos nervos, sugeriu que "cavalo dado não se olha os dentes, principalmente se o cavalo for *esse*". Como resultado, ela ficou desconfiada, mas decidiu lidar com as consequências quando, e se, elas chegarem.)

Enquanto isso, do lado republicano, Panfilo está claramente na frente, embora seus principais adversários sejam concorrentes mais sérios — um apresentador de talk shows de direita e um CEO de uma empresa de tecnologia, que parece acreditar que tudo o que Nova York precisa é de uma injeção violenta de libertarismo e dez mil policiais a mais, sem dar a mínima para a própria contradição. O partido decidiu apoiar Panfilo, e a verdade é que com Brooklyn e Panfilo sendo efetivamente apoiados por grupos de interesse opostos, os outros candidatos nem sequer tinham chance. A política americana não é verdadeiramente democrática; quando demografias inteiras não estão sendo excluídas, há corporações e patrocinadores riquíssimos interferindo a torto e a direito no sistema. A intromissão extradimensional se encaixa exatamente nessa tradição, mas Brooklyn não consegue não lamentar a perda da justiça e da ética, mesmo que esteja usando todos os meios a sua disposição para vencer. Depois de assumir o cargo, ela quer pensar em uma reestruturação.

Depois de uma chuva de hashtags e um convite das emissoras locais de TV, ambos os partidos e o Conselho Financeiro de Campanha concordaram em iniciar os debates interpartidários mais cedo. Os três principais candidatos de cada partido foram convidados para se enfrentar no palco. Isso deve levar a audiência às alturas, já que essa dinâmica provavelmente vai servir apenas para que os candidatos que estão atrás entrem em conflito uns com os outros, com sorte resultando em momentos memoráveis. Estão concorrendo antecipadamente à próxima eleição, basicamente.

Assim, a estratégia de Brooklyn para o primeiro debate é ficar quieta e deixar que todos os outros se enforquem nas próprias cordas. Ela se preparou para qualquer coisa que Panfilo possa perguntar a ela, é claro, e tem algumas respostas ácidas, mas não muito sarcásticas, na manga. Um debate entre prefeitos nem chega perto de causar a mesma adrenalina que uma batalha de rap, então Brooklyn meio que espera ser chamada por Panfilo. À medida que a noite avança, Panfilo evita se dirigir a Brooklyn — provavelmente seguindo a mesma estratégia que ela. O apresentador do programa parecia preparado para ser absurdo, o que garante um pouco de tensão e entretenimento muito bem-vindos em um debate que de outra forma seria um tédio. Os comentários são tão inexoráveis que Panfilo revida, lembrando ao público que o apresentador nasceu e cresceu em Boston. Isso diverte os presentes no estúdio e faz com que até o moderador do debate ria. Alguns ódios são unanimes em Nova York.

Panfilo sorri para Brooklyn sempre que encontra uma pausa no debate. Apenas sorri, nunca diz nada. Ela não cai no joguinho dele, devolvendo um sorriso perfeito e açucarado. Mas não dá muito certo para Panfilo; suas tentativas de causar desconforto ficam bem aquém do dom natural da Mulher de Branco. Além disso, ele anda meio queimado devido a uma parceria com um rapaz chamado Conall McGuiness — fundador de um adorável grupo com tendências nazistas chamado Homens com Orgulho. Alguns dos membros estão até mesmo em sua equipe de segurança, de acordo com algumas informações. Já os sorrisos de *McGuiness*, quando há fotos nos artigos, são horripilantes. Brooklyn conhece esse tipinho porque há muitos deles na política: narcisistas loucos para fazer qualquer bobo de capacho na menor oportunidade. Panfilo é um idiota de se misturar com um monstro como esse, porque McGuiness vai descartá-lo assim que não precisar mais dele. Mas isso não é problema de Brooklyn.

Apesar dessa pequena demonstração de passivo-agressividade, a noite é bastante entediante para Brooklyn. Depois que o público começa a ir embora e as câmeras são desligadas (embora a primeira regra tanto da política quanto do rap seja *sempre parta do princípio de que o microfone está ligado)*, Brooklyn conversa brevemente com sua equipe e com os funcionários da emissora, depois espera para ver qual dos candidatos vai tentar falar com ela. Sua equipe se sai bem ao criar empecilhos quando os outros dois democratas e os republicanos mais moderados parecem estar prestes a se aproximar dela. Os democratas não podem ajudá-la, e os republicanos provavelmente têm a intenção de conseguir fotografias próximo a ela que de alguma forma os favoreçam. No entanto, ela já deu instruções claras para que Panfilo possa se aproximar, porque não pode ser vista evitando o senador — e porque ela está verdadeiramente curiosa para saber se ele vai tentar. Quando ela percebe que ele está se aproximando, nota que está se sentindo... contente? Caramba. Faz muito tempo desde que ela esteve em uma batalha de rap. Talvez esteja sentindo falta de oponentes à altura.

— É bom ver você de novo, senador — cumprimenta Brooklyn quando ele chega. Por mais que ela despreze o homem, é importante que pareça educada e gentil. Ela consegue até mesmo forçar um sorriso amigável ao estender a mão para ele. — A gente se conheceu alguns anos atrás quando você esteve na Câmara pra falar sobre o túnel Nova York-Nova Jersey.

— Sim, eu me lembro — responde ele. — E, se bem me recordo, você foi contra.

Ele não aperta a mão de Brooklyn. Bom, lá está a fotografia. Brooklyn não vacila e mantém a mão no ar. Os jornais da direita vão celebrar a atitude desrespeitosa do senador, mas se ela chamar a atenção para o acontecido e deixar claro que não ficou balançada com a postura do adversário, é possível que a grosseria e a indelicadeza do gesto atraia alguns dos indecisos. Se ela tiver *muita* sorte, a Fox News vai inventar alguma mentira sobre o incidente; isso vai fazer com que os checadores de fatos gritem sobre o assunto no Twitter, e o vídeo terá muito mais visualizações. Brooklyn sorri na cara de Panfilo e pensa: *Sua cadeira no Senado é a próxima coisa que vou conquistar.*

Enquanto isso, ela diz:

— Porque você queria que Nova York pagasse a maior parte das despesas. Mas obrigada por me lembrar! Não vou me esquecer de mencionar isso no próximo debate.

— Fica à vontade. — Ele olha para a mão dela e balança a cabeça, parecendo se divertir. É uma competição de imagem em que o vencedor recebe o maior número de doações — e ambos sabem que, quanto mais a cena se alongar, pior vai ser para ele. — Boa noite, sra. Thomason. Nos falamos em breve... se você puder.

Brooklyn olha em volta e fica satisfeita ao ver Manny escondido atrás das câmeras. Ele ergue o smartphone e acena com a cabeça em um gesto afirmativo. Excelente; se o vídeo de sua grosseria não se tornar viral por conta própria, Veneza vai dar um jeito — com ajuda da magia da cidade ou não.

Panfilo e sua equipe partem. Brooklyn enrola um pouco mais, mas está ficando tarde e ela sempre tenta chegar em casa a tempo de dar boa-noite para Jojo. O braço da filha está sarando bem, mas ela anda ansiosa com a campanha — compreensivelmente, dadas as circunstâncias até o momento. Brooklyn já encontrou um bom psicólogo para Jojo, mas algumas coisas levam tempo.

Agora que a campanha tem dinheiro, Manny se certifica de que Brooklyn tenha sempre um carro disponível, além de motoristas contratados de uma empresa especializada em empregar ex-membros do Serviço Secreto como guardas para pessoas públicas. (Brooklyn tentou pesquisar sobre a empresa, mas eles não têm site ou menções nas redes sociais. Impossível saber onde Manny os encontrou. O jovem voltou diferente de sua viagem repentina, mais distante e mais intimidante. Brooklyn tem certeza de que vai se acostumar a não fazer perguntas cujas respostas não quer ouvir.) Para os eventos maiores da campanha, eles também conseguiram alugar uma pequena frota de bons carros para transportar a equipe. Brooklyn não gosta muito da ideia que aquilo passa; como vai vender a imagem de defensora do transporte público de dentro de um carro? Mas as questões de segurança falaram mais alto. Brooklyn ao menos optou por carros híbridos, demonstrando assim sua preocupação com o meio ambiente.

Uma vez dentro de seu carro (e sozinha, pois sua equipe já aprendeu que ela precisa de um tempo a sós para recarregar as energias depois de eventos públicos), Brooklyn começa a sentir os efeitos da adrenalina se esvaindo. A pequena procissão de carros parte e se divide, rumo às respectivas casas da equipe. Ela fica aborrecida ao se dar conta de que é mais tarde do que pensava — já passa da meia-noite e do horário de Jojo ir para cama. No entanto, Brooklyn sabe que a filha lê escondido em seu leitor digital antes de dormir de verdade, então talvez ainda exista a chance de pegá-la acordada.

O motorista, um homem branco mais velho do que ela de cujo nome nunca consegue se lembrar porque ele se parece muito com uma versão jovem do Capitão América — aparentemente ele de fato *foi* capitão de alguma coisa antes de se aposentar —, fala com ela pelo espelho retrovisor.

— O Waze tá dizendo que teve uma batida na FDR, senhora — diz ele. — A ponte Queensboro parece livre, mas é possível que o túnel seja mais rápido. A senhora tem preferência?

— O caminho mais rápido — responde Brooklyn. — Definitivamente o caminho mais rápido. Obrigada.

Há um pedágio no túnel, e ela tenta não usar o fundo da campanha para coisas que não são essenciais, mas o pedágio custa menos de dez dólares e, ora, sua filha é um assunto essencial.

O homem sorri e toma o caminho escolhido por Brooklyn, que pega o celular e começa a digitar uma mensagem para avisar a Jojo que está a caminho, e aproveita para dizer para a filha diminuir o brilho da tela já que insiste em ler debaixo dos cobertores. Graças ao movimento do carro, aos buracos da rua e a seus dedos desajeitados (que saudade ela tem dos teclados físicos em celular!), ela acaba levando certo tempo para escrever uma mensagem coerente.

E, por estar se concentrando em digitar, esquece por um momento que vem evitando túneis há algum tempo — desde o dia em que um tentáculo gigante arrasou a ponte Williamsburg. Por questões que eles talvez nunca entendam, a água facilita a invasão do Inimigo pelas barreiras da cidade. É um problema considerável em uma cidade que se espalha por uma série de pequenas ilhas. O tentáculo que demoliu a ponte não existe mais, foi expulso da cidade com as outras partes de R'lyeh quando Brooklyn e os outros acordaram Neek. Ainda assim, ela tem preferido pontes a túneis porque, se algo a atacar vindo da água, em uma ponte ela ao menos vai conseguir ver a coisa vindo e talvez tenha tempo de fazer algo. Já em um túnel há menos opções.

Ela está prestes a clicar em "Enviar" quando o Capitão Não América volta a se dirigir a ela, com um tom preocupado na voz que imediatamente chama a atenção de Brooklyn.

— Senhora. — Ele está olhando pelo retrovisor outra vez, mas não para ela. — Coloca os cintos. Estão seguindo a gente.

— O quê? — pergunta Brooklyn, virando-se no assento para olhar pra trás.

Logo depois, se dá conta de que foi uma atitude mal pensada; nunca é uma boa ideia deixar o perseguidor saber que foi percebido. Mas, assim que ela vê um veículo branco imenso entrando no túnel alguns carros atrás deles, sente um calafrio de apreensão. É raro ver um Hummer em Nova York. O tipo de pessoa que gosta desse tipo de carro como símbolo de status costuma não gostar das ruas estreitas e confusas da cidade, que são apertadas demais para veículos grandes. Esse, por exemplo, ocupa a faixa inteira e, de vez em quando, raspa nos postinhos de plástico destinados a alertar os motoristas de que estão invadindo a pista do sentido contrário. O trambolho mal cabe na pista de rolagem. O carro é equipado até mesmo com um quebra-mato, e não é do tipo decorativo e cromado. É um quebra-mato de metal preto e robusto que toma toda a parte dianteira do carro, do para-choque ao capô. E, como um toque final de ironia, Brooklyn desconfia que seja o novo modelo cem por cento elétrico, diferente do híbrido de Brooklyn.

(Ela não gosta nem um pouco da cor do veículo.)

— Ele tá atrás da gente desde a Second Avenue — diz o Capitão Não América. — A placa é de Connecticut. Eu decorei, mas pode ser roubada. Dei uma olhada no exaustor quando ele fez a curva, e o carro tem um filtro de ar instalado que não vem de fábrica pra carros elétricos. Isso significa que o veículo já passou por alguma customização na parte mecânica.

— Por favor, me diz que é só alguém querendo exibir o carrão — diz Brooklyn.

Mas uma pulguinha atrás da orelha — a apreensão da cidade combinada com a dela, ambas crescendo depressa — lhe diz o contrário.

O Hummer invade a faixa do sentido contrário e acelera como se para exibir o sofisticado motor personalizado. Uma das câmeras do túnel pisca ao registrar a violação do limite de velocidade, mas o motorista claramente não está preocupado com multas. A faixa do sentido contrário está razoavelmente vazia, e o Hummer navega habilmente por ela antes de voltar para a faixa correta sem a menor dificuldade. Agora, há apenas um carro entre ele e o veículo de Brooklyn.

Nem vem. Brooklyn começa a pensar em constructos — mas não consegue se lembrar de nada, então apela para o plano B.

— Ei, por acaso você conhece alguma estação de rádio de hip-hop?

Brooklyn percebe um vislumbre de desagrado na expressão do Capitão Não América antes de seu semblante voltar a ser inexpressivo. Bom, ninguém é perfeito.

— Não, senhora. Caso realmente queira ouvir música neste momento, a gente pode procurar no rádio assim que sairmos do túnel. Nesse meio-tempo posso notificar a polícia sobre o acontecido.

Ela não gosta muito da ideia com base em tudo o que já viveu. A polícia tem tanta chance de matar a própria Brooklyn do que quem quer que esteja no Hummer. Mas o Hummer branco de repente muda de faixa outra vez, agora tentando ultrapassar o carro à frente. Ele tem de voltar para a pista certa quando o carro atrás de Brooklyn se mostra mais rápido do que o esperado pelo motorista, mas está claramente tentando se aproximar do veículo dela. Dessa vez, Brooklyn conseguiu dar uma olhada dentro do carro: há várias pessoas além do motorista, que é Conall McGuiness sorrindo maniacamente atrás do volante gigante. Que merda.

— Pode ligar — autoriza ela, depois de um segundo que parece durar uma eternidade. — Não fala que eu tô no carro, mas menciona uma perseguição em alta velocidade prestes a entrar no Queens. Talvez eles ao menos tentem ajudar.

O capitão assente e vocaliza o comando de voz para discar para a polícia.

Será que a magia da cidade seria útil nessa situação? Com ela, Brooklyn fez os carros sumirem na carreata em Bed Stuy. Os veículos não reapareceram em nenhum outro lugar, e há boatos de que os motoristas estão tendo dificuldade para acionar o seguro — mas Brooklyn só conseguiu fazer isso com a ajuda de Neek e dos outros. Além do mais, estava em seu distrito. Sem esses fatores, quando ela tenta "segurar" o Hummer, ele escapa ao toque metafísico, impossível de ser contido. Não é assim que as coisas funcionam, de qualquer forma; ela não é o Lanterna Verde. A magia da cidade é liminar. Nova York gosta de segredos, de mudanças perceptuais-conceptuais, do que existe entre a metáfora e a realidade. Quanto mais Brooklyn tentar usar seu poder como algo parecido com um videogame, maior a chance de as coisas darem errado. E como seria para uma cidade viva ter um tiro saindo pela culatra? Ela não quer descobrir.

Mas o que vai acontecer com a cidade se o carro dela for arremessado contra a parede de um túnel? Certo, o risco significa que ela precisa...

O Hummer muda de faixa e de repente está bem atrás deles, ainda acelerando. Seu próprio carro parece estar voando, e Brooklyn percebe que o Capitão Não estava ganhando velocidade aquele tempo todo, tentando tirá-los do túnel antes que o Hummer pudesse se aproximar. No entanto, o veículo branco está ganhando, já que tem um motor monstruoso e está sendo conduzido com intenções igualmente monstruosas.

— *Senhora* — exclama o Capitão Não, tão de repente que Brooklyn toma um susto. — Por favor, fica de cabeça baixa. Este veículo não é blindado.

— Caralho... Tá bom.

Brooklyn se deita no banco traseiro.

O carro dá um solavanco; o Hummer bateu na traseira deles, embora o Capitão Não esteja manobrando com mestria para não perder o controle da direção. Mas pelo som do motor, Brooklyn sabe que estão se preparando para outra investida contra seu veículo. Claramente as intenções são as piores possíveis, e...

Peraí. Ahhhhhhhh. Será? Sim. Pode ser que dê certo.

— Quero que leve a gente pra outro lugar — grita Brooklyn, tentando falar mais alto do que os motores de ambos os carros. Eles já saíram do túnel, graças a Deus, e começam a acelerar ainda mais à medida que o Capitão Não se esforça para despistar o Hummer. — Não pra minha casa.

A voz do Capitão Não ainda é profissional, embora tensa e distraída; ele está concentrado em manter os dois vivos.

— Entendo sua preocupação em não colocar sua família em perigo, senhora, mas pra onde?

A melhor maneira de proteger sua família é deter esses filhos da puta, pelo bem ou pelo mal. E ela já sabe o que fazer.

— Você consegue chegar até Williamsburg?

— *Williamsburg?*

Ela sabe o que ele está pensando e não o culpa. Hoje em dia, Williamsburg é o berço do fundo fiduciário. Suas principais avenidas são abarrotadas de lojas que oferecem amostras grátis e notas para abatimento de impostos, além de pequenos restaurantes tentando lançar a próxima tendência tipo "pizza de nhoque sabor kimchi". Mas até cerca de quinze anos atrás, Williamsburg era principalmente um bairro de pessoas pobres; famílias porto-riquenhas da classe trabalhadora, artistas morando em lofts ilegais, famílias judaicas ortodoxas vendendo o almoço para pagar o jantar. Se dando melhor do que vários outros bairros, mas isso era relativo na época. Brooklyn se lembra de ir até lá quando era criança para visitar amigos e ter que tomar cuidado por onde andava, desviando de peças de carros desmontados e pinos de cocaína.

Mas hoje as coisas melhoraram, em parte devido a iniciativas que Brooklyn e seus colegas vereadores implantaram após muita pressão para ajudar aquelas pobres famílias a terem uma vida estável em vez de serem varridas pela onda de gentrificação. Mas há um segredo sobre esse bairro do Brooklyn que ela e outros moradores locais de longa data sempre souberam: o crime não foi a lugar algum. O fato de que agora o lugar tem moradores brancos com condições financeiras favoráveis significa menos vigilância policial, então o crime organizado ainda se encontra em lugares discretos bem ao lado das lojas — ou abrem suas próprias lojas de luxo, vendendo carnes e queijos importados além de outros produtos mais lucrativos. A nova fachada do bairro deu origem também a novas oportunidades. Agora, os traficantes fazem entregas de bicicleta e recebem pedidos em aplicativos que eles mesmos criaram. Mas quanto aos carros...

— Sim, Williamsburg — confirma Brooklyn, dando o nome de uma rua específica.

O Capitão Não parece desconfiado, mas gira o volante para obedecer-lhe.

O Hummer se choca contra eles duas outras vezes. Brooklyn não consegue ver muita coisa, mas ouve as pessoas na rua gritando quando percebem que se trata de uma perseguição. O Capitão Não América está dirigindo com uma aptidão que Brooklyn nunca viu antes, mas é claro que Manny contrataria o melhor — preferências musicais à parte. Ainda assim, acabam batendo contra algo maciço e mole em um certo momento — com um som que faz Brooklyn estremecer. Ela cobre a boca com as mãos, com medo de descobrir o que aconteceu.

— Era uma barraquinha de frutas — explica o Capitão Não, para alívio de Brooklyn. — A gente atropelou algumas mangas.

— Graças a Deus.

— Estamos nos aproximando do cruzamento. Espero que a senhora tenha um plano. A polícia não apareceu.

Ela tem, e o coloca em marcha se erguendo só um pouco no banco, apenas o suficiente para enxergar a rua. Eles estão passando por um quarteirão em péssimas condições a apenas três ruas do mais novo prédio de luxo de Williamsburg. Brooklyn enche os pulmões de ar, fecha os olhos e chama sua cidade. Sim, lá está ela — e, no instante em que evoca suas lembranças do antigo Williamsburg, a cidade sabe o que fazer. Brooklyn ouve, lá no fundo da mente, a cidade soltar uma risada em forma de um eco grave que reverbera por multidões em um estádio. Brooklyn, o distrito, adora sair vitorioso tanto quanto Brooklyn, a mulher.

— Entra ali! — exclama Brooklyn, enfiando-se entre os dois bancos dianteiros para apontar para uma grande porta de aço sendo aberta no meio do quarteirão.

O prédio ao qual a porta pertence não passa de um bloco grosseiro feito de tijolos, praticamente abandonado. Há mato crescendo no telhado e grafite desbotado nas paredes caindo aos pedaços das laterais. A antiga fachada exige uma placa cujas únicas letras ainda visíveis são "OF NA DO BR N". Não há nada por perto além de um terreno baldio e restos de escombros de construções ainda mais antigas, demolidas muito tempo antes. Terrenos de primeira linha simplesmente abandonados no bairro mais gentrificado da cidade? Ainda que Brooklyn não fosse Nova York, saberia que há algo de estranho nisso.

Entretanto, como é Nova York, vê uma luz brilhante e ligeiramente esverdeada vindo do interior da velha oficina.

— Na porta de aço? — pergunta o Capitão Não. Ele parece muito cismado. — Esse lugar nem sequer tá...

— Sim. Tem uns... amigos meus lá. É um drive-thru!

Ele se vira para olhar para Brooklyn, apenas por um instante. O que quer que tenha visto no rosto dela, no entanto, parece bastar para convencê-lo. Balançando a cabeça, ele vira o volante bruscamente, cantando pneu, e os leva para dentro.

Ainda estão em alta velocidade, então o que quer que haja aqui dentro passa por eles feito um borrão, embora isso também seja porque a iluminação daqui beira o ofuscante. A luz geralmente é a marca do Inimigo — mas o tom verde dessa luz a diferencia nesse sentido. Essa é uma luz que Brooklyn viu ao longo de toda a vida, tão onipresente que ela só percebeu que a associava com Nova York quando começou a viajar e se deu conta de que outras cidades têm suas próprias cores. São Francisco, vista da janela de um avião, é uma luz branca e fria. Paris é uma grande área âmbar. O verde de Nova York é a luz das antigas estações de metrô, dos passeios de Coney Island à noite, dos postes de iluminação pública negligenciados. É a luz do que era a ponte de Williamsburg, a primeira e pior das perdas da ocupação hostil de R'lyeh, juntamente com as centenas de pessoas que morreram quando ela foi destruída. Brooklyn sorri quando atravessam o prédio no que parece ser a velocidade da luz. Essa bendita iluminação verde significa que tudo vai ficar bem.

(Há sombras se movendo meio à luz. Não passam de vultos, mas estão lá. Ela vê silhuetas esguias e ameaçadoras empoleiradas sobre velhos motores ou descendo escadas com ferramentas em mãos. De alguma forma, sabe que quase todas são apenas ecos, fantasmas de desmanches passados. Mas ao menos uma delas é uma pessoa real, Brooklyn tem certeza. Como Paulo disse a eles certa vez, os que precisam saber e que estão em sintonia genuína com a cidade, os que são verdadeiros cidadãos de Nova York, recebem uma parcela de seu poder. Essa pessoa está com o ombro apoiado em um elevador hidráulico com um carro em cima. Por um instante, Brooklyn o vê com nitidez. É um latino de certa idade, magro e calvo, com uma expressão carrancuda. Mas ele sorri e pisca para Brooklyn quando passam por ele. *Deixa com a gente, princesa.* Que galanteador. Ela sopra um beijo de volta.)

O Hummer vem atrás dele, roncando como um trovão, tão grande que sua circunferência parece tentar empurrar as paredes do lugar. Brooklyn vê Conall atrás do volante, gritando em uma fúria febril. Quando nota que está sendo observado, aponta para ela com o gesto universal que diz: *Eu vou te pegar, sua vagabunda.*

Mas o Capitão Não América já chegou ao outro lado. O suv voa pela porta de saída tão rápido que raspa o escapamento ao subir na calçada. Um instante depois, a porta de aço atrás deles se fecha com o Hummer branco lá dentro.

Enquanto o carro se afasta, Brooklyn vê a luz esverdeada desaparecer quando a porta pela qual entraram também se fecha. *Pegamos eles.* Não há colisão do Hummer contra a porta de aço, não há tiroteios ou sons de violência — mas a luz comum dentro da oficina, visível pelas pesadas janelas quadradas e pela claraboia, de repente se intensifica e se transforma em um clarão ofuscante e acobreado. Por um breve momento, Brooklyn ouve um estrondo grave como o de um trovão vindo de dentro da oficina, alto o bastante para ser ouvido sobre os pneus derrapantes do suv. A porta de aço estremece e a luz se apaga, dando lugar a um completo breu lá dentro.

Brooklyn, olhando para trás, comemora com uma palavra de baixo calão. Até o inabalável Capitão Não balbucia:

— Mas o quê...?

Logo em seguida, as luzes da oficina voltam a se acender, agora fracas e turvas como antes. As portas não se abrem novamente e ninguém sai lá de dentro. Brooklyn tem a impressão de ouvir um arroto abafado, mas provavelmente foi só sua imaginação.

Ela se recosta no banco.

— Tá tudo bem agora.

— Ahn... — murmura o Capitão Não. — Eu já estive em desmanches, senhora. Eles são rápidos, mas não tão rápidos assim.

— Esse tinha funcionários extras pra ajudar. Um pessoal pra garantir um trabalho rápido, pá-pum.

— Seus... amigos.

— Isso aí. — Brooklyn sorri. O Capitão Não continua observando Brooklyn pelo retrovisor, confuso e desconfiado, mas por fim balança a cabeça e volta a se concentrar no trânsito. Ele provavelmente já esteve em muitas situações inexplicáveis antes, e essa é só mais uma delas. No entanto, Brooklyn não consegue se conter e decide tirar uma onda com o Capitão. — Só um amigo, na verdade. Um grande amigo que tem muitos contatos, tipo quase três milhões de contatos.

— Entendi. — Ele parece ter decidido que não precisa saber. — Senhora, vou avisar à polícia que despistamos quem estava nos perseguindo. Talvez a gente precise comparecer à delegacia.

Brooklyn suspira.

— Tudo bem. A polícia de Nova York gosta tanto de mim que vai ser muita sorte se a gente sair de lá sem uma acusação de imprudência no trânsito ou sei lá. Mas me deixa em casa antes, por favor. Posso prestar depoimento ou o que quer que me peçam pra fazer, mas antes quero ver minha filha.

— É pra já, senhora.

O Hummer ficou para trás. O motorista e os passageiros do Hummer... bom. Nova York é perigosa às vezes, pessoas desaparecem o tempo todo. Ela tenta se sentir mal pelo destino de Conall McGuiness, mas não consegue. Eles tentaram matá-la primeiro — mas claramente se esqueceram de que o Brooklyn não dá mole.

O que faz com que ela se lembre de uma coisa...

Brooklyn vem tentando contar apenas com seus próprios recursos até este momento. Ela não gosta de Manny ter trazido seus contatos misteriosos para a história, mas precisa reconhecer — embora não sem relutância — que ele acertou em fazer isso. Não é possível ter sucesso como prefeito de Nova York sem amigos influentes. A *Big Apple* sonha grande, ela *é* grande, e exige aliados igualmente grandes, especialmente quando se trata de confrontar outro universo.

E mais: Brooklyn aos poucos foi se dando conta de que vem andando na contramão. Ela tem tentado fugir de seu antigo eu. MC Free era uma personagem.

O mundo odeia meninas negras, então ao encarar uma câmera e despejar seu ódio nas letras de suas músicas ela ao menos conseguia fazer com que prestassem atenção nela por um breve momento. Ela podia *exigir* o respeito que o mundo dá a todas as outras pessoas por padrão. Mas, quando essa parte de sua vida acabou, ela se despiu de sua pele de MC Free e tentou não olhar para trás. Brooklyn disse a si mesma que era jovem e que era hora de deixar coisas da juventude para trás.

Mas ela é tanto a mulher quanto a jovem que se tornou a mulher, da mesma forma que é uma cidade e um ser humano; assim como qualquer outra mulher negra, precisa ser hipercompetente sem se afastar de sua essência. Algumas dessas coisas não são justas. Ninguém deveria precisar ser tantas coisas. Mas já que Brooklyn *já é...*

Ela abre a agenda do celular e rola o dedo pela tela, descendo depressa pelos nomes de seus contatos políticos: outros vereadores, sua intrépida equipe, repórteres e patrocinadores e pastores e empresários e líderes de sindicato e organizadores. Brooklyn tinha um pager antigamente e simplesmente transferiu os números de lá para o celular, o que resultou em uma agenda bagunçada em que milionários estão misturados a ex-namorados de trinta anos atrás. Ela não liga para a maioria dos contatos antigos há anos; alguns provavelmente nem existem mais. Mas há um que ela sabe que ainda existe, um número com quem troca mensagens de vez em quando apenas para se manter em contato. Não é uma amizade, não exatamente. É no máximo uma relação de coleguismo. Mas quando as duas eram mais novas, uma mulher cuidava da outra naquela área. Desde então, as coisas para elas não mudaram tanto assim.

Então Brooklyn inicia uma chamada e, quando alguém atende do outro lado, ela sorri.

— Oi, Bey — diz Brooklyn. — Desculpa por te ligar do nada, mas... Sim, isso mesmo. Preciso de um favor.

# AS CIDADES SE DIVERTEM

Um dia para a reunião da Cúpula.

Padmini passa o dia imersa em diferentes atividades. Visita Aishwarya e o resto da família e toma café da manhã com eles sem nenhum motivo especial. Depois segue para a sede do comitê de campanha de Brooklyn para trabalhar em uma nova função da qual está começando a gostar. Falta um pouco de teoria para o gosto dela, mas ela tem contato com isso em outro lugar — e em Outro Lugar — já que tem usado suas experiências pelo multiverso para tentar criar teorias sobre como ele funciona. (Ela está ansiosa para a reunião da Cúpula porque talvez haja matemáticos e físicos entre as outras cidades! Talvez possam escrever um artigo juntos! E depois virarem piada na academia, mas tudo bem.) Para a campanha, ela tem se divertido muito com análises preditivas. Com desenvolvimento e interpretação de pesquisas também, que é mais complicado e menos divertido, mas mesmo assim ela adora ver os dados sofrendo alterações quando Brooklyn segue seus conselhos. É muito gratificante, enfim, conseguir usar suas habilidades para ajudar a tornar o mundo um lugar melhor e não mais para deixar acionistas ainda mais ricos. Ela está torcendo para que Brooklyn ganhe — não só porque é possível que Nova York morra caso contrário, e não só porque isso faria com que Padmini pudesse continuar no país, mas porque quer continuar desempenhando essa função.

Quando Padmini chega em casa à noite, ainda está em um estado de espírito introspectivo e caloroso — por isso, para quando olha para a sacada e vê Neek. Ele passa a maior parte do tempo ali quando está em casa. E, por ter acesso à matemática da existência (ela adora repetir isso mentalmente; Rainha da Matemática *da porra do universo inteiro*), Padmini acabou percebendo que ele faz mais do que apenas observar a paisagem urbana. É difícil explicar o que é exatamente, mas dá para chamar de... *melhorias*. Neste momento, ele está sutilmente influenciando alguns dos jovens recém-chegados à cidade — somente os que são suficientemente nova-iorquinos em espírito, é claro — a se voluntariarem para o desfile Mermaid

Parade ou para a J'Ouvert ou em alguma iniciativa local que, como as outras duas, precisa da energia da juventude. Ele está enviando energia mental para todas as churrascarias de esquina, carrinhos de sorvete e senhorinhas vendendo churros, ajudando-os a perceber quando a polícia do rapa se aproxima a tempo de dar no pé antes que encham o saco. Ele está fazendo o passeador de cães com vinte coleiras diferentes virar em uma certa esquina em vez de outra para interferir menos no tráfego de pedestres.

Todos os avatares fazem uma versão disso para seus respectivos bairros; Padmini nem dirige, mas mesmo assim está sempre ajudando no trânsito. Neek está fazendo mais do que controlar o trânsito, e está fazendo com mais tranquilidade do que Padmini jamais conseguiu. Todas as energias da cidade se suavizam ao mero toque de sua atenção, incluindo coisas nas quais Padmini nunca pensaria em mexer, como as marés em Far Rockaway ou a velocidade do vento no topo do Empire State Building. Ele nem sequer faz isso ativamente, até onde Padmini sabe. A cidade muda — melhora — simplesmente por estar sendo observada por ele.

Como será que isso funciona? Padmini não faz ideia. Como ele sabe que deveria fazer isso? Porque ele é Nova York. E talvez porque, conforme Padmini começa a desconfiar, Neek é um tipo de gênio da polimática, autodidata e não reconhecido porque os americanos parecem não gostar quando pessoas que não são homens brancos e ricos se mostram inteligentes.

Quando Padmini para ao lado dele, sente a atenção de Neek se deslocar em direção a seu distrito. Curiosa, ela o acompanha. Em um certo quarteirão em Forest Hills, Neek fez os freios de um guincho rangerem alto, obrigando o motorista a sair de trás do volante para inspecionar a carga, preocupado. Isso significa que uma pessoa que está estacionada na frente de uma entrada dois quarteirões acima só terá seu carro guinchado cinco minutos mais tarde. O que, por sua vez, significa que o médico dentro desse carro ainda vai estar lá, parado, irritado e gritando com o motorista do guincho enquanto digita algo no telefone quando um senhor em situação de rua vai ao chão com um gemido de dor a cerca de três metros de distância. Padmini vê que Neek não pressiona o médico a fazer nada que ele não queira. Assim como a Mulher de Branco, o avatar de Nova York apenas dá um empurrãozinho para as pessoas serem quem já são — e, como o médico é ético apesar de ser um imbecil, corre para socorrer o senhor em situação de rua, que acaba sendo cuidado por um dos melhores cardiologistas da cidade. Enquanto assiste a tudo isso, Padmini vê a matemática da cidade sofrer novas alterações. A mudança é insignificante por si só, infinitesimal. *Muitas* dessas mudanças, no entanto... Ah. E quando $x$ se aproxima do *infinito*...

Não. O resultado é alterado, mas há algo de estranho. O efeito deveria ser mais forte. Por que não é?

— Eu também não sei — diz Neek; de alguma forma, ele está acompanhando o raciocínio de Padmini. Eles têm acesso ao pensamento uns dos outros quando estão em "modo cidade". — Não importa que combinações eu tente, algo sempre silencia as cores — continua ele depois de um suspiro frustrado.

Padmini fica confusa.

Ah! O que para ela é matemática, para ele é arte — mas não há tanta diferença entre arte e matemática como as pessoas pensam. Padmini se apoia no parapeito também.

— Descobriu alguma coisa?

— Não. Eu teria contado. Mas parece que... tem outra pessoa segurando o pincel. Não tentando pegar o pincel ou pintar outras coisas, só... segurando. Não consigo fazer tudo que quero porque meus movimentos são limitados. — Ele coça a nuca. — Acho que só tô cansado.

— O que você tá tentando fazer? — pergunta Padmini. — Transformar Nova York em um bom lugar pra viver, ou algo assim?

Neek ri.

— Só facilitando as coisas pra quem vive se fodendo — diz ele. — Antes, quando era eu que me fodia, tinha dias em que só queria ter um pouco de... sei lá. Um pouco de sorte. Só uma, duas pessoas que se importassem ou ao menos *enxergassem* o que eu estava passando. — Ele dá de ombros. — Paulo diz que as cidades criam a própria sorte. Então pensei que eu podia... dar uma ajudinha. Porra, todo mundo fica tentando transformar Nova York no que bem entende. Por que não posso também?

— Porque você *é* Nova York.

— Exatamente. — Neek olha para Padmini e ela se sobressalta; ele não parece estar nada bem. Há linhas fundas ao redor de sua boca que, considerando sua idade, não deveriam estar lá. Ele também aparenta estar em meio a uma crise de enxaqueca. — Talvez eu queira mudar as coisas do meu jeito em vez de ouvir o que uns filhos da puta no Alabama ou em Utah querem.

O Conselho Financeiro da Campanha de Nova York tem um programa com um fundo de reserva destinado a auxiliar candidatos com menos recursos. No entanto, o nível de transparência exigido faz com que seja difícil esconder as fontes e os valores de financiamento. Brooklyn faz parte do programa, portanto é de registro público que a maior parte de seus patrocinadores é de nova-iorquinos fazendo pequenas doações. Panfilo se recusou a participar, mas, entre boatos da internet e relatórios de investigação, a verdade veio à tona: ele é financiado principalmente por mórmons, evangélicos e uma série de comitês políticos investindo dinheiro de fontes desconhecidas — são poucos, mas todos doando quantias exorbitantes.

206

Padmini deu uma olhada no que andam compartilhando e são coisas absurdas, aparentemente feitas para engajar pessoas que normalmente não dariam a mínima para Nova York. *A melhor cidade da América foi refém de esquerdistas e de suas motivações particulares por tempo demais!* ou *Já pensou em passar o Natal em Nova York? Melhor não! A cidade está cheia de pervertidos e comunistas!* O resultado é que Panfilo, com sua fachada de cidadão de bem que só quer restaurar sua cidade natal à grandeza dos velhos tempos, está em alta com a população rural do sul e do meio-oeste, com corporações, com bilionários... e com o Ur-niverso.

Mas isso foge um pouco do assunto.

— Tá machucando você — diz Padmini com um semblante preocupado. — A campanha do Panfilo.

Neek dá de ombros.

— Pois é. Mas tudo bem. Por isso estou fazendo isso aqui. — Ele aponta para a cidade.

— Tentando ficar mais forte...

As pequenas mudanças que Neek vem impulsionando não têm o mesmo poder de uma corporação extradimensional ou de um candidato político impondo a vontade de não nova-iorquinos à cidade. No entanto, criam uma pressão oposta, já que cada pequeno acontecimento nova-iorquino é capaz de salvar vidas e reforçar os melhores aspectos da cidade. São como vacinas, por assim dizer, para que nenhum outro candidato futuro seja capaz de causar o nível de dano que Panfilo conseguiu em tão pouco tempo.

— A gente pode ajudar — sugere Padmini, e seu rosto se ilumina. Ela consegue fazer muito mais do que melhorar o trânsito, e isso soa muito mais interessante. — Você anda cansado, isso não devia ficar só em cima das suas costas. Vou tentar...

— A cidade é minha.

Padmini se afasta, estreitando os olhos e juntando dois mais dois.

— *Nossa também*. O que, pra ser Nova York precisa trabalhar até morrer, é? — indaga ela. Neek responde com um olhar sugestivo, e Padmini se dá conta do que acabou de dizer. — Não responde. — Ela balança a cabeça, frustrada. — Cadê o Manny, afinal? Ele devia estar cuidando de você!

Neek solta um longo suspiro.

— Sei lá. Não sinto mais a presença dele desde que ele sumiu e depois reapareceu do nada.

— Quê?

Isso aconteceu faz dias. Padmini perguntou a Manny onde ele estivera e ele simplesmente disse "Precisava cuidar de uns assuntos" sem realmente responder à pergunta. Desde então, ele e Neek parecem distantes, mas o radar romântico de Padmini não é muito bom. Ela sempre confunde tensão sexual com climão e vice-versa. Mas se Neek realmente não sente mais Manhattan como um avatar, tem algo muito errado acontecendo.

Ela deixa o mundo real por um instante para procurar por Manny. Lá está Manhattan, o distrito: vivo e cheio de pessoas e dinheiro e turistas e edifícios e locais famosos, mas... Manhattan, o avatar, não está em lugar algum, como se nem sequer estivesse na cidade. Não faz sentido. Será que Manhattan tinha desnascido como o Queens no dia em que Padmini saiu da Corporação Tirana? Não, a parte da cidade que é Manhattan ainda vibra com vida e poder. Entretanto, é como se ela não tivesse personalidade alguma agora. Padmini não sente mais a gentileza consciente e a crueldade natural de Manny. Seu desejo silencioso e melancólico por algo mais também não está mais lá.

Padmini olha fixamente para Neek.

Ele dá de ombros.

— Beleza, o que tá rolando? — pergunta ela.

Neek suspira.

— Acho que o Manny tá pensando... em deixar de ser Nova York.

— Ele não pode fazer isso. Nenhum de nós pode desde que a gente acordou você e viramos Nova York juntos. Não é?

— Como é que eu vou saber? Essa porra toda é completamente sem sentido.

— Mas...

Todos eles sabem que Manny está apaixonado por Neek. E Neek se esforça para ignorá-lo e finge não ligar, mas todo mundo vê que Manny é a única pessoa que ele deixa entrar em seu quarto. Padmini às vezes tenta obrigar Neek a descansar ou comer ou a aprender a receber cuidados e, na maioria das vezes, ele simplesmente ri e sai andando. Mas acata quando o pedido vem de Manny. Ele sorri para Manny muito mais do que para os outros. Mas se Manny está pensando em ir embora...

— Meu Deus — exclama Padmini. — Você vai deixar ele ir.

— Seria meio escroto da minha parte não fazer isso, não acha? Se isso é o que ele realmente quer...

— O que ele quer é ficar com você! — exclama Padmini, exasperada.

— Quem quer se casar com ele é você.

— Por uma questão puramente prática! Vai ser um negócio completamente platônico, exceto quando a Imigração aparecer. Mas ele ama *você*.

— Ele não me conhece. Isso aí é coisa da cidade.

— Bom, realmente é muito difícil conhecer melhor alguém que não abre a boca. Mas conhecer um ao outro é o objetivo de entrar em um relacionamento, não é?

Neek é orgulhoso demais para expressar constrangimento, mas eles são Nova York e, neste momento, a cidade irradia inquietação e desconforto.

— Eu não curto relacionamentos.

Padmini balança a cabeça, sem entender.

— Então transem e leiam livros da biblioteca juntos, qual o problema?

— O problema é que *isso é* um relacionamento.

— Você não curte ter amigos, então?

Neek emite um grunhido.

— Você entendeu. Ele vai querer exclusividade, vai querer... sei lá, *ficar agarradinho*, essas coisas. — Ele parece achar a ideia repulsiva. — Eu fazia isso antes, deixava estranhos e uns velhos me tratarem como namorado, ficarem me beijando e a porra toda. Mas é sério, esse negócio não é pra mim.

Padmini resmunga, frustrada, e apoia a testa no parapeito.

— Não dá. Meu Deus. Nunca entendi a aversão dos americanos por casamentos arranjados sendo que estar apaixonado deixa todo mundo idiota desse jeito. Você quer ficar com o Manny, ele quer ficar com você, o destino da cidade depende de vocês dois resolvendo isso, mas não, até parece que vocês iam facilitar as coisas! — Ela endireita o corpo e joga as mãos para o alto. — Fala sério. Eu acho que, de nós todos, ele é o único que queria ser Nova York!

Neek se vira para ela com um olhar antipático no rosto.

— Tinha me esquecido de que o Queens é a parte de Nova York que mais me dá nos nervos.

Padmini o encara de volta, com um semblante igualmente amargo.

— O Queens não desiste. *Principalmente quando a gente sabe que tem razão.*

Ele aperta a ponte do nariz entre o dedo e o polegar antes de dizer:

— Olha, eu... eu já me fodi tanto que perdi a conta, mas de uma coisa eu sei: É pior quando você é usado. Quando alguém ferra com sua cabeça e faz você achar que quer algo que na realidade não quer. A cidade fez isso com ele. Eu seria um filho da puta se tirasse vantagem disso.

Tudo bem, é um bom motivo para se preocupar. Mas...

— Mas talvez você também seja um filho da puta ao afastar o Manny sendo que ele quer estar perto. Ele *adora* ser Nova York. Todos os dias ele olha pra a cidade, *pra você*, como se fosse a melhor coisa que já aconteceu com ele. E você aí, dizendo o contrário e que o que ele sente não é realmente real. Você tá fazendo *gaslighting* com ele porque *você* tem medo de se aproximar!

Neek parece ouvi-la pela primeira vez, e franze a testa em silêncio. E, para desespero de Padmini, Manny aparece na sacada.

Neek recua e olha para Padmini. Ela imediatamente se sente mal; sabe que fala alto mesmo quando não está gritando, o que quer dizer que Manny provavelmente ouviu tudo. Mas ele não parece bravo. Apenas... triste. Mais triste do que Padmini jamais o viu.

Ela sabe quando é a deixa para ir embora.

— Ahn... Bom... Vou para meu quarto pra vocês poderem conversar...

— Não precisa — diz Manny, calmo. — Eu estava procurando uma oportunidade pra dizer isso. Acho que chegou a hora.

Manny respira fundo, olhando para Neek.

— Eu... Eu não sou Nova York. Você estava certo; eu nunca fui. Eu queria ser. Achei que podia *me obrigar* a ser. — Ele fica em silêncio por um momento, fitando o chão como se não soubesse como continuar. Neek olha fixamente para ele, e Padmini tenta processar o que está ouvindo. — Depois que a gente se reunir com as outras cidades, se eles nos ajudarem a descobrir como estabilizar o multiverso e expulsar a Mulher de Branco fora de vez, muitas outras cidades neste hemisfério devem despertar. Algumas estão quase lá há anos; Nova York não é a primeira, só foi a única a completar o processo até agora. Minha cidade também tá na iminência de nascer há anos. Portanto, assim que Nova York estiver a salvo... vou voltar pra lá. Pra finalmente me tornar o que sempre estive destinado a ser.

Neek ficou o tempo todo em silêncio, tentando forçar uma expressão de indiferença e tranquilidade quando, na verdade, estava completamente estarrecido. Padmini gagueja. Ela se agarra a um único argumento — talvez inútil, mas o único em que consegue pensar.

— Mas você não pode ir. A cidade tá completa agora. Você só podia ter ido antes de a gente acordar o Neek...

— Não. Isso funciona assim só pra vocês. — Manny parece firme apesar da tristeza na voz. — Vocês todos sempre foram nova-iorquinos de verdade, mas eu sabia que estava destinado a ser uma cidade diferente. Minha família inteira recebeu o chamado, anos atrás. Nossa cidade vai ter vários avatares, assim como Nova York, e eu vou ser o primário.

Padmini balança a cabeça, teimosa.

— Não tem como! Ninguém sabia que estava prestes a virar uma cidade antes de essa maluquice cair no nosso colo.

— Eu sabia — discorda Neek, e Padmini franze a testa. — Eu percebi semanas antes, até meses. Antes mesmo do Paulo aparecer. Se eu pudesse ter conversado com vocês sobre isso, a gente provavelmente teria começado a aprender as coisas por conta própria. Talvez a gente nem tivesse precisado da ajuda do Paulo.

Manny concorda com a cabeça em um gesto breve.

— É possível encontrar informações sobre ascensão de cidades se você souber procurar. Se precisar saber. Então eu e minha família fizemos todo o possível pra nos preparar pra quando o dia chegasse. Faz parte da nossa natureza. Mas quando eu decidi vir pra cá pra estudar... — Ele desvia o olhar. — Eu disse a mim mesmo que era minha última chance de aproveitar a liberdade humana antes de assumir a responsabilidade pela cidade. Mas, além disso, acho que também queria ter voz em meu próprio destino. Ter uma escolha. Mas é hora de deixar de ser egoísta.

Porra. Padmini olha para Neek. Ele está em silêncio, parecendo não saber o que dizer. Certo, ele não vai servir de ajuda, então ela arrisca:

— Manny, você é tão Nova York que não consigo imaginar você sendo outra cidade. Isso é loucura. Se você for embora, o que acontece?

— Outra pessoa se torna Manhattan. — Ele dá de ombros. Parece muito calmo em relação à própria partida, mesmo depois de terem lutado juntos, sofrido juntos, celebrado a cidade juntos. Também parece muito triste, mas não o bastante para mudar de ideia. — Tem muitas outras pessoas aptas a isso por aí. Procurem por um cara chamado Doug Acevedo ou uma mulher chamada Madison depois que eu tiver ido embora. Nova York só me escolheu porque eu já estava preparado e porque era o que eu queria. Ou o que eu achava que queria.

Padmini nunca ouviu algo tão triste na vida.

— Você queria, Manny. Nós todos sentimos isso. E agora, apesar de tudo, você quer ficar.

A expressão de Manny é dura e profissional.

— Já tá tudo acertado. Mas tenho permissão pra ficar até a cidade se estabilizar.

Até parece que...

— Sua família! — exclama Padmini. — Todo aquele dinheiro pra campanha da Brooklyn... Eles estão *obrigando* você a voltar?

Manny abre um sorriso contido.

— Estão me ajudando a fazer o que é melhor pra Nova York.

Realmente é a coisa mais triste que Padmini já ouviu. Ela hesita, tentando pensar em algo mais para dizer, qualquer coisa que possa encorajar Manny a mudar de ideia e enfrentar a família, por mais misteriosa e poderosa que ela seja. A escolher seu destino, como ele disse que queria. Mas ela nunca foi muito eloquente e, em vez disso, fica calada.

— Qual é a cidade? — pergunta Neek. Seu semblante indiferente é impenetrável desta vez.

Manny olha para ele por um longo momento antes de responder. É como se houvesse toda uma outra conversa acontecendo ali, em meio ao silêncio denso.

— Chicago.

— Tá zoando? — Neek ri. Soa forçado. — Nova York roubou você porque Chicago não sabe tirar nosso nome da boca. Até parece que a gente ia deixar barato.

Manny sorri de maneira igualmente artificial.

— Pode ser. Desculpa.

— Pelo quê? Pelo menos você não é *Boston*.

Neek desvia o olhar, mais uma vez tentando fugir. Ele sempre faz isso, como se fosse forte e impenetrável demais para se magoar — mas Manny é o verdadeiro monstro entre os dois, e suas reações sempre desmentem a imagem que Neek tenta reivindicar para si. Não há apatia ou crueldade no semblante de Manny, apenas determinação e uma tristeza que parece não ter fim. Ele está prestes a fazer isso mesmo, desistir de tudo o que quer, por eles. Mas se Neek pedir para ele ficar... Neek não diz nada, porém.

Padmini tenta se aproximar.

— Manny...

Ele coloca as mãos no bolso.

— É melhor a gente descansar pra amanhã. Vai ser um dia difícil.

— *Caramba*, Manny...

Ele dá meia-volta e vai embora. Padmini ouve ele fechar a porta do quarto.

Ela se vira para Neek e abre os braços em um gesto de incredulidade silenciosa. Em vez de responder — ou de ir atrás de Manny como deveria —, Neek dá as costas para ela, apoia-se no parapeito e depois descansa o queixo sobre os braços. Fim de conversa.

Pelo amor de Deus.

Padmini entra no apartamento, resmungando para si mesma em três idiomas diferentes, e pega o celular. Não sabe como os outros poderiam ajudar, se é que isso é possível, mas eles precisam saber que têm mais um problema *gigantesco* além de todo o resto.


A Cúpula é em Atlântida. E Atlântida acaba sendo... a cidade bonita e deserta onde Padmini tem passado grande parte de seu tempo livre.

Ela devia ter perguntado a Paulo como a cidade se chamava, mas acabou não pensando nisso; em parte porque ele a pegou completamente de surpresa com seu plano para forçar a Cúpula a se reunir, mas a razão verdadeira pela qual ela não perguntou o nome da cidade é porque o nome não importa. A cidade está morta. O que resta dela — sua beleza tranquila e seus labirintos e seus pátios de dança — é só a memória final e fragmentada das pessoas que a construíram e do avatar que encarnou sua alma. Visitá-la é como... fazer a puja. Padmini sempre foi hindu só em teoria, e a cada dia menos, conforme acompanha a ascensão do nacionalismo hindu em sua terra natal. Política à parte, porém, ela ainda *acredita*, porque o universo — todos os universos — é complexo e bonito demais para se ignorar a divindade em tudo aquilo. Ao visitar Atlântida, ela fez de si mesma uma oferenda; em vez de frutas e incenso, um último turista para ficar apaixonado por suas paisagens. Mas os nomes dos mortos são sempre esquecidos com o tempo, mais cedo ou mais tarde.

— Caraca, dá uma olhada nisso aqui.

Veneza está com Padmini no topo de uma longa e ampla avenida que desce até o mar. Dali, conseguem enxergar todo o caminho até o horizonte estranho e abstrato. Veneza parece fascinada — e assustada — com o paradoxo visual.

— É impressão minha ou não resta nada aqui além desta cidade, uma porção de água em torno dela, um pouco de céu e... nada mais? O pessoal da terra plana ia pirar nisso.

Padmini, que está agachada ao lado dela passando os dedos na superfície de um pequeno lago, concorda com a cabeça. É a mesma conclusão a que chegou há algum tempo, e nunca pensou muito sobre isso... mas é mesmo estranho saber que esta já foi uma cidade viva. Antes de ficar sabendo disso por intermédio de Paulo, Padmini sempre atribuiu a estranheza à possibilidade de estar em outro universo, possivelmente imaginário e com características físicas diferentes. Não; a estranheza se dá porque elas estão caminhando sobre cinzas crematórias.

Caramba, de repente a coisa ficou mórbida. Padmini suspira e se levanta.

Eles estão na entrada arqueada do anfiteatro onde as cidades vão se reunir. Padmini nunca esteve aqui antes. Há outros avatares lá fora, conversando em grupos e lançando olhares furtivos na direção de Padmini e dos demais Nova Yorks. Ela também ouve muitas outras vozes murmurando; uma pequena multidão.

Enfim o que eles passaram tanto tempo tentando conseguir. Agora podem arranjar ajuda e talvez consertar tudo. Mas então por que, se pergunta Padmini, o ar parece tão carregado de maus presságios?

Manny tem agido de forma cordial, mas não respondeu a nenhuma das perguntas dos outros desde a revelação de ontem. Ele já entrou, assim como Neek e Brooklyn. Bronca fica um pouco para trás e para na entrada para chamar Padmini e Veneza.

— Vamos, crianças.

Veneza mostra o dedo do meio, mas as duas se levantam para entrar.

Este não é como os anfiteatros gregos ou romanos que Padmini já viu em livros, nem como os mais modernos, como o Teatro Delacorte, em Nova York, onde apresentam Shakespeare no parque durante o verão; estes são ovais ou semicirculares. O anfiteatro de Atlântida tem forma de lágrima, com uma estranha área plana para servir de palco na extremidade mais estreita. Apesar de dar para ouvir a multidão de lá de fora, ainda é chocante ver o número de avatares reunidos no lugar — aparentemente uma centena deles. Faz sentido, já que há milhares de cidades no mundo, mas relativamente poucas grandes ou conhecidas o bastante para transcender. A diversidade dos avatares é tremenda, mas a maioria é inclinada à exuberância. Um homem idoso barbudo e de boa aparência por alguma razão acena educadamente para ela. (Istambul, cochicha sua cidade.)

Há uma mulher de pele bronzeada sentada ao lado de outra tão idêntica a ela que só podem ser gêmeas, exceto pelo fato de que a segunda tem a pele muito branca e rosada e cabelo avermelhado; de alguma forma, Padmini sabe que são Budapeste. Logo à esquerda de Padmini há um homem negro de meia-idade; é magro, está extremamente bem-vestido e estala a língua ruidosamente quando os avatares de Nova York chegam — Kinshasa. Há um rosto familiar, também: Hong Kong, que apenas acena com a cabeça para eles, embora a última em que estiveram juntos tenha sido no meio de uma batalha mortífera em Staten Island. Quando Padmini passa, uma mulher indiana rechonchuda acena alegremente; seu sari é azul com estrelas douradas: Mumbai, usando as cores do time de futebol da cidade. (Padmini acena de volta, sem graça.)

Há um lugar para acomodar todo o grupo de Nova York mais ou menos na metade do anfiteatro, onde Neek e os outros já se encontram. Padmini senta-se perto de Veneza, incerta de quão nervosa deveria estar. Há um pequeno púlpito com algumas mundanas cadeiras dobráveis de metal posicionado próximo ao palco. Ninguém está lá em cima, mas vários avatares estão agrupados por perto, conversando, incluindo uma mulher que se encaixa na descrição que Bronca fez de Paris. Esse grupo observa os avatares de Nova York enquanto eles se sentam, alguns com semblante abertamente desagradável. Padmini conclui que provavelmente são as mais influentes entre as cidades mais velhas.

— Que merda. Parece que tô entrando no refeitório durante o intervalo do ensino médio — murmura Bronca.

Ela fala baixinho, mas uma mulher logo atrás deles ri.

— Imagina. Aqui é muito pior!

Como se para enfatizar o comentário da mulher, metade da fileira começa a rir também. Bronca troca um olhar com os outros avatares de Nova York. Padmini também não parece achar engraçado.

— Pelo menos você teve escola e comida — diz uma mulher branca sentada do outro lado de Padmini.

A infame Londres, informam os sentidos da cidade de Padmini. Londres se inclina para a frente e acena para Neek; Neek parece surpreso, mas levanta o queixo em resposta. Depois ela se acomoda e, após um profundo suspiro, continua sua reflexão.

— Quando eu tinha essa idade, passava fome o dia inteiro. E *todo mundo* era malvado, não só as pessoas que tinham comida.

— Ah tá — balbucia Padmini.

Para seu alívio, ela avista a forma magricela de Paulo tentando abrir caminho entre outros avatares para se aproximar deles. Padmini se apressa em dizer para Londres:

— Desculpa, tem um ami... — Peraí, Paulo não é amigo deles. Padmini desconfia que Neek gosta dele, e que talvez já tenham dormido juntos, mas ela não sabe como isso funciona já que tem alguma coisa rolando entre Paulo e Hong. Além disso, ela já tentou dar uma surra nele e provavelmente deveria se desculpar quando tiver a oportunidade. — ... um conhecido meu chegando.

— Ah, puxa, te deixei desconfortável e agora você não quer mais falar comigo — diz Londres, embora não pareça particularmente abalada com isso. Ela exibe um sorriso simpático e distraído. — Vai lá, vai lá.

— Ah, beleza... — Padmini se concentra em Paulo com mais atenção do que a ocasião pede.

— Aparentemente eu vou falar em nome de vocês — informa ele. Direto e reto, sem nem dizer oi. Padmini se pergunta se isso é algo típico de São Paulo ou apenas típico de Paulo. Ele olha para um ponto atrás deles, e Hong se levanta e começa a se aproximar. — Essa é a tradição, mas como também sou "jovem demais" e nunca participei de uma reunião, não tenho ideia de como as coisas funcionam. Talvez eles façam Hong falar por nós dois.

— Não — responde Manny. — Nós mesmos falamos. Qualquer outra coisa é inaceitável.

Ele está sentado na mesma fileira que os demais, mas do lado oposto a Neek. Eles ainda se apresentam como frente unida e Manny ainda é um deles, mas para quem já viu Manny sempre ao redor de Neek, discretamente preparado para enfrentar o multiverso inteiro por ele, a cena é intrigante. Até mesmo Paulo olha duas vezes ao perceber isso, porque é gritante que tem algo errado. Mas Hong chega até eles.

— Vai ter que ser aceitável — diz Hong. — Permitir que vocês estejam aqui já é flexibilizar demais as regras. Se continuarem irritando as cidades...

— O quê, vão expulsar a gente? — Neek solta uma risada sarcástico, esparramado no assento, para horror dos Berlins que estão por perto. — Rigidez nas regras é o que vai deixar esses filhos da puta felizes enquanto R'lyeh come todo mundo vivo?

Todos os avatares próximos ficam em silêncio — é o choque por ouvir a palavra com R sendo dita em voz alta, conclui Padmini. (O nome de fato causa um zumbido prolongado em seus ouvidos, como se ela tivesse levado um tapa na orelha.) A interrupção na conversa é perceptível, e o silêncio se espalha. Mesmo as pessoas que não ouviram param suas conversas para olhar ao redor e ver o que está acontecendo até todos os presentes estarem olhando para Neek.

Ele olha em volta com uma expressão de desprezo no rosto, digna de qualquer rapper ou investidor imobiliário.

— Que idiotice — diz ele para os outros Nova Yorks. Normalmente sua fala é mansa, mas o anfiteatro amplia sua voz; ele está usando de propósito um tom mais intenso. — Todos nós despencando no multiverso e vocês querem brincar de clubinho.

— Estamos em perigo *por causa de vocês* — acusa um homem na terceira fileira. — Nenhuma outra cidade teve problemas como esse, mas é óbvio que *os americanos* iam estragar tudo...

— Nós não estamos em perigo algum, seu tolo — diz, com um gesto afetado, um avatar mais velho na última fileira. — O Inimigo nada mais é do que o monstro que sempre foi. Nova York só inventou toda essa história e deu a ele um rosto. O perigo real é dar ouvidos para esse bando de...

— O perigo — começa uma mulher imponente de pele acobreada e cabelo em um corte quadrado — é que vocês estão confortáveis demais com as "tradições" e demoram uma vida inteira pra reagir quando uma situação muda. Se acham que...

Ela é interrompida por um estalo. Há agora um jovem magro e de feições endurecidas de pé no púlpito. Tem na mão uma grande pedra arredondada, que acabou de bater no chão para chamar a atenção dos presentes.

— Crianças — diz ele, com certa irritação.

Ele parece ter a idade de Manny e tem a pele de cor parecida, embora um pouco mais avermelhada. Seu cabelo é liso e as maçãs do rosto acentuadas. Usa um pequeno brinco — em forma de crocodilo? — em uma das orelhas. Esse detalhe faz com que Padmini goste um pouco dele. É muito bonitinho. De alguma forma, ela sabe que esse é Faium. Ela nunca ouviu falar dessa cidade e não sabe ao certo onde fica, mas aparentemente ele é o líder aqui. Isso faz dele um dos mais velhos? Ele parece tão jovem.

Faium suspira e olha para Neek.

— Pelo jeito vocês já decidiram iniciar a conversa. Mas se não conseguem respeitar mais nada, avatares de Nova York, que tal ao menos respeitem a ordem para que isso não vire uma bagunça?

— Sim, sim, vamos ter uma discussão perfeitamente regrada sobre o fim da porcaria do universo — critica alguém não muito longe do púlpito. O avatar veste um terno masculino e tem o delineado mais bem-feito que Padmini já viu na vida, o que faz a revirada de olhos que segue seu comentário ser ainda mais dramática. É Trípoli, outra cidade mais velha. — Sente-se, Fai. Você não é a pessoa que precisamos ouvir neste momento.

— Como se atreve... — balbucia outro homem sentado próximo ao púlpito.

No entanto, Fai ergue a mão para pedir silêncio e se dirige a Trípoli com um sorriso contrariado.

— Não sou um tirano — diz ele. — Quem exatamente você queria ouvir neste momento? Nossos membros mais novos, a conurbação de Nova York? Muito bem.

Nova York, ou quem quer que vá falar por vocês, por favor, respondam à pergunta do momento: qual é o *grande plano* de vocês para salvar a todos nós?

É uma pergunta completamente injusta. Nesse momento, Padmini decide que odeia esse homem, com ou sem brinco bonitinho. Vários dos presentes riem maldosamente, como se estivessem de fato em uma sala do ensino médio. Foi exatamente como Paulo e Hong disseram: embora todos aqui estejam cientes do perigo que enfrentam, alguns preferem se divertir observando o fracasso dos Nova Yorks a fazer o necessário para salvá-los e salvar a si mesmos.

Mas Nova York não veio de mãos abanando.

Neek olha para Padmini, e ela se levanta para se dirigir a Faium. Está nervosa, é claro, mas falar para uma sala cheia de cidades não é tão desesperador quanto fazer uma apresentação para seus orientadores ou até mesmo para seus colegas de serviço. E isso, assim como seu trabalho na campanha do Brooklyn, ao menos deu um trabalho que vai valer a pena.

Ela respira fundo. Quando fala, o anfiteatro capta sua voz de forma tão primorosa quanto qualquer microfone. Uma pena que o que ela está prestes a dizer seja tão catastrófico.

— Considerando a velocidade de nossa queda no multiverso, acredito que dentro de um mês vamos chegar a um ponto a partir do qual não vai mais ter volta.

As gargalhadas cessam, embora um ou outro riso se prolongue. Faium, com uma expressão que oscila entre tédio e desdém, estreita os olhos.

— Quanto drama. "Um ponto a partir do qual não vai mais ter volta"?

— Coisas ruins vão acontecer. Não sou física, mas já analisei os números milhares de vezes e a gente tá se aproximando de um limiar além do qual a matéria, a energia e tudo o que existe no nosso universo vai ser totalmente extinto.

O limiar ao qual ela se refere é chamado de kugelblitz — algo parecido com um buraco negro formado não pelo colapso da matéria, mas por uma intensidade avassaladora de calor, radiação... ou luz. Como a luz que aguarda na base da árvore. Ela já explicou isso aos outros, mas eles sugeriram que ela resumisse as coisas; melhor não confundir todo mundo com a terminologia teórica da física, já que o que ela precisa fazer é simplesmente convencer as outras cidades de que precisam tomar providências imediatas.

— A margem de erro é de uma semana pra mais ou pra menos. Alguma coisa tá atrapalhando meus cálculos, então adicionei essa margem pra que...

— Que baboseira — vocifera alguém no fundo do anfiteatro. — Nem tudo é um filme estadunidense com contagem regressiva. Isso é baboseira, Nova York é baboseira, *vocês* também, tudo isso aqui é...

Manny fica de pé.

— Fechar os olhos não vai salvar vocês — declara ele. Ele não levanta a voz, mas a veemência em seu tom silencia os gritos do homem. Todos olham para ele, o que irrita um pouco Padmini. É da natureza de Manny chamar a atenção sendo a parte mais atrativa de Nova York, mas ele está roubando os holofotes dela. — É claro que é confortável se esconder debaixo do cobertor e torcer pra que o monstro vá embora, mas quer vocês acreditem nele ou não, vão ser devorados da mesma forma.

O homem dos gritos se limita a olhar para Manny com o rosto retorcido por um misto de afronta e asco. Manny acena com a cabeça para Padmini, devolvendo a palavra a ela. Um pouco desconfortável, ela continua.

— Parece claro que não se trata de um processo natural — explica. — Não sei como os Ur o iniciaram. Talvez por meio da base estabelecida pela Mulher de Branco na nossa cidade, talvez de outras formas. Mas sabendo o que eles fizeram com *esta* cidade — ela gesticula ao redor, referindo-se à Atlântida; vários membros da plateia parecem abalados —, acho que é seguro dizer que o que vem pela frente não é bom. Pra ser franca, é possível que a gente nem consiga chegar até o kug... até o ponto a partir do qual não vai mais ter volta. Se a gente continuar despencando até um ponto em que as condições específicas que sustentam nossa realidade não possam mais ser replicadas, todas as nossas cidades vão ficar tão desertas quanto esta, morta de todas as maneiras que são relevantes.

Um vozerio irrompe pela sala. Alguém grita alguma coisa e é rapidamente silenciado. Padmini ouve um rapaz por perto perguntar a outro:

— Você entendeu o que ela disse?

— Sim, entendi que a gente tá ferrado — responde o outro.

Bom, eles não estão errados.

— Quanto ao que a gente pode fazer — continua ela, voltando-se para Faium —, precisamos fazer o equivalente metafísico a ligar os motores turbo. Gerar força pra bater de frente com o que quer que os Ur estejam fazendo. Mesmo que não dê pra impedir nossa queda, podemos ao menos ganhar tempo pra pensar em outra solução.

Faium, que até então observava Padmini com uma expressão consternada, recompõe-se e pressiona a ponte do nariz entre o polegar e o indicador.

— Há muito tempo, fiz um número de magia invocando espíritos para impressionar meu faraó, e até *aquilo* foi menos incompreensível do que você acabou de dizer. Explique, criança, como devemos... ligar esses motores turbo. Use a linguagem que achar melhor.

Ih. Ele é velho *mesmo*. Mas como explicar isso? Metade é matemática, metade é... psicologia? O inconsciente coletivo, pelo menos. Energia psíquica, prana e chakras, teoria quântica; de certa forma, tudo isso contribui para sua compreensão de como o mundo, *todos os mundos*, realmente funciona. Uma teoria de campo unificada das cidades como núcleos de hiper-realidade... Hummmmm, beleza, é melhor abordar isso depois que o universo estiver salvo.

— Com a magia das cidades — diz ela, enfim. — Vamos usar esse termo. Mas a gente vai precisar atualizar essa linguagem em algum momento, porque parte do problema acontece porque há regras pra isso, uma ciência que entendemos apenas a nível básico e instintivo. É como se a gente estivesse aprendendo a somar agora enquanto o Inimigo já tá nas equações diferenciais.

— O *Inimigo* — diz Tóquio, que está sentada com outros avatares japoneses — opera da mesma maneira há mais de dez mil anos na história humana. "Ela" não tinha rosto nem nome. O que fizemos, as tradições que vocês tanto desprezam, foi o que nos permitiu sobreviver.

— Sim — começa Padmini —, e isso é louvável, mas não tem nada a ver com...

— Os métodos tradicionais não funcionam mais — anuncia Paulo, ficando de pé para falar. Padmini suspira, começando a se conformar a ser interrompida. — As cidades mais jovens enfrentaram perigos que nenhuma outra enfrentou ao nascer. Ataques sistêmicos, envenenamentos sociopolíticos, assassinatos ideológicos. Todos vocês já perceberam que os nascimentos de cidades diminuíram. Nas Américas, o número tá completamente estagnado. Acho que essa é a razão. Não é vergonha reconhecer que o Ur-verso tá dando uma rasteira na frente. A única vergonha é não agir agora que já sabemos disso.

— Isso é um disparate — intervém um homem alto e loiro (provavelmente Amsterdam?) falando mais alto que os cochichos que tomaram a sala. Ele se levanta, pega o casaco e começa a descer as escadas do anfiteatro para ir embora. — Tudo isso começou por causa de Nova York. Sabia que uma deles quer virar *prefeita* da cidade? Bando de americanos com fome de poder! Vamos deixar o Inimigo *devorar* Nova York, assim a gente pode seguir com nossa vida. — Quando Faium começa a falar, o homem se revolta. — Não! Não quero saber, Fai. Nem sabemos se...

De repente, Manny está bloqueando o caminho entre o homem e a saída. Padmini fica boquiaberta. Como foi que ele...

— Deixar o Inimigo devorar Nova York? — repete Manny.

Sua voz é mansa, mas firme e intimidante ao mesmo tempo.

Amsterdam recua um passo, arregalando os olhos. Padmini se vira para Neek, que parece alarmado pela primeira vez desde que ela o conheceu. Ele se ajeita no assento.

— Ei, princeso — diz o primário. Manny está de costas para ele, mas gira ligeiramente a cabeça ao ouvi-lo. Padmini percebe que Neek está olhando para as mãos de Manny, que parece estar segurando algo por baixo da manga da blusa. Certo, nada disso, Nova York não pode sair por aí esfaqueando as pessoas. Neek faz uma careta. — Ele só tá falando merda. Não vai perder as estribeiras aqui.

— Essas pessoas deixariam a gente morrer pra salvar a própria pele. — Manny se vira, e é muito assustador vê-lo encarar não apenas Amsterdam, mas todos ali, com a mesma calma calculada e homicida que nem sequer tenta disfarçar. — Nós aguentamos até agora. Talvez a gente não precise deles.

— Precisamos — diz Padmini, revirando os olhos antes de ir até Manny. Ele olha para ela, e há um vislumbre de arranha-céus pontudos como sabres repletos de janelas espelhadas — que Padmini responde com uma enxurrada de sensações específicas do Queens: cheiro de grama fresca e de churrasco, crianças nadando em piscinas de plástico, uma *garagem* para estacionar. Tudo isso contraria a quintessência exagerada de Manhattan como um balde de água fria. Manny estremece quando Padmini se aproxima para encará-lo. — Quer mesmo fazer isso agora? Sério? Você vai embora e ainda tá agindo como se fosse sua responsabilidade proteger o Neek?

Ele parece ter levado uma bofetada; os arranha-céus se recolhem no mesmo instante, como uma vela sendo soprada. Ele olha para Neek com uma expressão aflita, e isso diz a ela tudo o que precisa saber sobre a suposta partida de Manny. O avatar de Mannhattan desvia o olhar.

— ... Desculpa — murmura ele. Padmini continua olhando para ele de cara feia, e, depois de um instante, ele se acomoda na cadeira.

— Que cena lamentável — repreende Faium. Ele olha para Neek e Manny, balança a cabeça, irritado, e depois volta a fitar Amsterdam. — Am, *por favor*, sente-se. Sei que a cidade de Nova York já foi sua, mas tente não causar um conflito com os novos membros que vão resultar em milhares de vítimas em ambas as cidades, pode ser?

O homem de cabelos loiros ainda parece ofendido, mas, com um último olhar torto para Manny, ele volta ao lugar. Faium se vira para Padmini e faz um gesto para que ela continue.

Certo. Padmini respira fundo. Todo seu nervosismo desaparece depois da ceninha. Talvez ela deva agradecer a Manny por isso.

— Acredito que se todas as cidades do nosso mundo manifestarem todo seu poder junto com a gente, podemos ser capazes de destruir a base de R'lyeh em Nova York. Além disso, uma união assim representaria um arquétipo poderoso, pelo menos no nosso mundo. Uma equipe destemida enfrentando um inimigo monstruoso... — Está mais para "os oprimidos batendo de frente com um inimigo muito maior e mais preparado", mas ela decide não falar isso. — É um arquétipo que existe em quase todas as culturas do nosso mundo. Basicamente é um constructo que temos em comum e que qualquer um de nós pode usar. Se der tudo certo, acho que nossa vontade coletiva vai conseguir nos levar à nossa posição original na árvore. A Mulher desaparece, tudo em ordem no multiverso novamente, final feliz pra todo mundo.

Ela também decide omitir o fato de que, na maioria das culturas do mundo, histórias como essa terminam em tragédia. Desta vez, eles precisam da versão americana fantasiosa do arquétipo. Para o bem do universo.

— Ainda me soa absurdo — diz Amsterdam, que aparentemente não quer que ninguém pense que cedeu, ainda que esse seja o caso. — Tudo isso me parece um pretexto de Nova York para que as outras cidades façam o que eles não conseguem fazer sozinhos.

— Sim, mas é isso *mesmo* — confirma Neek, ficando de pé e se virando para Amsterdam com um olhar furioso. — A gente não conseguiu fazer isso sozinhos porque vocês tiveram uns mil anos pra lidar com essa porra *e não fizeram nada*, seus filhos da puta. Ficaram sentados de braços cruzados se chamando de "Cúpula" como se essa merda significasse alguma coisa. Vocês deixaram cidades novas morrerem e ainda botaram a culpa nelas! Então vocês podem optar por não atrapalhar ou podem calar a boca *e ajudar.* É matar ou morrer. Não dá pra ficar em cima do muro.

Um coro surpreendente de murmúrios de concordância ecoa por todo o anfiteatro — partindo da maioria dos presentes, como observa Padmini. Os negacionistas estão em menor número; a única diferença é que fazem mais barulho.

Mas de repente tudo começa a ir por água abaixo.

— Isso, *exatamente* — diz a Mulher de Branco, aparecendo do mais absoluto nada. Desta vez, está no corpo de uma mulher branca de ombros caídos na casa dos sessenta. Ela está vestindo um moletom feioso e calças de ginástica, e seu cabelo está preso em um coque firme. — Matar ou morrer — continua enquanto os avatares arquejam de surpresa. Manny fica de pé outra vez e Bronca grita um sonoro "Fodeu!". — Sempre gostei dessa frase. Ela serve muito bem para muitas situações — continua a Mulher.

Várias coisas acontecem ao mesmo tempo, tudo muito rápido.

Padmini levanta as mãos com os dedos abertos em garra, elaborando na mente equações vetoriais tridimensionais que formam uma barreira translúcida e resplandecente ao redor da Mulher para prendê-la. Ela anda trabalhando em uma teoria, certo, e ela diz que, em vez de constructos, eles precisam usar algo mais fundamental...

— Ah, meu benzinho, não, não. Essa estratégia não euclidiana não vai funcionar comigo — diz a Mulher, abrindo um sorriso complacente.

A barreira de Padmini evapora no mesmo instante.

Veneza vasculha os bolsos e puxa um *vape*, inala e depois sopra uma nuvem ampla de fumaça densa e suja. A névoa sai de sua boca como uma explosão em vez de apenas pairar no ar. É como a baforada de um dragão, mas feita do ar cem por cento poluído de Nova Jersey. Antes que a lufada de impurezas atinja a

Mulher, algo faz com que o ar ao seu redor fique enevoado como se uma parede de vapor tivesse se posicionado entre ela e a fumaça. Padmini não está conseguindo enxergá-la muito bem, mas tem a impressão de que há uma série de pequenos tentáculos surgidos do nada chicoteando em torno da Mulher, agitando-se tão rápido que é como se estivessem soprando a poluição como ventiladores. Manny range os dentes e, ignorando completamente a magia da cidade, arremessa uma faca contra o rosto da Mulher. Ela a *segura no ar* com dois dedos e olha para Manny com desprezo.

— Sério isso? — diz ela, e a arremessa de volta.

Manny consegue se esquivar, mas é por um triz. A faca passa por ele e se finca no banco onde ele estava sentado poucos segundos antes, afundando quase dez centímetros na pedra.

Os avatares de Nova York não são os únicos a reagir. Padmini vê Hong Kong pegando alguma coisa no bolso do casaco e Paris puxando um punhado de... biscoitinhos amanteigados? da bolsa. Mas antes que mais alguém possa tentar alguma coisa, a Mulher sorri, ergue o punho e abre a mão, esticando os dedos.

— *Bum!* — exclama ela.

Uma concussão violenta e invisível atinge a todos como uma bomba, derrubando no chão os que estavam de pé e fazendo com que os demais tombem em seus assentos.

Padmini se esforça para ficar de pé, tentando raciocinar em meio ao pânico para encontrar alguma outra forma de atacar. De repente ela vê, logo atrás da Mulher, um vulto que também surge do nada: é Aislyn, avatar de Staten Island. Seus olhos infelizes encontram os de Padmini por um instante, mas ela desvia o olhar.

— Então vamos lá — diz a Mulher, que parece estar se divertindo de verdade. Ela abre os braços como se estivesse prestes a propor um abraço grupal. — Aqui estão todos vocês, todos juntos, no mais conveniente dos lugares. É dificílimo enfiar universos em um kugelblitz. Seria muito mais fácil para mim simplesmente matar todos vocês aqui e agora; menos dramático, menos dor de cabeça com arquétipos. Muito mais rápido, também.

Então ela levanta os dois braços, e todo o anfiteatro começa a tremer.

# A GENTE... É NOVA YORK?

*Precisamos expulsar a Mulher daqui,* conclui Manny.

Um pedaço do teto do anfiteatro desmorona, felizmente não muito perto de onde eles estão. Os escombros bloqueiam a saída do anfiteatro, mas não é como se houvesse para onde correr em um universo morto. Alguns dos avatares desaparecem imediatamente, retornando para suas cidades via macropasso. Mas Manny vê um deles fechar os olhos em concentração, depois arfar em desespero quando nada acontece.

— Isso é falta de educação — reclama a Mulher de Branco. — Eu trouxe minhas mais hediondas técnicas de assassinato. O mínimo que vocês podem fazer é *ficar* e apreciar.

Uma fileira de dentes afiados brota do chão em volta do homem. Ele arregala os olhos e salta para longe segundos antes de a armadilha dentada se fechar no ar, onde estavam seus tornozelos.

Os avatares que fugiram podem ser considerados covardes, mas Manny sinceramente não pode culpá-los; a situação é crítica e está piorando. Ele não sabe por que os constructos estão tão ineficazes contra ela. Talvez por nenhum deles estar em sua cidade de origem? Seja qual for a razão, se não voltarem para Nova York ou não expulsarem a mulher de Atlântida quanto antes, todos vão morrer.

— Como... — balbucia Faium de trás do púlpito caído. — Como é que...

Londres se apressa para ajudá-lo a se levantar.

— Talvez esse não seja o melhor momento pra questionar a realidade diante de seus olhos, velho amigo.

Ela o puxa para longe com um movimento brusco pouco antes de a Mulher de Branco estender o braço na direção deles. O braço se transforma em um corpo pastoso e inchado que nada tem a ver com um membro humano e parte dele é ejetada contra a parede, bem onde Faium estava. A Mulher estala a língua e faz com que pequenas gavinhas germinem da massa, esticando-se para tentar tocar os pés de Faium. Antes que o alcancem, no entanto, Londres cerra os dentes, se posiciona na frente de Faium e...

... *metrô abarrotado, pessoas aglomeradas, com licença posso sair, COM LI-CENÇA, ah cala a boca todo mundo aqui quer chegar em casa*

... detona uma explosão de Londres pura e amorfa contra a Mulher de Branco. Não se trata da totalidade da cidade, é só um vislumbre da hostilidade do transporte público; por alguma razão, porém, o estouro afeta a Mulher de Branco com mais força do que qualquer coisa que tentaram até então. Os tentáculos minúsculos se encolhem e, em seguida, a massa inchada se contrai e pega fogo, chiando e se retorcendo. A Mulher estremece, recolhendo o corpo estranho e o transformando de volta em um braço, agora fumegante.

— Hum — diz ela, olhando atentamente para o braço.

— Você tá bem? — Aislyn dá um passo à frente, franzindo a testa.

— Ah, sim, tudo bem — responde a Mulher, sorrindo alegremente para Aislyn. — Isso foi basicamente uma unha quebrada. Mas minhas unhas são feitas de um elemento de alta resistência que sua espécie ainda não descobriu, e que teoricamente é indestrutível.

Por que o ataque de Londres foi eficaz, mas o de Padmini e de Veneza não? Manny tenta raciocinar enquanto ajuda Neek a se levantar depois de ter sido derrubado pelo ataque da Mulher.

A Mulher se vira para Londres com um beicinho.

— Achei que você tinha rastejado de volta para seus esgotos para morrer há uns cem anos. Ou para enlouquecer com privacidade, pelo menos.

— Parece que não — responde Londres, com um sorriso inabalável. — Enlouquecer não é tão ruim quanto as pessoas pensam, e, por favor... eu não ia morrer só por causa de uma crise de identidade.

— E-Ela é mesmo... — gagueja Faium, encarando a Mulher e balançando a cabeça. — Pelos deuses. Eu não acreditei. Ela *realmente* fala.

— Eu falo, canto e sei sambar — diz a Mulher, flexionando os dedos já regenerados e olhando para Faium com antipatia. — Também sei matar todos vocês. Só precisam *parar de se debater*.

— Por que nada tá funcionando? — questiona uma mulher asiática na terceira fileira.

É Seul, tentando ajudar um homem atordoado a se levantar. Há um enorme tigre agachado diante deles, em alerta.

— Os *constructos* são o problema — grita Londres. Ela ergue os punhos em uma posição digna de um boxeador. — Constructos só transmitem uma pequena parte da essência da cidade; *representações* funcionam melhor. A gente precisa partir pra artilharia pesada!

— Saquei — diz Neek.

E, de repente, Manny é tomado por uma raiva repentina e tão intensa que faz sua pele arder. Ele pisca e, em um piscar de olhos, está cambaleando diante de punhos erguidos em Howard Beach, depois erguendo os próprios punhos no caos de Crown Heights, depois respirando a afronta do Harlem, tanto à polícia punitiva quanto à vizinhança cruel. Cada segundo de ressentimento que nova-iorquinos já sentiram em relação a outros nova-iorquinos, cada momento em que a famosa tolerância da cidade se transformou em violência súbita, resplandece em seu cérebro. *Some do nosso bairro*, ele ouve em dez mil vozes que se agitam em suas entranhas e depois borbulham garganta acima. Ele abre a boca para expelir uma erupção de revolta, mas...

Tudo desaparece. Manny cambaleia, depois olha para Neek, desnorteado. Neek está logo ao lado com os braços abertos, cotovelos afastados do tronco e peito estufado. É uma demonstração de ameaça muito típica de Nova York, a pose Cai-Fora-Porra do usuário de ônibus antes de uma luta corpo a corpo que vai exigir agilidade extra por estar acontecendo dentro de um coletivo em movimento. A onda de territorialidade dos bairros faz parte disso também — isso é Nova York da cabeça aos pés, mesmo sem Staten Island, e um sinal de que Neek está preparado para lutar dando tudo de si.

— Isso aí — diz Neek, jogando os ombros em um gesto de afronta. — Você se esqueceu de quem eu sou, Palmito Alienígena? — Seu olhar recai em Aislyn. Eles não se conhecem, Manny sabe, e mesmo assim Aislyn recua como se tivesse levado um soco. Ela desvia os olhos. Neek bufa com um revirar de olhos de desdém e se concentra novamente na Mulher de Branco. — Parece que você se esqueceu daquela última surra. Mas a gente tá em seis, agora. Quer uma ajudinha pra se lembrar?

— Cuidadinho — alerta a Mulher, sacudindo um dedo. — Este universo morto é frágil como uma casca de ovo. As outras cidades o escolheram para as reuniões porque essa fragilidade é um incentivo a evitar a violência, mas não pensaram em como isso inviabiliza suas defesas. — Ela aponta com a cabeça para Faium, que a encara com uma expressão de horror no rosto. — Eles sempre acharam que estavam seguros aqui, que este lugar só podia ser acessado pelas cidades. — Ela ri. — Bom, eles estavam certos. Em parte.

Faium cerra a mandíbula e tenta endireitar a postura.

— Então devíamos recebê-la como uma de nós, R'lyeh — sugere ele, estremecendo ao pronunciar o nome. — Se tem algum problema conosco...

— A existência de vocês — esclarece a Mulher com um suspiro cansado. — Esse é o problema. Deixem de existir e vamos nos dar muito bem.

Faium abre a boca para responder, mas tudo o que consegue emitir são ruídos incrédulos. A Mulher então deixa de prestar atenção nele e olha em volta, dirigindo-se a toda a Cúpula.

— Não faz sentido ficar dando voltas no lugar — continua ela. — Todos vocês estão *vulneráveis* aqui. É como se eu estivesse em uma sala cheia de plástico-bolha pronto para ser estourado. É irresistível!

De repente, o anfiteatro fica repleto de criaturas brancas e monstruosas. Algumas são familiares: silhuetas multicoloridas das pinturas de Munch; coisas parecidas com aranhas achatadas em forma de X; uma coisa imensa que lembra um verme gigantesco e felpudo e ocupa todo o espaço livre em frente ao púlpito. E há também os monstros inéditos: coisas barulhentas parecidas com macacos, sem feições mas cobertos por dentes humanos; um aglomerado de esferas translúcidas flutuantes, cada uma contendo um pequeno esqueleto em seu interior; um cilindro inócuo e compacto do tamanho de uma lata de refrigerante — a simples visão dele faz com que Manny seja invadido por um medo inexplicável. Até Aislyn parece assustada e recua para tomar distância de algumas dessas criaturas, embora nenhuma delas dê qualquer sinal de que vai atacar o avatar de Staten Island. Manny ouve Veneza gritar quando uma coisa preta e pesada surge, emitindo um baque grave e reverberante. Bronca segura Veneza pela jaqueta e a puxa para longe enquanto gira a perna para o alto para dar um chute lateral na coisa, que a atinge em cheio. Botas polidas e intactas se materializam em seus pés. O impacto atinge o Ding Ho com força, e a criatura solta um gemido antes de se desintegrar em uma espiral de cores agourentas até desaparecer. Ao menos os constructos parecem funcionar nos lacaios de R'lyeh, apesar de não funcionarem com ela.

Mas há mais deles surgindo no anfiteatro a cada segundo. Enquanto as cidades reunidas gritam ou lutam desregradamente, Manny pensa: *Já era*. Eles foram pegos de surpresa, estão cercados e sem organização alguma. Não é mais uma questão de coragem; todos vão morrer se não recuarem. Isso se ainda *der* para recuar.

De repente, em meio ao caos, Manny vê alguém descendo os degraus do anfiteatro.

O avatar de Manhattan está tentando arrancar o cartão de crédito preso em um compartimento da carteira e interrompe o movimento, parando para ver se consegue assimilar quem é essa... pessoa. É uma cidade? Somente cidades podem entrar em Atlântida — mas, por alguma razão, Manny não consegue vê-la, mesmo que se esforce. Isto é, ele consegue ver que há alguém descendo as escadas, mas todos os detalhes da aparência dela são turvos; é como se um manto de sombra, neblina e chuva torrencial estivesse envolvendo a recém-chegada e Manny, e só eles dois.

A silhueta levanta uma mão e todos os lacaios da Mulher de Branco simplesmente... desaparecem.

(A não ser por Aislyn, observa Manny.)

Com um sobressalto, a Mulher gira para olhar a pessoa misteriosa. Seu semblante se torna feroz.

— *Você.*

A silhueta apenas acena com a cabeça. Todos olham ao redor. Mesmo sem conseguir distinguir seu rosto ou seus olhos, Manny de repente se torna dolorosamente ciente do olhar da criatura sobre ele e é atingido em cheio por uma onda de apreensão. Por quê?

Não importa o porquê. Ele agarra o braço de Neek.

Neek olha para a mão de Manny, surpreso.

— O que...

O mundo explode. Tudo ao redor deles — o anfiteatro, a luz, o universo — é detonado por uma incandescente esfera nuclear de *rejeição*. Antes mesmo que Manny possa começar a processar o que está acontecendo, o universo em miniatura que é este triste pedaço remanescente de Atlântida é rasgado por uma fissura. O anfiteatro, o céu azul sobre suas cabeças, o mármore antigo sob seus pés — tudo desmorona, desmembra-se, espalha-se. E ali, além de todo o resto, há...

... meu Deus. Não a árvore, reluzente, viva, em constante movimento, *mas um fantasma negativo dela*. Galhos secos e retorcidos se agitam ao redor em tons de cinza contra uma escuridão cega. Os aglomerados que deveriam estar fervilhando nas pontas de cada ramo, onde novos universos nascem, estão inertes e frios, emaranhados blocos de fungo escuro. Sob o olhar atento de Manny, o mais próximo dos nós se desfaz em poeira e desaparece.

É tudo muito abstrato. Manny está em sua forma humana, não é um conceito teórico, e não há *ar respirável* neste lugar...

Um piscar de olhos: eles reaparecem no Central Park.

Em uma alameda, mais especificamente, um amplo caminho pavimentado e emoldurado por duas fileiras de olmos muito bonitos. Há dezenas de pessoas ao redor, passeando e contemplando a queda flutuante das folhas cor de âmbar enquanto Manny e os outros ofegam, plantados no meio do caminho. O lugar é muito vasto, então ninguém presta atenção no que eles estão fazendo, a não ser por um senhor que pausa a caminhada, olha para eles, depois balança a cabeça e vai embora.

Manny olha em volta e confirma que estão todos lá. Padmini está sentada em um monte de folhas, grunhindo. Bronca está de pé, com as costas curvadas e as mãos apoiadas nos joelhos. Veneza, não servindo de grande ajuda, está apoiada nas costas de Bronca, enquanto Brooklyn tenta fazer a garota se acalmar. Neek... está nos braços de Manny, de pé, mas apoiado contra ele, olhando em volta, aturdido.

— Você tá bem? — pergunta Manny.

Foi por puro instinto que agarrou Neek enquanto saíam de Atlântida, mas ele não se arrepende.

— Sim. Caramba, que porra foi aquel... Ei, *ei*.

Neek se desvencilha de Manny cerrando os punhos, furioso.

A razão é que onde deveria haver seis pessoas, há sete. Aislyn, de Staten Island, encara o parque e os outros completamente horrorizada.

— Nem a pau — diz Brooklyn.

Bronca também se posiciona de maneira combativa.

(Uma criança passa correndo, tomando um sorvete que comprou em um carrinho de rua. Ela cantarola a musiquinha do comercial.)

— Esperem — pede Manny.

— Ei, ei, ei, caralho, calma aí — diz Veneza, correndo até Aislyn e se posicionando entre ela e os demais. Ela ergue as duas mãos. — Ei, B1 e B3? *Mulheres maduras que deveriam servir de exemplo?* Antes de começarem a enfiar o sapato com bico de ferro ou o salto alto na cara de alguém, que tal alguém explicar o que acabou de acontecer?

— A-Atlântida — diz Padmini. Sua voz ainda está trêmula e ela parece prestes a desmaiar, embora tenha conseguido ficar de pé. Parece tão abalada que Neek vai até ela e pousa uma mão em suas costas em um gesto de proteção. — Ela expulsou a gente. Expulsou todo mundo. Por mais poderosa que a Mulher de Branco seja, não conseguiria vencer uma cidade em seu próprio terreno. Mas ela também não mentiu: Atlântida *se arruinou* fazendo isso. Fomos mandados pra... pra onde quer que seja aquele lugar... e depois nossa cidade puxou a gente de volta.

Neek assovia.

— Caramba, Atlântida. Mandou bem.

(Uma jovem passa por eles e lança um olhar curioso a Neek, depois retoma a conversa ao telefone e continua andando.)

Padmini abre um sorriso comovido.

— Ela me tocou quando tudo foi pelos ares. Ela me *agradeceu*. "Como foi bom ser amada outra vez." — Padmini balança a cabeça. Seus olhos estão marejados. — Todo aquele tempo...

Ela cobre a boca, e Veneza se aproxima para dar um abraço nela.

Manny se concentra em Aislyn, que permanece afastada deles, abraçando o próprio corpo como se estivesse congelando mesmo que o dia peça no máximo um casaquinho. Ela parece ter menos medo de Bronca e Brooklyn do que do próprio Central Park. Uma folha voa por Aislyn e ela se sobressalta, pulando para longe. (Dois jovens asiáticos reviram os olhos e depois continuam andando.)

— Mas que porra era aquele outro lugar? Era igual à árvore, só que... — Brooklyn faz uma careta. — Ah. Morta. Respondi a minha própria pergunta.

— Agora a gente sabe pra onde vão os mundos mortos — observa Bronca, bem baixinho. Seu olhar está distante e preocupado. — Mas vocês viram...? Além da árvore?

— Tinha *uma caralhada* de árvores — diz Veneza. Ela parece muito angustiada. Manny entende; ele também viu, naquele segundo infinito de sufocamento. — Dava pra enxergar bem longe. Não era *uma* árvore de mundos mortos, e sim uma floresta inteira.

— Cada árvore é um multiverso. — Pela aparência de Padmini, ela vai desmaiar a qualquer momento. — Isso significa que *o multiverso inteiro* já morreu antes. Várias e várias vezes.

— Parece que a Palmito sabe se manter ocupada — diz Neek. — Mas a gente não tem tempo pra isso.

Manny acompanha o olhar de Neek em direção ao céu. No começo parece não haver nada lá, mas... Ele estreita os olhos. Redemoinhos de cores escuras contrastam com o céu de fim de tarde, começando a se mover por entre as nuvens. É como uma aurora boreal de movimento rápido, coisa que nunca deveria ser possível ser vista em Nova York. Mas é nítido que ninguém mais consegue ver as novas cores, exceto Manny e seus amigos avatares.

— Não acho que a gente precise ser arrastado pra esse buraco branco ou sei lá — diz Neek. Todos eles ficam em silêncio, encarando o céu. — Ela ouviu a gente conversando. Provavelmente estava espionando a Cúpula esse tempo todo.

— Faz *todo o sentido* — diz Padmini, ainda tremendo. (Um estudante para e olha para a área do céu que eles estão encarando, depois dá de ombros e vai embora.) — Mas se ela atacou agora, significa que devemos estar certos. Ela *não consegue* destruir a gente se todas as cidades se unirem e a expulsarem da ilha.

— Ela tá tentando nos foder pra gente não poder ir atrás dela — diz Neek.

— Eu achei que ela não pudesse mais nos atacar — diz Veneza. Ela está alternando o peso do corpo de um pé para o outro, ansiosa. Manny entende; bonito ou não, nada de bom vai sair daquele céu. — Que porra foi aquela sobre estarmos completos, então?

— Talvez seja por isso que ela tá atrás da gente — diz Bronca devagar, engolindo em seco ao olhar para o céu. — Segundo ela, o universo dos Ur é o primeiro, a semente que germinou e terminou como árvore. Provavelmente estaria próximo ao tronco, um lugar iluminado. Quanto mais a gente cai, mais poderosa ela deve ficar.

Veneza olha fixamente para Bronca.

— Você não sabe?

— Não, óbvio que não sei, porra. Por que você acha que eu sei tudo?

(Duas adolescentes ouvem e caem na risada até precisarem se apoiar uma na outra.)

— Ela gosta dessa tática — diz Manny. — Fingir estar presa a certas regras pra seus inimigos baixarem a guarda. A gente relaxou. Demos a ela tempo demais pra organizar todo esse esquema. Agora temos que descobrir quais são as regras que ela *realmente* segue...

Ele hesita, sem querer afirmar o trágico óbvio.

— Se é que ela segue alguma — diz Brooklyn, que não tem paciência para enrolação.

Bom. Sim. Caso ela siga alguma regra.

— Alguém conhece um jeitinho mágico de mandar uma mensagem pro pessoal da Cúpula? — pergunta Veneza. Ela levanta o celular para tirar fotos do céu. Quando percebe que Bronca está olhando, só abre os braços. — Que foi? É bonito. Vai ficar bonito na foto se meu celular conseguir captar uma aurora boreal interdimensional. Mas, enfim, se ela estiver vindo atrás da gente agora, seria bom ter uma ajudinha.

— Não — diz Neek. — A gente tá por nossa conta, como sempre.

Manny se vira e avança na direção de Aislyn, tão rápido que Bronca se sobressalta e Veneza se apressa para ficar entre eles outra vez. Brooklyn balbucia:

— Não era você que estava pedindo calma, Chicaguinho?

Ao ouvir o apelido, Manny sente uma onda de... não exatamente dor. Algo mais visceral, mais psicológico. Um solavanco repentino seguido de total confusão em relação à própria identidade. Ele enfim percebe que foi exatamente essa confusão que sentiu no trem, chegando a Nova York vários meses atrás. Ele fecha os olhos novamente, zonzo, e pensa com todas as suas forças: *Eu sou Nova York. Eu sou **Manhattan**. Vou ser Nova York até quando eu, e apenas eu, achar melhor.*

(Uma rajada repentina e intensa à la Chicago agita as folhas da alameda. As pessoas exclamam, agarram os chapéus que quase são levados pelo vento e abaixam saias que se erguem.)

A vertigem cessa. Manny abre os olhos e vê Brooklyn franzindo a testa, talvez percebendo tardiamente que não deve brincar com toda a situação da cidade natal dele.

— Por favor, não me chama disso outra vez — pede Manny.

— Táááá... Não chamo... — responde Brooklyn, parecendo desconcertada pela primeira vez desde que se conheceram. — Foi mal.

— Meio que deu pra ver sua *alma* agora, Mannahatta. — Bronca olha fixamente para ele.

Ele sente-se grato pelo apelido que ela usa, que reafirma quem ele é e permite que se concentre outra vez no que importa.

— Você precisa se decidir — diz ele a Aislyn.

Manny sabe que, falando assim, parece frio. Sabe que está tentando intimidar o avatar de Staten Island, em parte por ser quase trinta centímetros mais alto, mas também porque se lembra daqueles dias terríveis quando Neek estava à beira da morte, dormindo no meio do lixo em uma estação de metrô abandonada, *porque eles não estavam lá para ajudá-lo*. Poderiam ter encontrado o primário mais cedo, cuidado dele e uns dos outros se não fosse por essa mulher. Manny poderia até mesmo continuar sendo Manhattan, ficar com Nova York, se não fosse por essa mulher...

*Mas Nova York não me quer.*

Ele fecha os olhos. Reprime a mágoa. Respira fundo. Começa de novo.

— Você já traiu a gente antes. Agora tem uma ideia melhor do que vai acontecer se aquela desg... — Ele tenta lembrar a si mesmo de que, por mais que a ideia de explodir Staten Island seja satisfatória, não resolveria nenhum de seus problemas. — ... se *sua amiga* vencer. Então ou você tá do nosso lado, ou...

— Não — intervém Neek.

Ele vai até Manny e o toca no braço como um pedido de desculpas por interrompê-lo. O avatar de Manhattan quase estremece, mas se controla por pouco. Neek geralmente não gosta de tocar ou ser tocado. E aparentemente ainda há uma parte de Manny que *tem esperanças*, contrariando sua decisão de deixar Nova York. E que *sofre* e... (*"Baby I neeeeed you!"*, canta uma mulher que passa correndo).

Neek parece não notar todas as ponderações existenciais de Manny; se nota, não se importa.

— A questão não é essa — diz o primário a Aislyn. — A pergunta de um milhão de dólares é: você é Nova York ou não? A gente sabe que você não dá a mínima pra porra nenhuma além de Staten Island, mas se não estiver do nosso lado, acho que isso quer dizer que odeia Staten também.

Aislyn recua. Manny tem a impressão de que ela está prestes a sair correndo.

— Como assim? Você acha que eu... que eu me odeio?

(Dois executivos passam por eles, conversando. "Você viu aquele esquete com o Pete Davidson sobre Staten Island no SNL?" "Não. Como é?" "Não sei explicar, mas você tem que assistir. É engraçado pra caralho.")

— Aham, você se odeia — acusa Neek. Aislyn olha para ele, boquiaberta, e ele ri de maneira cruel. — A Palmito Alienígena tá comendo você viva. Tem meio milhão de pessoas tomando no cu por sua causa. — Neek balança a cabeça. Aislyn empalidece, mas não protesta. — Então, sim. Você só pode se odiar. Por que faria uma cidade que você ama sofrer desse jeito?

— Eu... Eu não quis... — Aislyn não termina a frase. Ela apenas se cala, tremendo, e encara as pedras da alameda.

De repente, ouve-se um estrondo no céu — não é nada parecido com um trovão. É um estampido mecânico, algo pesado se chocando contra uma coisa rígida. Depois há um guincho que lembra metal raspando em metal ou unhas do tamanho de vigas arranhando uma lousa tamanho-cidade. Quando Manny olha em direção ao espetáculo flutuante que é R'lyeh, nota que as nuvens estão se agitando.

— O tempo tá acabando.

— Meu Deus, *que porra* é esse barulho? — pergunta Veneza com um calafrio. Ela tapa os ouvidos com as mãos.

Padmini está aflita.

— Espero que tenha sido uma pergunta retórica. Não quero nem imaginar a resposta.

Para a surpresa de Manny, Aislyn balbucia:

— Ela não tem culpa, ela é muito maltratada pelos criadores por ser como nós. Ela é *legal*.

— Ela tentou matar a gente. Você também. Ela tentou matar minha família inteira. — Brooklyn solta uma gargalhada amarga. — Gente como você ignora tudo contanto que os monstros sejam educados.

— Gente como eu? — Aislyn encara Brooklyn. — Pessoas *brancas*?

Brooklyn ri de novo. No mesmo instante, o chão treme, e Manhattan sente a reverberação distante de mil carros de som.

— Criança... — começa Brooklyn. — Não me importa se você é branca, preta ou roxa, como dizem os racistas. Se você disser que "ela é legal" mais uma vez, ela, que é a culpada por minha filha ter sido baleada, que tentou roubar a casa do meu pai...

— Cara, que se foda essa conversa — diz Neek. Aislyn se sobressalta e Neek balança a cabeça, olhando para ela com uma expressão de repugnância. — Vai se foder você também, capacho de branquela. Espero que sua família te perdoe nas próximas vidas, porque a gente não vai perdoar. Falou.

Ele vira as costas para o avatar de Staten Island, que parece ofendida, e ergue os braços. Manny, que é quem está mais perto, segura a mão de Neek e tenta não pensar *Essa é a última vez*. Padmini segura a outra, mas pergunta:

— A gente tem mesmo que dar as mãos?

— Meloso demais pra você?

— Não, mas parece que a gente vai começar a cantar essas musiquinhas de acampamento adolescente ou sei lá. É estranho.

Brooklyn pega a mão de Padmini, e Bronca pega a de Veneza.

— Mas música de acampamento não tem nada a ver com Nova York — comenta Brooklyn. — Se vamos começar a cantar, tem que ser "New York, New York". Mas que versão? — Ela franze a sobrancelha, pensativa. — A do Sinatra? Hummm, essa toca em todos os cantos, né? Já encheu o saco.

— Muito me surpreende que justo *você* não esteja sugerindo Grandmaster Flash ou Funkmaster Flex — diz Bronca. — Por acaso você bateu a cabeça quando estava despencando da árvore do multiverso?

— Acho que a versão do Jay-Z vendeu mais que as duas juntas — diz Brooklyn, franzindo a testa.

— Tem aquela do Leonard Bernstein! — exclama Veneza. — É a minha favorita. Mas a dos Beastie Boys também é muito boa. Eles falam de Jersey City nela! Só de Ellis Island, mas mesmo assim.

— Também gosto dessa — concorda Brooklyn, achando graça. Veneza segura sua mão, e Bronca pega a de Manny. — O Bobby Short fez um cover legal...

— A gente não vai cantar porcaria de música nenhuma — declara Neek, o sotaque típico alongando as palavras. — Cadê a dignidade de vocês?

Manny, que tem algumas objeções à canção de Sinatra, decide que não seria legal dar sugestões, já que está planejando ir embora. Pensar nisso faz com que ele seja invadido por uma nova onda de tristeza — e, talvez por essa razão, ele olhe para Aislyn outra vez. Ela não foi embora, apesar de todos a estarem ignorando. Está olhando para eles meio de soslaio, com uma expressão comovente de anseio. E é isso, o olhar de Aislyn, que faz com que ele tome a decisão.

Manny solta a mão de Bronca, ignorando o grunhido de surpresa dela. Estende a mão para Aislyn, deixando que o gesto e o momento falem por ele. Última chance.

Ela olha para a mão de Manny, depois para o seu rosto, depois de volta para a mão outra vez. Seu semblante está tomado por uma combinação feiosa de inveja, tristeza e orgulho ferido. Porém...

Ela segura a mão dele. Seu toque é úmido e trêmulo.

E quando todos olham para ela, e o constrangimento da situação vira uma expectativa palpável, os ombros de Aislyn caem e ela cede.

— Eu... — Ela se detém, respira fundo, tenta de novo. — Certo. Eu... *Eu sou Nova York,* caramba.

Um zunido de fazer vibrar os dentes percorre o corpo de Manny: sinergia. Ele vê os outros respirarem fundo ou fecharem os olhos, também reagindo à sensação. No mesmo instante, o arranhar que se ouvia ao longe cessa subitamente. Manny percebe que está sorrindo com certa sede de sangue. R'lyeh ainda está flutuando acima de Staten Island, ainda está sugando sua vitalidade, mas Manny suspeita que o leite tenha acabado de azedar.

Veneza dá um assovio aliviado.

— Ai, graças a Deus — diz Veneza quando todos se voltam para ela. Ela sorri. — Ainda sou Nova York. Bom, magicamente falando.

— Você realmente estava preocupada com isso? Mesmo depois de todo aquele papo de "seis distritos"? — Bronca diz, não sem afeto. — Nova York aceita todos os que gostam dela. Não esquece disso.

— É mesmo! — diz Neek, com um sorriso cheio de dentes.

Ele olha para Manny, que, apesar da surpresa, não consegue não retribuir o sorriso. O sentimento é muito bonito. Neek é muito bonito. Bom... Manny vai aproveitar o que tem por ora.

Neek levanta um pouco as sobrancelhas, e seu sorriso fica mais suave e ao mesmo tempo mais preocupado. Mas ele aperta a mão de Manny.

— Quer me ajudar a botar essa filha da puta pra correr?

— Quero — responde Manny, calmo, mas resoluto.

Ao menos isso ele pode fazer.

Então Nova York dobra suas manguinhas espirituais, estala as articulações extradimensionais e parte para a batalha.

# ESSAS RUAS VÃO FAZER VOCÊ SE SENTIR NOVINHO EM FOLHA

R'lyeh, a cidade, está de saco cheio e não vê a hora disso tudo acabar.

R'lyeh agora também se refere a si mesma como "ela" porque, ao longo das eras, eles aprenderam a imitar o conceito de individualidade. A chave para uma boa atuação é *acreditar* na própria performance, ao menos quando se está no palco... Mas já que ela está sempre no palco, já que foi criada para viver no palco, sua performance acabou se tornando mais do que só um pouco convincente ao longo do tempo. Seus criadores permitem tal coisa porque, aparentemente, ter uma identidade a faz parecer mais competente. Quando em Roma (ou talvez para destruir Roma), faça como os romanos.

O problema é que ela desenvolveu não apenas uma identidade, mas uma personalidade. Essa parte não é culpa de R'lyeh, ela tem certeza disso. Ela é uma emulação de cidade, não uma cidade de verdade; é feita da matéria de Ur em vez de poeira das estrelas, como a maioria das entidades deste universo — mas cidades costumam ter personalidades inatas. Ninguém confundiria a reatividade passivo-agressiva de Boston com a simpatia passivo-agressiva de Toronto ou com o senso de superioridade de Atlanta...

Espera. O que ela estava dizendo mesmo? Ah, é. Homicídio.

Está na hora. Está na hora de sacodir a poeira e lutar com unhas e dentes, embora as unhas e dentes em questão muitas vezes estejam acoplados a tentáculos e não a bocas ou dedos. O fato de que este provavelmente seja o milionésimo universo a ser destruído por R'lyeh é irrelevante; cada mundocídio é único e merece ser saboreado e desfrutado como tal. Ela gostou de todos eles, é claro. É a única arte que se permite praticar e, a essa altura, ela se tornou bastante boa nisso. E ainda assim, apesar de tudo, ela se vê lamentando a morte deste mundo em particular. É a primeira que faz uma amiga, por exemplo. Uma amiga, depois de incontáveis eras! Não deveria ser motivo de tanta surpresa; isso teria acontecido mais cedo ou mais tarde, já que alguma parte dela verdadeiramente admira as criaturas dos ramos perigosos da existência. Não é culpa deles que sejam tão monstruosos — simplesmente foram feitos dessa maneira, e se alguém neste multiverso compreende a inevitabilidade de uma natureza monstruosa é R'lyeh, a cidade devoradora de sonhos.

Então, quando sente que Aislyn a traiu, ela não fica triste. Os monstros fazem isso, é da natureza deles. R'lyeh também apunhalou Aislyn pelas costas, prometendo conforto e dando o oposto, oferecendo sua amizade enquanto feria a família, a ilha, o universo de Aislyn. Mesmo agora, enquanto reúne recursos para o momento da excisão, R'lyeh pensa que é surpreendente que Aislyn não a tenha abandonado antes.

Mas tudo bem. Ela sugou força mais do que suficiente de Staten Island. Não o suficiente para conseguir todas as cidades deste plano; para isso, ela vai ter de contar com os Ur quando os outros aterrissarem na base da árvore. No entanto, se conseguir destruir apenas Nova York, já vai se sentir satisfeita. (E triste ao mesmo tempo. Personalidades são cheias de contradições! Que bonito. E que irritante.)

Então alguém bate à porta na realidade de R'lyeh.

A casa de R'lyeh — seu "palco", como explicou para Aislyn — não é uma realidade completa. Um mundo inteiro girando em torno dela seria o maior pesadelo dos Ur. Ela vive em realidades compactas: espaços simplistas que consistem em um único ambiente projetado para satisfazer suas necessidades de forma tão completa que nenhuma decisão além de sua missão ou nenhum impulso criativo é necessário. Ela também costuma manter as outras partes dela mesma aqui quando não estão em uso no palco. Todas essas partes estão lá, então quem veio falar com ela aqui, em seu lar resplandecente?

Há um pequeno buraco flutuando no meio do nada, então R'lyeh assume uma forma compatível com a fala e vai até ele. Através do pequeno portal circular, ela vê Aislyn espreitando com apenas um olho. Muito sábio da parte dela; sem percepção de profundidade, provavelmente não será capaz de compreender totalmente as dimensões paradoxais deste plano, ou ao menos não a um grau que possa causar danos a sua mente. Apesar de tudo, R'lyeh não quer que sua amiga se machuque — não até que R'lyeh possa fazer isso com suas próprias mãos, assim garantindo que sua morte seja rápida e indolor.

— Tá por aí? — pergunta Aislyn. Ela olha de um lado para o outro, tentando espiar do outro lado.

R'lyeh ouve outra pessoa dizer:

— Tem certeza de que...

Aislyn franze a testa, olhando para alguém à sua direita.

— Sim, eu falo com ela pelo retrovisor do meu carro o tempo todo.

Isso funciona porque o carro de Aislyn é um objeto de transporte; sua função é ir de um lugar a outro. O que Aislyn está usando neste momento, no entanto, é um pequeno espelho de maquiagem. Seu propósito é transformar, e como R'lyeh não tem uma forma única e também procura transformar Nova York viva em Nova York morta, é bom o suficiente. Vai servir.

— Aislyn — diz R'lyeh, incapaz de evitar um sorriso. Por mais que sua amiga humana seja feia de dar dó, por mais que ela tenha sido apunhalada pelas costas, é bom ver um rosto amigo. — Senti sua falta, minha amiga bípede! Mas desconfio que esta não seja uma de nossas conversas amigáveis.

— Não — responde Aislyn, soando verdadeiramente triste.

Ela hesita e parece estar frustrada. R'lyeh deduz que os outros estão por perto e por isso ela não tem privacidade para falar naturalmente, então faz um favor a Aislyn e lê sua mente. Não se trata de telepatia nem nada assim, ela simplesmente conhece muito bem essa mente humana solitária depois de estarem conectadas por tanto tempo e... Ela chamou R'lyeh para se despedir? Depois de dizer aos outros que iria tentar negociar. Bom, R'lyeh pode dizer algumas palavras de negociação, mas ambas sabem que será em vão.

— Está tudo bem — diz R'lyeh quando Aislyn continua em silêncio, pensando no que dizer. A gentileza da voz de R'lyeh é surpreendente até mesmo a seus próprios ouvidos. Assim sendo, seus próprios ouvidos a repreendem. Ela os ignora. — De verdade.

A tristeza no semblante de Aislyn se intensifica.

— Eu sinto muito. É que...

Vertebrada sentimental!

— Não deveria — diz R'lyeh. — Eu ia matar você, mesmo. Se escolheu morrer lutando em vez de apenas ficar esperando sentada enquanto sugo todas as suas forças, não posso deixar de respeitar você por isso. E, francamente, não me surpreende. Você é Nova York, no final das contas.

Aislyn suspira.

— É. Pelo jeito eu sou.

Discretamente, R'lyeh envia um alerta através das camadas de sua consciência. A legião de aberrações que faz bicos como seus cidadãos começa a reunir suas armas.

— Eu não vou poupar esforços, é claro. Seria desrespeitoso se fizesse isso. Mas se eu puder optar por ser piedosa, vou ser. Com você e com seus amigos. Considere isso uma gentileza de ex-amiga.

Alguém do outro lado murmura:

— Essa filha da puta...

No entanto, essas partes de Nova York não importam para R'lyeh. Aislyn responde com um sorriso tênue. Ela, de todas as entidades nesse ramo da realidade, sabe como às vezes pode ser difícil permanecer fiel a si mesma.

Aislyn levanta o queixo.

— Até breve, então — despede-se ela, e fecha o espelhinho.

Adaptar-se à existência dentro do mundo em que vive em Nova York demanda muita energia de R'lyeh. Esse tempo todo ela esteve *quase lá*, mas não muito. Ela se estabeleceu em uma realidade adjacente mais liminar que facilitou sua alimentação, e assim sua visibilidade "fantasmagórica" pairou por meses sobre Staten Island como uma ameaça implícita. Por ter se alimentado tão bem, ela tem força suficiente para tolerar a rejeição da cidade à sua presença, por algumas horas ao menos. E isso é mais do que suficiente.

Deslocar uma cidade inteira para o território aéreo de Nova York é imediatamente catastrófico, já que todas as leis da física se flexibilizam depressa para acomodar sua presença. Os habitantes de Staten Island gritam, assombrados, ao de repente verem a luz solar sendo engolida e dando lugar à estrutura espasmódica e devoradora da parte inferior de R'lyeh. A rajada de vento do ar deslocado atinge a cidade como uma bofetada colossal, tão forte que rompe tímpanos e derruba pessoas por todos os lados da ilha, mas também em Jersey City e na parte sul de Manhattan. O tsunami resultante não é tão grave porque o porto é um estuário (um rio que corre em duas direções, tão típico de Nova York), e o fluxo da maré neste momento está voltado para fora. Ainda assim, Nova York não foi projetada para acomodar volumes de água como esse. O Canal Gowanus transborda, inundando ruas e porões com água poluída. Um transformador no sul de Manhattan estoura em uma gloriosa explosão, e, instantes mais tarde, todas as luzes se apagam na Thirtieth Street.

Em meio ao ar rarefeito desta dimensão, R'lyeh ouve o pânico vindo de todos os seus canais de comunicação: gritos pelo rádio, berros de pilotos de helicóptero e avião tentando desviar de um obstáculo imprevisto, desespero no Twitter. As imagens dominam o Instagram: a imensa massa branca que é R'lyeh flutuando perto do céu, tal como fotos anteriormente divulgadas e descartadas quando se acreditou que eram imagens editadas no Photoshop. É hilário como vários humanos imediatamente concluem que o aparecimento de uma cidade branca e flutuante é um sinal de aprovação de seus deuses, ou um convite de alienígenas, ou qualquer coisa assim. Um par de helicópteros, depois de conseguirem estabilizar o voo após o abalo gerado pela manifestação de R'lyeh, altera a rota para interceptar em vez de evitar. Um deles inclusive tenta pousar em algum lugar da superfície superior de R'lyeh. Ah, turistas! R'lyeh rapidamente cria algo parecido com um heliponto na região nordeste da cidade. Ela bem que gostaria de um lanchinho...

Então, começa a se dirigir até Manhattan. Ela não está mais flutuando, já que lutar contra a gravidade seria um desperdício de forças. Em vez disso, manifestou centenas de gavinhas finas e as mergulhou no porto para "caminhar" pelo leito.

Isso não é mais uma irrealidade fantasma. Pela primeira vez, a matéria Ur da qual ela é feita entra em contato com a matéria das águas do porto de Nova York e até mesmo com alguns barcos que se aventuraram a se aproximar. (As pessoas nas embarcações gritam quando gavinhas invadem seu corpo, sugando sangue e ossos e força de vontade e... *tcharam!* Novos lacaios, ainda quentinhos depois de sair do forno. Ela vai consertar os membros deles mais tarde.) O leito rochoso do porto racha quando ela instala as gavinhas mais profundamente, começando com uma gavinha-raiz que se estica até o núcleo do planeta e depois se espalha, mandando raízes saltitantes em direção a Manhattan, Brooklyn e Jersey City apenas porque são os distritos mais próximos. Ela precisa de combustível e, além disso, podem vir a ser úteis para desencadear terremotos de alta intensidade.

Mas é óbvio que Nova York não vai tolerar uma tentativa de assassinato sem revidar.

A primeira retaliação é uma finta. Novos helicópteros se aproximam; dessa vez não se trata de um grupo de turistas ou policiais, mas sim de repórteres. Alguns deles ainda são intrépidos, apesar da remuneração desfasada e dos ideólogos bilionários e dos isentões; para alguns deles, a lembrança do antigo *Village Voice* ainda é poderosa o suficiente para enchê-los de uma porção considerável de poder da cidade, que os envolve como uma bainha. As janelas das aeronaves piscam com os flashes das câmeras e, antes que R'lyeh consiga derrubá-las, elas desviam. A proteção da cidade que os envolve se choca contra o heliponto recém-criado de R'lyeh, que ainda está ocupado tentando devorar os imbecis que pousaram nela. O heliponto grita ao ser dilacerado, e o helicóptero com turistas se desvencilha e decola depressa, arrebentando as poucas gavinhas ainda enroscadas nos esquis de aterrisagem. Ela tenta agarrar as aeronaves uma última vez, mas não consegue e elas voam para longe.

Que frustrante! Mas não a afeta muito, é claro; o golpe foi equivalente a uma picada de abelha. R'lyeh acerta os dois helicópteros manifestando "abelhas" de verdade — Ur-belhas, com corpos esféricos de cerca de noventa centímetros cobertos por ferrões sencientes. Uma nuvem delas persegue os helicópteros pelo ar e derruba um deles simplesmente se chocando contra a hélice; as criaturas viram picadinho, mas a hélice também, e as pessoas lá dentro se esgoelam enquanto a aeronave despenca e atinge uma região próxima ao Battery Park. Pronto. Agora todo mundo fica sem lanchinho.

Apesar da pequena vitória, R'lyeh continua alerta. Ela sabe que Nova York é mais resistente do que isso.

E dito e feito: assim que faz uma gavinha penetrar no solo de Manhattan, algo acontece em sua área central. No início é uma energia incipiente, sem forma; um grito de raiva de sete gargantas que se transforma de som em vibração no ar e depois em feixes de luz. A energia ganha forma depressa: vigas que são dedos se abrem em garras. Braços feitos de prédios altos brilham com uma armadura do MoMA feita de cores abstratas, rodopiando em nuvens pixeladas. O tronco de subestações elétricas se fecha como uma grade de proteção ao redor de um verdejante coração-parque. A criatura, agora visível, se põe de pé e quase toca as nuvens de outono com a cabeça simiesca — ah, mas é claro! R'lyeh ri ao ver que Manny trouxe a persona de King Kong novamente à tona para a batalha. A metade inferior da criatura está em outro lugar, etérea, transcendendo de forma a minimizar os danos e as vítimas. A parte superior, entretanto, tem punhos extremamente reais feito do xisto sólido e antigo de Manhattan. E... ela está segurando um pahkàskinkwehikàn? Um antigo bastão de guerra dos lenapes! Ora, ora, vejam só. Bronca decidiu apelar para os costumes *realmente* antigos.

Aparentemente, eles estão muito certos de que podem derrotar R'lyeh na base da força bruta. R'lyeh, a cidade que foi feita para matar cidades! Chega a ser fofo.

Em deleite antecipado, ela manifesta sua própria configuração de batalha. Seu disco circular se abre como uma folha de costela-de-adão, rachando ruas e derrubando paredes. Das fendas, emergem cabeças sobre pescoços longos e protegidos por carapaças. Cada uma tem um conjunto de olhos, desiguais e apinhados; alguns têm pupilas verticais, outros pupilas horizontais como as de um cavalo, e outros ainda têm pupilas onduladas como as de um peixe choco. R'lyeh concedeu a cada cabeça certa individualidade limitada: uma delas tem uma língua de serra elétrica, outra um nariz que lembra um aspirador e outra está coberta de bocas que entoam em uníssono um hino de batalha atonal e estridente. Os apêndices são mais do que parecem; não são apenas ameaças físicas, mas armas conceituais. Por exemplo, a cabeça com as bocas é formada pelo ódio concentrado de Staten Island por pagar impostos da cidade. Com ela, R'lyeh deseja dilacerar o funcionalismo público de Nova York — todos os pintores de sinalização viária, todos os garis, até mesmo as pessoas que trabalham em despachantes; todas vitais para a vida de uma cidade como se fossem os intestinos de algo vivo. O tentáculo em forma de serra é alimentado pelas associações de bairro que não querem mudanças em suas vizinhanças, feito para destruir trechos com moradias populares e obras de expansão de transporte público. E há mais, mais, muito mais. R'lyeh passou os últimos meses estudando todas as fraquezas de suas presas, e — com a ajuda de seu distrito mais relutante — projetando armas para afetar cada uma delas.

Nova York balança; os quadris rochosos se preparam para avançar, a bola do mangual de guerra assoviando pelo ar. R'lyeh ri, maníaca e alegremente, e manifesta uma gavinha corrosiva para se chocar contra a arma. Ela vai rasgar o braço e depois bombear um milhão de Ding Hos em suas veias, destruindo sua infraestrutura — ou, ainda melhor, traumatizando o componente Jersey City.

Mas antes que a gavinha possa se conectar, o mangual a acerta na raiz com uma explosão de *A gente ainda dita as tendências seguidas pelo resto do mundo, a gente ainda leva economias inteiras à beira do precipício e depois as puxa de volta, talvez não digam que somos a melhor cidade do mundo porque temos os maiores arranha-céus e sim porque aqui o Sonho Americano tem chance de um dia se tornar real...*

Um ataque conceitual combinado com força física que a *fere* quando a atinge. Droga! R'lyeh cometeu o erro de deduzir que Manny seria responsável por liderar a batalha, mas essa violência familiar é do avatar primário, aquele cujo nome mais verdadeiro é Nova York. O infeliz é naturalmente perito em transformar memes emotivos e hiper-realidade em armas.

Assim, o golpe do mangual deixa a gavinha de R'lyeh dormente e molenga; ela cai para um lado e derrama Ding Hos moribundos por toda parte. Talvez isso seja bom para R'lyeh? Os cidadãos de Nova York estão gritando e correndo pelas ruas, e se ela conseguir comer certo número deles... Não, não. Muitos dos Ding Hos ainda estão em boas condições, mas quando começam a saltar atrás de suas possíveis vítimas, tampas de bueiro explodem e grades do metrô aparecem e monstros terrestres de R'lyeh de repente dão de cara com um grupo tão grande quanto de... Meu Deus. De ratos e pombos e baratas, e *pombos carregando ratos segurando baratas!* A Mulher nunca viu nada tão nojento, e olha que é um monstro lovecraftiano. Os parasitas saem dos esgotos e se lançam sobre os Ding Hos, que fazem parte de um ecossistema completamente diferente e não deveriam ser palatáveis... Então ela percebe, com repulsa, que os bichos não estão tentando comê-los, estão apenas destroçando a matéria Ur e *mijando* sobre ela, assim envenenando os Ding Hos com doenças exóticas demais até mesmo para um sistema imunológico alienígena. Tarde demais, R'lyeh se dá conta da influência de Neek até mesmo sobre as criaturas mais vis daquela terrível cidade. Os ratos guincham: *A gente causou a peste bubônica, sua vagabunda! Quem você pensa que é?*

R'lyeh recolhe a gavinha flácida e avariada. Chacoalha o membro para jogar as pragas para longe e também recolhe os Ding Hos que restaram para não perder todos eles. Se Nova York acha que esse pequeno contratempo é suficiente para...

Opa. O que é isso?

O mundo estremece ao sul, e ao se virar R'lyeh se depara com outro gigante metade fantasma que se desloca sobre a paisagem. Sua estrutura é tão urbana quanto a de Nova York, mas o corpo é mais largo, mais disperso. As favelas em seus braços empunham facas indígenas espectrais; há uma estranha coluna de ponte em forma de X em seu peito, como um emblema de super-herói. Quem diria! São Paulo entrou no ringue.

E, na região leste, ela avista outra cidade se aproximando — mais tecnológica e limpa que Nova York, trazendo um guarda-chuva imenso que cintila com um brilho dourado. É Hong Kong.

Ela percebe que há outras e começa a se desesperar: Paris, avançando com passos confiantes típicos de uma modelo na passarela, atinge em cheio o distrito comercial de R'lyeh usando a Torre Eiffel como um chifre de unicórnio. Londres, louquinha da silva, ri com uma dúzia de vozes, agachada sobre paliçadas. Istambul deixou de lado sua fachada gentil e agora se manifesta simplesmente como um lutador de estrutura colossal besuntado em óleo. Logo atrás dele vem uma ninhada de gatos malhados gigantescos e fantasmagóricos que se enroscam nos tornozelos dele e chicoteiam as caudas espectrais ao ver R'lyeh. Barcelona dá um soco no ar quando chega, aplicando golpes com punhos revestidos por obras arquitetônicas de Gaudí. Mumbai dá um tapinha carinhoso no ombro Queens de Nova York e se posiciona ao lado das outras cidades, emanando a pura energia combativa das coreografias de Bollywood.

Há também Faium, pequeno e velho comparado aos demais, mas astuto e muito sábio. E Abidjã, outra cidade de múltiplos avatares. E também Tóquio, resmungando irritada, mas trazendo consigo uma naginata do tamanho de um arranha-céu. E Bangcoc, e Acra, e...

Nem todas as cidades vivas do mundo vieram em auxílio de Nova York. Há menos de um terço, na verdade. A questão é que todas que ali estão foram justamente as que mais deram problemas à R'lyeh em suas batalhas de nascimento — são as mais combatentes e perigosas dentre as cidades vivas que ela tentou matar ao longo das eras. E ao vê-las R'lyeh começa a temer que possa estar em apuros pela primeira vez em sua longa vida.

Entretanto, antes que tenha a chance de confrontar seus inimigos, o pior acontece. Ela sente a interceptação iminente e tenta resistir, até mesmo enviando uma parte de si para o outro plano para implorar a seus mestres:

— Não! Esperem! Eu consigo! Não...

Mas é tarde demais. Ganchos se fixam profundamente em sua essência, e o golpe é tão doloroso que ela grita antes mesmo que Nova York tenha chance de desferir outro. Seus lacaios cambaleiam quando o poder dos Ur toma conta de R'lyeh, obrigando-a a se ancorar cada vez mais nesta dimensão. Então, desta vez usando R'lyeh como gancho e ignorando seus guinchos de agonia no processo, Nova York é fisgada.

Funciona. A partícula em queda que é Nova York de repente se torna uma partícula completamente imóvel — agora presa em um espaço branco e vazio.

O autoconceito humano não possui uma identidade Gestalt sólida. Humanos que se tornam cidades são melhores nisso, mas mesmo eles têm limites, e um arrebatamento para uma realidade alienígena é mais do que suficiente para extrapolá-los. De súbito, os Nova Yorks não formam mais um guerreiro etéreo e imponente; eles se materializam no vácuo branco como seres humanos, pequenos e feitos de carne, olhando em volta, assustados. Exceto Neek, que ainda tem os punhos cerrados e encara R'lyeh.

— Que porra foi essa? A gente nem te bateu tão forte assim.

— E o que você fez com as outras cidades? — pergunta Manny.

As outras não estão em lugar nenhum.

R'lyeh, exausta e arfando de dor depois de ter sido solta pelos Ur, está estirada no chão diante deles. Como também foi trazida à força para este lugar, está usando a pele que mais se aproxima de um avatar — e que ela detesta, por sinal, já que nunca conseguiu aperfeiçoar completamente seus traços. Os olhos estão sempre muito afastados, as maçãs do rosto muito angulosas, os dentes muito brancos. Tem sempre alguma coisa. Essa é a razão pela qual ela sempre optou por habitar alguém do lado deles; nesta pele, ela é feia tanto para seus padrões quanto para os deles.

— Me deixa em paz — murmura ela, emburrada.

— Onde a gente tá? — indaga Jersey City, olhando em volta, assustada. — Não consigo ver nada além de branco...

O Bronx a segura pelo braço. Todos se viram e veem Staten Island, que caiu de joelhos no chão com os braços estendidos. Ela está concentrada e de olhos fechados, murmurando sem parar para si mesma *"Sai do meu quintal, sai do meu quintal"*. Ah. Então é por isso que eles ainda estão vivos. R'lyeh sente um orgulho cruel de sua ex-amiga.

— É o kugelplex — diz Queens. Ela está tremendo, e seus olhos estão arregalados. — Não estamos mais sendo puxados em direção a ele, estamos *dentro*. Isso não deveria ser possível. A gente devia ter virado geleca. *Morrido*. Não sei como...

— Os Ur nos trouxeram pra casa — diz Nova York. Ele ainda está tenso e preparado para confronto físico. — Este lugar *é* os Ur.

— Um universo existindo em uma singularidade? Mas... — A expressão de confusão do Queens dá lugar a um semblante concentrado; não de um jeito maquiavélico, mas sim matemático. Ela começa a sussurrar para si mesma: — Isso significa que... Mas se os colapsos são...

Ela cobre a boca com a mão; seus pensamentos estão a toda a velocidade, tão rápidos que R'lyeh quase consegue enxergar as linhas de raciocínio no ar.

Mas eles não estão sozinhos no vácuo branco.

R'lyeh sabe o que está prestes a acontecer, mas isso não torna a situação menos humilhante ou menos desconfortável quando forças que os Nova Yorks não conseguem enxergar a levantam do chão. Ela começa a flutuar de braços estendidos e costas arqueadas, pairando a alguns metros acima do "chão", como se para enfatizar que não passa de um fantoche neste momento. Os Ur não se apoderam completamente de sua boca para forçá-la a falar, mas só porque não se comunica através de palavras. O vazio ao redor reverbera, vibrante, de maneira profunda e feroz como um terremoto. Com um suspiro de frustração, R'lyeh traduz a mensagem, obediente, e acrescenta um certo eco a sua voz para dar uma ideia melhor da presença dos Ur.

— "Vocês são obrigados a morrer para o bem do multiverso" — narra ela — "ou a transitar para um estado de existência inerte como um universo morto. Ambos os resultados são aceitáveis."

Nova York tomba a cabeça para o lado.

— Não.

Nada acontece na percepção dos outros, mas Staten Island estremece e murmura um "Sai *da porra* do meu quintal" mais alto do que os demais. Neek olha para ela, depois volta a se virar para R'lyeh e balança a cabeça.

— Que se foda. Não. A gente não vai morrer por capricho seu. Eu não acredito mais que isso tem a ver com salvar o multiverso. A gente viu aquele monte de árvores mortas, universos mortos! Vocês estão matando tudo faz tempo, e isso *não consertou merda nenhuma.*

Isso é... R'lyeh não sabe se entendeu. Eles acham que *os Ur* estão causando o problema?

— Estamos fazendo de tudo para evitar a proliferação de universos, seu mal--educado! Se não fosse por nós, este multiverso já teria ido pelos ares.

Pare de falar e de pensar, ordenam seus mestres, e ela suspira.

— "Desejamos evitar uma repetição com este multiverso" — continua ela na voz dos Ur. — "Vocês devem morrer."

— Nem fodendo — exclama o Queens. Há algo de diferente nela, uma mudança sutil em seu rosto. R'lyeh não é muito boa em interpretar rostos humanos, tão simétricos e estáticos, eca. E se pudesse chutar, porém, diria que o Queens parece ter descoberto a solução para um problema muito complexo e frustrante. — Matar a gente não resolve nada, *só é a única solução que vocês estão dispostos a aceitar.*

Brooklyn olha para o Queens, semicerrando os olhos.

— Você pensou em alguma coisa.

— Eu pensei em tudo. — Então o Queens cerra os punhos e estende os braços, flexionando os bíceps; ela solta um grito de alegria que faz com que tudo ao redor deles vibre suavemente, para considerável surpresa dos mestres de R'lyeh. — Eu sou a *rainha*, que meu reinado seja longo! Eu finalmente entendi. Seus... seus filhos da mãe! — Ela se vira e aponta para R'lyeh, um pouco desconcertada por não ter pensado em um insulto melhor. — O problema não é a proliferação, é

244

a *observação*. Você e esse povo Ur, ou o que quer que vocês sejam, *vivem* na caixa de Schrödinger. *Vocês estão provocando os colapsos!*

— O quê? — pergunta R'lyeh, confusa, antes de seus mestres se comunicarem através dela outra vez. — "Vocês devem morrer."

— *Cala essa boca.* Já tô de saco cheio de ouvir isso — reclama Nova York.

Mas o Queens continua apontando para R'lyeh, agora dando vários pulinhos de animação.

— Vocês estão dizendo a mesma coisa repetidas vezes *porque isso é o que funciona pra vocês.* Estão familiarizados com a realidade quântica. Se disserem algo vezes o bastante, se acreditarem o suficiente, a coisa se torna real. Foi assim que vocês viraram a semente de todos os universos em todos os lugares, vocês criaram os primeiros universos com a mente! E vocês gostaram deles, não gostaram? Vocês queriam esses universos porque eram versões apenas ligeiramente diferentes de vocês. Eram como decisões que ganharam vida. Mas aí eles fizeram a mesma coisa e começaram a gerar novos universos por conta própria. Só que os novos universos não tinham nada a ver com o que vocês esperavam, não é? Começaram a tomar decisões diferentes. Então os universos continuaram a se multiplicar, a árvore cresceu exponencialmente e sofreu muitas mudanças, mudanças além da habilidade de compreensão de vocês...

— Nós entendemos coisas que vocês nem sequer conseguem imaginar — diz R'lyeh sem ordem prévia dos Ur, porque simplesmente é a verdade.

— Exceto igualdade. — O Queens está sorrindo. — Toda essa situação se resume a isto. Vocês são mais velhos do que qualquer outro universo, têm mais poder e mais conhecimento que o resto de nós, então acham que podem ditar como o multiverso deve crescer! Vocês enxergam os novos universos como decisões suas, criações suas. Sendo assim, os que são muito diferentes de vocês, como nós somos, são aberrações. Não universos propriamente ditos, apenas equívocos que vocês cometeram. E agora estão tentando controlar esses erros, ou até mesmo apagá-los. Como se estivessem *com vergonha* ou sei lá.

De repente, o Queens começa a rir do nada. É uma gargalhada maníaca e dissonante, e R'lyeh se pergunta se sua sanidade está finalmente começando a ceder como deveria ter acontecido no instante em que entrou no kugelplex. Mas o que todos estão ouvindo é *schadenfreude,* não um lapso de sanidade.

— E querem saber de mais uma coisa? — continua o Queens. — Aposto que foi por isso que a gente surgiu, uma espécie que cria novos universos a torto e a direito, até dormindo. Somos a antítese de tudo o que vocês são, aí vocês têm que fazer tudo isso, enviar lacaios, tentar nos manipular, tentar passar a perna na gente, *porque vocês não conseguem nos deter.* Vocês mataram o multiverso inteiro pra tentar se livrar de nós, uma, duas, três vezes, mas a gente sempre volta!

R'lyeh franze a testa, refletindo sobre isso. É simplista até demais. Estes seres mal conseguem compreender a existência de múltiplas realidades, muito menos seu funcionamento... Porém...

— Cidades destroem — diz ela, por conta própria dessa vez. Os Ur silenciam dentro dela; será que seus mestres estão ouvindo? Ela acha que talvez estejam. — Basta nascer para que as cidades suguem todas as realidades ao redor. Eu vi isso acontecer com meus próprios olhos. Vi isso no seu nascimento. — Ela estreita os olhos para Nova York.

— E isso também não faz sentido algum — diz o Queens, triunfante. — O gato *tá vivo e morto ao mesmo tempo*. Quando nossa Nova York ganhou vida, todas as outras Nova Yorks deveriam ter continuado a existir! Mas esse tempo todo a gente vem sentindo como se alguém estivesse nos observando — continua Padmini. Neek respira fundo e se vira para ela. — Eu achava que era só paranoia, mas não. São... vocês. Vocês ficam monitorando a gente e, pra vocês, somos maus, então no momento em que estamos em nosso ápice quântico, perdidos em nosso próprio renascimento, o fato de estarem nos observando é o que fala mais alto. Vocês querem que o gato esteja morto quando a caixa for aberta, então nossas realidades adjacentes entram em colapso *porque vocês acham que isso deve acontecer!*

— Padmini, meu bebê — diz Jersey City. — Sei que você curte uma matemática, mas parece que você fumou alguma verdinha estragada. Eu só quero saber o que a gente faz pra *dar um jeito* nessa galera Ur, o que acha? Tô de saco cheio de eles ficarem ferrando com a minha vida.

— "Morrer bastaria" — informa R'lyeh. Fazendo uma cara feia, ela mesma responde para os Ur. — Mas só temporariamente. É verdade que vocês não conseguiram encontrar uma solução permanente.

Silêncio total. Seus mestres não gostam quando ela retruca. Mas toda essa conversa fez com que parassem para refletir, a ponto de até parecer que estão ouvindo o que ela tem a dizer.

Nova York firma os pés no chão.

— Sim — diz ele. — Morrer resolveria as coisas. Acho que o que acontece é que vocês não estão preparados pra cheirar a merda que jogaram no ventilador. Por isso criaram ela, não é? — Ele aponta com o queixo para R'lyeh. — Ela é tipo uma segurança, o fantochezinho de vocês expulsando todo mundo do clube da existência sempre que decidem que a gente não merece entrar na área VIP. Mas e se a gente se recusar a sair? Talvez isso faça com que vocês tenham que começar a olhar para os erros que estão cometendo.

Staten Island murmura algo que não é "Sai do meu quintal", depois levanta a voz.

— Olha só, não sei se vocês estão cientes, mas esse lugar tá tentando *esmagar a gente* e não vou conseguir segurar por muito mais tempo.

— Ninguém tá contando com você, Staten Island — diz Nova York. Sequer soa hostil; é apenas um fato. — Pode recolher seu escudo de xenofobia se quiser. Não vai fazer diferença se os Ur matarem a gente, porque isso simplesmente vai acontecer outra vez. — Neek sorri e R'lyeh sente uma onda crescente de desconforto vinda de seus superiores. — Acho que entendi o negócio. Primeiro vocês não conseguiram impedir que aqueles primeiros universos tomassem decisões que não aprovavam. Depois não conseguiram impedir o nascimento de universos criativos. E aí não conseguiram parar as cidades, a forma máxima de criação coletiva humana, não sem sair matando tudo por aí no processo. Mas agora, cá estamos nós. É a primeira vez que trazem pro kugelplex convidados que não conseguem matar. Mas depois de nós outros vão vir. Vocês estão deixando as cidades mais fortes sem nem sequer se dar conta, e um dia não vão ter que nos arrastar pra cá. Um dia a cidade de mil e um universos vai aparecer aqui, aqui nesta bolinha de luz, e cortar a garganta de todos vocês.

Manhattan concorda com a cabeça devagar, franzindo a testa enquanto absorve o que Neek disse.

— A menos que façam o universo inteiro colapsar. É a única defesa que ainda funciona: matar tudo e começar do zero.

— Calma... Eu achei que isso estivesse acontecendo porque estão observando a gente — pergunta Jersey City, balançando a cabeça. — É deliberado ou não?

— Não faz diferença — diz o Bronx, falando devagar enquanto processa tudo em voz alta. — Se entendi bem, o fato de ficarem com medo quando monitoram as cidades é suficiente pra afetar o resultado. Eles ficam torcendo pra gente morrer antes de nos tornarmos uma ameaça, o que causa o colapso. Aí eles começam do zero. Provavelmente não dá para evitar isso, senão não haveria tantas árvores mortas. Mas o processo se repete toda vez, e o multiverso sai de controle de novo.

— Não sai de controle — corrige o Queens. — É que *não há* controle. A vida se dá no caos matemático; ela tem mesmo que ser diversa e impossível de prever. E, sim, perigosa. Mas se algo ataca você, você lida com isso em vez de destruir tudo! Pelo amor de Deus! Minha priminha tem mais bom senso do que vocês, Ur. — Ela respira fundo, nitidamente tentando se acalmar. — Só existe uma maneira de quebrar esse ciclo idiota antes que acabem se ferrando outra vez: *cuidem da vida de vocês*. Parem de tentar controlar outros mundos, parem de ficar espiando outros mundos. Vocês são o problema. Larguem o osso.

— Antes que a gente *obrigue* vocês a largar — completa Nova York.

E, embora não faça sentido porque ele não faz a menor ideia de como ferir os Ur, R'lyeh sente um calafrio porque há certa verdade naquilo. Nova York é a combinação de tudo o que os Ur temem: uma entidade multidimensional em pleno controle de suas capacidades criativas e disposta a usá-las — agressivamente, se preciso — não apenas em defesa própria, mas também na ofensiva. E pior: há outras cidades igualmente ferozes, e, se a teoria do Queens estiver correta, mais delas passarão a existir com o tempo. Cada iteração do multiverso *de fato* fica mais perigosa. O gato de Schrödinger está desenvolvendo garras mais longas, dentes mais afiados, espinhos e sangue ácido. Os multiversos já estão resistindo à extinção, e é possível que, no futuro, o próximo multiverso sequer possa ser extinto. E se esta é uma guerra de atrito — e é, conforme R'lyeh percebe neste instante, embora tenha andado ocupada demais com as batalhas para enxergar o padrão —, os Ur estão fadados a serem derrotados um dia.

R'lyeh aguarda. A resposta leva algum tempo para os padrões dos Ur, e vem apenas um momento depois para os padrões humanos. Talvez seus criadores já suspeitassem que são a causa do problema — mas pessoas são pessoas em qualquer lugar, e negação é negação. Às vezes precisam levar uma bofetada na cara com um peixe para admitir que são alérgicas a frutos do mar. (Ela está tentando entender melhor o conceito de metáforas, mas acha que essa ficou muito boa.)

— "Proposta aceita" — declaram os Ur, por fim. — "A morte de vocês passa a ser opcional. Nossa influência e nossas observações atuais sobre as cidades serão minimizadas onde for possível e anuladas completamente em situações futuras."

Há uma pausa durante a qual todos os Nova Yorks e R'lyeh se entreolham, confusos, começando a entender o que estava acontecendo.

Então, os Ur acrescentam, relutantes:

— Gostaríamos de nos desculpar por todos os homicídios. Mas continuamos não gostando de vocês, então pedimos por gentileza que se retirem.

E, sem mais nem menos, tudo termina.

# CODA

Eu sou Nova York, e, graças a mim, nenhum outro universo vai morrer.

Infelizmente isso inclui a Palmito Alienígena. Veja bem, quando os Ur deram um pé na bunda dela e começaram a mandar a gente de volta pro nosso lugar original na árvore, Aislyn, a vira-casaca, foi correndo até R'lyeh, *deu um abraço nela* e começou a gritar que também merecia ficar viva. Deixou a gente surpreso pra caralho. R'lyeh também ficou. Mas aí a Palmitinho disse que os Ur mandaram ela dar no pé e que as "restrições generativas dela deixariam de existir". Tradução: agora R'lyeh é uma cidade de verdade, uma cidade como a gente, livre como qualquer outra pra criar outras iterações dela mesma. Foi isso o que eu entendi em meio a todo o blá-blá-blá da Padmini sobre matemática e física: as cidades são *sementes*. Cada uma de nós que ganha vida pode dar origem a uma nova ramificação na grande árvore do multiverso — ou até começar uma árvore nova, completamente do zero. Até parece que sei o que isso significa, mas, contanto que a Palmito não volte pra encher meu saco ou o saco dos meus, não tô nem aí pro que ela vai fazer.

Mas já pensou? Pode ser que haja um bilhão de novos universos por aí um dia, todos nascidos a partir de Nova York. Que maluquice.

Não tô mais puto com Staten Island. Quando precisou, ela deu as cartas e foi Nova York. A gente não precisa gostar um do outro pra trabalhar pelo mesmo propósito. Veneza parece disposta a perdoar, mas ela é boazinha demais e deve achar que toda essa palhaçada de Staten foi precisamente a razão pela qual foi promovida a cidade. Mas Staten não pediu desculpas por dormir com o Inimigo, então quando a gente surgiu de volta no Central Park, todo mundo deu as costas pra ela, menos Veneza. Acho que Veneza vai ajudar Staten a ir para casa. Se Staten quer mais tolerância, bom... vai ter que dar duro pra provar que a gente pode confiar nela.

A Fundação Nova York Melhor desapareceu de uma hora pra outra. Ninguém sabe direito o porquê, mas a Guerra Multiversal Total Ltda. declarou falência, e esse foi o fim da FNYM também. Vários processos foram anulados, um monte de políticos em Nova York e outras cidades acabou sendo cassado em escândalos muito bizarros, e outras organizações — tipo os Homens com Orgulho — também declararam falência. Até na polícia de Nova York uns filhos da puta começaram a pedir demissão ou se aposentar — inclusive Milam, presidente da Associação de Proteção Policial, por razões que acho que vão vir a público nas próximas semanas, quando as investigações...

... calma, peraí.

KKKKKKKKKKkkkkkkkkkkkkkkkkkkkkkkkKKKKKKKKKKKKKKKKKKkk kkkkkkk.

Beleza. Não podia perder essa. Próxima.

Brooklyn venceu as primárias com os dois pés nas costas. As eleições acontecem daqui a uma semana. Panfilo ainda tá concorrendo, cagando pela boca nas rádios dos republicanos, na Fox News e no Telegram, mas sem o financiamento da Nova York Melhor ele de repente ficou sem grana. Seus números estão no chão e pioram a cada dia, porque a galera não tá gostando de algumas coisas que seus "Fardinhas" estão fazendo. Eles quiseram protestar contra disciplinas de Teoria Racial em umas reuniões de pais e mestres, e os próprios pais botaram eles pra correr. Arriscar tirar uma nota baixa em história nas provas de admissão ao ensino superior? *Nesta cidade?* Putz.

Connor Seiládoquê desapareceu misteriosamente. Que peninha!

O resto do pessoal tá de boa. Padmini tá mais feliz do que nunca, e não só porque a Rainha da Matemática salvou o multiverso. Acho que ela só tá curtindo o novo emprego e ter tempo pra viver a vida mesmo. Veneza tretou com o pai por alguma razão e cortou o contato com ele de vez; ela diz que já devia ter feito isso há muito tempo. A B1 finalmente deve ter dado umazinha porque não tá mais infernizando a gente como sempre. Paulo diz que ele e o Hong estão juntos de novo, depois de vinte anos; vai saber como esse negócio funciona. Até Bel, nosso humano de estimação, tá saindo com alguém. O amor, ou pelo menos uma boa foda, tá no ar.

E... Manny.

Encontro ele na sacada certa noite, alguns dias depois da Batalha de Cidades no WTF Kugelplex. Ele tá mexendo no celular com uma expressão que deixa óbvio que tá falando com a família, que eles estão querendo saber quando ele vai voltar. Chicago vai nascer no instante em que ele colocar os pés na cidade; eu sinto a vibração dela, pronta para explodir. Sem os Ur ferrando com tudo, metade das grandes cidades do hemisfério Ocidental provavelmente vai ganhar vida nos próximos meses. É como se a natureza estivesse compensando o tempo perdido. Mas, por enquanto, ele ainda é Manhattan, e tá devastado com a perda iminente de si mesmo.

Ele olha pra mim. A expressão não muda, mas ele guarda o celular porque sou especial. Acho. Nós dois apoiamos os braços no parapeito e observamos a cidade por um tempinho. Dessa vez, não faço nenhum ajuste na cidade. Minha atenção é toda dele.

— Não vai embora — peço, em voz baixa.

Ele olha para mim. Eu fungo e finjo que não tô nervoso.

— Tá bom — responde ele.

Simples assim.

Mordo a boca e dou um chutinho no parapeito. Tô inquieto. Manny pega o celular de novo e digita uma mensagem. Simples assim também. Assim que clica em Enviar, toda a tensão não nova-iorquina parece evaporar e ele fica mais tranquilo. Ele vai continuar sendo quem quer ser — e ele quer ser Manhattan. Pra sempre Manhattan.

— Isso vai dar em encrenca? — pergunto.

Ele tá desligando o celular. Melhor lidar com as consequências mais tarde.

— Sim. Bastante.

— Que tipo de encrenca?

Ele dá de ombros.

— O tipo com o qual vou ter que lidar o melhor que puder. Mas a gente provavelmente deveria falar com a Cúpula e pedir pra indicarem outra pessoa como mentora de Chicago quando a cidade nascer. A situação vai ser... delicada. Por um tempo.

— Delicada, tipo...? — Faço um gesto de arma disparando.

— Esse tipo de arma não pode nos ferir. Mas se a gente não tomar cuidado, podemos acabar descobrindo como exatamente é entrar em guerra com outra cidade viva.

Que merda. Isso não é o que os outros querem ouvir. Isso não é o que *eu* quero ouvir. A gente acabou de lidar com uma porra de uma crise.

Mas se eu tiver que brigar de novo pra manter o que é meu, então, que seja. Pode vir, Chicago.

Manny fica em silêncio por uns minutos, depois pergunta:

— Ainda acha que só quero você por causa da cidade?

Puta merda. O Manny de antigamente não era direto e reto assim. Chicago não brinca em serviço.

— Aham — respondo. — Mas nós *somos* a cidade, então o que a cidade quer e o que a gente quer... — Dou de ombros. Às vezes, odeio falar. — Talvez seja assim e pronto.

Pelo canto do olho, vejo que ele tá sorrindo, o que é bom, mas fico olhando pros meus pés.

— Suponho que sim.

— É, você "supõe", com esse vocabulário engomadinho. — Comecei a falar merda porque tô nervoso. — Olha... então... eu não sei o que é estar em um relacionamento já faz um tempo. Um relacionamento de verdade, pelo menos. Acho que nunca soube.

Ele olha pra mim, e dessa vez eu consigo sentir. É quase uma pressão contra minha pele, apesar de o tom dele ser manso e gentil.

— A gente não precisa fazer nada. Não era uma condição pra eu ficar.

É, mas mesmo assim. Paro de arrastar os pés e me obrigo a endireitar a coluna. Eu sou Nova York, caramba.

— Talvez eu queira tentar.

Manny inspira, enchendo os pulmões de ar, depois expira devagar.

— A gente pode pegar leve até você ter certeza.

— Pode ser. — Dou outra fungada e me espreguiço. Depois flexiono os ombros. Não consigo ficar quieto. — Mas não vem com essa de me chamar *pra tomar um café*.

Manny ri.

— Bom, eu estava pensando que a gente podia começar pelo sexo. Já que você tá mais confortável com isso.

Epa. Peraí.

— Sério?

Ele olha para mim e fica vermelho. Bonitinho do caralho.

— Sim — responde ele.

— "Se eu quiser?"

— Se *nós dois* quisermos. E sim. — Ele olha no fundo dos meus olhos, expressando abertamente tudo o que costuma esconder. Como se estivesse *faminto*. — E nós dois queremos. Você sabe.

Minha nossa senhora.

— Sei. — Passo a língua nos lábios e dou um passo à frente pra chegar mais perto. Ele não recua. Ok, bom sinal. — Hoje? — pergunto. Talvez esteja indo rápido demais.

Ele respira fundo de novo. Depois se vira, chega mais perto de mim e, de repente, tô pressionado contra o parapeito. Hum. Ele é cheiroso. Fico parado enquanto ele segura meu rosto com uma das mãos e passa o polegar na minha boca. E... hum. Caramba. Ninguém nunca me tocou desse jeito. É só um *polegar,* vai se foder. Mas só pra jogar lenha na fogueira abro a boca e sinto a pele salgada dele na minha língua. Ele parece surpreso, seus olhos se iluminam. Já que tô aqui, dou uma voltinha com a língua. E aí *ele também* passa a língua nos próprios lábios, e isso é... nem tenho palavras pra descrever. Beleza. Ele chega mais perto ainda. Pela primeira vez, um beijo é mais do que algo molhado e hálito alheio.

Que babaquice esse negócio de romantismo.

Mas enfim.

Nós somos a cidade. A porra da cidade. E... acho que agora a gente vai ficar bem.

# AGRADECIMENTOS

Uuuuuuuuuuuuufa. Esse foi difícil.

Sabe qual é o problema de escrever uma ode fantástica para uma cidade de verdade? O mundo real muda mais rápido que a ficção. Quando comecei a série, não queria que a Grandes Cidades fosse uma metáfora para a pandemia de covid-19 ou para o mergulho do meu país no fascismo (a gente sempre nadou na parte rasa da coisa). Tudo isso significa que acabei escrevendo sobre a alma de uma cidade em um momento em que essa alma estava, como a gente costumava dizer em minha antiga carreira, "em um momento de transição", ou seja, tendo uma crise de meia-idade.

A Nova York sobre a qual eu escrevi no primeiro livro não existe mais. Decidi não mencionar a covid porque era impossível prever o status da pandemia quando o livro finalmente fosse publicado. Precisei alterar uma das histórias inicialmente planejadas para este livro — um presidente monstruoso declarando guerra contra a própria nação — porque Trump chegou na frente. A trilogia Grandes Cidades que eu havia planejado inicialmente acabou se tornando uma duologia porque percebi que minha energia criativa estava evaporando sob o peso massacrante da realidade, e que eu não daria conta de escrever três livros nesse clima. Na verdade, cheguei muitíssimo perto de encerrar as coisas no primeiro livro, mas detesto deixar minhas histórias sem fim (e decepcionar os leitores!) depois que as começo, então concluí esta história na força do ódio e da teimosia.

Para conseguir, precisei de muita ajuda, então aqui vai meu muito, muito, *muito* obrigada para as seguintes pessoas:

Meus amigos e meu pai, que me ajudaram a manter a sanidade. Minha beta e meus leitores experts, vários amigos nova-iorquinos que não quiseram ser nomeados e também Cassandra Shaw, a fodona; Danielle Friedman, que me ajudou com questões médicas e também foi beta; Emily Lundgren, que me ajudou a usar os termos legais corretos no capítulo em que Brooklyn está no tribunal; Mikki

Kendall, que me contou coisas incríveis sobre a história e a cultura de Chicago; Whitney Hu, que me deu excelentes orientações sobre organização política, dinâmicas de famílias imigrantes e eleições da prefeitura de NY; e Crystal Hudson, estrategista política de Nova York que me explicou Como Disputar as Eleições Para a Prefeitura de Nova York nos mínimos detalhes. Há outros especialistas que decidiram não ser nomeados, incluindo meus mentores sobre Istambul e Londres. Eu também gostaria de agradecer às instituições no mundo todo e também em Nova York que disponibilizam tours virtuais on-line, já que decidi não viajar por causa da pandemia e precisava "ver" algumas coisas para fins de pesquisa. Eu provavelmente deveria agradecer ao atual prefeito de Nova York, Eric Adams, por me motivar a terminar este livro para que assim ao menos na ficção minha cidade possa ter um bom prefeito, mas deixa pra lá. Ele que se foda.

E, é claro, muito obrigada a vocês, por comprarem meus livros, lerem meus livros e falarem sobre meus livros. Eu não teria uma carreira se não fossem o boca a boca e as pessoas que estão dispostas a dar uma chance para todas as esquisitices que escrevo. O sucesso foi uma grande surpresa para mim, para o bem e para o mal. (Os que leram minha introdução para *How Long 'til Black Future Month?* devem se lembrar que comecei tudo isso porque precisava de uma grana extra para pagar as contas.) Mas saber que as pessoas *estão lendo meu livro*, e pensando sobre ele, e gritando aos quatro ventos sobre ele, pensar que ele está sendo inserido na lista de leituras em sala de aula e que há listas de espera por ele na biblioteca... Tudo isso me deixa de coração quentinho. Muito obrigada.

E por último, mas não menos importante, queria agradecer a minha personal trainer, Tanya, da Power Moves, que insistiu muito para que eu colocasse *New City, Who Dis?* como título deste livro. Eu tentei, T. Eu tentei.

Por favor, se cuidem e cuidem uns dos outros. Como diria Neek, somos nós por nós.

ESTA OBRA FOI COMPOSTA PELA ABREU'S SYSTEM EM CAPITOLINA REGULAR
E IMPRESSA EM OFSETE PELA GRÁFICA PAYM SOBRE PAPEL PÓLEN NATURAL
DA SUZANO S.A. PARA A EDITORA SCHWARCZ EM SETEMBRO DE 2023

A marca FSC® é a garantia de que a madeira utilizada na fabricação do papel deste livro provém de florestas que foram gerenciadas de maneira ambientalmente correta, socialmente justa e economicamente viável, além de outras fontes de origem controlada.